Criticism of Modernity of Modern Chinese and Japanese Literature

Criticism of Modernity of Modern Chinese and Japanese Literature

中日近现代文学的现代性批判

王梦如 / 著

四川大学出版社

图书在版编目（CIP）数据

中日近现代文学的现代性批判 / 王梦如著. -- 成都：四川大学出版社，2025.8. --（文明互鉴：中国与世界 / 曹顺庆总主编）. -- ISBN 978-7-5690-7862-6

Ⅰ. I206；I313.06

中国国家版本馆 CIP 数据核字第 20251JA554 号

| 书　　名：中日近现代文学的现代性批判
Zhong-Ri Jinxiandai Wenxue de Xiandaixing Pipan
著　　者：王梦如
丛 书 名：文明互鉴：中国与世界
总 主 编：曹顺庆

出 版 人：侯宏虹
总 策 划：张宏辉
丛书策划：张宏辉　欧风偃　罗永平
选题策划：余　芳
责任编辑：余　芳
责任校对：于　俊
装帧设计：何思影
责任印制：李金兰

出版发行：四川大学出版社有限责任公司
　　　　　地址：成都市一环路南一段 24 号（610065）
　　　　　电话：（028）85408311（发行部）、85400276（总编室）
　　　　　电子邮箱：scupress@vip.163.com
　　　　　网址：https://press.scu.edu.cn
印前制作：四川胜翔数码印务设计有限公司
印刷装订：四川五洲彩印有限责任公司

成品尺寸：155mm×235mm
印　　张：22.25
插　　页：2
字　　数：305 千字
版　　次：2025 年 8 月 第 1 版
印　　次：2025 年 8 月 第 1 次印刷
定　　价：98.00 元

本社图书如有印装质量问题，请联系发行部调换

版权所有　◆　侵权必究

扫码获取数字资源

四川大学出版社
微信公众号

总主编
曹顺庆

学术委员会（以姓名拼音为序）

Galin Tihanov	欧洲科学院院士、伦敦玛丽女王大学教授
Lucia Boldrini	欧洲科学院院士、国际比较文学学会主席、伦敦大学教授
Steven Tötösy de Zepetnek	欧洲科学与艺术院院士、四川大学长江讲席教授
Theo D'haen	欧洲科学院院士、鲁汶大学荣休教授
曹顺庆	四川大学杰出教授、欧洲科学与艺术学院院士、四川大学文学与新闻学院学术院长
陈晓明	北京大学教授
方维规	北京师范大学教授、欧洲科学院院士
王　宁	上海交通大学教授、欧洲科学院院士、拉丁美洲科学院院士
周　宪	南京大学教授
朱立元	复旦大学教授

"文明互鉴：中国与世界"丛书总序

曹顺庆

世界文明的历史脉络中究竟隐藏着怎样的发展规律？作为全世界数千年唯一未曾中断的文明，中华文明在其中究竟扮演着何种角色？贡献了怎样的智慧？多元文明的未来发展又将以何种态势趋进？这些追问与反思，催生了我们这套"文明互鉴：中国与世界"丛书的问世。

一代有一代之学问，一代亦有一代之学人。当下正值百年未有之大变局，中国学者更应以"中国立场，世界视野"的气魄，在讲述中国当代学术话语、引领中外学术对话中，彰显中国学术在中国式现代化文明观指导下的新气象，展现中华文明数千年不朽的灿烂光芒。

一、 世界文明观中的 "东方主义"

中国古籍早已有"见龙在田，天下文明"（《易·乾·文言》）、"濬哲文明，温恭允塞"（《书·舜典》）等记述，然而长期以来，"文明"概念的定义、阐释、研究，文明史的书写、文明观的塑造，都牢牢把控在西方学者的手中，"文明"概念在世界的流传实际上就是欧洲中心主义。萨义德曾提出著名的"东方主义"（Orientalism），指出在西方任何教授东方、书写东方或者研究东方的人都是不可避免地带有文明偏见的"东方学家"

(Orientalist),西方学界的"东方主义"并不是真正地、客观地展现东方的文明、东方的美,而是充斥着殖民主义观念和西方中心主义思想。

我们先看看西方学界的文明偏见。英国前首相亚瑟·詹姆斯·贝尔福(Arthur James Balfour)认为,"西方民族从诞生之日起就显示出具有自我治理的能力……那些经常被人们宽泛地称作'东方'的民族的整个历史,然而你却根本找不到自我治理的痕迹",而当时英国驻埃及代表和总领事克罗默伯爵(Evelyn Baring, 1st Earl of Cromer)直接将贝尔福所说的"东方人"贬低为"臣属民族"①。法国前首相弗朗索瓦·基佐(François Guizot)认为,在埃及和印度,文明原则的单一性有一个不同的效果,社会陷入一种停滞状态。单一性带来了单调。国家并没有被毁灭,社会继续存在,但一动也不动,仿佛冻僵了,"法国是欧洲文明的中心和焦点"②。可见在西方,东方文明"单一性""僵滞论"深入人心。

西方哲学界最具影响力的黑格尔(Friedrich Hegel)对东方文明的诋毁,导致中国哲学、印度哲学等在西方遭遇了长达数百年的否定。黑格尔自恃学富五车,但西方中心主义却主导了他的学术判断。他说,"真正的哲学是自西方开始"③,并特别指出在东方"尚找不到哲学知识"④,"东方思想必须排除在哲学史以外"⑤,"东方哲学本不属于我们现在所讲的题材和范

---

① 萨义德:《东方学》,王宇根译,北京:生活·读书·新知三联书店,1999年,第40、46页。
② 基佐:《欧洲文明史》,程洪逵等译,北京:商务印书馆,2005年,第3页。
③ 黑格尔:《哲学史讲演录(第1卷)》,贺麟、王太庆译,北京:商务印书馆,1983年,第98页。
④ 黑格尔:《哲学史讲演录(第1卷)》,贺麟、王太庆译,北京:商务印书馆,1983年,第97页。
⑤ 黑格尔:《哲学史讲演录(第1卷)》,贺麟、王太庆译,北京:商务印书馆,1983年,第98页。

围之内；我们只是附带先提到它一下。我们所以要提到它，只是为了表明何以我们不多讲它"①。孔子是中国的圣人，但在他眼里，"孔子和他的弟子们的谈话（《论语》），里面所讲的是一种常识道德，……在哪一个民族里都找得到，……这是毫无出色之点的东西"②。至于孟子，他认为比孔子还要次要，更不值得多提。"易经"虽然涉及哲学的抽象思想和纯粹范畴，但是，他认为"并不深入，只停留在最浅薄的思想里面"③。黑格尔对中华文明中的汉字、圣人、经典、哲学，无一不出诋毁之语，极尽嘲讽之能，其西方文明优越感、西方中心主义昭然若揭。

当代法国著名学者德里达（Jacques Derrida）在2001年访华时说："中国没有哲学，只有思想。"④ 他后来解释说："哲学本质上不是一般的思想，哲学与一种有限的历史相联，与一种语言、一种古希腊的发明相联：它首先是一种古希腊的发明，其次经历了拉丁语和德语'翻译'的转化等等，它是一种欧洲形态的东西。"⑤ 黑格尔与德里达否认中国哲学的根本原因，在于其根深蒂固的西方文明优越论，认为哲学是自古希腊以来的西方的独家创造。这些看法，显然是严重的偏见。世界文明史告诉我们，哲学并非古希腊才有，印度古代哲学、中国古代哲学、阿拉伯哲学以及其他非西方哲学都是客观存在的，不容个别学者抹

---

① 黑格尔：《哲学史讲演录（第1卷）》，贺麟、王太庆译，北京：商务印书馆，1983年，第115页。
② 黑格尔：《哲学史讲演录（第1卷）》，贺麟、王太庆译，北京：商务印书馆，1983年，第119页。
③ 黑格尔：《哲学史讲演录（第1卷）》，贺麟、王太庆译，北京：商务印书馆，1983年，第120页。
④ 王元化：《关于中西哲学与文化的对话》，载《文史哲》2002年第2期，第6页。
⑤ 德里达：《书写与差异》，张宁译，北京：生活·读书·新知三联书店，2001年，第9-10页。

杀。对黑格尔的这种看法，钱锺书先生提出过严厉的批评。在《管锥编》第一册第一篇文章《论易之三名》中，钱锺书先生如此写道："黑格尔尝鄙薄吾国语文，以为不宜思辩；又自夸德语能冥契道妙，举'奥伏赫变'（Aufheben）为例，以相反两意融会于一字（ein und dasselbe Wort für zwei entgegengesetzte Bestimmungen），拉丁文中亦无义蕴深富尔许者。其不知汉语，不必责也；无知而掉以轻心，发为高论，又老师巨子之常态惯技，无足怪也；然而遂使东西海之名理同者如南北海之马牛风，则不得不为承学之士惜之。"① 美国著名学者安乐哲（Roger T. Ames）指出："我个人觉得这是一个非常简单的问题。如果说中国没有历史，这是一个笑话。一个民族、一个文明传统都有它自己的历史。如果说中国没有文化，没有文学，这是一个笑话，因为中国有杜甫、李白，有著名的文学家。同样，如果说'中国没有哲学'是根本不通的，如果哲学是追求一种智慧，为了帮助我们生活得更好，中国当然是有哲学的。西方对'哲学'有他们自己特别的理解，他们要把这个词与他们的传统联系在一起，哲学如果不是我们的，就不是哲学了，我个人认为这是一个很偏见的想法。"②

遗憾的是，一些东方学者也罔顾人类文明发展的历史性，追随西方偏见，遵循着西方文明优越论。例如，日本"启蒙之父"福泽谕吉（Fukuzawa Yukichi）就认为："现代世界的文明情况要以欧洲各国和美国为最文明的国家，土耳其、中国、日本等亚洲国家为半开化的国家，而非洲和澳洲的国家算是野蛮的国家……文明、半开化、野蛮这些说法是世界的通论，且为世界人民所公认。"东方文明就是在这样一个一个的"黑格尔"式的诋

---

① 钱锺书：《管锥编（第一册）》，北京：中华书局，1979年，第1-2页。
② 普庆玲：《安乐哲：说"中国没有哲学"这是一个笑话》，2018年7月11日，http://www.chinakongzi.org/rw/zhuanlan/201807/t20180712_179929.htm。

毁与自戕中沉沦!

乃至于 21 世纪,西方国家强大的军事力量、高速的经济发展、迅猛的科技进步,让"西方文明优越论"有了坚实的物质基础而进一步放肆地蔓延至全球。哈佛大学著名政治学家亨廷顿(Samuel Phillips Huntington)在其《文明的冲突》中以主人公的姿态,提出了西方 21 世纪最有代表性、最具影响力的文明观——"文明冲突论",认为下一次世界大战将是文明之战,文明的冲突将左右全球政治,主导未来国际关系。他公然提出:"西方是而且在未来的若干年里仍将是最强大的文明"[1];"世界在某种意义上是一分为二的,主要的区分存在于迄今占统治地位的西方文明和其他文明之间,然而,其他文明之间几乎没有任何共同之处。简言之,世界是划分为一个统一的西方和一个由许多部分组成的非西方"[2]。亨廷顿还宣称,在人类生存的大部分时期,文明之间的交往是间断的或根本不存在。这些言论基本不符合史实。

二、 世界文明史中的 "东西互鉴"

世界文明发展从古至今,生生不息,得益于文明之间的交流互鉴。西方文明自古希腊时期到文艺复兴时期、启蒙运动时期,乃至在 20 世纪这个被称为"西方理论的世纪",都离不开东西方的文明互鉴,得益于东方文明的助力。遗憾的是,西方学界长期否定东方影响。值此百年未有之大变局之际,中国学者乃至所有东方学者都应当站出来,以文明发展的基本史实正本清源,纠正西方文明的傲慢与偏见。

---

[1] 亨廷顿:《文明的冲突与世界秩序的重建》,周琪等译,北京:新华出版社,1998 年,第 8 页。
[2] 亨廷顿:《文明的冲突与世界秩序的重建》,周琪等译,北京:新华出版社,1998 年,第 18 页。

1. 东方文明是古希腊文明之源

古希腊作为地中海文明交汇的中心,在古典时代之后对西方文明的发展与创新确实起到了突出的作用。但是,若因此将古希腊文明奉为西方文明独立生成的来源,并不客观。20 世纪以来,基于大量的考古材料与典籍发现,古希腊文明与东方文明的渊源逐渐被一一揭示。例如,1996 年,瑞士苏黎世大学瓦尔特·伯克特(Walter Burkert)在意大利卡·弗斯卡里大学以"希腊文化的东方语境"为主题举办了四场讲座,讲座中,伯克特以大量翔实的史料对希腊建筑、巫术、医学、文学中蕴含的东方元素进行了细致的考证和比较研究。

众所周知,全世界有四大文明古国,都具有非常古老而辉煌的文明。四大文明古国是指古苏美尔-古巴比伦(美索不达米亚)、古埃及、古代中国、古印度这四个人类文明最早诞生的地区。人类今天拥有的很多哲学、科学、文字、文学艺术等方面的知识,都可以追溯到这些古老文明的贡献。古希腊文明便是吸收古苏美尔-古巴比伦、古埃及文明孕育而成的次生文明。以文字为例,古希腊文字并非古希腊人原创,而是来源于亚洲腓尼基字母,而腓尼基字母又是从古苏美尔-古巴比伦楔形文字学习过来的,是腓尼基人在古苏美尔-古巴比伦楔形字基础上,将原来的几十个简单的象形字字母化而形成,时间约在公元前 1500 年左右。公元前 8 世纪,古希腊人在腓尼基字母的基础上加上元音,发展形成古希腊字母,并在古希腊字母的基础上形成了拉丁字母。古希腊字母和拉丁字母后来成为西方国家字母的基础。古希腊的青铜器来自古两河文明,古希腊的巨石建筑是向古埃及学习的。早期埃及与早期希腊文明的交往有两个高峰期,第一个是在古埃及的喜克索斯王朝时期(约公元前 1650 年至前 1550 年),第二个是在古埃及的新王国时期(约公元前 1550 年至前 1069

年),也就是古希腊的迈锡尼时期①。希罗多德(Herodotus)曾在著作《历史》(*Histories*)一书中客观评述了东方文化对希腊的影响,他甚至认为东方是一切文化和智慧的源泉。他指出埃及的太阳历优于希腊历法,希腊的字母来自腓尼基字母②,希腊人使用的日晷来源于巴比伦文明,希腊神话中的名字都是从埃及引进,以及阿玛西斯统治阶段埃及对于希腊人的优待,从法律到建筑无一不是希腊人向埃及人学习的成果③。被称为欧洲最早的古代文明、作为希腊古典文明先驱的"米诺斯文明",也明显有埃及的影响。早期希腊文明与埃及、腓尼基文明的交流,丰富了古希腊科学、语言、文学、建筑、天文等方面的知识,奠定了古希腊文明成为西方文明源头的基底。

2. 欧洲文艺复兴和阿拉伯文明的互鉴

不仅古希腊文明的起源是文明互鉴的成果,西方的文艺复兴亦是文明互鉴的结果。西方文明史中基本上不提西欧学习阿拉伯文明的200年历史,这或许是因为西方人不愿意彰显他们引以为傲的伟大文艺复兴居然其源头是东方的阿拉伯文明。研治阿拉伯文学的美国学者菲利浦·希提(Philip K. Hitti)在其著作《阿拉伯通史》中指出:"在8世纪中叶到13世纪初这一时期,说阿拉伯语的人民,是全世界文化和文明的火炬的主要举起者。古代科学和哲学的重新发现,修订增补,承先启后,这些工作,都

---

① 郭丹彤:《古代埃及文明与希腊文明的交流互鉴》,载《光明日报》2019年1月14日,第14版。

② 希罗多德:《历史(下册)》,王以铸译,北京:商务印书馆,1959年,第434-435页。原文为:"这些和卡得莫司一道来的腓尼基人定居在这个地方,他们把许多知识带到了希腊人,特别是我认为希腊人一直不知道的一套字母……这些字母正是腓尼基人给带到希腊来的。"

③ 希罗多德:《历史(下册)》,王以铸译,北京:商务印书馆,1959年,第221页。

要归功于他们,有了他们的努力,西欧的文艺复兴才有可能。"①阿拉伯人保存了古希腊、古罗马众多珍贵文献,通过"翻译反哺"促成了文艺复兴运动。之所以说阿拉伯文明唤醒西方,是因为如果没有阿拉伯的文明唤醒,欧洲的文艺复兴不可能产生,而如果没有文艺复兴运动,西方近现代的思想启蒙和科学文化发展以及文明进步或许根本不会发生。

众所周知,欧洲中世纪被称为黑暗的世纪,昔日璀璨的古希腊、古罗马文化艺术黯然跌落神坛,近乎殆灭,而这一时期却是横跨欧、亚、非三大洲的阿拉伯帝国的辉煌时期,是阿拉伯文化大为兴盛之时。阿拉伯虚心向古希腊、古罗马文化学习,甚至向中国大唐文化学习。穆罕穆德发出"学问虽远在中国,亦当求之"的感叹。阿拔斯王朝(750 年—1258 年)时期更是出现了"百年翻译运动"的盛况,最为著名的便是哈利发麦蒙时期的"智慧宫",全国学者齐聚巴格达,将柏拉图、亚里士多德等人的哲学著作,托勒密、欧几里德、阿基米德的天文、数学著作,盖伦、希波克拉底的医学著作尽数翻译为阿拉伯文。例如医学家盖伦的希腊文解剖学 7 册原本早已散佚,幸而被翻译为阿拉伯文才得以流传。到了 11 世纪前后,阿拉伯文明对古希腊、古罗马时期人文、科学文献的保存再一次反哺西方。文明互鉴大大促进了西方文明的复兴。在西班牙的托莱多,曾经翻译为阿拉伯文的古希腊哲学、医学、数学等著作被译为拉丁文引入西欧。这场"二次翻译"直接影响了欧洲文艺复兴运动的兴起。

阿拉伯不仅是一间古希腊文明的"藏书阁",其自身的文明传统亦光照了欧洲的人文、科学领域。希提认为,"意大利的诗

---

① 希提:《阿拉伯通史(上册)》,马坚译,北京:商务印书馆,1979 年,第 664 页。

歌、文学、音乐，在普罗旺斯和阿拉伯的影响下，开始欣欣向荣"①；"穆斯林的几种天文学著作，先后译成拉丁语，传入欧洲，特别是西班牙，对于基督教欧洲天文学的发展，起了决定性的作用"②，诸如等等。西方文学经典如《神曲》《十日谈》《坎特伯雷故事集》皆有《一千零一夜》的影子；白塔尼的天文学著作传入西欧后被奉为"权威著作"，哥白尼也受到了阿拉伯学者的启发，他在《天体运行论》一书中多处引证白塔尼的著作和观点。阿拉伯人的数学更是奠定了文艺复兴时期欧洲大学的数学基础，阿尔·花剌子模（Al-Khwarizmi）以印度数学改革计算方式，成为世界"代数之父"，其著作《积分和方程计算法》长期为欧洲各大院校所用。今天人们所说的"阿拉伯数字"，实际上是印度人发明的数字，也是经阿拉伯人传入欧洲的。文艺复兴被称为是西方从"黑暗"走向"光明"的重要阶段，对这个过程，阿拉伯文明、东方文明功甚大矣。

3. 西方现当代哲学和中国哲学的互鉴

必须承认，近代以来，西方文明功不可没，对全人类文明的发展作出了巨大贡献。即便如此，在表面上西方文化一家独大的现象下，文明互鉴、文明交流依然是人类文明发展的主流和基本脉络。例如，当代西方哲学与文论，尤其是现象学、阐释学、解构主义，海德格尔、迦达默尔、德里达等西方哲学与文论大家，在当下中国学术界走红。不少人甚至认为，当代西方哲学与文论，就是西方文明自成一家的独创，就是西方文明高于东方文明的标志，但实际上，如此受人崇拜的当代西方哲学与文论，依然是文明互鉴、文明交流的结果。

---

① 希提：《阿拉伯通史（上册）》，马坚译，北京：商务印书馆，1979年，第733页。

② 希提：《阿拉伯通史（上册）》，马坚译，北京：商务印书馆，1979年，第445页。

例如海德格尔（Martin Heidegger）作为西方20世纪影响力最为深远的哲学家、思想家之一，其哲学思想在中国是研究的热点、焦点，但鲜为人知的事实是，正是中国的老子哲学催生了海德格尔关于存在问题（the Question of Being）的思考，使他成为西方形而上学的最终克服者。德国学者波格勒（O. Poggeler）说："对于海德格尔，《老子》成了一个前行路上的避难所。"①奥地利汉学家格拉姆·帕克斯（Graham Parkes）首先表明了通过亚洲思想去理解海德格尔的必要性。葛瑞汉认为，如果将海德格尔的思想带入一种与之完全相异的文化共鸣中深入考虑，那么海德格尔宣称自己是西方第一位克服形而上学传统的思想者的这一论断值得被严肃对待②。海德格尔之所以能有如此成就，是他对东方思想、对中国哲学的借鉴与吸收后的学术创新。伽达默尔也曾说过，研究海德格尔必须在其作品与亚洲哲学之间进行严肃的比较③。众所周知，长期以来，西方的Being，就是"存在""是""有"。但是，海德格尔提出，Being不仅仅是"有"，而且还应当包括"无"。这是一个石破天惊的"开启"（re-open the question of Being），是对西方形而上学的最终克服。然而，是什么东西导致海德格尔认为是自己首先重新开启存在问题的？事实上，是东方思想，尤其是《老子》的有无相生的思想。2000年由克罗斯特曼（Vittorio Klostermann）出版社出版的《海德格尔全集》第75卷中有一篇写于1943年的文章，题为"诗人的独特性"，探讨荷尔德林诗作的思想意义，文中引用了《老子》第十一章论述"有无相生"观点的全文："三十辐共一毂，当其

---

① 波格勒、张祥龙：《再论海德格尔与老子》，《世界哲学》2004年第2期，第103－108页。

② Parkes, Graham, ed.: *Heidegger and Asian thought*, Honolulu: University of Hawaii Press, 1987, pp. 1－2.

③ Parkes, Graham, ed.: *Heidegger and Asian thought*, Honolulu: University of Hawaii Press, 1987, p. 5.

无,有车之用。埏埴以为器,当其无,有器之用。凿户牖以为室,当其无,有室之用。故有之以为利,无之以为用。"① 这是老子"有无相生"最典型的论述。海德格尔汲取了老子的有无相生思想,创新性地提出:存在者自身的存在不"是"——存在者②,指出虚无也是存在的特征,更明确地说:"存在:虚无:同一(Being:Nothing:The Same)。"③ 因此,"存在的意义"问题同时也是对无的意义的探寻。但此种虚无既非绝对的空无(empty nothing),亦非无意义的无(nugatory nothing)。在海德格尔那里,"存在:虚无:同一"之无,是"存在之无"(the Nothing of Being),无从属于存在。显然,海德格尔的思想创新汲取了《老子》有无共生、虚实相生的思想。据相关统计,海德格尔至少在13个地方引用了《老子》《庄子》德文译本中的一些段落。在《思想的基本原则》中,海德格尔引用《老子》第二十八章中的"知其白,守其黑"④,希望以此探明逻辑(Logic)在道(tao)、逻各斯(logos)以及他的基本语词"事件"(Erieignis)之间的位置;在谈论技术问题时,海德格尔将荷尔德林后期的诗作《思念》中的"暗光"与《老子》第二十八章雌雄、黑白、荣辱一体的教诲结合,不主张向前现代或前技术世界的回归,而是试图将人类的这种现代世界带上一条生息之路。海德格尔探讨了时间、存在的意义和存在的真理。在海德格尔那里,时间转入永恒,而永恒不再是"永恒"(aeternitas)或"不朽"(sempiternitas),不再是永恒回归或永恒意志,而是安置于宁静的

---

① Martin Heidegger:"Die Einzigheit des Dichters", *Gesamtausgabe* (*Zu Hoelderlin-Griechenlandreisen*) Band 75, Frankfurt am Main:Vittorio Klostermann, 2000, p. 43.

② Martin Heidegger:*Sein und Zeit*, Tübingen:Max Niemeyer Verlag, 1967, p. 4.

③ Martin Heidegger:*Four seminars*, Bloomington & Indianapolis:Indiana University Press, 2012, p. 58.

④ Martin Heidegger:"Grundsätze des Denkens. Freiburger Vorträge", *Gesamtausgabe* (*Bremer und Freiburger Vorträge*) Band 79, Frankfurt am Main:Vittorio Klostermann, 2000, p. 93.

沉默之中的流变，因此他将《老子》第十五章的两句话摘录在他的工作室墙壁上作为装饰——"孰能浊以静之徐清，孰能安以动之徐生"。20世纪被称为是西方批评理论的世纪，现象学、解构主义、新批评、意象派、精神分析、生态主义等成为席卷世界理论场域的弄潮儿，但是这些看似极具创新性的西方理论都曾向中国哲学学习。

三、"文明互鉴：中国与世界"丛书的初心愿景

自从人类文明产生以来，世界各民族、国家以其各自独特的生存环境和特定的文化传统生成了多元的文明形态。这些文明形态通过交流、融合推动人类文明的时代发展，文明之间并不是"冲突""终结"的关系，而是和合共生、紧密相连。《礼记·中庸》言："万物并育而不相害，道并行而不相悖。"《孟子·滕文公上》说："夫物之不齐，物之情也。"文明之间不存在等级差异，"文明互鉴"自古至今都是人类文明发展的基本规律，这一规律虽然在现当代以来的"西方言说"下被短暂地遮蔽起来，但是在未来的文明书写、文明研究中需要世界学者远望历史长河去重新认识、探索、还原。在这一过程中，中国学者实是责无旁贷。这也正是"文明互鉴：中国与世界"丛书的初心所在。

"文明互鉴：中国与世界"丛书围绕"文明互鉴"主题，立足中国，放眼世界，依托四川大学"双一流"建设重点学科群"中国语言文学与中华文化全球传播"和国家级重点学科比较文学研究基地，以四川大学2035创新先导计划"文明互鉴与全球治理"项目为支撑，着力以跨文明对话及比较研究范式为主体，采取分辑、分系列、分批次策划出版的形式，持续汇聚国内外高等院校及研究机构广大专家学者相关领域最新成果，反映国内外比较文学研究、比较诗学建设、世界文学研究、跨文明的文化研

究、中华文化的现代诠释与全球传播、海外中国学等方面前沿性问题及创新发展，致力打造成较为系统地从比较文学与世界文学学科视角研究世界文明互鉴交流及人类命运共同体的丛书，希望能对推进中国特色哲学社会科学和中国自主知识体系建设，面向世界构建中国理论与中国话语，对传承发展中华优秀传统文化，促进中华民族现代文明建设，对推动中国立场的"世界文明史""人类文明史"构建，推进世界文明交流互鉴和人类命运共同体建设等，发挥应有的作用，作出积极的贡献。

"文明互鉴：中国与世界"系列丛书自2022年开始策划启动。目前，丛书第一辑15种已经全部完成出版，产生了良好社会反响，其中部分图书已实现版权输出到海外知名出版机构启动英文版的出版；第二辑10余种图书，汇聚了包括美国科学院院士、哈佛大学达姆罗什（David Damrosch）教授关注东方史诗《吉尔伽美什》的著作——《尘封的书籍：伟大史诗〈吉尔伽美什〉的遗失与重新发现》（*The Buried Book: The Loss and Rediscovery of the Great Epic of Gilgamesh*）中文版首译本——在内的国内外著名学者的著作，以及多个国家社科基金项目成果，将陆续出版。本丛书从第一辑到第二辑，无论是分析阐释中华文化人物的海外传播与书写、英语世界的中国文学与艺术研究、海外汉学研究，梳理论述当代中国文学中的世界因素、文学与全球化、东亚文化圈的文学互动、比较文学研究范式，还是创新探讨重写文明史、文化异质的现代性与诗性阐释、语际书写中的中国形象建构，书写人类古老史诗的跨文明传播，开展中西传统思想汇通互释，构建跨国诗学等，尽管话题多样，视角各异，层面有别，但这些著作皆坚持中国立场与世界视野的辩证统一、宏观立意与微观考辨的有机结合、理论创新与批判思维的相互融通，部分作品更是凸显了中国话语在世界文学中的流变谱系和价值共识，归纳了"中国故事"走向世界的方法论，补益了"中国文化走出去"的时代战略，体现了立足时代的政治自觉、学术创新的学理自觉与话语传播的实践自觉。

"文明互鉴：中国与世界"系列丛书在出版筹备的过程中，得到了国内外多位院士、著名学者的大力支持与指导，欧洲科学院院士、比利时鲁汶大学荣休教授 Theo D'haen，欧洲科学院院士、英国伦敦玛丽女王大学教授 Galin Tihanov，欧洲科学与艺术院院士、四川大学长江讲席教授 Steven Tötösy de Zepetnek，欧洲科学院院士、拉丁美洲科学院院士、上海交通大学教授王宁，北京大学陈晓明教授，复旦大学朱立元教授，北京师范大学方维规教授，南京大学周宪教授等，欣然应允担任丛书学术委员。自第二辑起，包括上述院士、著名学者在内的"文明互鉴：中国与世界"丛书学术委员会正式成立，丛书开始实现更有组织、更具学术统筹性的出版。

"文明互鉴：中国与世界"系列丛书自启动策划出版以来，包括丛书学术委员会委员在内的国内外广大比较文学学者慷慨加盟，惠赐佳作；四川大学出版社总编张宏辉、社长侯宏虹，以及出版社相关同仁为丛书的策划筹措、精心打造以及各书的编辑审校、出版发行、宣传推广等奔走辛劳；四川省新闻出版局也对此丛书的出版给予大力支持，第一辑、第二辑均被列为四川省重点出版规划项目，并获得四川省重点出版项目专项补助资金资助。在此一并致谢！

面向未来，"文明互鉴：中国与世界"系列丛书的出版将尝试探索与相关专业机构、出版平台的合作模式，将更多面向读者大众期待，不断推出精品力作。欢迎国内外专家学者和广大学术爱好者关注本丛书、加盟本丛书，围绕"文明互鉴：中国与世界"这一主题展开探讨与书写。希望在大家的关心支持下，"文明互鉴：中国与世界"系列丛书一辑比一辑涵盖更多学科论域和更宽泛、更多维的研究类型，不断涉足更多前沿理论探讨或热点话题。

文明互鉴，中国与世界，路漫漫其修远，士不可不弘毅，任重而道远！

2024 年 9 月 27 日定稿于锦丽园

序言：在现代性批判的维度中探寻中日文学的交响

在东亚文明的漫长发展史中，中日两国的文学宛如两条波澜壮阔的河流，各自奔腾不息，承载着独特的文化传统与深厚的历史积淀。它们时而平行流淌，时而交汇碰撞，激荡出绚烂的火花，成为东亚文化史上一道独特的风景。

在近代之前，日本始终坚守"和魂汉才"的文化观念，以一种开放而审慎的姿态全方位地摄取中国思想文化，并通过适度的本土化转换，构建起本民族的思想文化体系。在这一过程中，日本文学从形式到内涵都深受中华文明的影响，无论是古典文学的韵味，还是叙事结构的精妙，皆可见中国文化的深厚烙印。这种文化上的借鉴与吸收，使得日本文学在东亚文化圈中独树一帜，形成了自身独特的风格。

然而，明治维新之后，日本的文化战略发生了根本性转变。它开始奉行"和魂洋才"的新路线，全盘西化，迫不及待地移植西方近代思想文化，甚至不惜采取"自我殖民"的方式，囫囵吞枣地照单全收西方的思想文化资源。这种激进的文化转型，虽在一定程度上给日本带来了诸多问题，但其占风气之先的文化战略，却让日本社会经济得以快速发展，使其在亚洲率先蜕变为工业化国家。与此同时，日本文学也迅速步入西方文学的发展轨道，其思想文化内涵发生了深刻而巨大的改观。

日本在学习西方过程中的敢为天下先的态度，不仅重塑了自身的文化格局，也给同样面临近代化转型的时代命题的中国带来了诸多影响。近代以降，中日文学文化关系愈发密切，同时也变得更加错综复杂。这种复杂性不仅体现在两国文学的相互影响与借鉴上，更体现在它们在面对现代化浪潮时的不同选择与应对策略上。因此，深入研究近现代中日文学文化关系，不仅是对历史的回溯，更是对当下东亚文化互动的深刻反思。

《中日近现代文学的现代性批判》一书，正是在这样的学术背景下应运而生。它以现代性批判为维度，对中日近现代文学进行了深入挖掘与比较研究，呈现了一场跨越时空、跨越国界的文学交响。书中通过对两国文学的细致剖析，揭示了中日文学在现代性批判上的异同，展现了两国在面对现代化转型时的复杂心态与文化抉择。这部作品不仅是对中日近现代文学关系的深刻解读，更是对东亚文化互动的一次精彩呈现。它提醒我们，中日两国的文学交流与碰撞，不仅是东亚文明史的重要组成部分，更是全球化语境下文化多元共生的生动注脚。

一、现代性批判：中日近现代文学的共同主题

现代性，是中日近现代文学区别于古典文学的最显著特征。关于现代性，可谓聚讼纷纭、言人人殊。柄谷行人在《日本近代文学的起源》中提出了一系列关于日本明治维新时期文学与现代化之间关系的观点，重点考察的就是肇基并乞灵于翻译西方文学的日本近代文学的现代性问题。他通过对明治中期（1880—1900）前后文学的深入分析，探讨了文学在语言形式、思维方式、文体表现等方面新观念的生成过程。他指出，这一时期的文学变革与国家体制如议会、法制、医疗、教育、征兵

制度的建立有着密切的同步关系。柄谷行人运用知识考古的方法，考察了"风景的发现""内面的发现""儿童的发现""病的意义"以及"自白制度"等概念，认为这些概念与民族主义和民族国家的一系列制度一起诞生，并且以一种"颠倒"的方式呈现出来。知识界或许已经形成共识，日本的现代性体验并非一蹴而就，其间经历了难以想象的曲折。本人认为，这里存在着互为背离的双向运动：一方面是以外科手术方式全面移植西方思想文化，其结果是被西方思想文化殖民；另一方面又出现了以"日本文艺复兴"为肇始的东方回归思潮。也就是说，最迟在19世纪80年代，在日本现代性体验的现场就发生了两条路线的争斗。柄谷行人还进一步指出，近现代文学的特性是其"内部性"，通过对这一特性的反思，他认为现代文学的终结可能预示着某种全新事物的诞生。柄谷行人如此的批评范式和对核心观念的提炼与表述影响深远，为日本近现代文学史的批判性思考提供了新的视角。受柄谷行人等前贤的启发，本人认为，日本文学现代性之发生与展开应该体现在如下四个层面。

1. "自我"的发现，或曰个人主义意识的萌生

在人类思想文化发展的历程中，"自我"的发现是具有划时代意义的转折点。这种"自我"的发现，本质上是个人主义意识的萌生，它标志着个体从传统集体主义、专制主义观念中逐渐觉醒，开始关注自身价值与独立性。这种觉醒不仅改变了人们对自我的认知，更重塑了社会的价值取向。

在思想文化层面，自我觉醒意识、市民意识和个体意识逐渐成为社会的普遍价值取向。无论是在家庭、组织、社会还是国家层面，个体的存在都受到了前所未有的关注。个体不再仅仅是集体或权利的附属品，而是具有独立价值和自主性的存在。这种观念的转变，使得个人价值的追求和社会改良的意识找到了新的立

足点——以个体为核心,强调自我实现与自由发展。

这种思想文化的变革也深刻影响了文学创作领域。近现代日本文学中,第一人称叙事、复调和内心独白等创作手法的频繁运用,正是"自我"意识觉醒的直接体现。第一人称叙事让个体成为故事的主角,直接表达自己的情感与思考;复调则展现了个体在复杂社会关系中的多重声音和视角;内心独白则深入挖掘个体的内心世界,揭示其复杂的心理活动。这些创作手法的运用,使得文学作品更加注重个体的内心体验和情感表达,与前近代文学以集体叙事和宏大叙事为主的形式形成了鲜明对比。

"自我"的发现不仅是思想文化领域的革新,更是文学创作领域的革命。它让文学从传统的集体主义叙事转向个体主义叙事,从宏大叙事转向微观叙事,从而更加贴近人性的本质,更加深刻地反映人类的精神世界。这种转变不仅丰富了文学的表现形式,也提升了文学对人性的洞察力,使其成为探索个体价值与自由的重要载体。

2. 民主主义运动频繁发生

自19世纪70年代起,日本社会掀起了一系列波澜壮阔的民主主义运动。这些运动不仅是对政治体制的深刻反思,更是日本社会在现代化进程中对自由、平等与权利的强烈诉求的体现。然而,日本的民主主义发展之路并非一帆风顺,其发展从一开始就受到保守思想及其势力的强烈阻挠。这种独特的社会环境使得日本的民主主义运动呈现出与西方截然不同的特征,也因此备受诟病。但是,尽管面临重重阻力,民主主义观念却在日本社会中逐渐深入人心。这种观念的传播与渗透,深刻影响了日本的文学创作。文学作为一种反映社会现实与思想观念的重要载体,自然成为民主主义思潮的重要表现形式。在这一时期,日本文学创作中普遍展开了民主、民权及民生的叙事。作家们通过作品探讨社会底层人民的权利诉求,揭示社会不公与压迫,呼吁民主与自由。

这些作品不仅记录了日本社会在现代化进程中的矛盾与冲突，也展现了民众对民主制度的渴望与追求。

民主主义运动与文学创作的相互作用，使得日本社会在思想文化领域发生了深刻变革。文学作品通过生动的叙事和深刻的思想表达，推动了民主主义观念的传播与发展，而民主主义运动的实践又为文学创作提供了丰富的素材与灵感。这种良性互动不仅丰富了日本文学的内涵，也为日本社会的现代化进程注入了强大的精神动力。

3. 资本主义文化成为社会的主流

明治维新之后，日本推行的全盘西化深刻改变了日本社会的经济、思想和文化格局。这一时期，日本大力推行"文明开化"，学习西方的资本主义制度和文化，物质主义和功利主义观念逐渐兴起。资本主义文化的发展对日本文学创作产生了深远影响，文学理念、文艺思想、文学书写内容及艺术表现方式都走上了西式轨道，推动了日本文学的近代化进程。

例如，在文学创作方面，明治时代的日本文学开始摆脱传统束缚，走向现实主义和浪漫主义。坪内逍遥的《小说神髓》和二叶亭四迷的《浮云》等作品，奠定了日本近代文学的基础。同时，资本主义社会的矛盾也催生了自然主义文学，岛崎藤村的《破戒》等作品以批判现实的笔触，反映了社会底层人民的困境。此外，资本主义文化的多元性也导致日本文学流派纷繁复杂，既有欧化倾向，也有对传统国粹的坚守。总体而言，资本主义文化的兴起使日本文学在思想内容和表现形式上都发生了深刻变革，既推动了文学的现代化，也使其在反映社会现实和人性复杂性上更具深度和广度。

4. 西方文明批评成为新潮流

知识人，包括文学家们，在理论与实践两个维度持续性地倡导在"回归东方"传统的哲学基础之上重新审视日本的现代化道路，这些都深刻地影响着日本社会。早在19世纪八九十年代就出现了日本民粹主义思潮，史称"日本文艺复兴"。通过与西方做比较，觉悟了的日本知识人重新发现了日本及东方传统思想文化的优越性。这一思潮的哲学基础在于重新审视日本现代化过程中过度依赖西方模式所带来的问题，如社会分化、文化认同危机等。日本的现代化是后发型、模仿追赶型的，优先发展经济和军事，导致政治、社会文化发展不平衡。在这一背景下，"回归东方"传统并非简单地排斥西方，而是试图从本土文化中寻找到可持续发展的精神资源，而文学就是重塑日本近现代思想文化内核的主要抓手。

依余浅见，基于同样的历史文化生态与地理空间等因素的考量，如此思考亦适用于同样乞灵于西方文明赋能的近现代中国思想文化发展变革史的讨论。因为中日两国都是在面临着作为外部的西方的强大压力的前提下，开始了现代性体验的征程，步履维艰地开始了"内部性"思想文化的重构，因此亦同样经历了近代国家建设过程中的曲折与困境。

质言之，近现代中日摄取西方思想文化的过程，就是西方现代性体验、实践和落地的过程。现代性如同一股强劲的东风，吹拂过两国的文学文化园地，催生出无数新芽。然而，现代性并非全然的甘霖，它在带来社会进步、思想解放的同时，也引发了诸多问题与矛盾。于是，在中日文学的天地里，现代性批判便成为一道独特的风景线。

在西方，现代性批判的火种早在启蒙运动时期便已点燃。卢梭、斯宾塞等思想家、哲学家对理性主义的盲目崇拜、对个体异化的深刻洞察，为现代性批判奠定了理论基础。而这股思潮传入中日两国时，便与中日本土的文化土壤发生了奇妙的化学反应。中日两国的作家们开始反思现代性所带来的种种弊端，如人与自然的疏离、人与人之间的冷漠、传统价值的瓦解以及伦理秩序的崩坏等。他们以文学为武器，对现代性进行深刻的剖析与批判。

在日本近现代文学发展史上，"红露逍鸥"及夏目漱石等作家堪称现代性批判的先驱。森鸥外在《舞姬》中，通过主人公丰太郎的悲剧命运，揭示了个人主义在西方文化冲击下的困境。丰太郎在追求个人自由与爱情的过程中，逐渐迷失自我，最终在现实的泥沼中挣扎无力。夏目漱石则在《我是猫》中，从一只猫的视角出发，对明治维新后的日本社会进行了犀利的讽刺，批判了当时社会对西方文化的盲目崇拜、对金钱的过度追求，以及人性在现代化进程中的扭曲。

在中国文学里，鲁迅、沈从文等作家同样高举现代性批判的大旗，针砭时弊，激浊扬清。鲁迅在《伤逝》中，讲述了涓生与子君这对追求自由恋爱的青年，在现实的压迫下走向悲剧的故事。作品深刻地揭示了个人主义在封建残余势力与社会压力下的脆弱，以及个体在现代化进程中的迷茫与挣扎。沈从文则在《边城》中，以湘西边城的自然风光与淳朴民风为背景，对现代文明的侵袭进行了隐喻式的批判。他笔下的边城，如同一片未被现代性污染的净土，人们过着简单而纯朴的生活，与外界的喧嚣与浮躁形成鲜明对比。

二、比较研究：在差异中探寻共性

《中日近现代文学的现代性批判》一书以"现代性批判"为视角，探讨了中日近现代文学的同质性与异质性，旨在填补既有研究中缺乏"比较"与"现代性批判"理论的空白，并为现代化建设提供理论支持。研究采用了影响研究、平行研究、跨学科研究等方法，从个人主义、民主主义、资本主义和东方回归四个维度展开。

在个人主义维度，中日文学均批判个人主义的深层危机，但日本文学表现出"个人性"，中国文学则具有"社会性"。在民主主义维度，二者均反思民主体制与意识的局限性，但日本文学态度"妥协"，中国文学态度"革命"。在资本主义维度，中日文学共同批判拜金主义、工具理性与城市文明，但日本文学批判更"超前"，中国文学批判相对"滞后"。在东方回归维度，中日文学均以回归东方古典性批判西方现代性，但日本文学"重古典性"，中国文学"重现代性"。

基于上述考察，本书总结指出，中日近现代文学的同质性与异质性根源在于现代性的自反性与文化自觉，以及两国在文学传统、群体无意识以及政治体制等方面的差异。

中日两国虽然同属东亚文化圈，但历史发展路径、社会制度、文化传统、群体无意识等方面存在诸多差异。这些差异使得中日文学在表现现代性批判时，呈现出不同的风格与特点。然而，在差异之中，我们依然能够发现一些共性，这些共性是中日文学在现代性批判维度下能够进行比较研究的基础。

首先，从批判的视角来看，中日作家都关注个体在现代性冲击下的命运。无论是日本的森鸥外、夏目漱石，还是中国的鲁迅、沈从文，他们都把目光投向了普通人在现代化进程中的生存状态，描绘了个体在面对现代性所带来的种种挑战时的无奈、挣扎与反抗，展现了人性在现代性压力下的复杂性与多样性。这种对个体命运的关注，体现了中日作家深切的人文关怀与社会责任感。

其次，从批判的方式来看，中日作家都善于运用象征、讽刺等手法来表达对现代性的批判。例如，夏目漱石在《我是猫》中，从一只猫的视角来讽刺人类社会的荒谬与可笑，这种独特的叙事视角使得批判更加尖锐而深刻。鲁迅在《阿Q正传》中，通过阿Q这一形象，对国民性进行了深刻的剖析与批判，阿Q的"精神胜利法"成为现代性批判中的一个经典符号。这种运用象征、讽刺等手法的批判方式，使得中日近现代文学作品在艺术表现上丰富多样，增强了作品的批判力度与思想深度。

三、中日近现代文学的现代性批判：跨学科研究与比较视野的典范

本书以其独特的跨学科研究方法和深刻的中日比较视野，为文学研究开辟了新的路径。它不仅深入探讨了中日文学在现代性批判上的异同，还通过多学科的理论与方法，揭示了中日文学作品在社会、政治、经济、文化等多维度下的深刻内涵。这种跨学科的研究方式，不仅丰富了研究视角，也为理解中日近现代文学提供了更为全面和立体的框架。

1. 跨学科研究方法的创新与应用

本书在研究方法上的跨学科特点十分突出，涵盖了文学与社会学、政治学、哲学、经济学、心理学、历史学等多个学科领域的交叉应用。这种跨学科的研究方法拓宽了研究视野，为文学研究注入了新的活力。

首先，文学与社会学的交叉研究，使本书能够深入分析文学作品如何反映和批判社会结构、阶级关系以及社会变迁。通过对中日文学作品中所呈现的资本主义社会中个人与社会关系的描绘，本书探讨了文学在社会批判中的独特价值。这种研究方法不仅利于揭示文学作品的社会功能，还为理解文学与社会的互动提供了新的视角。其次，文学与政治学的结合，为分析文学作品中的民主主义思想提供了有力的工具。书中通过对中日政治小说的探讨，分析了作家对民主政体的想象以及对现存政治体制的批判。这种跨学科的研究方法，不仅揭示了文学作品中的政治意涵，也探讨了政治元素对文学创作和接受的影响。此外，文学与哲学的对话，尤其是对现代性、理性、自由等哲学概念的运用，为解读文学作品中的深层含义提供了理论支持。书中借助康德的启蒙概念和哈贝马斯的现代性理论，深入探讨了文学作品中对个

人主义、自由和主体性的反思，使文学研究超越了文本层面，触及了更为深刻的思想内涵。

在经济领域，文学与经济学的融合为分析资本主义社会的本质和矛盾提供了新的视角。书中结合马克思和韦伯的资本主义理论，探讨了文学作品对资本主义生产关系中的异化现象和工具理性对人的压抑的批判。这种跨学科的研究方法，不仅揭示了文学作品对经济制度的深刻洞察，还为理解资本主义社会的复杂性提供了新的思路。心理学的引入则为探讨作家的创作心理、作品中的人物心理以及读者的接受心理提供了理论支持。书中通过心理学视角，分析了现代性背景下个体心理的变化和冲突，揭示了文学作品在心理层面的深刻意义。历史学的方法则使本书能够将文学作品置于特定的历史语境中进行分析。通过对明治时期的日本和清末民初的中国的历史背景的探讨，书中分析了历史事件对文学创作的影响，以及文学作品如何反映和塑造历史记忆。此外，比较文学的方法和跨艺术领域的研究，为书中对中日文学的比较分析提供了坚实的理论基础。通过跨文化的视角，书中比较了中日两国文学在现代性批判上的异同，揭示了不同文化背景下文学表现的共性和差异。同时，书中还将文学与其他艺术形式如绘画、戏剧等进行交叉分析，探讨了不同艺术领域在现代性批判上的相互影响和借鉴。

2. 中日比较研究的深度与广度

本书的中日比较研究不仅体现在理论框架和历史语境的对比上，还深入文学主题、作家与作品、文学流派等多个层面。这种全方位的比较研究，为理解中日近现代文学的现代性批判提供了新的视角。

在理论框架的比较中，本书将中日两国文学中的现代性批判放在同一个平台上进行分析，探讨了两国作家如何在各自的文化语境中理解和反思现代性。这种跨文化的理论框架，不仅揭示了中日文学在现代性批判上的共通性，还展现了两国文学在处理现代性问题时的独特性。

历史语境的对比则为理解中日文学的差异提供了背景支持。书中通过对明治时期日本和清末民初中国的历史文化背景的比较，探讨了两国在面临西方现代性冲击时的不同反应和适应策略。这种历史语境的对比，不仅揭示了两国文学的差异，还为理解文学作品的社会功能提供了新的视角。

文学主题的平行分析是本书中日比较研究的重要内容之一。书中对中日文学中相似的主题进行了深入探讨，如个人主义、民主主义、资本主义的批判，以及对东方传统文化的回归等。通过这种平行分析，书中揭示了两国文学在这些主题上的异同，为理解中日文学的共性和差异提供了新的思路。

作家与作品的对照研究则进一步深化了中日比较研究。书中选取了具有代表性的中日作家和作品进行对照分析，探讨了这些作家如何通过文学作品表达对现代性的批判和反思。这种对照研究不仅揭示了两国文学在主题和表现手法上的差异，还为理解作家的创作意图提供了新的视角。

文学流派的比较则为理解中日文学的现代性批判提供了新的维度。书中对比了中日两国的文学流派，如日本的新感觉派与中国的新感觉派，分析了这些流派在现代性批判方面的相似之处和差异。这种文学流派的比较，不仅揭示了两国文学在艺术风格上的差异，还为理解文学流派在现代性转型中的作用提供了新的思路。

文化传统的影响分析是本书中日比较研究的又一重要内容。书中探讨了中日两国的文化传统如何影响各自文学对现代性的接受和批判，以及这些文化传统在现代性转型中的作用。这种文化传统的影响分析，不仅揭示了两国文学的差异，还为理解文化传统在现代化进程中的角色提供了新的视角。

社会变革与文学反应的对照研究则进一步深化了中日比较研究。书中分析了中日两国在社会变革过程中文学的反应，探讨了文学如何通过批判社会现实来反映社会变革的需求。这种对照研究不仅揭示了两国文学在社会功能上的差异，还为理解文学在社会变革中的地位和作用提供了新的思路。

3. 跨学科研究与中日比较研究的意义

跨学科研究方法的应用，使本书能够从多个层面揭示文学作品的现代性批判意义。这种研究方法不仅拓宽了研究视野，还为理解文学作品的复杂性提供了新的工具。通过文学与社会学、政治学、哲学、经济学、心理学、历史学等多个学科的交叉应用，本书为文学研究提供了更为全面和立体的框架。

中日比较研究则为理解两国文学的现代性批判提供了新的视角。通过理论框架、历史语境、文学主题、作家与作品、文学流派等多个层面的比较，本书揭示了中日文学在现代性批判上的共通性与差异性。

总之，《中日近现代文学的现代性批判》一书以其跨学科的研究方法和中日比较研究的视野，为文学研究开辟了新的路径。这种跨学科的研究方法和中日比较研究的视野，不仅为理解中日近现代文学提供了新的视角和思路，还为全球化背景下的文化研究提供了新的思考。

四、结语：在文学的交响中展望未来

《中日近现代文学的现代性批判》一书，宛如一曲跨越时空与国界的文学交响乐章。它以中日文学为旋律，奏响了现代性批判的深沉与激昂，让我们在文字的交织中感受到思想的碰撞与灵魂的共鸣。这场交响不仅让我们领略到中日文学的独特魅力，更在反思现代性问题的过程中，给予我们思想的启迪与精神的滋养。

中日两国的文学传统源远流长，它们在历史的长河中各自发展，形成了独特的风格与内涵。然而，当我们将目光聚焦于近现代文学时，便会发现两国文学在面对现代性问题时，既有相似的困惑与挣扎，也有各自独特的思考与回应。这种异同并存的现象，正是现代性批判的生动体现。通过比较研究，我们不仅能够深入理解中日文学的内在逻辑，更能从两国文学的互动中汲取智慧，反思现代化进程中人类所面临的共同问题。

在未来的文学研究中，我们期待能有更多这样的交响乐章出现。中日文学在比较研究的舞台上，仍有无限的潜力等待挖掘。我们期待两国学者能够以更加开放的心态，深入探讨中日文学在主题、叙事、审美、思想价值等方面的异同，让两国文学在思想与情感的碰撞中，绽放出更加绚烂的火花。这种跨文化的学术交流，不仅能丰富我们对文学的理解，更能为构建多元的世界提供有益的借鉴。

同时，我们也期待中日两国能够在现代化建设的道路上携手共进。现代性问题不仅是文学的课题，更是现实社会的挑战。中日两国作为东亚的重要国家，在面对现代化进程中诸如环境污染、社会不平等、文化冲突等问题时，有着共同的责任与使命。两国文学的交流与合作，能够为两国人民提供精神上的慰藉与思想上的启迪，帮助我们更好地理解彼此，共同应对现代性所带来的挑战。

让我们在文学的交响中展望未来。愿中日文学继续在比较研究的舞台上奏响和谐的乐章，愿两国在现代化建设的道路上携手共进，为构建一个更加美好的世界贡献文学的力量。

谨以此序，向作者的辛勤工作表示敬意，并期待本书能够激发更多的学术讨论和研究。

文学博士　陈多友
2025 年 2 月 18 日于广州听云斋

目　录

绪　论　001
　　第一节　选题的缘起　003
　　第二节　国内外先行研究综述　012
　　第三节　主要内容和研究方法　037

第一章　个人主义的隐忧　045
　　第一节　《舞姬》和《伤逝》的爱情悲剧
　　　　　　与个人主义　048
　　第二节　夏目漱石和老舍的个人主义反思　062
　　第三节　中日无产阶级文学对个人主义的疏离　078
　　本章小结　093

第二章　民主主义的反思　097
　　第一节　中日近现代政治小说中的民主想象　100
　　第二节　关于《破戒》与《阿Q正传》的"民主"
　　　　　　之批判　118
　　第三节　白桦派和鲁迅的民主主义话语　135
　　本章小结　153

第三章　资本主义的质疑　157

第一节　《金色夜叉》与《啼笑因缘》的
　　　　"情钱之争"　161

第二节　谷崎润一郎与郁达夫的"颓废"文学　177

第三节　中日新感觉派文学的反现代性　193

第四节　国木田独步和沈从文的城市文明批判与
　　　　"自然书写"　210

本章小结　229

第四章　东方文化的回归　233

第一节　明治时期和清末民初的国粹主义思潮　236

第二节　幸田露伴与许地山文学的"东方性"　250

第三节　永井荷风和周作人的"江户趣味"　265

本章小结　281

结　语　285

第一节　同质性及其成因　288

第二节　异质性及其成因　294

第三节　主要价值与今后展望　303

参考文献　307

绪论

第一节
选题的缘起

鸦片战争以后,中国在西方列强坚船利炮的逼迫下,进入了蜕旧变新的近代历史。同样,日本在"黑船事件"以后,迫于西方政治军事势力的压力,结束了闭关锁国的历史,步入近代轨道。可以说,西方文明的冲击和西方势力的介入都迫使中国和日本开始了近代化的进程。正如竹内好所言,"东洋的近代是欧洲强制的结果,或者说是这一结果引导出的后果"[①]。

文学是表现人们社会文化生活的主要形式,也是展示人们精神状态的人学。受西方文化的冲击,中国和日本的近现代文学都发生了前所未有的巨大变化,具有了"现代性"这一新的文化向度。"现代性"正是中日近现代文学区别于其古典文学的最显著特征。

一、何谓"现代性"与"现代性批判"

何谓"现代性"?现代性(modernity)的基本观念发端于16世纪的文艺复兴时期,在17世纪和18世纪欧洲的启蒙运动中得以发展,直到19世纪60年代初才形成专门性研究。"现代性"

---

① 竹内好:《近代的超克》,李冬木等译,北京:生活·读书·新知三联书店,2005年,第182页。

是西方资本主义发展历程中的核心概念，一直以来，学界对"现代性"的定义众说纷纭。

美国学者马泰·卡林内斯库曾经对"现代性"这一术语进行语源学考察。他认为，"现代性"一词首次出现在《牛津英语词典》中，意指"现时代"。作为历史分期概念，现代性首先指的是一种与中世纪断裂的时间意识。卡林内斯库指出，西方现代性的概念源自现代与古代的历史划分，"现代"概念表示的是一种时间观念，这种时间观念是不可逆的、连续性的。由此，人们将西方历史划分为古代、中世纪和现代三个阶段："古典时代和灿烂的光明联系在一起，中世纪成为浑如长夜、湮没无闻的'黑暗时代'，现代则被想像（象）为从黑暗中脱身而出的时代，一个觉醒与'复兴'、预示着光明未来的时代。"①

从社会层面的意义来说，吉登斯认为，现代性指的是一种与古代社会断裂的社会组织形式或生活方式，它建构起跨越全球的社会生产方式和具有普适性的社会制度，同时也改变着人们既有的日常生活方式和事物认知模式。在此意义上，现代性大致等同于"工业化的世界"和"资本主义"②制度。按照马克斯·韦伯的分析，资本主义社会的现代化就是一个"祛魅"的过程，即一种理性化的过程。这种理性主义在政治领域表现为科层制度的管理方法，以严格的角色定位明确主体责任；在经济领域，人们通过合理的手段来控制生产过程，提高生产效率；在科学领域，人们运用实证和逻辑的方法来进行研究，探寻科学真理。伴随着现代社会的理性化过程，现代性逐渐渗透政治、经济、文化等各个领域。霍尔从四个方面对现代性作出更加言简意赅的界

---

① 卡林内斯库：《现代性的五副面孔：现代主义、先锋派、颓废、媚俗艺术、后现代主义》，顾爱彬、李瑞华译，北京：商务印书馆，2002年，第25-26页。
② 吉登斯：《现代性的后果》，田禾译，南京：译林出版社，2011年，第1-4页。

定:"政治层面是世俗政体与现代民族国家的确立;经济层面是市场经济和私有制基础上的资本积累;社会层面是劳动和性别分工体系的形成;文化层面是宗教衰落,世俗物质文化的兴起。"①

从哲学意义上来说,哈贝马斯把"现代性"看作一项"未完成的设计",它旨在用新的模式和标准来取代中世纪已经分崩离析的模式和标准。现代性意味着尊重个人自我的选择,个人拥有实现主体价值的自由。"个人'自由'构成现代性的时代特征,'主体性'原则构成现代性的自我确证的原则。"② 换言之,在哈贝马斯看来,现代性的核心问题就是自我理解与自我确证的问题。因为在中世纪神权占据绝对主导地位的欧洲,《圣经》的创世说、原罪说已经为社会的存在形式提供了合理的解释,人们主要依靠宗教信仰获得灵魂的救赎,而启蒙运动彻底颠覆了中世纪的神学价值体系,重新确立起以人的"理性"为核心的制度标准。既然世界不再被视为上帝的造物,而是人的理性的设计,那么,与之相应,人的"自由"和"主体性"便愈发变得重要。

以上我们看到,从不同的角度可以对现代性进行不同的解读。马泰·卡林内斯库从历史学的角度,将现代性等同于"与中世纪断裂的时间意识";吉登斯、韦伯等从社会学角度,将现代性视为"工业化的世界"与"资本主义"制度,其核心原则是"合理性";哈贝马斯从哲学的角度,将现代性视为推崇个人"自由"与"主体性"原则的理性主义价值体系与社会模式。

界定"现代性"的概念与内涵以后,我们还有必要厘清与之相近的两个概念,即"现代化"和"后现代性"。一般认为,"现代化"主要是在经济学和社会学层面谈论的范畴,它关注的是整个社会在从农业文明进入工业文明的过程中,生产力、生产

---

① 周宪:《审美现代性批判》,北京:商务印书馆,2005年,导言第2页。
② 陈嘉明:《现代性与后现代性十五讲》,北京:北京大学出版社,2006年,第4页。

关系、城市化、教育水平等方面所发生的巨大变化，它可以用一些权威性的指标来加以衡量、对照与评判。"现代性"则主要是在哲学层面探讨的范畴，它抽象出现代化过程的本质特征，力图从思想观念与行为方式上把握现代化社会的基本属性。陈嘉明认为，"科学技术、经济生产、社会转型等这些现代化过程的推动，才产生了作为现代社会的'属性'的现代性"①。因此，"现代化"与"现代性"之间存在着因果关系，即"现代化"是动态性的原因，而"现代性"是静态性的结果。此外，与"现代性"不同，"后现代性"一般出现在生产过剩条件下的后工业社会。倘若说现代性产生的基础是现代工业的规模化大生产，那么，后现代性出现的基础则是后工业社会。换言之，"后现代性"是在市场导向的消费世界的基础上建构起来的，而不是在劳作和生产的基础上建立起来的。随着现代工业的不断发展，生产过剩的状况在所难免。于是，生产者借助传媒等力量来刺激人们的消费欲望。此时，商品作为符号的价值不再通过其使用价值来表现，而是通过符号之间的差异来表现。这就意味着，在后现代社会人们更注重事物的形式而不是其功能。如此一来，传统的、一致的普遍价值和标准被否定，取而代之的是多元化的价值标准。显然，较之于"现代性"的普遍性与标准性，"后现代性"更注重事物的多元性与异质性。

那么，何谓"现代性批判"？

我们首先要明确"批判"的内涵。哲学意义上的"批判"，一般意味着"通过'界限'的厘定，祛除抽象观念和抽象力量对人的思想和现实生活的扭曲和遮蔽，从而推动思想解放与人的

---

① 陈嘉明：《现代性与后现代性十五讲》，北京：北京大学出版社，2006年，第36页。

解放"①。批判是一种针对抽象观念的反思、怀疑和重新审视,它宣告一切终极真理和最高权威的终结,具有"反潮流"和"反偶像"的气质。福柯曾经在《什么是批判?自我的文化:福柯的两次演讲及问答录》中指出,所谓"批判"就是人"不愿被治理"的态度,"主体由此赋予自己权利,质疑真理的权力效应,质疑权力的真理话语"②。简言之,哲学的"批判"就是对权威话语和压迫性力量的控诉、反抗和抵制,具有解构和超越的精神气质。

文化和美学意义上的现代性正是对现代社会中处于权威地位的"现代性"的质疑、反思或否定。由于现代性本身具有两个基本层面:"一个层面是社会的现代化,它体现出启蒙现代性的理性主义对社会生活的广泛渗透和制约;另一层面则是以艺术等文化运动为代表的审美现代性,它常常呈现为对前一种现代性的反思、质疑和否定。历史地看,两者之间存在着一系列的紧张关系。"③ 本书所论述的"现代性批判"正是美学层面的"审美现代性",具体而言,指的是从美学的角度,对西方现代文明高扬的理性主义(或曰"启蒙现代性")进行反思、批判与超越。启蒙运动以后,理性被视为人的根本,社会的发展亦被视为不断理性化的过程。然而,启蒙现代性并没有给人们带来所期盼的"进步神话"和"理性王国",反而让人们陷入更深的理性"铁笼",产生价值的虚无感,导致主体的"无家可归"。因此,所谓的"现代性批判"就是对启蒙现代性推崇的"理性""自由""主体性"等权威性的现代理念进行质疑、反诘或超越。

---

① 贺来:《何谓哲学意义的"批判"》,载《探索与争鸣》2016年6期,第37页。
② 福柯:《什么是批判?自我的文化:福柯的两次演讲及问答录》,潘培庆译,重庆:重庆大学出版社,2017年,第12页。
③ 周宪:《审美现代性批判》,北京:商务印书馆,2005年,第57页。

二、问题的提出

如前所述,"现代性"是中日近现代文学区别于其古典文学的最显著特征,也是研究中日文学现代转型时不可忽视的因素,其重要性自不待言。值得注意的是,近代以来,当中日文学从东方的古典性转身面对西方的现代性时,正是现代性在西方已经发生自我分裂、自我悖反的时刻。

从 17 世纪的启蒙运动时期至 19 世纪的法国大革命,现代性逐渐渗透至政治、经济、文化等社会生活的各个领域,并且日趋成熟,不断推动着社会的进步与发展。人们开始逐步确立起民族国家的现代意识,建立起资本主义的工业化生产制度,推崇个人主义和功利主义等现代理性哲学。但是,伴随着现代性的发展,它自身的弊病和危机也不断地暴露和显现出来,开始遭到人们的反诘与批判。据研究,自从 19 世纪上半叶起,现代性本身已经发生分裂,成为福柯所说的"自反性的现代性"。卡林内斯库亦将现代性划分为"社会现代性"与"审美现代性"两种类型,并指出这两种现代性在相互发展中日益敌对、相互抵牾①。马克斯·韦伯认为,工具理性的过度膨胀终将会导致人的自由的丧失,使人被禁锢于理性所编织的"铁笼"。西方法兰克福学派也表示,随着支配自然的力量一步步增长,制度支配人的权力也在一步步地增长,这种荒谬的处境彻底揭示出理性社会中的合理性已经不合时宜②。在艾略特眼中,第一次世界大战以后,西方的现代性已经丧失了原有的创造性和生产力,只剩下一堆残骸,沦

---

① 卡林内斯库:《现代性的五副面孔:现代主义、先锋派、颓废、媚俗艺术、后现代主义》,顾爱彬、李瑞华译,北京:商务印书馆,2002 年。
② 霍克海默、阿道尔诺:《启蒙辩证法——哲学断片》,渠敬东、曹卫东译,上海:上海人民出版社,2006 年。

为"破碎的偶像"①。斯宾格勒提出"西方的没落",认为西方的文明正在逐步走向死亡。汪民安指出:"现代性进程引发人们的沮丧、忧郁、焦虑、呐喊和反抗,最著名的说法是将现代社会称为'荒原'。"② 由此可见,现代性的内在分裂与自我悖反,使其在推动人类社会进步的同时,也制造出许多难以调和的矛盾和社会道德危机。

由于现代性本身存在自反性,这必然使中日近现代文学同样存在对现代性的追寻与质疑、推崇与批判、接受与拒斥等二律背反的复杂形态。学界目前对中日近现代文学的现代性接受已经进行了较为充分的研究和探讨(后文详述)。那么,中日近现代文学的现代性批判究竟是在哪些维度展开的,这些维度是否具有同质性?在相似的文学表象背后,是否又客观存在着精神实质的异质性?其同质性与异质性产生的原因何在?这些正是本研究需要解决的问题。

三、研究意义

为何要研究中日近现代文学的现代性批判?依笔者所见,其研究意义主要包含学术价值与实践价值两大方面。

第一,中日近现代文学的现代性批判研究,具有多重学术价值。

首先,可以直面中日文学现代转型过程中的"痛点",客观还原中日文学在现代转型期的复杂面相。中日文学的现代转型研究,历来是中日比较文学研究的热点。无论是中日文艺思潮、文学流派的比较研究,抑或中日文艺理论的阐释研究,其研究视角一般聚焦于中日文学如何从西方文学汲取养分从而实现由传统向

---

① 旷新年:《现代文学与现代性》,上海:上海远东出版社,1998年,第17页。
② 汪民安:《现代性》,南京:南京大学出版社,2020年,第10页。

现代的过渡，以及在这"蜕旧变新"的过程中，日本所发挥的"中介"与"源流"作用。这些先行研究关注的重点多是"现代性"的启蒙主义话语所发挥的正面效用，而有意无意地忽视或遮蔽了现代性的"自反性"所带来的诸多精神价值危机。因此，通过系统梳理中日作家有关"现代性批判"的话语，可以直面现代性的负面效应和"痛点"，客观地还原中日文学在现代转型过程中带有批判性、反思性的"别样"面貌。

其次，可以开拓中日近现代文学比较研究的言说空间。目前中日近现代文学比较研究，多注重考察两国文学之间的事实联系与影响关系，缺乏以"现代性批判"为视角的系统性综合研究，而日本和中国学界有关中日近现代文学的现代性批判的研究亦普遍缺乏"比较"的他者意识。研究日本文学的现代性批判，能够为我们审视中国文学提供参照，以便通过他者更好地认知自我，而研究中国文学的现代性批判，也能更深刻地理解日本文学的独特个性。这种双向阐发式的比较研究，可以加深我们对中日近现代文学的理解和认知。因此，我们有必要把中日近现代文学作为比较研究对象，以"现代性批判"作为核心词，从新的视角探究中日文学的共性与差异，从而建构新的理论话语。

再次，可以从美学的视角阐释中日现代化的异同。日本学者依田熹家从历史学的角度，结合中日两国的经济制度、政治形态、历史文化传统等展开对比分析，阐明了两国现代化进程出现差异的根本原因。依田熹家的研究对后继的中日现代化比较研究产生了深远影响。中日近现代文学的现代性批判研究，可以从美学的角度，辨析中日现代化进程的类同性与差异性，而这是对前述史学研究的突破与延伸。

第二，研究中日近现代文学的现代性批判，可以为我国当前的现代化建设和"亚洲命运共同体"的建构提供扎实的学理支撑。

文学从超越的层面对现代性进行批判，从而制约现代性的负面作用。我们分析中日近现代作家反思或批判现代性的言说，可以为当前的现代化思想文化乃至社会经济建设提供理据。日本和中国从古代社会转型进入现代社会之际，正是现代性在西方已经发生深刻危机的时刻。因此，中日近现代作家也必须同时面对现代性带来的负面影响。譬如，以个人目的作为衡量他人或事物价值的尺度；精于算计，崇尚"金钱至上"的价值观；现代都市的劳动分工使个体越来越孤立，人变成都市机器的齿轮，失去个性；人际关系具有表面性、功能性、短暂性，个体失去归属感，陷入无家可归的境地；盲目追随西方文明，否定本国的传统文化。中日近现代作家在文学中反思现代性的危机，他们批判现代人的自我中心主义，揭露资本主义对人的物化和异化，反抗工具理性对人性的压抑，抵御西方文化对东方文化的压迫。中日作家所批判和反思的这些现代性问题，不单单存在于过去，也依然是我们当代人需要面对和必须解决的课题。因此，我们重新审视过去的文学，可以为解决当下的问题提供经验与教训。

　　此外，现代性的危机不只是某个国家独有的问题，它具有普遍性和世界性。研究中日近现代文学的现代性批判，探究其在文学思想、价值追求、美学特征等方面表现出的同质性与异质性，有助于推动不同文明之间的交流互鉴，也有助于我们汲取文学中的（同时也是历史的）经验与教训，修正东亚现代化的发展路径，走出具有东亚特色的现代化之路，以赋能"亚洲命运共同体"的建设。

第二节
国内外先行研究综述

一、中日学界有关中日文学现代性批判的研究

（一）日本学界有关日本文学现代性批判的研究

日本学者对日本文学现代性批判（日本一般称"反近代"[①]）的研究开始较早。笔者从宏观研究和微观研究两个层面，对日本学界的先行研究作出如下梳理。

宏观研究层面，福田恒存最早在专著《反近代的思想》[②]中结合夏目漱石的《现代日本的开化》、永井荷风的《新归朝者日记》、谷崎润一郎的《阴翳礼赞》等多个文本，具体阐释了如何反思与批判日本的"文明开化"，还从宗教、历史、哲学维度详述了保田与重郎、龟井胜一郎、唐木顺三、山本健吉、小林秀雄等人的现代性批判话语。这部专著最早系统地梳理出日本文学中的反近代思想，具有拓荒与补白的意义。除此之外，中条省平的专著《反＝近代文学史》[③]从文学史的视角详细阐述了日本近代

[①] 日本学界一般把"现代性批判"称为"反近代"。为了表述方便，避免与日本现代文学的概念发生混淆，本书沿用日文的"反近代"来表示中国学界惯用的"反现代"。

[②] 福田恆存：『現代日本思想体系32 反近代の思想』，東京：筑摩書房，1965年。

[③] 中条省平：『反＝近代文学史』，東京：文芸春秋，2003年。

作家夏目漱石、泉镜花、谷崎润一郎、江户川乱步、三岛由纪夫、村上隆等人有关现代性批判的言说，并推演出日本文学反近代思想的演进脉络和历史轨迹。

此外，三好行雄的专著《日本文学的近代与反近代》① 系统地探讨了成岛柳北、夏目漱石、森鸥外、永井荷风等作家对日本近代化的反思与批判，再现了日本近代文学的张力结构。三好行雄指出，近代日本知识分子大多出身士族，他们的精神结构深处留存着根深蒂固的传统价值观和审美趣味，因此他们多立足于传统主义批判西方的现代性，东方传统文化也自然成为他们展开现代性批判的抓手和支点。另外，三田英彬的专著《反近代的文学　泉镜花·川端康成》② 主要论述泉镜花的文学创作与能乐之间的关系，以及川端康成的文体论与自然观。三田英彬认为，泉镜花和川端康成两位日本文学翘楚都以回归传统文化的方式来抵抗西方现代性对本国思想文化的同化甚至"殖民"，从而保持了自身文学的独特个性与魅力。由此可见，三好行雄和三田英彬两位研究者都关注到了日本作家通过回归传统文化来批判现代性的创作范式。

京都大学金仙花的博士论文《作为"破局"与"再生"的反近代——京都学派·日本浪漫派·亚洲主义》③ 系统考察了20世纪30至40年代日本知识界京都学派、日本浪漫派的反近代话语，指出他们的反近代思想发生的历史语境是西方的资本主义和帝国主义的危机，以及亚洲各国的民族主义抵抗。所以，其文学叙事从展现由近代幻灭感而生的"破局"叙事，逐渐演变为视

---

① 三好行雄：『日本文学の近代と反近代』，東京：東京大学出版社，1973年。
② 三田英彬：『反近代の文学　泉鏡花·川端康成』，東京：おうふう，1999年。
③ 金仙花：「『破局』と『再生』としての反近代——京都学派·日本浪漫派·アジア主義」，京都大学博士論文，2015年。

亚洲为新世界的"再生"叙事。这种亚洲主义本身具有两面性，它既为日本抵抗西方帝国主义提供了话语支持，也具有美化侵略的意识形态功能。金仙花的研究关注到了日本京都学派和日本浪漫派主张回归东方传统文化的多重意图，揭示出其亚洲主义的两面性，指出了其现代性批判本身的不彻底性。

微观研究方面，日本学界有较多单篇的学术论文探讨日本近代作家的反近代思想，其研究范式多为结合具体的某位作家或某部作品展开分析与论证。譬如，尾崎红叶的现代性批判正是研究者关注的焦点之一。菅聪子在论文《对非在物的欲望——红叶的现代主义构图》①中指出，《金色夜叉》出现在日本资本主义体制的形成和确立期，间贯一从事高利贷行业，象征着与传统共同体社会的割裂，全文蕴含着尾崎红叶批判拜金主义的思想。伊藤氏贵的《眼神的反近代——〈春琴抄〉中视线的行踪》②以佐助的失明隐喻疏离近代化的时代潮流、回归传统的"阴翳"世界。伊藤氏贵认为，结合与《春琴抄》同年出版的《阴翳礼赞》，能够更好地理解谷崎润一郎在《春琴抄》中所表述的反近代思想。

夏目漱石的文明批评论亦是先行研究关注的重点。譬如，登尾丰在论文《〈少爷〉的反近代》③中指出，主人公少爷所亲近的人几乎都是些"落后"于时代潮流的人物，他们身上保留着传统的美德，因此《少爷》的反近代思想主要表现在批判浮躁的社会心态和媚俗的拜金主义风气，主张复活东方传统的"道义"伦理。此外，有关夏目漱石现代性批判的研究论文还有佐

---

① 菅聡子：「非在なるものへの欲望——紅葉的モダニズムの構図」，載『日本近代文学』1997年4号，第1–11頁。
② 伊藤氏貴：「まなざしの反近代——『春琴抄』における視線のゆくえ」，載『江古田文学』2007年1号，第102–110頁。
③ 登尾豊：「『坊つちやん』の反近代」，載『国語と国文学』1997年9号，第1–11頁。

藤泰正的《文学中的近代与反近代·其中一面——以〈心〉的评价推移为主线》①、西脇良三的《漱石的近代与反近代》② 等。

泉镜花文学的古典特质也吸引着研究者的关注。譬如，三田英彬的《文化原理与反近代的文学：以泉镜花为中心》③ 提出将文化原理划分为两大类，即以"近代化＝西方化"为标志的父性原理和以日本古代文化为特征的母性原理。三田英彬认为，泉镜花的反近代文学契合的是代表日本传统文化的母性原理，而非西方化的父性原理。此外，藤泽秀幸在论文《泉镜花〈朱日记〉论——"反近代"的个人幻想》④ 中指出，《朱日记》里象征现代合理主义的"教师"在"合理"与"非合理"的境界边缘反复徘徊，最终越境至"非合理"的世界，这样的人物形象和情节设定反映了泉镜花的反近代思想。质言之，藤泽秀幸认为泉镜花的小说具有去中心化的倾向，他否定了以"现实世界·合理·理性"为中心的近代思想，而推崇"异界·非合理·情念"的精神世界。

横光利一的工具理性批判也是研究者关注的内容。中川智宽在论文《〈机械〉试解——作为反近代的物语》⑤ 中指出，横光利一以屋敷作为日本近代竞争主义的象征，主人公"我"对屋敷的怀疑正是质疑和批判现代工具理性的隐喻。

除上述研究成果以外，日本学界有关日本文学现代性批判的

---

① 佐藤泰正：「文学における近代と反近代・その一面——『こころ』評価の推移を軸として」，載『日本文学研究』1988 年，第 73-84 頁。
② 西脇良三：「漱石における近代と反近代」，載『山口大学教育学部研究論叢第 1 部』1977 年 12 号，第 79-87 頁。
③ 三田英彬：「文化原理と反近代の文学：泉鏡花を軸にして」，載『学海』1986 年 3 号，第 11-28 頁。
④ 藤沢秀幸：「泉鏡花『朱日記』論——『反近代』に至る個人幻想」，載『国語と国文学』1989 年 5 号，第 12-23 頁。
⑤ 中川智寛：「『機械』試解——反近代の物語として」，載『解釈』2005 年 1-2 号，第 34-40 頁。

代表性论文还有越智治雄的《成岛柳北的反近代》①、登尾丰的《反近代的作家"实例"幸田露伴》②、佐藤泰正的《鸥外的近代与反近代——以〈妄想〉为中心》③、平冈敏夫的《芥川的"人工"与"自然"——芥川的反近代》④、伊藤真一郎的书评《宫泽贤治著〈宫泽贤治　近代与反近代〉》⑤、林尚男的《对"白桦派"的批判：以"近代思想"为中心》⑥、北川透的《抒情的近代与反近代的"原点"》⑦、保明阳子的《作为"反近代"小说的〈灰烬〉——托尔斯泰影响下的德富芦花的现代主义》⑧ 等。

整体而言，日本学界的宏观研究系统梳理了日本文学中的现代性批判话语，勾勒出了日本文学反近代思想的发展脉络，也归纳出日本作家以回归传统文化的方式批判现代性的内在思想逻辑，并指出了亚洲主义本身的两面性及其现代性批判的不彻底性。微观研究层面，研究者关注的一般是日本某位作家或某部作品的反近代思想，研究的内容不仅涉及作家对东方传统文化的回归，也包括了作家有关现代性内部危机（例如，拜金主义、工

---

① 越智治雄：「成島柳北における反近代」，載『国文学：解釈と鑑賞』1965 年 5 号，第 32－39 頁。
② 登尾豊：「反近代の作家〈実例〉幸田露伴」，載『国文学：解釈と教材の研究』1990 年 7 号，第 88－94 頁。
③ 佐藤泰正：「鴎外における近代と反近代——『妄想』を軸として」，載『国文学：解釈と鑑賞』1992 年 11 号，第 34－40 頁。
④ 平岡敏夫：「芥川における〈人工〉と〈自然〉——芥川の反近代」，載『国文学：解釈と教材の研究』1981 年 7 号，第 85－64 頁。
⑤ 伊藤真一郎：「宮沢賢治著『宮沢賢治　近代と反近代』」，載『日本近代文学』1992 年 46 号，第 169－171 頁。
⑥ 林尚男：「『白樺派』への批判：『近代思想』を中心に」，載『日本文学』1966 年 10 号，第 768－774 頁。
⑦ 北川透：「抒情における近代と反近代の原点」，載『国文学：解釈と鑑賞』1969 年 12 号，第 44－55 頁。
⑧ 保明陽子：「『反近代』小説としての『灰燼』——トルスト受容に徳富蘆花のモダニズム」，載『駒沢大学大学院国文学会論輯』2003 年 6 号，第 81－93 頁。

具理性等）的反思与质疑。

（二）中国学界有关日本文学现代性批判的研究

近年来，中国学界关注日本文学反近代思想的研究日渐增多，但研究成果多为单篇的学术论文，目前尚未出现系统性的专门研究，且研究对象一般集中于森鸥外、夏目漱石、永井荷风、谷崎润一郎等日本文坛巨匠。

据笔者所知，目前国内较早探讨日本文学现代性批判的论文是黄芳的《浅议日本近代文学的"东洋回归"现象》[①]。作者通过分析森鸥外、夏目漱石和谷崎润一郎三位日本近代文坛巨匠文学创作的转向，归纳出他们文学的共同特质是文化心理上的"东洋回归"。

森鸥外文学的反近代思想是近年来中国学界关注的热点之一。吴丹的《"秀麿文"中森鸥外的"现代性"反思》[②] 指出，森鸥外通过创作以五条秀麿为主人公的系列思想小说，从科学理性、机制保障、统治技术三个维度揭露了日本近代天皇制国家神话的虚构性，揭示出国家神话与近代科学理性之间难以调和的巨大悖论，进而说明了森鸥外现代性批判的妥协性。周异夫、吴丹的《回归儒学的救赎之路——以森鸥外〈蛇〉的隐喻解读为中心》[③] 以森鸥外的短篇小说《蛇》为研究对象，认为森鸥外运用隐喻的手法，在穗积家构建出天皇制国家的场域，描绘了"时代闭塞"的历史语境下青年的"烦闷"，揭示了天皇制国家体制与近代自我意识之间的冲突，并含蓄地提示出一条回归儒学传统

[①] 黄芳：《浅议日本近代文学的"东洋回归"现象》，载《四川外语学院学报》1999年2期，第36–43页。

[②] 吴丹：《"秀麿文"中森鸥外的"现代性"反思》，载《河南大学学报（社会科学版）》2022年2期，第90–95页。

[③] 周异夫、吴丹：《回归儒学的救赎之路——以森鸥外〈蛇〉的隐喻解读为中心》，载《河南大学学报（社会科学版）》2021年2期，第100–106页。

的救赎之路。换言之，森鸥外试图依靠儒学思想消解新世代青年内心的烦闷与怀疑。谢一格、谢志宇的《〈护持院之原上的复仇〉中人物形象的对立——传统道德与个人精神的冲突》[1]结合森鸥外在小说中塑造的人物形象，剖析小说内蕴的日本社会传统秩序与个人精神之间的对立，揭示出森鸥外对近代个人精神的反思与担忧。

夏目漱石的文明批评论与汉学素养也是中国学者关注的重点内容。李光贞在论文《试析夏目漱石的文明批判》[2]中指出，两年的留学生活加深了夏目漱石对西方现代文明的认识，也促使其反思日本全盘"文明开化"的弊病，因此，漱石回国以后创作的多部小说都包含着他对日本现代文明的审视与批判。黎跃进、王阳的《〈我是猫〉的中国文学元素运用及其意义》[3]分析了漱石如何通过引用、化用、临摹、整合等方式，灵活运用中国古典文学材料，但该文未论及漱石的汉学素养与现代性批判之间的逻辑关联。王勇萍、赵骄阳的《由汉学构筑而成的文化自信——"漱石"名考及"自我本位"文化观》[4]通过对"漱石"典源的文化考证，以及对漱石个人经历和作品的分析，指出漱石的"自我本位"文化观蕴含着不畏强权、不流于世俗、坚持自我的精神品质，并认为汉学是构筑漱石"自我本位"文化观的基石。

永井荷风的文明批判是日本文学反思现代性的代表性言说。

---

[1] 谢一格、谢志宇：《〈护持院之原上的复仇〉中人物形象的对立——传统道德与个人精神的冲突》，载《龙岩学院学报》2021年3期，第54-60页。
[2] 李光贞：《试析夏目漱石的文明批判》，载《山东外语教学》2005年6期，第84-87页。
[3] 黎跃进、王阳：《〈我是猫〉的中国文学元素运用及其意义》，载《东方论坛》2012年4期，第80-84页。
[4] 王勇萍、赵骄阳：《由汉学构筑而成的文化自信——"漱石"名考及"自我本位"文化观》，载《东北亚外语研究》2018年4期，第79-83页。

周异夫、张祺飞的《溯源新归朝者文学——永井荷风〈阴天〉论》①从作品主题、文字风格、创作姿态三个方面，探讨了小说《阴天》在荷风"归朝者文学"这一宏大的创作体系中所发挥的引导作用，阐述了《阴天》所隐含的荷风批判日本盲目效仿西方文明的话语。王升远的《永井荷风〈断肠亭日乘〉中的"现代日本"批判》②指出，荷风对大正和昭和时代日本现代文明的批判内隐着两个维度，一是大众文化的兴起、革命风潮的起伏让荷风感到厌恶与恐惧，追忆江户时代实际是政治重压下的无奈之举；二是荷风的批判未能揭示天皇制国体下各方力量之间的牵制作用，其批判亦并不彻底。

谷崎润一郎文学的"东洋回归"现象也是学界关注的重点。譬如，潘文东在《从恶魔主义到回归传统：〈细雪〉叙事视角分析》③中指出，谷崎在《细雪》中以二姐幸子为主要叙事视角，同时运用多重声音效果，创造出了一个相对封闭的古典唯美世界。从谷崎小说叙事视角的转换可以窥见谷崎文化心理认同的转变，即从崇拜西方颓废美学转变为憧憬日本古典世界。

除上述日本文坛巨匠以外，中国研究者也关注明治初期和第二次世界大战后作家们的反近代思想。譬如，王志松的《成岛柳北与〈花月新志〉——日本近代文学的汉诗文脉络》④探讨的是明治初期的成岛柳北如何以汉诗文的"风流"美学批判日本的"文明开化"。周翔的《武田泰淳的自我认知与日本近代思想

---

① 周异夫、张祺飞：《溯源新归朝者文学——永井荷风〈阴天〉论》，载《文艺争鸣》2021年1期，第180-186页。
② 王升远：《永井荷风〈断肠亭日乘〉中的"现代日本"批判》，载《外国文学研究》2021年6期，第105-116页。
③ 潘文东：《从恶魔主义到回归传统：〈细雪〉叙事视角分析》，载《苏州大学学报（哲学社会科学版）》2010年2期，第76-79页。
④ 王志松：《成岛柳北与〈花月新志〉——日本近代文学的汉诗文脉络》，载《日语学习与研究》2021年4期，第1-9页。

批判——以〈司马迁——史记的世界〉为中心》①研究的是"战后派"作家武田泰淳的反战思想及其日本近代主义批判。

整体而言，中国学界的研究对象多集中在日本近现代某位作家或某部作品，研究的内容一般偏向考察作家的汉学素养对其反现代思想产生的影响，尤其关注回归东方古典性与批判现代性之间的内在联系。

（三）中国学界有关中国文学现代性批判的研究

宏观研究层面，较早涉及中国现代文学反现代性研究的学术专著是张德明的《现代性及其不满——中国现代文学的张力结构》②。作者从中国现代文学史、近现代文论、新旧诗、通俗文学四个维度阐述了中国现代文学中的"现代性"与"反现代性"相互并存的张力结构，并认为这种张力结构是由西方文学理念的中国移植与中国本土经验的现代转换之间的冲突所形成的，它铸就了中国现代文学中两种不同的文学理解方式和表达方式。这些探讨为研究转型期中国文学提供了别样的视角。此后，杨春时的专著《现代性与中国文学思潮》③梳理了中国文学思潮的变迁历程，指出在中国现代文坛争取现代性的启蒙主义和建构现代民族国家的革命主义长期交替占据着文坛的主流地位，尽管浪漫主义、现实主义和现代主义文学思潮具有反现代性的一面，但总体而言力量弱小，并非现代文学的主流。该研究还结合沈从文、老舍、穆旦等个案，分析了中国文学中的反现代思想。这些探讨有助于客观还原转型期中国文学的复杂面貌，亦为后学的现代性批

---

① 周翔：《武田泰淳的自我认知与日本近代思想批判——以〈司马迁——史记的世界〉为中心》，载《外国文学评论》2017 年 4 期，第 149 - 165 页。
② 张德明：《现代性及其不满——中国现代文学的张力结构》，银川：宁夏人民出版社，2007 年。
③ 杨春时：《现代性与中国文学思潮》，北京：生活·读书·新知三联书店，2009 年。

判研究提供了案例参考。此外，苏美妮的《中国现代文学主要悖论性问题研究》① 着重探讨的是作家的身份困惑与中国现代文学的"传统与现代""精英化与大众化""工具性与主体性"等悖反现象之间的关联，以及这些悖反现象对中国现代文学创作所产生的影响。苏美妮的研究关注到了现代文学的张力结构、现代性与反现代性共存并生的复杂样态。近年来，汪树东的专著《中国现代文学中的反现代性研究》② 从文化保守主义、审美现代性、后现代主义、革命意识形态、超越精神五个方面详细论述了中国现代文学的反现代性特征，并从各个维度评述了作家们的反现代性书写的历史意义和存在的局限性。这是中国"国内第一部全面、系统、深入研究反现代性的学术专著"，可谓"填补了当代文学反现代性研究的空白"③。

微观研究层面，学界一般把研究对象聚焦于鲁迅、沈从文、废名、学衡派等论述反现代思想的作家或流派。鲁迅文艺思想的反现代性一直是学界关注的重点。高力克在论文《尼采的幽灵：鲁迅"反启蒙的启蒙"思想》④ 中指出，鲁迅的尼采式启蒙思想既具有现代性批判的前卫性，亦难免陷入"反启蒙的启蒙"的思想困境，即"天才"与"庸众"的对立。李缙英在论文《"反现代性"与"个人主义"的主体建构——鲁迅的启蒙与反思启蒙》⑤ 中强调，来自西方的启蒙思想使中国陷入西方现代化的图圄，作为中国启蒙的先觉者，鲁迅对启蒙的追求与对启蒙的

---

① 苏美妮：《中国现代文学主要悖论性问题研究》，长沙：湖南大学出版社，2015年。

② 汪树东：《中国现代文学中的反现代性研究》，北京：人民出版社，2018年。

③ 于树军：《辩证地反思反现代性的文学书写——评汪树东的〈中国现代文学中的反现代性研究〉》，载《长江丛刊》2020年7期，第61-62页。

④ 高力克：《尼采的幽灵：鲁迅"反启蒙的启蒙"思想》，载《浙江社会科学》2019年1期，第102-112页。

⑤ 李缙英：《"反现代性"与"个人主义"的主体建构——鲁迅的启蒙与反思启蒙》，载《滨州学院学报》2018年1期，第74-79页。

反思达到了辩证统一，其文学显示出主体性建构的复杂过程。马建高的《论鲁迅早期文艺思想的"反现代性"》① 结合鲁迅的《摩罗诗人》等文本分析其对"美之本体"的精神价值追求，指出鲁迅早期文艺思想的"反现代性"具有鲜明的民族主义与文化保守主义特征。张钊贻在论文《鲁迅的现代与"反现代"——"掊物质而张灵明，任个人而排众数"别解》② 中阐述，鲁迅早期"反民主"的"任个人而排众数"言论并非反对民主的理念，而是对当时既存的民主制度抱有怀疑，这种现象出现的根源在于两种现代性的内在矛盾。单世联的《尼采的"超人"与中国反现代性思想》③ 强调，鲁迅在阐释尼采"超人"学说时，其叙述模式一直强调物质与精神、众数与个人的对立，鲁迅始终以个体性、精神性的力量对抗着现代物质文明与所谓"民主政治"。可见，中国学界对鲁迅反现代思想的研究主要集中在鲁迅对尼采"超人"学说的接受，以及由此产生的对个人主义的追求和对民主假象的质疑。

沈从文和废名的城市文明批判也是中国文学现代性批判研究的重要内容。高玉在论文《论都市"病相"对沈从文"湘西世界"的建构意义》④ 中指出，沈从文批判现代都市文明的病态，也建构了一个弥补城市文明缺陷的想象的"湘西世界"。因此，沈从文的"湘西小说"与"都市小说"具有"互文性"。杨联

---

① 马建高：《论鲁迅早期文艺思想的"反现代性"》，载《阴山学刊》2017年1期，第36-41页。
② 张钊贻：《鲁迅的现代与"反现代"——"掊物质而张灵明，任个人而排众数"别解》，载《学术月刊》2011年11期，第117-120页。
③ 单世联：《尼采的"超人"与中国反现代性思想》，载《广东社会科学》2008年5期，第103-110页。
④ 高玉：《论都市"病相"对沈从文"湘西世界"的建构意义》，载《文学评论》2007年2期，第137-141页。

芬的《沈从文的"反现代性"——沈从文研究》①强调，沈从文选择的文化价值观是五四新文化所摒弃的道家哲学，他建立起与欧洲浪漫主义暗合的自然哲学精神，批判主流的进步理性主义，其文学本质上是一种反现代性的现代性。逄增玉的《废名乡土小说隐含的反现代性主题及其叙事策略》②表明，废名的乡土抒情小说与20世纪20年代乡土写实主义小说具有明显的不同，充满牧歌情调的乡村书写，属于反现代性的文学叙事。

学衡派的现代性批判也是研究者关注的内容。汪树东的《"学衡派"的反现代性文化选择》③指出，学衡派批判现代性的进化论、功利主义、主体自由和民主取向，立足文化保守主义立场，表达对传统文化的认同，但由于其理论思想与现实需要脱节，学衡派最终走向了文化的自我封闭。余新明的《论学衡派的历史错位——反现代性》④认为，学衡派"道德救国"的主张受到白壁德的新人文主义影响，其文化保守主义与中国的现实需求形成了一种历史的错位，因而长期受到冷落。

不难看出，中国学者对中国文学现代性批判的研究是在现代性与反现代性的张力结构中展开的，关注的内容多为鲁迅的尼采式启蒙思想与反民主言说、沈从文和废名的城市文明批判或理性主义批判，以及学衡派的文化保守主义等。质言之，上述先行研究既论及中国作家对现代性自身危机的批判，也注意到中国作家立足于传统文化立场批判西方现代性的书写策略。

---

① 杨联芬：《沈从文的"反现代性"——沈从文研究》，载《中国现代文学研究丛刊》2003年2期，第133-150页。
② 逄增玉：《废名乡土小说隐含的反现代性主题及其叙事策略》，载《东北师大学报》1999年3期，第31-35页。
③ 汪树东：《"学衡派"的反现代性文化选择》，载《北方论丛》2016年2期，第45-51页。
④ 余新明：《论学衡派的历史错位——反现代性》，载《长春工业大学学报（社会科学版）》2006年2期，第95-98页。

（四）日本学界有关中国文学现代性批判的研究

日本学界有关中国文学现代性批判的研究，最具有代表性的著作是竹内好的《近代的超克》①。竹内好认为鲁迅的文学在不断的自我否定中达到自觉，代表着近现代中国在不断抵抗中建构自我的"回心"型文化。相对而言，日本在现代化的过程中，缺乏对外来文化的抵抗意识，属于"转向"型文化。此后，丸山昇、伊藤虎丸等也将鲁迅作为民族自我反省和思想抵抗的资源，展开了专门的研究。伊藤虎丸在《鲁迅与日本人——亚洲的近代与"个"的思想》②中论述了鲁迅对西方尼采精神的接受，认为鲁迅从尼采身上发现了批判盲目追求现代物质文明和理性主义的反现代性力量。杉森正弥的论文《中国现代文学中的旧文学（上）》③研究了鲁迅从中国旧文学中继承的讽刺艺术手法，以及鲁迅的《故事新编》对中国古代传说或典故的活用，但该文并未就鲁迅活用中国文学传统题材的目的展开详细的论证。

据笔者所知，日本学界对中国现代文学现代性批判的研究并不充分。这是因为中国现代文学中的反现代言说一般也被视为批判封建主义、追求启蒙现代性的内容，并未全面地还原中国文学现代性与反现代性并存的张力结构。

总体而言，中日学界对日本文学和中国文学的现代性批判研究，既有宏观层面的整体考察，也有微观层面的具体分析，既关注作家们对现代性内部危机的批判，也注意到作家们通过回归东

---

① 竹内好：《近代的超克》，李冬木等译，北京：生活·读书·新知三联书店，2005年。
② 松沢信祐：「伊藤虎丸著『魯迅と日本人——アジアの近代と「個」の思想』」，載『日本文学』1983年9号，第79-82頁。
③ 杉森正彌：「中国近代文学における旧文学について」，載『北海道学芸大学紀要』1953年12号，第40-46頁。

方传统文化来批判现代性的叙事策略。不过,这些先行研究一般偏向只研究一国文学的问题,而较少采用"比较"的研究视角,普遍缺少以他者观照自我的双向阐发意识。因此,比较文学的研究范式可以为研究日本文学和中国文学的现代性批判提供新的思路。

二、 中日学界有关中日近现代文学的比较研究

(一) 中国学界有关中日近现代文学的比较研究

长期以来,国内学者从不同角度对中日近现代文学展开比较研究,取得了令人瞩目的成绩。笔者对先行研究做了如下梳理。

第一,文学史角度的研究。最早系统梳理中日近现代文学关系史的代表性著作是王晓平的《近代中日文学交流史稿》①。该书就中国文学如何摄取和接受日本文学因子进行了历时性和共时性的考察,是研究近代中日文学交流史的扛鼎之作。但全书将明清时代与江户时代的文学全部纳入"近代"的范畴,值得商榷。张福贵、靳丛林合著的《中日近现代文学关系比较研究》② 按照历史事件将中日近现代文学交流史划分为四个阶段:第一阶段为1840—1918 年,这一阶段主要是中国向日本学习,经过黄遵宪、梁启超和鲁迅三个阶梯,基本完成了由传统文学交流向近代文学交流的过渡;第二个阶段为1919—1927 年,"五四"文学革命虽然在日本没有引起太大的反响,但却使中国近代文学的水平提高到了一个更有利于交流的层面;第三个阶段为1928—1936 年,中国文学在"普罗"文学运动的基点上开始同日本文学汇合,这是两国文学交流最活跃同时也是最后的共振期;第四个阶段为

---

① 王晓平:《近代中日文学交流史稿》,北京:中华书局,1987 年。
② 张福贵、靳丛林:《中日近现代文学关系比较研究》,长春:吉林大学出版社,1999 年。

1937—1949年，战争阻断了中日文学的交流，但尚有涓涓细流使两国文学关系不致完全中断。该书是20世纪80年代以来首部系统论述中日近现代文学关系史的著作，在史料和观点方面为后学提供了有益的参考，但关系史的梳理大多停留在史实层面的介绍，缺乏更深入的学理层面的逻辑分析。此外，以历史事件作为文学史阶段的划分依据，也存在与文学发展内在规律不相吻合的地方。李群的《近代中国文学史观的发生与日本影响》①，以"文学史"为关键词，梳理了在中国近代文学史观从诞生到逐渐形成一种研究范式的过程中，日本所发挥的"中介"作用。中国学者借助日本"中介"学习西方的学术思想、文学观念和研究方法，进而推动了近代中国文学史观的产生。该书以"文学史"为视角，揭示中日文学、中日学术文化之间的深刻联系，是一部有着特殊视角的近代中日学术关系史、中日比较文学史论著作。然而，文学史观是现代的产物，该书未涉及现代性与中日文学史观之关系。

第二，以文艺思潮为主线的研究。文艺思潮是推动文学发展的基本动力。最早结合文艺思潮探讨中日文学关系的著作是孟庆枢主编的《日本近代文艺思潮与中国现代文学》②，它结合西方文艺思潮的历史演变，系统全面地考察了中国现代文学接受日本近代文艺思潮影响的流变过程，对中日启蒙主义、自然主义、唯美主义等文艺思潮进行了综合比较和分析，具有拓荒和填补空白的意义。除系统性的宏观研究之外，也有不少研究者从微观层面比较中日启蒙主义、浪漫主义、唯美主义等文艺思潮。有关启蒙

---

① 李群：《近代中国文学史观的发生与日本影响》，长沙：湖南大学出版社，2016年。

② 孟庆枢主编：《日本近代文艺思潮与中国现代文学》，长春：时代文艺出版社，1992年。

主义文艺思潮的代表性研究有何德功的《中日启蒙文学论》① 和秦弓的《觉醒与挣扎：20 世纪初中日"人的文学"比较》②。在浪漫主义文艺思潮的研究方面，肖霞的《浪漫主义：日本之桥与"五四"文学》③ 最早系统地考察了鲁迅、郭沫若、郁达夫等七位留日作家通过日本文学接受西方浪漫主义的始末。但该书重点探讨的是中国对西方和日本浪漫主义文学的接受与转换问题，尚未结合浪漫主义与现代性批判的关系来展开学理分析。唯美主义文艺思潮方面，孙德高的《唯美的选择与转换——日本文学与中国现代唯美主义思潮》④，结合审美现代性的理论定义唯美主义，系统考察了王国维、梁启超、创造社、京派、海派的唯美主义文学与日本文学之间的内在联系。该书以现代性理论来观照中日近现代文学，是一种视角的创新，但研究视野局限于唯美主义文学，缺乏整体性的观照。

第三，以作家或流派为核心的研究。靳明全的《中国现代作家与日本》⑤ 以鲁迅、郭沫若、郁达夫、丰子恺、胡风等作家的个案分析为主线，系统论述了日本近代文学对中国作家产生的影响。此外，李怡的《日本体验与中国现代文学的发生》⑥ 以"日本体验"为关键词，深入分析了从黄遵宪、梁启超到鲁迅、周作人、创造社作家等人的留日体验对他们的文学创作产生的影响，并从"日本体验"的视角梳理了日本近代文学与中国现代文学的发生之间的关联。"日本体验"的独特视角，是一种学术

---

① 何德功：《中日启蒙文学论》，北京：东方出版社，1995 年。
② 秦弓：《觉醒与挣扎：20 世纪初中日"人的文学"比较》，北京：东方出版社，1995 年。
③ 肖霞：《浪漫主义：日本之桥与"五四"文学》，济南：山东大学出版社，2003 年。
④ 孙德高：《唯美的选择与转换——日本文学与中国现代唯美主义思潮》，北京：光明日报出版社，2008 年。
⑤ 靳明全：《中国现代作家与日本》，济南：山东文艺出版社，1993 年。
⑥ 李怡：《日本体验与中国现代文学的发生》，北京：北京大学出版社，2009 年。

创新。该书已经涉及了现代性体验的问题，但视域仅限于少数精英人物的现代性体验，而且关注的焦点是中国作家对现代性的憧憬与向往，而较少提及作家们有关现代性的批判与反思。除系统的宏观研究之外，也有重点关注鲁迅、郁达夫与日本近代文学关系的微观研究。例如，刘柏青的《鲁迅与日本文学》①、程麻的《沟通与更新——鲁迅与日本文学关系发微》②、彭定安主编的《鲁迅：在中日文化交流的坐标上》③、赵京华的《周氏兄弟与日本》④ 以及倪祥妍的《日本小说家与郁达夫》⑤ 等。另外，还有关注日本白桦派与中国作家关系的研究。比如，刘立善的《日本白桦派与中国作家》⑥ 细致地梳理了白桦派作家与鲁迅、周作人、郭沫若、郁达夫等人文学的关系，是"迄今为止我们所见到的白桦派与中国文学关系研究的最翔实的著作"⑦。此外，还有中日新感觉派的比较研究。宿久高的《中日新感觉派文学研究》⑧ 是国内首部系统研究中日新感觉派的专著，但该书对两派文学思想的"比较"研究还显得较为薄弱。钱晓波的《中日新感觉派文学的比较研究：保尔·穆杭、横光利一、刘呐鸥和穆时英》⑨ 是目前该领域的代表性专著，但也没有就现代主义文学与现代性批判的内在关系展开具体的论述。

---

① 刘柏青：《鲁迅与日本文学》，长春：吉林大学出版社，1985 年。
② 程麻：《沟通与更新——鲁迅与日本文学关系发微》，北京：中国社会科学出版社，1990 年。
③ 彭定安主编：《鲁迅：在中日文化交流的坐标上》，沈阳：春风文艺出版社，1994 年。
④ 赵京华：《周氏兄弟与日本》，北京：人民文学出版社，2011 年。
⑤ 倪祥妍：《日本小说家与郁达夫》，北京：北京大学出版社，2013 年。
⑥ 刘立善：《日本白桦派与中国作家》，沈阳：辽宁大学出版社，1995 年。
⑦ 王向远：《中国外国文学研究的学术历程·第九卷·日本文学研究的学术历程》，陈建华主编，重庆：重庆出版社，2016 年，第 289 页。
⑧ 宿久高：《中日新感觉派文学研究》，长春：吉林大学出版社，2010 年。
⑨ 钱晓波：《中日新感觉派文学的比较研究：保尔·穆杭、横光利一、刘呐鸥和穆时英》，上海：上海交通大学出版社，2013 年。

第四，以"比较"为关键词的综合研究。最具代表性的专著是王向远的《中日现代文学比较论》①，全书分为"思潮比较论""流派比较论""文论比较论""创作比较论"四章，从不同的角度对中日现代文学的关系展开论述，堪称"我国第一部全面系统的中日现代文学比较研究的专门著作"②。由于全书涉及的内容众多，一些课题还有待深入研究。此外，刘舸的《民族主义视野中的中日文学研究》③综合运用形象学、接受美学、女性主义等文学理论，透视中日民族精神，从民族主义的视角对现当代中日关系作出了理性的梳理和反思。赵雁风的《多重视角下的近代中日文学比较研究》④内容较为宽泛，学理层面的分析多沿袭前人的观点和材料，把日本"近代文学"定义为跨越明治、大正、昭和时期（1867—1989）近 120 年的文学⑤的观点也有待商榷。李妮娜的《比较文学视野下近代中日文学研究》⑥与先行研究在内容上多有交叉或重合，多沿袭学界已有的学术观点。除专著之外，还有中日近现代文学比较研究的论文集。最早的是赵乐甡主编的《中日比较文学》⑦，它分为古代篇、中古篇、近代篇、现代篇四个部分。王琢编选的《中日比较文学研究资料汇编》⑧将 1980 年后近二十年间的代表性论文 24 篇（包括日

---

① 王向远：《王向远著作集·第 5 卷·中日现代文学比较论》，银川：宁夏人民出版社，2007 年。
② 王向远：《王向远著作集·第 5 卷·中日现代文学比较论》，银川：宁夏人民出版社，2007 年，序言第 1 页。
③ 刘舸：《民族主义视野中的中日文学研究》，长沙：湖南大学出版社，2010 年。
④ 赵雁风：《多重视角下的近代中日文学比较研究》，长春：东北师范大学出版社，2018 年。
⑤ 赵雁风：《多重视角下的近代中日文学比较研究》，长春：东北师范大学出版社，2018 年，第 42 页。
⑥ 李妮娜：《比较文学视野下近代中日文学研究》，北京：新华出版社，2019 年。
⑦ 赵乐甡主编：《中日比较文学》，长春：吉林大学出版社，1990 年。
⑧ 王琢编：《中日比较文学研究资料汇编》，杭州：中国美术学院出版社，2002 年。

本学者的 4 篇）辑录成书，颇有选家眼光。编者在书后所附的"20 世纪中日/日中比较文学研究文献目录要览"具有重要的文献参考价值。佟君、陈多友主编的《中日比较文学比较文化研究》①包含文学研究、文化研究、语言学研究三个部分，内容涉及中日比较文学、中日语言文化比较研究的诸多领域，具有较大的学术纵深和宽广的辐射面。此外，还有王中忱的《越界与想象——20 世纪中国、日本文学比较研究论集》②、孟庆枢主编的《中日文化文学比较研究》③、顾也力和陈多友主编的《全球地域化语境下中国文学与日本文学研究前沿文存：2005 年广州国际学术研讨会纪要》④等论文集，皆为后学提供了有益的参考。

第五，以翻译文学为视角的研究。翻译文学是比较文学研究的重要内容。具有代表性的专著是王向远的《二十世纪中国的日本翻译文学史》⑤，该书系统地整理了清末民初至 20 世纪末近百年来中国作家所翻译的日本文学作品以及文论著作，填补了日本文学翻译史研究的空白。此外，王志松的《小说翻译与文化建构——以中日比较文学研究为视角》⑥，以若干个案为例，将汉译日本近现代文学和日本近现代文学的形成问题置于东亚文化场域之中进行讨论，关注中国的主体文化对翻译行为的操控性，剖析了日本近现代文学形成过程中汉文学要素所发挥的积极作用，突破了比较文学研究中单向度的影响研究模式，为研究东亚

---

① 佟君、陈多友主编：《中日比较文学比较文化研究》，广州：中山大学出版社，2004 年。
② 王中忱：《越界与想象——20 世纪中国、日本文学比较研究论集》，北京：中国社会科学出版社，2001 年。
③ 孟庆枢主编：《中日文化文学比较研究》，长春：吉林出版集团，2012 年。
④ 顾也力、陈多友主编：《全球地域化语境下中国文学与日本文学研究前沿文存：2005 年广州国际学术研讨会纪要》，汕头：汕头大学出版社，2006 年。
⑤ 王向远：《二十世纪中国的日本翻译文学史》，北京：北京师范大学出版社，2001 年。
⑥ 王志松：《小说翻译与文化建构——以中日比较文学研究为视角》，北京：清华大学出版社，2011 年。

地区的现代化转型提供了良好的参考范式。

第六，以形象学为视角的研究。形象学研究主要关注的是一国文学中的异国形象是如何被想象或塑造出来的，重在分析这种异国形象产生的历史文化原因，目的在于通过他者重新审视自我。形象学研究方面的代表性著作有吴光辉的《日本的中国形象》①、陈多友的《日本游沪派文学研究》②、李雁南的《在文本与现实之间：近现代日本作家笔下的中国》③等。

综上所述，中国学者从文学交流史、文学思潮运动、作家或流派、比较文学论、翻译文学以及形象学等多个维度展开了中日近现代文学的比较研究，成果丰硕。不过，尚未出现以"现代性批判"为视角的系统性研究。

（二）日本学界有关中日近现代文学的比较研究

日本的中日近代文学比较研究起步较早，旧有研究大致可以从文学关系史、中国作家与日本近代文学、日本的中国形象学三个维度进行梳理。

首先，从文学关系史维度看，日本学者多运用事实考证等实证主义研究方法分析日本近代文学与中国近现代文学之间的影响关系。伊藤虎丸、祖父江昭二、丸山昇主编的《近代文学中的中国与日本》④收录了日本多位学者的论文，论题集中于探讨黄遵宪、鲁迅、周作人、创造社成员如何摄取和接受日本近代文学。伊藤虎丸的《近代的精神与中国现代文学》⑤主要关注日本近代文学对鲁迅的宗教观和生命观形成所产生的影响，以及创造

---

① 吴光辉：《日本的中国形象》，北京：人民出版社，2010年。
② 陈多友：《日本游沪派文学研究》，上海：上海外语教育出版社，2012年。
③ 李雁南：《在文本与现实之间：近现代日本作家笔下的中国》，北京：北京大学出版社，2013年。
④ 伊藤虎丸等主编：『近代文学における中国と日本』，東京：汲古書院，1986年。
⑤ 伊藤虎丸：『近代の精神と中国现代文学』，東京：汲古書院，2007年。

社成员（尤其是郁达夫）与日本近代文学之间的接受关系。这两本著作是日本学者研究中日近现代文学关系史的扛鼎之作，其研究视域多集中在有访日经历或留日体验的中国作家身上。李均洋、佐藤利行主编的《中日比较文学研究》①收录了严绍璗、王晓平、森野繁夫、佐藤利行、古田岛洋介等中日学者的论文，对中日文学之间的相互影响关系进行了实证性研究。古田敬一主编的《中国文学的比较文学研究》②分为中国文学与日本文学、中国文学与西方文学两个部分，重点论述中国古典文学与日本近代文学之间的事实联系，着重探讨了西方文学和日本文学对中国"文学观"的确立所产生的影响，还特别关注了日本近代的《红楼梦》翻译等问题。该书同时涉猎了中国古典文学和近代文学，着重从影响研究和翻译文学研究的角度，探讨了中日文学之间的影响关系以及《红楼梦》在日本的接受问题。东山拓志《日本的近代文学与中国的新文学——比较考察的一个侧面》③从言文一致体与白话文、翻译小说与政治小说、浪漫主义与自然主义、近代诗与新诗、新剧与话剧等多个维度，对日本近代文学与中国新文学的影响关系进行了全面系统的梳理。全书内容涉及面广，但多停留在事实罗列层面，学理性辨析的深度还不够。

其次，详细论述某位中国作家或某个流派与日本近代文学之关系，是日本学者进行中日比较文学研究的重要范式。其中，值得特书一笔的是鲁迅与日本近代文学之关系的研究。竹内好是日本鲁迅研究界的一座高峰，第二次世界大战后日本的鲁迅研究者几乎都受到"竹内鲁迅"研究的浸淫。竹内好在《竹内好全集1

---

① 李均洋、佐藤利行主编：《中日比较文学研究》，北京：外语教学与研究出版社，2014年。
② 古田敬一主编：『中国文学の比較文学的研究』，東京：汲古書院，1986年。
③ 東山拓志：『日本の近代文学と中国の新文学——比較考察の一側面』，東京：萌動社，2009年。

鲁迅 鲁迅杂记》① 中指出，鲁迅的文学观是"文学无力"，这既有对文学影响力的疑虑与担忧，又有对文学的期望。在鲁迅看来，"文学无力"是相对于政治而言的。竹内好认为，鲁迅通过否定内在自我实现自觉和觉醒（即"回心"）。竹内好以"鲁迅"作为方法和参照系，反思了日本的近代战争、日本的近代文化以及日本人的"奴隶"心态。"竹内鲁迅"研究对中日学者的鲁迅研究都产生了深远的影响。丸山昇《鲁迅的文学与革命》② 厘清了作为"革命人"的鲁迅的形象。丸山昇的鲁迅研究较为翔实地还原了鲁迅的革命体验。丸山昇分析鲁迅在"革命文学"论争中的言说，系统梳理了鲁迅文学观的生成始末。丸山昇提出的"革命人"鲁迅形象是对"竹内鲁迅"研究的继承与发展。丸山昇以"革命"阐释"抵抗"的现实形态，继承并发展了竹内好提出的"回心"与"转向"这个亚洲近现代文化的大问题。藤井省三是继竹内好、丸山昇、伊藤虎丸之后日本汉学界公认的领军人物，其代表性著作主要包括《俄国之影——夏目漱石与鲁迅》③《鲁迅"故乡"的读书史》④《鲁迅 东亚的文学》⑤《鲁迅与日本文学 从漱石·欧外到清张·春树》⑥ 等。藤井省三是日本新一代鲁迅研究者，他的研究继承了老一辈日本研究者长于考证的治学特征，并在此基础上注重打破学科壁垒，力求真实地还原文本生产的历史和政治环境，从而更加清晰地彰显鲁迅精神的价值。藤井省三的鲁迅研究不乏真知灼见，值得国内学者借鉴。关于鲁迅与日本近代文学关系的代表性著作和论文

---

① 竹内好：『竹内好全集 1 魯迅 魯迅雑記』，東京：筑摩書房，1980 年。
② 丸山昇：『魯迅——その文学と革命』，東京：平凡社，1965 年。
③ 藤井省三：『ロシアの影——夏目漱石と魯迅』，東京：平凡社，1985 年。
④ 藤井省三：『魯迅「故郷」の読書史』，東京：創文社，1997 年。
⑤ 藤井省三：『魯迅 東アジアを生きる文学』，東京：岩波書店，2011 年。
⑥ 藤井省三：『魯迅と日本文学 漱石・鴎外から清張・春樹まで』，東京：東京大学出版社，2015 年。

还包括北冈正子的《日本异文化中的鲁迅——从弘文学院入学到"退学"事件》①、荒木修的《漱石与鲁迅》②、伊藤虎丸与松永正义的《明治三十年代的文学与鲁迅：以民族主义为中心》③、丸山昇的《鲁迅与林芙美子·横光利一》④、千叶正昭的《太宰治与鲁迅——以〈惜别〉为中心》⑤ 等。

此外，创造社及其成员与日本近代文学之间的联系，也是日本学界关注的重点。由伊藤虎丸主编的《创造社资料》（十卷）⑥，收录了创造社从成立到"革命文学"运动之前的许多刊物的影印本。作为别卷出版的《创造社研究》⑦ 则收录了何畏、郁达夫、穆木天、冯乃超等部分创造社同人在东京帝国大学的在学证明书和照片等珍贵的文献资料。伊藤虎丸的专著《解题作为问题的创造社——从与日本文学的关系考察》⑧ 打破"郑伯奇模式"的研究范式，重新提出研究创造社问题的三个关键词，即"大正""日本""留学生"。伊藤虎丸把创造社定义为大正时代在日本度过青春期的中国留学生所组成的文学团体，由此展开研究，论述了创造社与大正文学之间的联系、分歧与断裂。伊藤虎丸有关创造社的研究由孙猛等译成中文，收入《鲁迅、创造社与日本文学》（北京大学出版社，1995）一书。目前在有关

---

① 北岡正子：『魯迅　日本という異文化の中で——弘文学院入学から「退学」事件まで』，大阪：関西大学出版部，2001 年。
② 荒木修：「漱石と魯迅」，載『日本文学』1954 年 4 号，第 17 - 22 頁。
③ 伊藤虎丸、松永正義：「明治三十年代の文学と魯迅：ナショナリズムをめぐって」，載『日本文学』1980 年 6 号。
④ 丸山昇：「魯迅と林芙美子・横光利一」，載『図書』1973 年 2 号，第 26 - 31 頁。
⑤ 千葉正昭：「太宰治と魯迅——『惜別』を中心として」，載『国文学：解釈と鑑賞』1983 年 9 号，第 130 - 134 頁。
⑥ 伊藤虎丸編：『創造社資料』，東京：アジア出版社，1979 年。
⑦ 伊藤虎丸編：『創造社資料別巻　創造社研究』，東京：アジア出版社，1979 年。
⑧ 伊藤虎丸編：『創造社資料別巻　創造社研究』，東京：アジア出版社，1979 年。

"创造社与日本"的研究之中,"伊藤虎丸模式"依然发挥着重要的影响力。大东和重的《郁达夫与大正文学——从"自我表现"到"自我实现"的时代》①,重点论述了郁达夫的小说《沉沦》注重"自我表现"的特点及其与日本告白文学之间的内在逻辑关联,进而探讨了大正时期田山花袋、志贺直哉等日本近代作家对郁达夫文学创作所产生的影响。此外,研究郁达夫与日本文学的专著还有稻叶昭二的《郁达夫的青春与诗》②、铃木正夫的《郁达夫:悲剧性的时代作家》③ 等。

再次,论述日本近代文学中的中国形象、中国题材的先行研究也不在少数。20 世纪 70 年代,日本开始陆续出版有关日本文学中的中国形象研究专著,比如竹内实的《对于日本人而言的中国形象》④、神田喜一郎的《近代日本的中国形象》⑤ 等。20 世纪 80 年代以后的研究不再拘泥于传统的考证研究方法,而是更加注重研究视角的创新,更多地运用文学理论进行文本阐释,其代表性的著作有祖父江昭二的《走进近代日本文学:其视角与基础》⑥、和田博文的《语言都市·上海:1940—1945》等⑦。

总体而言,日本学者多注重考证日本近代文学与中国近现代文学之间的事实联系,重点关注鲁迅和创造社成员等具有留日体验的作家及其作品,部分研究关注日本近代文学文本中的中国形象,研究的主要范式是比较文学中的影响研究,较少采用平行研究的方法,也较少涉及"现代性批判"的话题。

---

① 大東和重:『郁達夫と大正文学:「自己表現」から「自己実現」の時代へ』,東京:東京大学出版社,2012 年。
② 稲葉昭二:『郁達夫 その青春と詩』,東京:東方書店,1982 年。
③ 鈴木正夫:『郁達夫:悲劇の時代作家』,東京:研文出版,1994 年。
④ 竹内実:『日本人にとっての中国像』,東京:春秋社,1966 年。
⑤ 神田喜一郎:『近代日本における中国像』,東京:有斐閣,1975 年。
⑥ 祖父江昭二:『近代日本への射程:その視角と基盤』,東京:未来社,1998 年。
⑦ 和田博文:『言語都市·上海:1840—1945』,東京:藤原書店,1999 年。

三、先行研究存在的问题

尽管既有的研究为后学提供了诸多有益的参考，但依然存在一些尚待解决的问题。

一是中日学者所开展的日本文学和中国文学的现代性批判研究，缺少"比较"的他者意识。日本学者的现代性批判研究多关注日本文学自身的问题，而中国学者的现代性批判研究也同样多着眼于本国的作家和作品。即便是中日学者研究他国文学的现代性批判，亦普遍缺少以他者的眼光重新审视自我的"比较"意识。中日近现代文学之间有着紧密的内在联系，存在一定的相似性，但又因历史文化语境、作家个性等多种因素影响而形成了文学之间的差异性。因此，把"日本"作为方法，以日本文学观照中国文学，通过分析二者之间的同质性与异质性，能够更好地理解和阐释两国文学在"现代性批判"方面的特质。

二是中日近现代文学的比较研究，缺少"现代性批判"的视角。笔者梳理中日学者的先行研究发现，研究者多从文学史、文艺思潮、作家或流派、文学比较论、翻译文学、形象学等不同的维度展开比较研究，即使部分章节涉及"现代性"的问题，也未从"现代性批判"的角度进行深入的、系统的论证，更缺乏全局性的、整体性的综合研究。因此，"现代性批判"可以作为中日近现代文学比较研究领域新的学术生长点，也可以拓展中日比较文学的言说空间。

三是既有的研究多属于注重事实联系的影响研究，而较少关注看重文学审美关系的平行研究。比如，中日近现代文学比较研究的学术视野多局限于辨析日本近现代文学与中国晚清至五四时期文学之间的事实联系与影响关系。先行研究着重辨析的是中日启蒙主义文学、浪漫主义文学、唯美主义文学等文学思潮，或中国少数精英人物的文学思想与日本文学之间的影响关系。然而，具有平行研究价值的课题却能未得到更多的关注。因此，"现代性批判"这一类型学的研究可以将中日近现代文学之间不具有事实影响关系的文学文本纳入比较研究的视野。

第三节
主要内容和研究方法

一、主要内容

（一）时间范围

日本学界一般把明治维新（1868）视为日本近代文学的起点，把"无产阶级文学""新感觉派文学"作为分水岭，将其后的文学称为现代文学。这种划分方法把明治、大正时期（1868—1926）看作日本文学的"近代"，而将昭和元年（1926）视为日本"现代"文学的开端①。

中国学界一般认为，中国近代文学史（1840—1917）以鸦片战争为开端，延续至五四新文化运动前夕②，而中国现代文学史（1917—1949）则从新文化运动开始一直持续到新中国成立③。

---

① 三好行雄：『近代日本文学史』，東京：有斐閣，1975年。
② 程翔章、丘铸昌：《中国近代文学》，武汉：华中师范大学出版社，2007年，第1页。
③ 黄曼君、朱寿桐：《中国现代文学史》，武汉：武汉大学出版社，2012年。

本书使用"近现代文学"的概念,是结合了"现代性"这一理论依据,将日本和中国文学史惯用的"近代"与"现代"概念连接起来,形成一个以"现代性"为轴心的观照中日文学的整体时间视角。鉴于中日文学在现代转型过程中显示出惊人的相似性,而这种相似性表现最为明显的时期是在19世纪60年代至20世纪30年代,因此,本书所论述的中日近现代文学就以上述时段为研究范围。

(二) 研究思路

本书所论述的"现代性批判",是在"现代性""现代性批判"等哲学概念的基础上,结合文明批评论、近代国民国家批判、后殖民主义批判等文艺理论建构的新的理论话语。它不仅涉及"个人主义""民主主义""资本主义"等现代性的内部要素,也涉及传统的"东方文化"等现代性的外部要素,其理论内涵主要是反思个人主义、反思民主主义、反思资本主义,主张回归东方古典文化。

因此,本书以现代性的核心理念"个人主义""民主主义""资本主义",以及与"西方现代性"相对应的"东方古典性"作为关键词,从"个人主义的隐忧""民主主义的反思""资本主义的质疑""东方文化的回归"四个维度展开论述,以辨析中日近现代文学在"现代性批判"主题方面存在哪些同质性与异质性,并从微观和宏观层面探究其异同产生的缘由。

需要说明的是,本书的四个关键词之间存在严密的逻辑关联。个人体验层面的"个人主义"、政治制度层面的"民主主义"、经济制度层面的"资本主义"三者都属于现代性的内部要素,而精神文化层面的"东方回归"则属于现代性的外部要素。显然,现代性内部的"个人主义""民主主义""资本主义"三要素之间也并非毫无关联,而是统一于现代性的"理性"原则。现代性是欧洲启蒙运动的产物。康德在《什么是启蒙》一文中对启蒙的性质作出如下判断:"启蒙运动就是人类脱离自己所加之于自己的不成熟状态",而所谓的"不成熟的状态",就是指"不经别人的引导,就对运用自己的理智无能为力"①。质言之,启蒙就意味着人能够自由地运用自己的理性。"理性"这个主题贯穿康德哲学思想的始终,亦是现代性思想的核心。依笔者所见,现代性内部的三要素之间存在紧密的逻辑联系。首先,个人主义是从个人的体验入手反思现代性。个人是建构思想文化的最小行动单元,个人是社会的细胞,也是形成社会制度与社会规范的出发点。个人主义维度的现代性批判,正是从个人叙事层面对个人"运用理性的自由"进行反思。其次,民主主义是从社会角度批判现代性。社会由个人组成。现代性的"理性"原则为现代社会的制度设计提供了理论纲领。民主主义维度的现代性批判,正是从社会制度层面反思国家的民主政治体制与人们的民主意识。再次,资本主义是从经济视角质疑现代性。资本主义制度的核心是经济制度,人们利用理性为资本主义经济制度立法,进而使其延伸至意识形态与社会文化领域。个人主义、民主主义、资本主义三者环环相扣,相互影响。此外,回归东方文化,则是从精神文化层面批判现代性。东方的儒释道哲学、艺术与美学,都为中日知识分子反思现代性提供了思想资源,从而使中日近现代文学的现代性批判上升至更高的哲学层次。可见,本书所论述的现代性批判的四个维度,是逐步深化、逐步延展的。简言之,本书既分析中日作家如何结合现代性的内部要素对其展开正向批判,又分析中日作家如何立足于东方古典性这一现代性的外部要素对其展开反向批判,从而构成"正反合"的逻辑论证链条,以解决所提出的问题。

---

① 康德:《答复这个问题:"什么是启蒙运动"》,何兆武译,《历史理性批判文集》,北京:商务印书馆,2017年,第23页。

（三）研究框架

本书由绪论、正文四章和结语三大部分构成。

绪论。首先，陈述研究问题的缘起，界定"现代性"与"现代性批判"的概念。其次，在系统梳理国内外先行研究成果的基础之上，提出本研究所要解决的课题。再次，确定本研究的四个关键词为"个人主义""民主主义""资本主义""东方回归"，概述各章的内容结构和主要采用的研究方法。

第一章"个人主义的隐忧"。本章首先界定个人主义的内涵，分析西方个人主义的"东渐"与中日近现代文学大量出现的第一人称叙事文本之间的影响关系。其次，结合森鸥外的《舞姬》和鲁迅的《伤逝》两个文本，具体阐释两位作家如何反思个人主义引发的爱情悲剧，辨析二者的类同性与差异性。再次，选取"同源并蒂型"作家夏目漱石和老舍作为研究对象，论述二人的文学如何批判极端个人主义的危害，又是如何看待基于个人主义的新式婚恋关系，辨析他们反思个人主义角度的差异。最后，探讨中日无产阶级文学如何批判个人主义，如何建构集体主义话语，以及二者之间存在怎样的关联。

第二章"民主主义的反思"。本章首先论述中日政治小说所蕴含的作家们有关民主政体的文学想象，指出其民主观念的特质是把民主政体视为"富国强兵"的工具和手段。其次，以《破戒》和《阿Q正传》两个文本为例，具体阐释岛崎藤村和鲁迅如何批判新型民主体制下残存的封建意识，以及他们批判民主假象的真实意图。最后，辨析白桦派和鲁迅的民主主义话语的特质，结合有岛武郎和鲁迅的"妇女解放论""幼者本位观"，武者小路实笃的"反战"言说以及鲁迅的战争观，论述其追求民主的不同路径。

第三章"资本主义的质疑"。现代性与资本主义互为表里。本章结合马克思和韦伯有关资本主义批判的理论，展开具体的文本分析。首先，对比尾崎红叶的《金色夜叉》和张恨水的《啼笑因缘》两个文本在人物形象塑造和创作主旨等方面存在的异同，分析中日作家如何批判资本主义社会的拜金主义对人性的扭曲。其次，论述谷崎润一郎和郁达夫的"颓废"文学中的工具理性批判，辨析其相似的表象背后存在的精神实质差异，探究这种差异产生的根源。再次，论述中日新感觉派文学在"反现代性"方面所表现出的类同性，即批判人的"物化"以及工具理性对人性的桎梏。最后，论述国木田独步和沈从文的文学作品如何通过刻画城市文明的病态和建构想象中的自然，实现批判现代性的创作宗旨。

第四章"东方文化的回归"。本章首先分析日本明治时期和中国清末民初的国粹主义思潮所包含的思想主旨和话语内涵。其次，论述砚友社和鸳鸯蝴蝶派（简称"鸳蝴派"）文学出现"古典倾向"的缘由，及其所呈现的古典性与现代性对立统一的复杂文学样态。再次，细述幸田露伴和许地山如何以佛教和道教等东方思想文化保持自身文学的"东方性"诗学品格，分析其文学的"东方性"与现代性批判之间的内在关联。最后，论述永井荷风和周作人的"江户趣味"，详述二人的浮世绘鉴赏与民俗意识的异同，辨析他们的"江户趣味"与反西方中心主义之间的逻辑关联。

结语。归纳中日近现代文学在现代性批判方面具有的共通性，揭示两国文学之间存在的差异性，并从宏观层面论述这种异同产生的多重原因，提炼中日两国近现代文学的发展规律。最后，延伸说明今后还需进一步解决的研究课题。

二、研究方法

（一）影响研究

法国学派所提倡的影响研究是比较文学最早出现的研究范

式,它注重考察两个或两个以上国家在作家、作品、文艺思潮、文学运动等方面存在的事实联系与影响关系。影响研究多采用历时性的实证主义方法,通过追根溯源的方式,探寻一国文学对他国文学所产生的影响。日本的近现代文学对中国近现代文学产生了重要影响,已经是学界的共识。因此,本书采用影响研究的方法,聚焦中日文学之间具有事实影响关系的作家或流派,譬如,中日政治小说、中日无产阶级文学、中日新感觉派等,辨析其文学作品在"现代性批判"方面所表现出的类同性与差异性。

(二) 平行研究

美国学派所提倡的平行研究是继影响研究之后的一种新型研究范式。它将没有明确事实联系的文学作品纳入比较研究的范畴,将"不同民族文学在主题、题材、文体、情节、人物形象、风格特点等文学内部的诸多方面实际存在的类同和差异作为研究重点"①,辨析这些文学现象的"同中之异"或"异中之同",从而推导出具有普遍性的规律。主题学是平行研究的重要方法,它结合历史语境、审美情趣、作家个人心理等多种因素,研究同一主题、题材、情节、典型人物在不同民族或国家文学中的表现形式。"现代性批判"正是中日近现代文学共同的主题。譬如,森鸥外的《舞姬》与鲁迅的《伤逝》都以反思西方个人主义为主题,在情节结构方面也具有较大的相似性。尾崎红叶的《金色夜叉》与张恨水的《啼笑因缘》都以"金钱与爱情的争锋"作为小说的主题,共同批判拜金主义。因此,本书采用平行研究的方法,将没有事实联系但有着相同主题的文学作品纳入考察视野,力求从文学内部考察中日文学"现代性批判"的同质性与异质性。

---

① 孟昭毅、黎跃进、郝岚编著:《简明比较文学原理》,北京:北京大学出版社,2010年,第113页。

（三）跨学科研究

跨学科研究是近年来兴起的比较文学研究范式，它专门研究文学与哲学、心理学、宗教、艺术、科学等其他学科之间的相互关系，或借助其他学科的知识来辨析不同民族文学之间的可比性。由于"现代性批判"本身就涉及社会学、政治学、哲学、历史等方面的内容，因此本课题必然是跨学科的比较研究。比如，论述中日政治小说的民主想象，就必然涉及政治学的民主内涵；论述幸田露伴与许地山文学的"东方性"，就需要借助东方文化圈在宗教方面的共性来加以阐发；论述永井荷风和周作人的浮世绘论，又自然会把文学与绘画艺术相结合。因此，本书采用跨学科研究的方法，结合文学的外部因素来辨析中日文学"现代性批判"的异同。

第一章 个人主义的隐忧

"个人主义"（Individualism）是 19 世纪产生于西欧的一个术语，也是西方现代性精神的核心。个人主义是在西欧文艺复兴、宗教改革和启蒙运动的过程中逐渐形成的一种思想体系，它的核心理念是批判以"神"为中心的道德和法律规范，把"人"视为能动的主体，冲破神权对人权的宰治，强化人的主体地位，宣扬人的理性。

　　卢克斯的《个人主义》①一书系统梳理了西方"个人主义"的语义史，认为个人主义的基本观念涵盖"人的尊严""自主""隐私""自我发展"四个要素。"人的尊严"是个人主义的根本性伦理原则，它肯定个人拥有高于神权的价值，个人被视为目的本身，而不是手段；"自主"指的是个人的思想或行为由自己做主，而不受他人的控制或强迫；"隐私"是相对于公共领域的私生活而言的概念，它指的是个人思想或行为不受广泛的公众（包括国家权力）的干涉或侵犯，个人享有私人领域的自由；"自我发展"指的是每个人应当充分发展自己的个性，实现个人的人生价值。个人主义作为一种复杂的思想体系，涉及政治、经济、伦理等多个领域的内容。

　　个人主义由西欧传入中国和日本之后，迅速成为中日近现代作家追捧的主流价值观。个人主义作为反叛封建礼教的理论武器受到广泛欢迎，形塑着中日近现代文学的样貌。然而，随着个人主义的发展，它自身存在的道德危机也不断显现出来，从而引发中日作家的忧虑与反思。本章主要探讨中日作家在反思或批判个人主义话语方面所表现出的类同性与差异性。

---

① 卢克斯：《个人主义》，阎克文译，南京：江苏人民出版社，2001 年，第 43—67 页。

第一节
《舞姬》和《伤逝》的爱情悲剧与个人主义

森鸥外（1862—1922）的《舞姬》最早发表于1890年的《国民之友》，被誉为日本近代浪漫主义的开山之作。该小说根据森鸥外留学德国的亲身经历改编而成，讲述的是日本青年官吏与德国舞女的爱情悲剧。鲁迅（1881—1936）的《伤逝》脱稿于1925年10月，收录于1926年8月刊行的小说集《彷徨》。涓生与子君勇于打破传统伦理道德的桎梏，大胆追求婚姻自由，最终却发生"一逝一伤"的悲剧。两部小说无论在故事情节还是人物形象等方面都有许多相似之处。遗憾的是，目前国内有关这两部小说的比较研究还不多，尤其是鲜少关注这两部小说所蕴含的反思西方个人主义的话语。因此，本书通过细读《舞姬》和《伤逝》两个文本，重点分析森鸥外和鲁迅对待西方个人主义的复杂心态，辨析两位作家反思西方个人主义的异同。

一、《舞姬》和《伤逝》的可比性与个人主义

《舞姬》描写的是日本青年官吏太田丰太郎留学德国期间与美丽的舞女爱丽丝由邂逅至相恋再到分离的故事。丰太郎偶遇无

钱安葬父亲的爱丽丝，出于同情，他解囊相助。此后，二人交往愈加频繁，陷入热恋。受周围人的逸言所害，丰太郎失去了官费留学生资格，经济陷入困顿。尽管丰太郎与爱丽丝的同居生活充满爱情的甜蜜，但丰太郎内心却不能斩断立身出世的欲望，最终毅然选择抛弃爱丽丝，结束在德国漂泊的日子，跟随天方大臣回到日本，重归仕途。已有身孕的爱丽丝知道真相后，备受打击，最终精神失常。

《伤逝》以20世纪20年代的北京为舞台，描写了一对五四新青年的爱情悲剧。涓生和子君不顾亲友的反对，不屑于旁人轻蔑的目光，大胆地追求自由恋爱，建立起新的小家庭。同居后，子君很快陷入家庭事务之中，无心向学，而涓生也因逸言被当局辞退。涓生失业之后，小家庭失去经济来源。生计的压力和琐碎的家事，日益消磨着涓生对子君的爱。几经犹豫，涓生决定告知子君不再爱她的事实，结束与子君的同居生活，重新寻找新的活路。子君只能无奈地被父亲领回家，最后郁郁而终。

杉野元子很早就注意到《舞姬》与《伤逝》之间存在的影响关系。她指出，丰太郎与涓生二人都是以手记的形式回忆与恋人"相识—同居—别离"的过程，他们都因为大胆追求自由恋爱遭到同僚陷害而被免去官职，爱丽丝与子君都将爱情视为人生的最高意义，却最终惨遭抛弃。杉野元子详细地辨析了两个文本在情节结构、人物形象等方面存在的诸多相似之处，进而得出结论："这样的相似不是单纯的偶然，而是鲁迅在执笔撰写《伤逝》时，曾经受到过《舞姬》的某些影响。"① 如果说杉野元子是通过人物形象和情节结构推演出《舞姬》与《伤逝》之间可能存在的影响关系，那么，藤井省三则是基于历史事实来考证

---

① 杉野元子：「悔恨と悲哀の手記——魯迅『傷逝』と森鴎外『舞姫』」，载『比較文学』1994年3号，第31–41页。

《舞姬》与《伤逝》之间存在的事实联系。他指出，鲁迅早年与周作人共同编译的《现代日本小说集》（1923）中就曾经收录森鸥外的《沉默之塔》和《游戏》两篇小说，可见鲁迅对于森鸥外小说创作的认同。后来，鲁迅还在随笔《我怎么做起小说来》（1933）中明确地提及森鸥外和夏目漱石是自己留学时期最喜欢的日本作家。此外，藤井省三还考察了鲁迅留学日本期间收录了《舞姬》的文学刊物《美奈和集（水沫集）》，当时这部小说集在日本广受好评，截至鲁迅归国翌年（1910），《美奈和集订正再版》总共增印十次。基于这些史实，藤井省三得出结论："收录有森鸥外《舞姬》在内的短篇小说集在鲁迅留学期间到开始创作时期曾连续博得好评，本文认为这一事实，间接佐证了鲁迅爱读《舞姬》这一观点。"① 鉴于此，不难推测《舞姬》和《伤逝》两个文本之间存在事实上的影响关系，从而使两个文本在人物形象和情节结构等方面呈现出较大的相似性。

总体而言，杉野元子和藤井省三的研究可谓正中鹄的，以逻辑推理和材料实证的方式阐述《舞姬》和《伤逝》之间的影响关系，给予后学诸多启发。不过，笔者认为，我们还可以从平行研究的角度，结合主题学的研究方法，探讨两个文本所体现的作者反思西方个人主义的话语方式。所谓"个人主义"，是一种现代社会的人生价值观，它强调个人作为个体的重要性，注重个人的自我发展，尊重个人的自我意识。依笔者所见，《舞姬》的丰太郎和《伤逝》的子君这两个人物形象最能反映森鸥外和鲁迅面对西方个人主义时的复杂心态，最具有典型性和类同性。因此，本书主要通过对比丰太郎和子君两个人物形象来探讨森鸥外与鲁迅对西方个人主义理解的异同。

---

① 藤井省三、林敏洁：《鲁迅〈伤逝〉中的留白匠意——〈伤逝〉与森鸥外〈舞姬〉的比较研究》，载《南京师范大学文学院学报》2014 年 4 期，第 1 - 10 页。

二、个人主义的发生：丰太郎和子君"自我"的觉醒

丰太郎自幼在旧藩的学馆接受传统汉学教育，立志为国尽忠，为寡母尽孝。丰太郎学习勤勉，从旧制学馆到东京大学，成绩一直名列前茅，备受上司器重，以官费生资格前往德国深造。初到德国时，丰太郎时常告诫自己，纵然身处繁华都市，也不能迷失初心。然而，置身于德国大都市柏林，受到西方文明尊重自由和个人价值的现代精神感染，丰太郎的自我意识很快开始觉醒。

> 这样，三年的时光，梦也似的过去了。人的秉性终难压抑，一旦时机成熟，总要露出头来。我一向恪守父亲的遗训，听从母亲的教诲。小时人家夸我是神童，也从不沾沾自喜，依旧好学不倦。即便后来涉足官场，上司称赞我能干，我更加谨慎从事，从未意识到自己竟成为一个拨一拨动一动的机器人了。如今，在二十五岁上，经过大学里这种自由风气的长久熏陶，心中总难平静，潜藏在内心深处的真我，终于露出头来，好似在反抗往日那个虚伪的旧我。①

丰太郎的这番自我反省，堪称"自我觉醒的宣言"。留学之前的丰太郎，习惯听从家中长辈的教诲，工作上也一味地服从上级的安排，缺少独立自主的意识。来到德国柏林之后，沐浴西方崇尚自由的个人主义新风，丰太郎的自我意识便开始觉醒。多年来潜藏于心底的"内心深处的真我"逐渐苏醒过来，开始反抗

---

① 森鸥外：《舞姬》，高慧勤译，南京：江苏凤凰文艺出版社，2020年，第14页。

迄今为止那个"虚伪的旧我"。

　　从此以后，丰太郎不再甘心做统治者的工具（"活法典"），决心忠于内心的真实想法，不再上法律课程，钻研起文史问题，并且渐入佳境。不仅如此，丰太郎自我意识的觉醒还表现在勇于突破传统门第观念的束缚，与出身卑微的舞女爱丽丝相恋并同居。此时的丰太郎已经萌生追求独立自主的思想，想要摆脱传统观念对人性的束缚，彻底解放个性，追求本真的自我。这种自我意识的觉醒意味着对个人价值的发现，尊重自我的个性，崇尚个人的自由，而这些都是西方个人主义思想的题中之义。留学前的丰太郎把自我放置在家族使命、官员责任之中，个人不过是家族和国家的傀儡。留学德国期间，丰太郎受到德国个人主义精神的熏陶，主动接受西方推崇个人自由、实现自我发展的价值理念。随着自我意识的觉醒，其内心也萌生出追求自我发展、追求自由恋爱的想法。丰太郎渴望摆脱儒家"修身、齐家、治国、平天下"等价值评判体系的束缚，决心打破传统婚姻门第观念的桎梏。由此，西方的个人主义成为丰太郎反抗传统文化的思想武器，帮助他完成了从"家族本位"向"个人本位"的价值观转向。

　　《伤逝》没有直接描写涓生自我意识的觉醒过程，而是将叙事重点放在女主人公子君的自我意识萌生与觉醒的过程。子君自我意识的觉醒是在涓生的启蒙之下实现的。涓生跟子君谈论封建家庭专制、男女地位平等，讨论西方近代文学的启蒙思想，子君面对涓生的侃侃而谈，如同学生一般，带着稚气与好奇，聆听着西方的新观念，接受着启蒙思想的洗礼。这些启蒙话语中就包含着西方的个人主义思想。启蒙话语在五四时期把处于传统文化束缚中的青年解放出来，让他们生成全新的自我认同和自主意识。

当子君说出:"我是我自己的,他们谁也没有干涉我的权利!"①这一大胆的宣言时,涓生深受震动。二人在路上同行时,面对社会的流言蜚语,连涓生都"全身有些瑟缩",而觉醒的子君却全然不在乎旁人的流言蜚语或不屑眼光。个人主义强调个人的自由与自主。子君勇敢地追求个人幸福,以大胆的同居生活践行着个人主义的启蒙理念。简言之,子君自我意识觉醒最显著的标志就是,以个人主义反叛传统父权家长制,追求自由恋爱和个性解放。

三、个人主义的困境:丰太郎和子君"自我"的挫折

(一)丰太郎:"立身出世"的价值观

好友相泽兼吉和天方伯爵的出现,重新唤起了丰太郎内心"立身出世"的欲望,这让刚刚觉醒的自我意识遭受到严重的挫折。"立身出世"主义形成于日本明治初期,它根植于儒家"立身扬名"的传统"出世"价值观,也融合了西方凭借实学立身扬名的个人主义和功利主义思想。明治初年,在以天皇为首的中央集权国家体制下,丰太郎若想实现个人的价值,就不得不选择进入体制,担任政府官员。因为,明治初期的立身出世思想更加注重与政治体制的结合,"出仕才是青年人的最高理想"②。

自幼接受旧藩学教育的丰太郎,深受明治时期立身出世主义这一时代精神的感召。赴德国留学之前,丰太郎心想:"这正是成就个人功名,重振家族威名的绝佳时机。"③ 于是,即使抛别

---

① 鲁迅:《鲁迅精品选》,北京:中国书籍出版社,2014年,第169页。
② 刘金举、孟庆枢:《"立身出世"主义对日本近代文学发端期的影响——以森鸥外〈舞姬〉为例》,载《外国问题研究》2013年2期,第68页。
③ 森鸥外:「舞姬」,伊藤整等编,『日本文学全集4 森鸥外集(一)』,東京:集英社,1968年,第8页。

年逾五十的母亲，他也不觉得伤感，依旧干劲十足。抵达德国之后，他心里暗暗发誓，自己决不能被身边的繁华世界所干扰。丰太郎没有像其他留学生一样贪图享乐，而是刻苦学习，甚至选修政治学课程，自觉地为将来的仕途发展做足准备。尽管在丰太郎的自我意识觉醒之后，他追求解放个性，享受自由恋爱，度过了一段愉悦的时光，但这并不意味着他与立身出世主义的诀别。

丰太郎被免去官费生资格后，一度感到前途渺茫，失去了人生方向。随着朋友相泽谦吉和天方大臣的出现，他内心回归仕途、回归上层社会的欲望迅速被唤醒，"仿佛在大海中迷失方向的人，望见远处的山峰一般。相泽仿佛是那个为我指明方向的罗盘"①。当天方大臣问丰太郎是否愿意一同回国，他心中闪过的念头是不可错失这唯一的挽回名誉的机会。从这些心理的变化得以窥见，丰太郎内心深处始终没有彻底与立身出世的欲望诀别。正如石桥忍月所言，在爱情与功名二者之间，丰太郎毅然地选择了功名，放弃了爱情。因为追求"功名"才是丰太郎实现立身出世欲望的最佳路径，哪怕这意味着重新做回按部就班的"机械般的人"。如此一来，曾经勇敢追求爱情、追求个性解放的丰太郎，不得不将觉醒的自我重新放置于政治体制的约束之中。丰太郎不禁感慨："初到德国之时，自以为认清了自己，发誓不再做机械般的人。然而，这难道不像被束缚住双脚的小鸟，放出笼子，虽然可以扑打双翅飞翔，便自以为获得自由一样吗？脚下的绳索已经无法挣脱。以前握住这绳索的是某部我的上司，现在这条绳索，说来可怜，又握在天方伯爵手中。"② 丰太郎否定了曾经追逐自由、追求个性的自我，他的归国不仅意味着对"爱情"

---

① 森鸥外:「舞姫」,伊藤整等编,『日本文学全集 4 森鸥外集（一）』,東京:集英社,1968 年,第 18 頁。
② 森鸥外:「舞姫」,伊藤整等编,『日本文学全集 4 森鸥外集（一）』,東京:集英社,1968 年,第 21 頁。

的放弃,更意味着对"自我"的背叛。对此,中村光夫认为,"《舞姬》的情感基调是自我意识觉醒的'机械式人物'的忧郁"①。这大概是因为《舞姬》缺乏西方浪漫主义那种彻底反叛的激情和精神。佐藤春夫评价《舞姬》是一部"从封建人转变为现代人的精神变革史"。在丰太郎从"封建人"蜕变为"现代人"的精神转型过程中,难免会发生"家族本位"的封建伦理与"个人本位"的现代伦理之间的强烈对峙与尖锐冲突。尽管受西方个人主义思想的影响,丰太郎已经萌生出追求自我发展、追求自由恋爱的现代自我意识,然而,在强大的天皇专制政权和封建的"家族本位"意识面前,丰太郎不得不向现实妥协,选择重新回归官僚体制。《舞姬》折射出明治时代个体与封建家庭、个体与权力机构之间的矛盾,揭示了日本近代化过程中个人主义在封建因袭势力的压制下所面临的发展困境。另外,丰太郎重归体制也反映出日本近代知识分子追求个人主义的妥协性。明治维新以后,日本加快现代化的步伐,人的"自我"意识开始觉醒,但是面对传统封建势力的挑战,这种刚觉醒的自我意识又表现出软弱性与妥协性。正如叶渭渠所言,丰太郎"这个人物所具有明显的两重性格,正好反映了从封建社会到资本主义社会的新旧社会转型期,知识分子在激烈动荡的变革中的复杂心态、软弱性格,以及他们在旧的伦理道德束缚下思想的不成熟性"②。可以说,丰太郎这个人物具有反叛封建传统的性格,但这种内在的叛逆性格又是极其软弱和不彻底的。他受西方文化的熏陶,自觉追求个人主义思想,发展自我的个性,追求婚恋自由,但是在面对强大的封建势力的压力时,他又选择向政治体制、家族利益妥协,重拾立身出世主义的价值尺度,以回归权力机构的方式谋

---

① 中村光夫:「日本の近代化と文学」,『講座文学史(第14卷)』,東京:岩波書店,1959年,第21頁。
② 叶渭渠:《日本小说史》,北京:北京大学出版社,2009年,第177页。

求个人的事业发展。曾经所追求的个性和爱情，也自然成为丰太郎重归体制的牺牲品。

（二）子君：从反抗父权走向遵从夫权

五四时期，西方个人主义思想在中国广泛传播。《伤逝》中的子君，作为自我意识觉醒的新女性，以个人主义反抗旧式婚姻制度，追求自由恋爱，勇敢冲破传统父权家长制的牢笼。然而，开始同居生活后的子君，又不自觉地背负起沉重的传统夫权文化的枷锁，致使觉醒的自我意识遭受挫折。在涓生看来，婚后的子君仅仅满足于个人爱情的甜蜜和小家庭的安乐，再没有在思想上寻求进步。子君整日为家庭事务操劳，忙着做饭、饲养黄狗阿随和一群油鸡，不再热心西方的新思想。涓生甚至觉得"子君的功业，仿佛就完全建立在这吃饭中。吃了筹钱，筹来吃饭，还要喂阿随，饲油鸡；她似乎将先前知道的全都忘掉了"①。于涓生而言，婚后的子君已经变成一个平庸、俗气的家庭主妇。但涓生认为爱情需要时时更新和生长，他感到自己与子君的精神世界产生了巨大的裂痕和难以逾越的鸿沟。这也成为涓生厌弃子君的理由与借口。由于《伤逝》采用的是第一人称回顾性视角，子君在故事中始终只是一个被讲述的对象，一直处于失语的状态和客体的位置。子君的形象是涓生按照自己的逻辑和价值取向对事件进行重组和回顾之后所呈现出来的，具有强烈的主观倾向性。那么，鲁迅为何要让涓生如此看待婚后的子君呢？

鲁迅认为，五四启蒙思想推崇的个人主义缺乏深层次的自省，流于肤浅，子君虽然逃离了旧的父权之家，却进入了新的夫权之家。子君"勇敢地从旧家庭中出走了，然而她依然不能摆脱传统的因袭，进入新家庭后仍又落入旧式妇女的窠臼。在子君

---

① 鲁迅：《鲁迅精品选》，北京：中国书籍出版社，2014年，第175页。

身上，新思想的质素是微薄的，她的觉醒也很有限"①。对子君而言，婚姻意味着用心经营好二人共同的家庭生活，顺从和服侍丈夫，负责"川流不息地吃饭"与"汗流满面地劳作"。尽管她当初勇敢地说出"我是我自己的"，其中包含着个性觉醒的因素，但这种觉醒却是不彻底的、不自觉的。涓生与子君的对谈本质上是"说—听"的模式，子君只是被动地接受，乃至"附和"，这些都表明子君的觉醒不是自觉的。子君说出"我是我自己的"独立宣言，仅仅是在启蒙话语的鼓动下，实现个人对传统父权家长制的反叛，而这并不必然会指向女性的性别解放问题，即个人主义与性别权利的问题。子君对个人主义的理解仅停留在追求爱情自主的层面，她并没有深入思考个人应当如何实现自我成长，摆脱对男性的心理和物质依赖。这也说明子君的觉醒是不彻底的。正如逢增玉所言："子君只是进入时代精神的表层而没有达到和把握真正的时代思潮的内奥，她了解和运用的个人主义的思想武器还只是个人主义的低层次存在。"② 换言之，子君在思想上没有完全确定自我独立的意识，在经济上也没有获得自主权，她的个人主义追求是流于表面的、肤浅的。这种对个人主义理解的表层化和片面化，正是造成子君人生悲剧的原因。

四、个人主义的反思：丰太郎的忏悔与子君的出路

（一）丰太郎忏悔的用意

忏悔是主体通过内省和反思对自我进行的谴责与否定，以自我批判的形式实现对内在自我的超越或救赎。忏悔意识起源于西

---

① 周玉宁：《性别冲突下的灵魂悲歌——〈伤逝〉解读》，载《江苏社会科学》1994年2期，第120页。
② 逢增玉：《为谁而悲，伤逝什么——〈伤逝〉主题与人物形象的复合性与鲁迅的思想装置》，载《鲁迅研究月刊》2017年9期，第5页。

方文化，奥古斯丁的《忏悔录》、卢梭的《忏悔录》以及托尔斯泰的《忏悔录》等都体现出个体内心深处的罪感意识和忏悔意识。留学德国的森鸥外受到基督教文化的影响，自觉地将忏悔意识融入自己的文学创作之中。

《舞姬》采用的是第一人称回顾性视角，以丰太郎大段的内心独白和忏悔开篇，目的在于对抛弃爱丽丝的行为进行深刻的自我反省和自我批判。丰太郎抛弃爱丽丝的原因是多重的。除迫于封建家庭、官僚体制和社会舆论的压力之外，根本原因还是丰太郎个人对"立身出世"的渴望。尽管丰太郎的自我意识在明治初期强大的封建势力面前遭遇过挫折，但这并不意味着自我意识的泯灭或解构。因为明治初期的立身出世主义本身就融合了西方的功利主义和个人主义思想。个人主义的核心是自我，强调个人价值的实现。因此，个人主义与功利主义实际是相伴相生、难以分割的。明治初期，中村正直的译著《西国立志篇》（1871）和福泽谕吉的著作《劝学》（1872—1876）强调个人主义和功利主义，奠定了立身出世主义的思想基础①。正如《西国立志篇》（别译名《自助论》）的书名，"自助论"一词来源于塞缪尔·斯迈尔斯（Samuel Smiles）的原著名 *Self Help*，该书开篇即写道："天助自助之人"，强调个人的"自助"，注重个人的自我实现和主观努力。这种功利的"自助"观，说明明治时期的立身出世主义也重视个人的主体性。

吴丹认为，"除近代自我的觉醒之外，《舞姬》更深层次地探讨了盘踞于近代自我意识深处的黑暗面"，"丰太郎的'自我'本身包含积极与消极、明与暗的两个侧面。其'软弱善变的心'的实质是：缺乏律己性的自我解放"，而"没有'律己'、超然于他

---

① 前田愛：「明治立身出世主義の系譜——『西国立志篇』から『帰省』まで」，『近代読者の成立』，東京：筑摩書房，1989年，第88-107頁。

者之上的'自我解放'是盘踞于'近代自我'意识中的黑暗面，是森鸥外对'现代性'主体性危机的敏锐捕捉"①。吴丹明确地指出丰太郎的自我意识本身包含积极与消极、明与暗两个方面，如同硬币的一体两面，从辩证的角度阐明个人主义的优势与弊端共存的客观事实。此外，吴丹还提出"缺乏律己性的自我解放"是森鸥外发现的现代性主体危机。这些观点都是很有见地的。不过，吴丹没有深入分析丰太郎的忏悔与森鸥外的个人主义反思之间的关系。笔者认为，丰太郎的忏悔正是对个人主义黑暗面的批判。个人在追求自我价值实现的过程中，一旦超越自我与他者的相互制约，放弃一切规则，自我的解放很可能会带来自我的毁灭。因此，自我的追求并不意味着割裂与他者的联系。反之，自我意识要建立在与他者的对话之中。任何个人的自我实现都与周围其他人的自我实现相联系，个人对他人的责任由此而生。正如伦理学所主张的，"责任则是基于人对在社会生活中形成的与他人的社会联系的深刻认识而自觉承诺道德法则对自身的约束"②。

丰太郎为追求自己的功名利禄，主动割裂与爱丽丝的社会联系，缺乏承担责任的自我约束意识，从而破坏了与他者的对话关系，走向片面的唯我主义或利己主义，从而造成爱情的悲剧。因此，森鸥外描写丰太郎的忏悔，意在反思唯我主义的过错，批判个人主义的阴暗面。正如刘立善所指出的："鸥外不是像卢梭那样的控诉，而是不能宽恕自己和丰太郎同样的伪善"，"其忏悔中，主人公的'自我正当化'意识，被压缩到最低限度"。③

卢梭的《忏悔录》名为"忏悔"，实乃自我辩护和"控

---

① 吴丹：《"现代性"的萌发与反噬——评森鸥外的浪漫主义小说〈舞姬〉》，载《新闻爱好者》2021 年 5 期，第 116 页。
② 周晓琳：《中国文学的忏悔意识》，载《四川师范学院学报（哲学社会科学版）》2000 年 3 期，第 27 页。
③ 刘立善：《森鸥外的忏悔录——〈舞姬〉》，载《日语知识》2002 年 2 期，第 28 页。

诉",旨在抑神扬人、呼吁人性的自由解放。与此不同,丰太郎的忏悔是对自己的"伪善"进行否定和批判,其"伪善"正是个人主义负面效应的突出表现。此外,森鸥外描写丰太郎的忏悔的用意还在于,通过基督教式的忏悔来实现丰太郎的自我救赎。因为在基督教的文化中,人只要在神前告白自己的罪过,祈求神的救助和宽宥,就能实现自我的拯救。这也是森鸥外以宗教拯救个人主义危机的一种尝试。

(二) 子君出路的思考

1918年《新青年》刊登了胡适与其学生罗家伦翻译的易卜生的社会问题剧《娜拉》(即《玩偶之家》),引起国内强烈的轰动。1919年胡适效仿易卜生的《玩偶之家》创作了《终身大事》,鼓励青年女性追求个性解放,打破传统家庭制度的桎梏。该文成为中国现代女性"出走"叙事的滥觞。自此,"娜拉"的形象伴随着追求个性解放的启蒙话语深入人心,也成为女性所追求的个人主义话语的注脚。不过,在鲁迅看来,这种以鼓励女性"出走"为标志的个人主义,没有深入思考女性出走以后的现实困境和解决方案,无疑会误导当时的新女性。杨联芬评价道:"胡适的视点,是个人主义的,着眼于'个人/社会'和'个人/家庭'关系中的个人的权利;这个视野空间,对于'个人'之间的关系,即同处于'新文化'的男性与女性之间的权力关系,却基本无从触及。"① 换言之,胡适并没有从男性与女性的性别权力关系的维度剖析女性盲目的个性解放可能使其陷入的物质和精神困境,忽视了实现女性解放需要的社会条件。

鲁迅对于女性的个性解放问题没有盲目乐观。早在1923年,鲁迅曾经在北京女子高等师范学校做过一次题为《娜拉走后怎

---

① 杨联芬:《个人主义与性别权力——胡适、鲁迅与五四女性解放叙述的两个维度》,载《中山大学学报(社会科学版)》2009年4期,第43页。

样》的演讲，给当时正沉浸在"出走"激情浪漫幻想中的新女性们敲响警钟。鲁迅犀利地指出娜拉出走之后，"实在只有两条路：不是堕落，就是回来"①。娜拉要实现真正的个人主义，必须首先实现经济的独立。换言之，经济权是个人自由最基本的保证。关于个人主义与经济独立的问题，陈独秀也曾经发表类似的论断："现代生活以经济为之命脉，……故现代伦理学上之个人人格独立，与经济学上之个人财产独立，互相证明"，"西洋个人独立主义，乃兼伦理、经济二者而言，尤以经济上个人独立主义为之根本也"。② 简言之，西方个人主义包含伦理学意义上的人格独立与经济学意义上的经济独立双重内涵，而经济独立是实现个人主义的根本要素。

鲁迅在两年后创作的《伤逝》中通过涓生之口，发出"人必生活着，爱才有所附丽"③ 的警示，对子君婚后完全依附于男性生存的传统婚姻模式是否能保证女性坚持个人主义思想表现出担忧与怀疑。小说揭示出个性解放之后的女性在现实社会环境中所陷入的困境，反思盲目解放个性可能引发的人生悲剧。鲁迅以子君"出走—被弃—回归"的惨痛经历告诫女性，倘若得不到与男子同等的经济权力，所谓的个性解放容易沦为不切实际的空谈，甚至可能引发人生悲剧。因此，女性不应该安于现状，而应当不断为解放思想、争取经济独立而战斗。鲁迅在《伤逝》中批判了当时部分人对个人主义理解的表面化和空洞化，暴露出脱离中国社会现实语境的西式启蒙话语可能导致的深刻危机。倘若女性没有在思想上摆脱传统的依附男性的固有思维模式，没有在现代社会中寻找到谋生的路径，保持精神和物质的独立性，是无

---

① 林文光编著：《鲁迅文选》，成都：四川文艺出版社，2009年，第94页。
② 转引自钱理群：《试论五四时期"人的觉醒"》，载《文学评论》1989年3期，第7页。
③ 鲁迅：《鲁迅精品选》，北京：中国书籍出版社，2014年，第177页。

法真正获得个人自由和个性解放的，其命运必然是"堕落"或者"回来"。

《舞姬》和《伤逝》两个文本反映出森鸥外和鲁迅有关个人主义的隐忧与反思。个人主义的要义是尊崇自我意识。丰太郎和子君的自我意识都经历了从"觉醒"到"挫折"的过程，社会历史条件的制约是他们自我意识发展受阻的根源。丰太郎重拾根植于儒家道德的立身出世价值观，子君自觉遵循传统夫权文化，这些有意或无意的泯灭个性的行为背后有着根深蒂固的封建主义在悄然地发挥着作用。森鸥外和鲁迅看破转型期知识分子们追求个人主义的不彻底性与妥协性，借文学之笔对此加以揭露和批判。此外，森鸥外和鲁迅还重新审视了近代知识分子追求个人主义的方式，反思盲目追求个人主义可能导致的人生悲剧。森鸥外通过丰太郎的忏悔批判个人主义的阴暗面，鲁迅通过子君的死亡批判盲目解放个性的弊端。可以说，丰太郎和子君是追求西方个人主义的知识分子的缩影，他们的命运折射出转型期的中日社会里个人主义发展所面临的历史困境和个人主义自身潜藏的危机。

第二节
夏目漱石和老舍的个人主义反思

明治时代，政府推行"文明开化"政策，西方个人主义思想传入日本。夏目漱石（1867—1916）敏锐地觉察到东西方文化的激烈碰撞给近代日本人的精神所带来的创伤，他在文本中践行个人主义的同时，又试图超越西方个人主义自身存在的弊病。与之类似，老舍（1899—1966）作为五四新文化运动落潮之后登上文坛的作家，其文学创作延续着五四启蒙主义精神，鞭挞旧礼教、旧道德，宣扬个人主义精神。五四以后，部分中国人一味推崇和效仿西方文明，其中就包括西方的个人主义话语。但是，所谓的"个性解放"却并没有真正给市民社会的小人物带来自由和幸福，反而酿成许多人生悲剧。如何看待西方个人主义思想，成为老舍文学探讨的课题。可见，夏目漱石和老舍都肯定个人主义的价值，同时，他们也结合各自的社会语境，尝试寻找克服个人主义弊病的方法。

或许因为夏目漱石与老舍二人之间不存在事实上的交往和联系，目前国内针对夏目漱石和老舍的比较研究屈指可数。而且，这些先行研究的重点多置于夏目漱石《我是猫》（1905—1906）和老舍《猫城记》（1933）两个文本在叙事视角、讽刺风格等方面的异同辨析，尚未系统地梳理夏目漱石和老舍文学反思个人主义的话语。夏目漱石和老舍都有旅居英国的人生经历，他们在感受到西方个人主义魅力的同时，也注意到以自我为本位的个人主义潜在的弊病，所以，他们都在文学中诉说着自己关于个人主义的反思。本书通过细读多个文本，辨析夏目漱石和老舍在反思个人主义方面存在的同质性与异质性。

一、"同根并蒂"型研究：夏目漱石和老舍文学的可比性

影响研究是比较文学最早采用的研究方法，也是目前中日比较文学最主要的研究范式。法国学派的奠基人保罗·梵·第根（Paul Van Tieghem，1871—1948）在第一部全面阐述法国学派影响研究的著作《比较文学论》（1931）中指出，精确的考证是比较文学必不可少的手段，影响研究须沿着输出者、媒介者、接受

者三要素进行科学的史实考证和路线溯源，从而衍生出誉舆学、媒介学、源流学三种研究范式，研究的目的在于描绘出文学传播的路径①。梵·第根所倡导的影响研究，属于文学影响的"源"和"流"之间"两点一线"的史实考察。可是，异质文学之间的影响关系并非那么简单，往往存在"一源多流"或"一流多源"等情况。为了弥补法国学派影响研究范式的局限性，中国学者黎跃进提出一种新的研究范式——"同根并蒂"型研究，即"文学史许多跨文化的文学现象之间不是彼此直接接触，但有共同的渊源，在共同渊源的作用下，表现出某些审美共相，形象地说，它们是'同根并蒂'的关系。日本作家夏目漱石和中国作家老舍是典型的例子"②。

夏目漱石和老舍都曾经在20世纪初旅居英国，伦敦的生活经历对他们的文学创作产生了深远的影响。1900年夏目漱石被选派留学英国，开始了为期两年的留学生活。1924年至1929年，老舍在英国伦敦大学东方学院担任华语讲师。夏目漱石留学期间阅读了大量的英国文学书籍，并做了许多读书笔记。在《文学论》的第四章"斯威夫特与厌世文学"，夏目漱石详细地探究了英国作家斯威夫特（Swift）讽刺文学的特质，多次谈及狄更斯（Dickens）文学的幽默风格。同样，老舍在旅英期间也阅读了许多英国文学作品。其处女作《老张的哲学》（1925）直接借鉴了狄更斯的《尼古拉斯·尼柯尔贝》《匹克威克外传》等小说的幽默和讽刺风格③。老舍也曾经谈到斯威夫特的讽刺艺术，认为斯威夫特是真正的讽刺家，他的诗歌"每一行会刺，

---

① 梵第根：《比较文学论》，戴望舒译，长春：吉林出版集团有限责任公司，2010年，导读第3页。
② 黎跃进：《"同根并蒂"：影响研究的新范式——以夏目漱石与老舍为中心》，载《求索》2014年12期，第129页。
③ 谢昭新：《老舍与中外文化综论》，芜湖：安徽师范大学出版社，2014年，第78页。

会炸，象短刃与火"①。正是受到斯威夫特和狄更斯文学的影响，夏目漱石和老舍的早期创作也都呈现出幽默和讽刺的文学风格。

　　日本学者高木文雄曾经归纳出夏目漱石和老舍两位作家之间存在的相似之处：（1）两人都出生于首都，都有学习英语、旅居伦敦的人生经历；（2）两人在伦敦都有过作为东方人而被西方人歧视的不愉快经历；（3）两人都是以教师的身份开始文学创作之路的；（4）两人都曾从事文学理论的研究；（5）两人在作品中都表现出对本国现代化问题的反思②。这些发现对于开展夏目漱石和老舍的比较研究是非常重要的。他们有着相似的人生经历和生命体验，都接受过英国文学的滋养，存在着"同根"的文学现象，又由于各自文化语境和作家个体精神世界的差异，衍生出不同的文本个性。漱石的文学由"余裕"走向冷峻的人性审视，而老舍的文学则由"幽默"趋向社会写实③，故而两者如同"并蒂"一般，各领风骚。鉴于此，夏目漱石和老舍的文学可谓"同根并蒂"型研究的典型案例。

二、对极端个人主义的批判

　　夏目漱石创作的第一部小说《我是猫》（1905），以一只被收养的野猫在主人家的所见所闻辛辣地讽刺了日本近代的文明开化，是一部针砭时弊的讽刺文学作品。日本文学评论家海野弘认为，《我是猫》存在"漱石＝苦沙弥＝吾辈＝猫"的内在逻辑关

---

① 老舍：《谈幽默》，曾广灿、吴怀斌编，《老舍研究资料（上）》，北京：知识产权出版社，2010年，第358页。
② 高木文雄：「漱石・老舎・ロンドン」，『近代文学研究叢刊（4）』，東京：和泉書院，1994年，第392頁。
③ 黎跃进：《"同根并蒂"：影响研究的新范式——以夏目漱石与老舍为中心》，载《求索》2014年12期，第132页。

系，由此漱石便可以透过猫的视角来鞭挞日本的社会现实①。老舍的长篇小说《猫城记》（1932）讲述了一个因飞机失事坠落在火星的地球人"我"在猫国的神奇历险，批判的是猫国国民保守、懒惰、懦弱、自私等劣根性，也痛斥了当时黑暗的社会现实。可见，《我是猫》和《猫城记》中的"猫"都被赋予了人格化的特征，以达到作者批判社会现实的目的。不过，两部作品在叙事视角上是有区别的，即《我是猫》是"我"（猫）看人，而《猫城记》是"我"（人）看猫，"猫闯入人类世界"与"人误入猫人世界"，"看"与"被看"的对象发生了位置的颠倒。

（一）极端个人主义的危害

个人主义是现代资本主义社会推崇且占据主导地位的价值观。文艺复兴运动以后，倡导个人自由、追求个人尊严、推崇个性解放的个人主义思想，成为西方早期资产阶级反对封建专制统治的利器，以及争取个人权利和自由的不二法门，"它演变成了近现代西方社会制度与法律体系建构的价值圭臬，并逐渐沉淀为当代西方社会的一种'文化信仰'"②。然而，个人主义的极度膨胀容易使人作出极端利己主义的行为，从而造成严重的社会道德危机。《我是猫》和《猫城记》两部小说都批判极端个人主义给他人或社会造成的危害。

《我是猫》创作于夏目漱石留学英国归来的时期，从中可以窥见明治后期日本的社会状况。明治维新以后，日本对西方文化不加选择地全盘吸收，但这种全盘西化的代价惨痛。尽管日本学习到了西方文明的部分精华，然而其糟粕也裹挟其中，导致日本社会利己主义、唯我主义风气甚嚣尘上。漱石通过"猫"对人

---

① 海野弘：「『吾輩は猫である』ノート」，载『漱石研究（第14号）』，2001年，第38页。
② 张启江：《个人主义的魅惑及其利己主义之实质》，载《平顶山学院学报》2014年1期，第27页。

类世界的嘲弄与讥讽，揭露了日本近代化过程中存在的诸多弊病，其中就包括极端个人主义信条中潜藏的社会道德危机。漱石在《我是猫》中这样写道："现代人的自知心，就是对自己与他人之间存在明显的利益鸿沟这个事情知道得太过清楚"①，"如今的人无论睡着还是醒着，无时无刻不在思考怎么样才对自己有利，怎么样会带来损失，所以必须像侦探或小偷一样增强自知心"②。漱石认为，20世纪的日本人由于个人的"自知心"太强，无时无刻不在考虑个人的利益得失，为了自己的私利甚至可以不择手段。穷凶极恶、又贪又狠的大资本家金田，奉行的致富"秘诀"是"要精通三缺"，即"缺义理、缺人情、缺廉耻"。金田夫人为了打探女婿候选人寒月的信息，拜访苦沙弥，不料遭到怠慢。金田家由此对苦沙弥产生不满，收买车夫和落云馆的学生给苦沙弥制造诸多的麻烦。金田家为了自己赚取金钱，罔顾义理人伦；为了实现婚姻利益的最大化，如"侦探"一般打听寒月能否获得博士学位的消息；为了发泄个人的不满，随意给苦沙弥制造麻烦。这些极端利己的行为根源在于个人主义思想的极度膨胀，凡事以追求个人利益的最大化作为行动原则和标准。金田家是苦沙弥和猫公"我"最为痛恨的对象，夏目漱石通过苦沙弥和猫对金田家的嘲讽与反抗，批判和否定了当时社会上存在的极端个人主义行为。

《猫城记》也是老舍离英归国后发表的第一部长篇小说。当时中国国内政治黑暗不堪，1931年"九·一八"事变爆发，国民政府采取不抵抗政策，致使东北三省全境陷落，举国震惊。刚从国外回来的老舍对国民政府"不作为"的抗日政策深感愤懑，

---

① 夏目漱石:「吾輩は猫である」,『漱石全集（第1卷）』,東京：岩波書店,1965年,第503頁。
② 夏目漱石:「吾輩は猫である」,『漱石全集（第1卷）』,東京：岩波書店,1965年,第504頁。

对黑暗的社会现实以及国人的愚昧麻木忧愤不已。他曾谈及创作《猫城记》的原因："头一个就是对国事的失望，军事与外交种种的失败，使一个有些感情而没有多大见解的人，象我，容易由愤恨而失望。"① 小说中的猫人大蝎是"猫国的重要人物"，也是大官僚和大资产阶级的象征，它"完全以自己为中心的，为自己的利益而利用人似乎是他所以交友的主因"②。猫人大蝎所代表的政客阶层，眼中只有自己个人的利益得失，完全不考虑国家的安危。当外国打进来，大蝎等人照旧交际应酬，甚至还能兴致勃勃地玩妓女，对于国事漠不关心。有些政客更是荒唐，当得知敌国来袭以后，非但不英勇抗敌，反而争相前去投降，自以为先投降者一定能够早日加官晋爵，为了谋取个人的私利，不惜出卖国家的利益。老舍通过刻画大蝎等政客的贪婪嘴脸，批判了极端个人主义给国家和社会造成的危害。

　　辛亥革命以后，国内逐渐形成军阀割据的分裂局面。不少地方政客勾结当地的大资本家，合伙谋取个人私利，一些政客甚至大发国难财，背弃民族大义。1927 年《民国日报》上刊登了题为《个人主义之末日：十六年来一笔糊涂账的小结算》的文章，作者黄慎之对民国政府成立以来十六年间的社会现实和当时盛行的个人主义作了一番清算。黄慎之在文中如此写道："个人主义便是利己主义。古人说：'拔一毛以利天下，不为也'便是个人主义的最好说明。而其实，拔一毛总是拔一毛，这种可以说是于己损失了一根毛，而现在呢，世风不古，人心可更变的'每况愈下'了，简直非事事拔他人之毛以利己之天下不可。""于是，小之则'各人自扫门前雪，不管他人瓦上霜'国家之理乱与兴

---

① 老舍：《我怎样写〈猫城记〉》，曾广灿、吴怀斌编，《老舍研究资料（上）》，北京：知识产权出版社，2010 年，第 466 页。
② 老舍：《老张的哲学；猫城记》，北京：人民文学出版社，2017 年，第 228 页。

旺一概置诸不问不闻；大之则损人利己，只要于自己有利的，有什么事不可为。""国快亡了么？不要紧，'雪中不妨送雪，火上不妨加火'让他赶快亡掉了，我总可以做个卖国忠臣，受洋鬼子的'青眼'。"① 虽然这种把"个人主义"完全等同于"利己主义"的看法是对个人主义内涵的误读，存在偏废之处，但也客观地揭示出极端个人主义给社会和国家造成的危害。老舍的《猫城记》影射了当时社会上普遍存在的极端个人主义行为。"我"痛恨猫国青年只注重个人得失，不关心他人情感，对国家的兴乱不闻不问、置若罔闻的片面个人主义思想。部分猫国人在国家生死存亡之际，竟然争相去当卖国求荣的叛贼，只图赢得更大的个人利益。而老舍之所以要刻画猫国的政客和青年汲汲于个人利益的丑恶嘴脸，是因为极端个人主义的后果让他产生了对民族和国家未来的深深忧虑。

（二）新式婚恋关系的反思

《我是猫》和《猫城记》都围绕信奉个人主义原则的新式婚姻和自由恋爱展开论述。夏目漱石认为，近代日本人过度强调自我意识，由此产生大量"原子化的个人"，由这些个人所组成的家庭，内部势必会出现诸多矛盾。而老舍关注的重点是，五四以来打着"个性解放"的名号欺骗女性的行为，即西方个人主义的泛滥给女性造成的人生悲剧。

夏目漱石在《我是猫》中这样写道："妻子在女校里穿着无裆裙裤，锻炼出坚韧的个性，扎起头发勇往直前，怎么也不可能按照丈夫的意志行事。毕竟对丈夫百依百顺的妻子不是妻子，不过是人偶罢了。越是贤明的夫人，个性就会发展得越鲜明。个性越鲜明，就越无法与丈夫合拍。一旦不合，自然就会和丈夫产生

---

① 黄慎之：《个人主义之末日：十六年来一笔糊涂账的小结算》，载《民国日报·觉悟特刊》1927 年，第 2-3 页。

冲突。所以只要附上贤妻之名，就会和丈夫从早吵到晚。这实在是很困扰的事情。娶的越是贤妻，夫妻双方痛苦的程度就越会增加。"① 漱石认为，随着近代人自我意识的不断发展，夫妻之间会因为各自个性的差异和互不妥协的态度产生巨大的分歧与矛盾。尤其是接受过新式教育的妻子，有着鲜明的个性意识和自我主张，不会再遵从传统儒家的"从父、从夫、从子"等伦理要求，不会再对丈夫唯命是从、百依百顺。如果夫妻双方都各自强调个人意识，无限制地发展自我的个性，极力争取各自的利益，那么，夫妻之间势必会产生不可调和的矛盾，这便容易导致婚姻关系走向破裂。漱石写道："亲戚早就分离，亲子如今分离，解放压抑已久的个性，推崇个性的无限发展，这样一来，人们不分开就无法享受快乐。但是，在亲子兄弟分离的今天，已经没有可以分离的对象，所以，最后的方案将会是夫妻的分离。"② 漱石认为，随着个人主义的不断发展，亲子兄弟分离已经成为社会的普遍趋势，倘若继续推崇个性的无限制发展，那么，今后"夫妻的分离"将会是必然的结果。所以，信奉个人主义的新式婚姻并不必然会带来预期的幸福和圆满。

老舍在《猫城记》中也表达了对信奉个人主义原则的新式婚恋关系的关切。与夏目漱石不同的是，老舍侧重批判的是五四以来许多男性打着"个性解放""婚姻自由"的幌子，欺骗女性的恶劣行径。老舍借猫人小蝎之口说道："旧人物多娶妾，新人物多娶妻，我这厌旧恶新的人既不娶妻，又不纳妾，只是随便和女子游戏游戏。敷衍，还是敷衍。"③ 这些欺骗女性的"新人物"，表

---

① 夏目漱石:「吾輩は猫である」,『漱石全集（第1卷）』,東京：岩波書店,1965年,第519頁。
② 夏目漱石:「吾輩は猫である」,『漱石全集（第1卷）』,東京：岩波書店,1965年,第518頁。
③ 老舍:《老张的哲学；猫城记》,北京：人民文学出版社,2017年,第268页。

面上追求的是个性的解放，但本质上追求的不过是性的解放。追求自由恋爱的个人主义精神，演变为鼓励自由乱爱、随性恋爱的极端个人主义和享乐主义。老舍讽刺道："老的拼命娶妾，小的拼命自由，表面上都闹得挺欢，其实不过是那么着，那么着的结果是多生些没人照管没人养活没人教育的小猫人。"① 这些"新人物"，以个性解放为由，尽情地纵欲和享乐，他们对待女性的态度本质上是以欺骗性的玩弄代替封建性的强行占有，致使许多涉世未深的青年女性坠入深渊。"由他们制造的青年女性上当受骗、失身堕落的悲剧，并不比老张等用封建买卖婚姻逼死人命的死亡悲剧显得'文明'轻松。"② 这些"新人物"利用"个性解放""自由恋爱"的名号欺骗女性，他们并不尊重女性的人格和尊严，只是把女性当作个人泄欲的工具，他们偏重个人的享乐，而无视这种利己和自私的行为给女性造成的精神创伤。

由此可见，《我是猫》和《猫城记》两个文本都批判极端个人主义的危害，反思新式两性关系的隐患。不同的是，《我是猫》关注的重点是极端个人主义给他人造成的伤害，而《猫城记》批判的重点则是极端个人主义给国家利益造成的损失。《我是猫》探讨的是过剩的自我意识可能会造成"夫妻分离"的家庭危机，而《猫城记》批判的则是以"个性解放"为名的新式婚恋关系对个人主义精神的故意歪曲和片面误读。

三、个人主义者的"末路"与"出路"

夏目漱石的《心》（1914）是一部个人主义者的忏悔录。"先生"与同乡好友 K 同时爱上房东家的"小姐"，"先生"表

---

① 老舍：《老张的哲学；猫城记》，北京：人民文学出版社，2017 年，第 282 页。
② 谢昭新：《老舍与中外文化综论》，芜湖：安徽师范大学出版社，2014 年，第 2 页。

面上批评一心求"道"的 K 不求上进，背地里却偷偷向房东太太提出和小姐结婚的请求。知道真相的 K 绝望自杀，而"先生"也因此在自责、忏悔、寂寞中度过余生，最终也选择自杀。老舍的《骆驼祥子》（1936）讲述的是祥子由奋斗走向堕落的生活史，是一部"反成长"①小说。农村进城的洋车夫祥子，经历过事业上的"三起三落"以后，从刚入城市时的纯真少年堕落为"个人主义的末路鬼"。《心》和《骆驼祥子》两个文本包含着作者有关西方个人主义给现代人所带来的精神创伤的思考。

（一）疾病的符号：个人主义者的"末路"

《心》和《骆驼祥子》都以疾病作为符号，隐喻西方个人主义在东方社会的文化语境中遭遇的发展困境及其给个人造成的创伤。不同的是，《心》侧重从新旧道德冲突的角度分析困境产生的缘由，而《骆驼祥子》侧重从经济自由的维度说明个人主义的发展缺乏合适的成长空间。

《心》里的个人主义者 K 是真宗和尚的次子，因为无法享有家族产业继承权，被迫成为医师家的养子。按照传统惯例，K 须专心学习医学知识，将来继承养父家的事业，报答养父家的恩情。然而，接受过近代西方思想文化洗礼的 K 选择隐瞒养父家，以个人的兴趣为出发点，"精进"宗教和哲学方面的学问，一心求"道"。养父家得知 K 的欺骗行为以后，终止了对他的经济资助，K 的生父也断绝了与他的父子关系。精神和物质的双重压力导致 K 罹患神经衰弱。

在此，"神经衰弱"成为一种符号，象征着新旧社会转型期知识分子的精神创伤。石原千秋指出，"漱石的主人公几乎都患有'神经衰弱'"，而且这种病症是"只有明治时代新出现的现

---

① 孟庆澍：《"反成长"、罪的观念与个人主义——重读〈骆驼祥子〉》，载《文艺研究》2017 年 3 期，第 58 页。

代都市人才会患上的文明的病症"①。明治时代都市的青年知识分子，身处传统与现代、东方和西方二元价值观并存且激烈冲突的文化语境之中，普遍存在着各种精神焦虑。这些精神焦虑的病因在于新旧道德之间的对峙和龃龉。漱石曾在《文艺与道德》一文中比较"过去的道德"与"现在的道德"。漱石把"过去的道德"（即德川时代的道德）称为"浪漫的道德"，它是"忠臣""孝子""贞女"的道德，是利他主义和权威主义的道德；把"现在的道德"称为"自然主义的道德"，它是以个人的立场来观察世界，以个人为本位的道德，是个人主义和现实主义的道德②。漱石认为，正是这两种不同新旧道德观的冲突造成了近代日本人内心的烦闷和创伤。日本传统的养子制度和父权家长制文化，是重视忠孝和权威主义的"过去的道德"，而 K 坚持个人的爱好，发展自我个性的行为，践行的是"现在的道德"。这种奉行家族本位原则的"过去的道德"观与奉行个人本位原则的"现在的道德"观之间，存在着二元对立的不可调和的矛盾，这种矛盾给 K 的精神世界造成巨大的压力，而"神经衰弱"正是这种精神创伤的文学符号和文学隐喻。

《骆驼祥子》中的祥子是从农村进城的农民，有着"铁扇面似的胸，与直硬的背"，宽而威严的肩和"出号"的大脚，他个人奋斗的自信来源于自己强壮的身体。老舍开篇对祥子身体的描写"充满肯定与赞美，让人联想到文艺复兴时期米开朗琪罗的一些雕塑对人体格健美的夸张表现，体现了对个人身体的崇拜"③。但是，与虎妞结婚以后，祥子因淋暴雨得了一场大病，

---

① 中島梓、小森陽一、石原千秋：「視点という名の症候群」，『漱石研究（第 14 号）』，東京：翰林書房，2001 年，第 34 頁。

② 夏目漱石：「文芸と道徳」，『漱石全集（第 11 巻）』，東京：岩波書店，1966 年，第 366－388 頁。

③ 江腊生：《〈骆驼祥子〉的还原性阐释》，载《文学评论》2010 年 4 期，第 124 页。

不久又患上痢疾，两场大病叫他明白自己的身体日渐羸弱，深感个人力量的微弱。与夏太太的偷欢，又让祥子染上严重的性病。这种以往最怕最可耻的一件事，现在祥子却可以毫不在意地泄露给大家，把它当作玩笑的谈资。身体的疾病令祥子的健康每况愈下，最终他连车也拉不动了。祥子由最初"体面的，要强的，好梦想的"，自尊自强且富有自我奋斗精神的"个人主义者"，一步步沦为"自私的，不幸的，社会病胎里的产儿，个人主义的末路鬼"①。这说明西方个人主义精神在当时的中国社会缺乏生根发芽的土壤，祥子身体的疾病成为个人主义在中国无法良性发展的符号表征。

祥子的个人主义具体表现为，主张依靠个人奋斗来实现经济自由，他努力存钱买车，希望凭借个人努力扎根城市。经济自由是经济个人主义的重要特点之一。哈耶克（Hayek）认为："个体的地位不能由其所处的群体所决定（如血统、法统等优势），个人可以凭借自身的能力来获得经济利益。"② 这一时期，中国传统社会受西方近代资本主义的影响，农村经济和封建文化逐渐解体，失去土地的农民集中到城市，寻求新的生路。然而，当时已经沦为半殖民地半封建社会的中国，难以提供实现个人经济自由的社会环境。老舍正是基于这般清醒的认识，刻画了以祥子为代表的个人主义者的毁灭。正如许杰所言，"在中国这半殖民地半封建的社会里，个人主义是只有走向毁灭的"③。由于缺乏通过个人奋斗来实现经济自由的社会环境和历史条件，祥子的个人奋斗注定是要失败的。西方个人主义对个人权利的保障，首先表

---

① 老舍：《骆驼祥子：二马》，北京：人民文学出版社，2016 年，第 196 页。
② 转引自任盼：《〈酸甜〉中的经济个人主义》，载《文化学刊》2021 年 2 期，第 116 页。
③ 许杰：《论〈骆驼祥子〉》，曾广灿、吴怀斌编，《老舍研究资料（下）》，北京：知识产权出版社，2010 年，第 570 页。

现在对私有财产权的肯定与保护。但是，祥子经过不懈奋斗买到的第一辆车被军阀抢走，孙侦探又骗走祥子准备买车的钱。祥子的"车被抢"和"钱被骗"说明在当时军阀割据、战争频发的复杂社会环境之下，个人私有财产根本得不到保障，这是祥子一步步沦落为"末路鬼"的根本原因。

（二）个人主义者"出路"的探寻

夏目漱石和老舍不光书写个人主义者的"末路"，也在探寻克服个人主义发展困境和自身危机的方法。

《心》探讨的是近代日本人盲目地、片面地追求西方个人主义所产生的个人心理危机和社会道德危机。夏目漱石在《现代日本的开化》（1911）中指出，西方的开化是内发型，而日本的开化是外发型，日本试图以明治维新后四五十年时间走完欧洲数百年的开化历程，必然会导致对西方文明的理解囫囵吞枣，急速的现代化也必然会引起现代人精神的空虚和神经衰弱①。K无视自己肩负的家庭义务和责任，一味地坚持发展自我个性，结果被家庭所抛弃，陷入孤立无援的绝境。"先生"欺瞒K，巧使手段与"小姐"订婚，直接导致K自杀。"先生"自己也因内心的愧疚和自责，陷入无尽的孤独和焦虑，无法融入社会，沦为"原子式的个人"。K和"先生"缺乏"道义上的个人主义"，最终只能走向自杀的"末路"。那么，个人主义者的"出路"又在哪里？《心》问世以后，同年夏目漱石在学习院作了题为《我的个人主义》（1914）的演讲。漱石提出"道义上的个人主义"这一概念，其内容主要包括三个方面："第一，想要发展自己的个性，就必须同时尊重他人的个性。第二，想要行使自己拥有的权力，就必须充分意识到随之而来的义务。第三，想要显示自己的

---

① 夏目漱石：「現代日本の開化」，『漱石全集（第11巻）』，東京：岩波書店，1966年，第319-343頁。

财力，就必须尊重与之相伴的责任。"① 在夏目漱石看来，"道义上的个人主义"不是单方面地强调个人的自由，不是胡乱地行使自己的权力，不是无限地扩张自己的金钱欲望，而是在发展自我个性的同时尊重他人的个性，在享受个人自由的同时不忘肩负的义务和责任。简言之，漱石所说的"道义上的个人主义"注重从道德层面约束个人的欲望，从权利和义务层面规定个人行为的限度，从而使个人主义转化为合理的价值目标。

《骆驼祥子》里祥子个人奋斗的道路，越走越窄，老舍借用车夫老马的一段话表明个人主义的出路在于参与集体的行动，将个人融入集体。老马这样说道："干苦活儿的打算独自一个混好，比登天还难。一个人能有什么蹦儿？看见过蚂蚱吧？独自一个人也蹦得怪远的，可是教个小孩子逮住，用线儿拴上，连飞也飞不起来。赶到成了群，打成阵，哼，一阵就把整顷的庄稼吃干净，谁也没法儿治它们！"② 这段话显示出群体的威力和价值。王瑶认为，车夫老马有关"蚂蚱"的比喻说明试图用个人奋斗来解放自我的道路在当时的社会是行不通的，这种个人主义向集体主义转向的隐喻，可以看作老舍探索劳动人民解放道路所得出的一个崭新的结论③。王瑶的看法影响深远，后来的学者刘绶松、唐弢等人皆持此论，认为老舍以祥子的悲剧揭示出个人主义的局限性，以及集体斗争的必要性。海外学者夏志清也在有关《骆驼祥子》的评论中指出，祥子的个人主义奋斗，在缺乏健全条件的社会环境下，不过是徒劳的努力。"老舍显然已经认定，在一个病态社会里，要改善无产阶级的处境就得要集体行动；如

---

① 夏目漱石：「私の個人主義」，『漱石全集（第11巻）』，東京：岩波書店，1966年，第454頁。
② 老舍：《骆驼祥子：二马》，北京：人民文学出版社，2016年，第182页。
③ 王瑶：《老舍〈骆驼祥子〉略说》，《王瑶全集（第5卷）》，石家庄：河北教育出版社，2000年，第513页。

果这个阶级有人要用自己的力量来求发展，只徒然加速他自己的毁灭而已。"①《骆驼祥子》写于抗日战争前夕，为了拯救民族于危难，老舍开始反思并批判西方个人主义的弊端，探寻中国个人主义发展的新出路。

K和"先生"的"神经衰弱"，以及祥子的身体疾病，是西方个人主义在日本和中国遭遇发展困境的符号表征。漱石从个人修养的角度提出"道义上的个人主义"，力图克服近代日本个人主义的发展危机。老舍则是从中国内忧外患的社会现实出发，反思个人主义的局限性，探寻集体主义改变中国社会现实的效用。这种反思个人主义维度上的差异，其实与日本和中国当时所处的历史语境不同有关。正如夏目漱石所指出的那样，"如果国家陷入危险，个人的自由就会缩小。当国家泰平的时候，个人的自由就会膨胀"②。明治末期，经历过甲午战争和日俄战争，日本国力大增，客观上为个人主义的发展提供了机会。因此，夏目漱石思考的问题是如何发展健全的个人主义。反观20世纪30年代的中国，国家面临着外敌的入侵和内部的纷争，这种内忧外患的社会现实也必然会影响老舍对待个人主义的态度。

夏目漱石和老舍文学的比较研究属于"同根并蒂"型研究范式。他们都批判极端个人主义的危害，关注基于个人主义的新式婚姻和自由恋爱所存在的隐患，他们都看破历史文化语境给个人主义造成的发展困境。不同的是，漱石侧重从个人层面探讨个人主义的危害，探究个人发展的路径；而老舍则偏向结合民族国家的现实需要，分析个人主义的弊病，指出个人及民族国家的出路。这种差异的产生，除了与夏目漱石与老舍所处的不同社会文

---

① 夏志清：《中国现代小说史》，刘绍铭等译，杭州：浙江人民出版社，2016年，第205页。
② 夏目漱石：「私の個人主義」，『漱石全集（第11卷）』，東京：岩波書店，1966年，第460頁。

化语境有关，恐怕还与日本文学的"脱政治性"与中国文学的"载道"传统有关。这一点并非本书的分析重点，先略过不述。

第三节
中日无产阶级文学对个人主义的疏离

日本无产阶级文学兴起于明治末年，在20世纪20年代至30年代初蓬勃发展，后来伴随着法西斯主义的抬头，在30年代中期遭到政府镇压，进入低谷。众所周知，日本无产阶级文学对中国无产阶级文学的发生和发展产生过深刻的影响。大革命失败以后，日本无产阶级文学传入中国，引发了革命文学的论争，不久"左联"成立，新兴的无产阶级文学逐渐演变为中国新文学的主流。本书重点探讨中日无产阶级文学在批判个人主义方面表现出的类同性。

一、文艺理论：个人主义的解构与集体主义的建构

（一）文学"个人性"的否定

日本无产阶级文学评论家青野季吉在《现代文学的十大缺陷》（1926）一文中指出，日本近代文学（尤其是资产阶级小说）的共通性是多取材于身边的事例，结合个人的亲身经历进行创作，无法脱离"个人"和"自我"的窠臼。作家以追求"纯艺术"自居，作品一般局限于个人的生活经验，属于一种个

人印象式的描写。其中,"心境小说最能暴露这种缺陷。心境小说强调结合作家个人的心境、个人的经验、个人的印象进行文学创作,可这样的创作方式不过是从个人的印象出发,再扩大到个人的心境,却不能产生震撼人心的力量"①。在青野季吉看来,如果日本的作家不能脱离这种无意志力的、消极的心境,就无法创作出震撼人心的伟大作品。青野季吉批判日本近代文学仅仅专注表现个人的生活体验和内心情感,这其实是从本质上否定了资产阶级的个人主义思想。

受日本无产阶级文艺理论的影响,创造社后期的"革命文学"主张也表现出疏离个人主义的倾向。郭沫若在五四时期曾是一位鼓吹个性解放的先锋人物,《凤凰涅槃》(1920)、《天狗》(1920)等新诗彰显出强烈的自我意识和独特的个性魅力。当时的郭沫若极力推崇文学的自律性和"为艺术而艺术"的文艺观,反对"载道"型的功利主义文学。他曾经明确提出:"假使创作家以纯功利主义为前提从事创作,上之想借文艺为宣传的武器,下之想借文艺为糊口的饭碗,这个我敢断言一句,都是文艺的堕落,隔离文艺的精神太远了。"② 然而,等到革命文学时期,郭沫若的态度急剧变化,转而不遗余力地批判个人主义。郭沫若指出:"浪漫主义的文学早已经成为反革命的文学,一时的自然主义虽然是反对浪漫主义而起的文学,但在精神上仍未脱尽个人主义与自由主义的色彩。"③ 1928 年,郭沫若(麦克昂)在《英雄树》一文中更是把个人主义视为过时的文艺理念和丑陋的无病呻吟:"个人主义的文

---

① 青野季吉:「現代文学の十大缺陷」,伊藤整等編,『青野季吉・小林秀雄集』,東京:講談社,1980 年,第 33 頁。
② 郭沫若:《论国内的评坛及我对于创作上的态度》,王训昭等编,《郭沫若研究资料(上)》,北京:中国社会科学出版社,1986 年,第 158 页。
③ 郭沫若:《革命与文学》,中国社会科学院文学研究所现代文学研究室编,《"革命文学"论争资料选编(上)》,北京:知识产权出版社,2010 年,第 9 页。

艺老早过去了,然而最丑陋的个人主义者,最丑陋的个人主义的呻吟,依然还是在文艺市场上跋扈。"① 此时的郭沫若认为,个人主义的文艺理念已经过时,尤其是"颓废派"的个人呻吟早已不适应时代的发展。

(二) 集体主义的话语

青野季吉在《答正宗氏批评述所怀》(1927)中指出,正宗白鸟拥有强烈的个性意识,他无视社会机构的态度其实是虚无主义的表现。"这种虚无主义不仅源于正宗氏本人的个性,更根植于日本知识阶层内心的自由主义。个人主义的精神是自由主义的根基,个人主义精神不断发展演变为政治上的民主主义,哲学上的个人对社会的对抗意识,最后产生个人独存的思想。虚无主义正是由这样的个人主义演变而来的。"② 青野季吉认为,正宗白鸟作为自然主义运动的先锋人物,推崇个人主义和自由主义,而由这种思想派生出来的虚无主义不利于社会的发展,无法满足革命的需要。同样,日本无产阶级文艺理论家山田清三郎也强调:"无产阶级文艺运动不认可艺术家个人的、无政府的、偶发的、无目标的行动,无产阶级的文艺运动应该是有组织、有目的意识性的行动,是统一的、艺术团体意识的体现。无产阶级艺术家为了运动的必要,需结成艺术团体。无产阶级艺术团体为了扩大运动的影响力,要时常组织和动员所有阶级的艺术家,通过不断补充新生力量,发展壮大。"③ 因为"单个艺术家的无政府的、偶发的活动,绝不可能使文艺运动发展壮大,所以,无产阶级文艺

---

① 麦克昂(郭沫若):《英雄树》,中国社会科学院文学研究所现代文学研究室编,《"革命文学"论争资料选编(上)》,北京:知识产权出版社,2010年,第58页。
② 青野季吉:「正宗氏の批評に答へ所懐を述ぶ」,伊藤整等編,『青野季吉・小林秀雄集』,東京:講談社,1980年,第48-49頁。
③ 山田清三郎:「プロレタリア芸術運動理論」,伊藤整等編,『青野季吉・小林秀雄集』,東京:講談社,1980年,第340頁。

运动必须有组织地、统一地开展"①。山田清三郎重视无产阶级文艺组织所发挥的力量整合效用,反对个人的、偶发的、无计划的行动,强调无产阶级文艺运动的组织性和集体性。

与之类似,创造社成员成仿吾在《文学家与个人主义》(1927)一文中也批评中国文人顽恶的个人主义给社会和国家带来的危害。他指出:"我们中国人的个人主义大概是很著名的罢,你若不信,你只要想想为什么在这样内忧外患交逼的今日,我们中国人还是一盘散沙,没有团结的可能性。"②成仿吾认为个人主义不利于内部的团结,尤其是在旧体制遭到破坏,新体制还尚未完全确立的过渡时期,极其容易产生无政府主义。因此,他呼吁文艺青年团结起来反抗个人主义,推倒个人主义这座"魔宫",屠倒个人主义这个"妖魔"。置身于内忧外患交加,风雨飘摇的严酷现实之中,成仿吾否定了由个人主义衍生出来的无政府主义,批判只关注个人利益、缺失集体意识的利己行为。这种从"个人"向"集体"转向的文艺主张,后来成为中国革命文学时期的主流话语。

后期创造社成员蒋光慈更是把个人主义视为资本主义社会之病根,认为只有集体主义才能给未来的社会带来光明。他在《关于革命文学》(1928)一文中写道:"无政府式的个人主义之发展的结果,只是不平等,争夺,混乱,无秩序,残忍,兽性的行为……这种现象实在不能再维持下去了,今后的出路只有向着有组织的集体主义走去。"③蒋光慈认为,革命文学的使命就是颠覆推崇个人主义的资本主义制度,创造一个更为光明、更为平

---

① 山田清三郎:「プロレタリア芸術運動理論」,伊藤整等编,『青野季吉·小林秀雄集』,東京:講談社,1980年,第341頁。
② 成仿吾:《文学家与个人主义》,载《洪水》1927年34期,第413－416页。
③ 蒋光慈:《关于革命文学》,中国社会科学院文学研究所现代文学研究室编,《"革命文学"论争资料选编(上)》,北京:知识产权出版社,2010年,第106－107页。

等的，以集体主义为原则的新型社会。革命文学应当是反个人主义的文学，它的主人翁应当是群众，而不是个人。

此外，顾凤城在《文学与时代》（1928）一文中也同样指出个人主义文学早已过时，不再符合时代的需求。他写道："一切个人主义，自然主义……已是历史上的陈列品，我们所需要的，就是非个人主义的集体的以群众的意志为意志底模型的文学。"①简言之，革命文学时期，个人主义被视为不合时宜的价值观，只有反映集体主义的文学才是与时俱进的文学。

如上所述，中日无产阶级文学都批判个人主义，主张建构集体主义话语，强调作家的社会意识和集体意识。

二、中野重治与殷夫的诗歌：从个人转向集体

（一）中野重治诗歌的转向

中野重治（1902—1979）以评论、小说和诗歌驰名文坛。《中野重治诗集》（1935）前半部分收集了中野重治前期创作的表达内心悲伤的诗歌，重在抒发个人的情感，而诗集后半部分收录的是他在无产阶级文学运动时期创作的诗歌，重在塑造人物群像和表现集体抗争。从这些诗歌可以窥见中野重治的文学从"个人性"向"集体性"的转变。

中野重治1925年创作的诗歌《分别》还流淌着个人的感伤情调："你挽起黑发，/穿上典雅的和服，/躺在我膝上，/大眼睛如花儿开放，/又静静地闭上，/我用双手举起，/你温柔的身体，/你可知，/你身体里悲伤的重量？/那悲伤沿我的双手流淌，/伸手闭眼，/聆听那沁入心底的悲伤，/如细流作

---

① 顾凤城：《文学与时代》，载《泰东月刊》1928年7期，第11页。

响。"①"我"悲伤的原因是与爱人的分别,是爱而不得的失落和怅惘,根本原因是个人的情欲没有得到满足。正如王中忱所言,中野重治早期的诗歌"大都以感叹青春的流逝和失恋的哀伤为主题,此一时期他似乎还沉湎于'苦闷的象征'般的情绪里"②。但是,这种注重自我情感抒发的诗歌在他后来的创作中逐渐隐退,而饱含社会批判和集体斗争意识的诗歌逐渐占据主流。

中野重治的代表作《歌》(1926)被称为无产阶级诗歌的纪念碑。诗中写道:"你不要歌唱,/你不要歌唱红艳的花朵和蜻蜓的翅膀,/不要歌唱和煦的微风和女性的发香,/所有的纤弱,/所有的慌张,/所有的忧郁统统除去,/所有的风情全部摈弃,/只歌唱正直的、足以饱腹的事物,/只歌唱涌到胸口的感情,/因受打压而反击的歌,/从耻辱获得勇气的歌,/这些歌,/你敞开喉咙,/和着旋律,/大声歌唱吧,/让这些歌打动来往的人。"③ 此时,作为立志从事无产阶级文学创作的青年,中野重治对日本诗坛既有的专注于个人生活、脱离现实、远离政治的抒情风格已经怀有反感。全诗用"不要"和"要"作为逻辑结构的两部分,否定了"红艳的花朵""蜻蜓的翅膀""和煦的微风"等象征个人内心软弱、犹疑、慵懒倦怠的事物,以排比的恢宏气势列举出必须歌唱的内容,如"正直的""饱腹的""因受打击而反击的歌""从耻辱获得勇气的歌"。这首诗歌诉说着中野重治告别以往感伤和抒情诗风的志向。吉本隆明在其短评《中野重治〈告别和歌〉》中指出,中野重治的这首《歌》如同

---

① 中野重治:「わかれ」,『現代日本文学大系57 中野重治・佐多稲子集』,東京:筑摩書房,1978年,第5頁。
② 王中忱:《遍体鳞伤的经验与血肉丰满的思想——重读作为马克思主义作家的中野重治》,载《世界文学》2017年1期,第167页。
③ 中野重治:「歌」,『現代日本文学大系57 中野重治・佐多稲子集』,東京:筑摩書房,1978年,第12頁。

他在小说《告别和歌》中所表现的那样，表述了自己与曾经喜欢的和歌世界、与日本诗歌与和歌的抒情感伤情调告别的决心①。从此以后，中野重治的文学视野不再局限于个人世界，其创作开始朝着广阔的社会现实转向。

1926年11月，中野重治在《驴》第7号上发表了题为《关于啄木的断想》的评论文章。他认为，明治时期著名诗人石川啄木早期确实是一位浪漫诗人，但后来转而探究艺术与人生、艺术与社会组织结构之关系，力图在变革诗歌的同时，也用诗歌变革社会。中野重治撰写这篇文章的主要目的在于，批驳一些试图把石川啄木仅看作浪漫抒情诗人的见解，主张恢复石川啄木作为革命诗人的真面目。这篇评论文章也体现出中野重治自己对于诗歌意义的理解，他把诗歌视为改造社会的工具，力图以诗歌揭穿资产阶级意识形态的虚伪性，迫近社会的真实矛盾。中野重治关注社会现实，鼓励人们参与集体的战斗、团结起来奋起反抗。1929年发表于《改造》杂志的诗歌《雨中的品川车站》，以鲜明的态度批判日本帝国主义对周边国家的侵略和殖民。这首诗歌描绘的是送别被日本政府迫害的朝鲜无产阶级友人的情境："辛哟　再见，／金啊　再见，／你们从雨中的品川站乘车离开，／李啊　再见，／另一位老李啊　再见，／你们要回到你们父母的国家，／你们国家的河流还在冰封，／你们叛逆的心在分别的瞬间冰冻／……去打破那又硬又厚又滑的冰，／恢复堵塞已久的江堰，／日本无产阶级的后盾和前盾，／再见，／直到因复仇的喜悦而哭笑的那天。"② 可见，这个时期中野重治的文学视野不再局限于个人的生活，而是超越了国家和民族的界限，鼓舞殖民地的朝鲜人

---

① 吉本隆明：『日本近代文学名作』，東京：毎日新聞社，2001年，第84-86頁。
② 中野重治：「わかれ」，『現代日本文学大系57 中野重治・佐多稲子集』，東京：筑摩書房，1978年，第21-22頁。

民团结起来共同反抗日本帝国主义的侵略。诗歌《朝鲜的姑娘们》也表达了类似的情感,鼓励人们参与集体斗争。这首诗歌讲述的是一名作为总督府爪牙的校长悄悄开除了一位深受学生爱戴的教师,在告别之日,当校长等上台讲话时,"一个姑娘站起来喊/——撒谎!/又一个姑娘接着喊/——这是撒谎!/——撒谎!/——撒谎!/——撒谎!/所有的姑娘都冲上讲台/按住校长伸向警铃的手/姑娘们的身体相互挤压着/放开喉咙/扭动着身子喊叫/——你说的全是谎言!/——你要道歉"①。中野重治刻画了一组朝鲜姑娘的群像,她们集体反抗殖民统治,毫不畏惧宪兵和巡查的手枪和刺刀,敢于在争取自由的道路上献出个人的生命。可见,此时中野重治的诗歌已经从弥漫着个人主义趣味的感伤情调,转向追求无产阶级的集体主义抗争。

(二)殷夫诗歌的转向

殷夫(1909—1931)是中国现代抒情诗人、左翼文学开拓者之一。殷夫就义时年仅21岁,他所创作的诗歌总量已经无法考证,据阿英的《殷夫小传》所列,现在保存下来的一共110首。评论界一般以1929年殷夫从事革命职业为界,把殷夫的创作分为前后两个时期。新中国成立以来,文学史家与诗论者多推崇殷夫后期的革命诗歌,对其前期以《孩儿塔》(1924—1929)为代表的诗歌持批评态度。李松岳认为,"这种划分只顾及了诗歌风格的变化,而忽略了两者内在的关联,而且前后时间过于接近,不可能出现两个精神世界完全不同的殷夫,因此,这种划分不免显得武断和草率"②。但笔者认为,如果从个人主义向集体主义转向的角度来理解殷夫的诗歌,就能理解文学史家把殷夫的

---

① 王中忱:《中野重治诗选》,载《世界文学》2017年1期,第157页。
② 李松岳:《论殷夫诗歌的精神特质》,载《文学评论》2012年4期,第173页。

创作进行前后分期的深刻用意。

《孩儿塔》是殷夫生前自编的诗集，共收录诗歌 65 首，原作由鲁迅保存下来，最终出版则在 20 世纪 50 年代。长期以来，人们对《孩儿塔》多持批评态度，其依据是诗歌中包含着作者苦闷、彷徨、孤独甚至绝望的情感，被贴上"个人主义的消沉""小资产阶级的迷茫"等标签①。《孩儿塔》是一部深刻烙上殷夫个人气质的诗集，诗歌旨在表现诗人对自由的追求，以及理想与现实相互冲突所造成的精神困境，有着个人主义的色彩。然而，殷夫的创作思想在后期表现出强烈的集体主义倾向，被称为"红色鼓动诗"。

殷夫的代表作《别了，哥哥》（1929）被誉为"向一个阶级的告别词"。诗中写道："在你的一方，哟，哥哥，/有的是，安逸，功业和名号，/是治者们荣赏的爵禄，/或是薄纸糊成的高帽。/只要我，答应一声说，/'我进去听指示的圈套'，/我很容易能获得一切，从名号直至纸帽。/但你的弟弟现在饥渴，/饥渴着的是永久的真理，/不要荣誉，不要功建，/只望向真理的王国进礼。/因此机械的悲鸣扰了他的美梦，/因此劳苦群众的呼号震动心灵，/因此他尽日尽夜地忧愁，/想做个普罗米修士偷给人间以光明。"②殷夫谢绝哥哥的好意，无产阶级的革命使命让他清醒地意识到自己与哥哥不同的人生追求。他彻底诀别原先所属的阶级，从旧式的个人主义伦理中走出，准备在一个新的无产阶级群体中建构起集体主义话语。殷夫在诗歌《我们》中这样写道："我们的意志如烟囱般高挺，/我们的团结如皮带般坚韧，/我们转动着地球，/我们抚育着人类的运命！/我们是流着

---

① 李松岳：《论殷夫诗歌的精神特质》，载《文学评论》2012 年 4 期，第 175 页。

② 殷夫：《别了，哥哥》，《殷夫选集》，北京：开明出版社，2015 年，第 41 - 42 页。

汗血的，/却唱着高歌的一群。"① 创作主体由个体的"我"转变为集体的"我们"，个体被接纳为集体的一分子，参与革命和战斗。此外，殷夫还在《我们》中写道："罗曼蒂克的时代逝了，/和着他的拜伦，/他的贵妇人和夜莺……""工厂里，全是生命；/我们昨天闹了写字间，/今天童子团怠工游行，/用一张张传单串成，/说'比打醮还要灵'/……/这些据说上不得诗本"。② 殷夫否定了"罗曼蒂克""拜伦""贵妇人和夜莺"等象征资产阶级个人主义的趣味，转而呼吁作为无产阶级的"我们"去游行、去抗争。殷夫在诗歌《在死神未到之前》中说明了他心中革命者的命运，"牢狱应该是我们的家庭，/我们应该完结我们的生命，/在森严的刑场上，/我的眼泪绝不因恐惧而淋洒"。殷夫在诗歌中呐喊："同志们，快起来奋争，/你们踏着我们的血，骨，头颅，/你们要努力地参加这次战争！"正如韦良所言，"殷夫的《在死神未到之前》，让读者见证了革命者如何一步步战胜个体、超越个体、融入群体、并以群体姿态献身理想的心理脉动，从而超越了革命诗歌的个人英雄主义阶段，进入了阶级主体的抒情层面"③。此外，骆寒超评析殷夫的诗歌《一九二九年的五月一日》时也指出："殷夫在这首诗中完成了一场了不起的转化——自我群体化，完成了一场从'我的'自我表现向'群的'自我表现的转化；他彻底超越了个体自我本位的革命罗曼蒂克抒情。"④

中野重治和殷夫诗歌的抒情主体从个体的"我"转变为集体的"我们"，是对资产阶级个人主义逐渐否定和扬弃的过程，

---

① 殷夫：《我们》，《殷夫选集》，北京：开明出版社，2015年，第19页。
② 殷夫：《我们》，《殷夫选集》，北京：开明出版社，2015年，第25页。
③ 韦良：《中国现代左翼浪漫主义诗歌研究》，上海：上海三联书店，2020年，第132页。
④ 骆寒超：《殷夫论》，骆寒超、王嘉良主编，《百年殷夫：新感悟、新解读》，上海：上海文艺出版社，2011年，第17页。

是作者的革命意识和集体意识不断强化的具体表现。两位诗人后期诗歌所刻画的无产阶级觉醒者雄健、硬朗的形象，与前期诗歌苦闷、动摇乃至幻灭的知识分子形象有着明显的差别。

三、宫本百合子和丁玲的小说："小我"向"大我"的转身

（一）追求"小我"的个人主义文学

宫本百合子（1899—1951）最初的长篇小说《伸子》（1924）是结合自己恋爱、留学、结婚、离婚的人生经历所创作的。主人公佐佐木伸子出生于中上层家庭，十九岁时不满家庭的束缚和母亲的婚姻安排，为实现成为文学家的梦想，独自前往美国留学。留学期间，结识年长自己十五岁的佃，伸子很快与这位没有经济背景和社会地位的男子陷入热恋。结婚以后夫妻二人回到日本，寄身伸子的娘家，不久便与母亲产生矛盾，搬了出来。伸子和佃过上二人世界的生活之后，两人之间开始产生龃龉。在美国生活长达十五年的佃，一心追求小市民安定自足的世俗生活，而伸子则向往自由和富于创造性的生活。人生理念的差异使二人之间产生情感的隔阂。后来，在独立女性吉见素子的影响之下，伸子下定决心离婚，冲破传统家庭观念的束缚，开始了新的人生。小说《伸子》蕴含着追求个性解放和自我实现的个人主义精神。宫本百合子在《十年的回忆》一文中曾对《伸子》这篇小说作出如此描述："这是至今为止的五年家庭生活的总决算，仿佛用掸子拂拭和清扫当前的生活，这个完成以后，心情也告一段落了，寻思着一定会有新的人生方向。"[①] 宫本百合子后来接受无产阶级文学运动的影响，确立起自己"新的人生方

[①] 蔵原惟人：『小林多喜二・宮本百合子論』，東京：新日本出版社，1990年，第182頁。

向",文学的眼光也由"个人"转向"社会",从追求"自我"转向塑造"群体"。

丁玲(1904—1986)在五四时期深受启蒙主义精神的感召,创作了《梦珂》(1927)、《莎菲女士的日记》(1928)等中篇小说,它们洋溢着追求个性解放的思想光芒,着重展现新时代青年知识分子生活中的彷徨与苦闷。《梦珂》里周旋于富家子弟的梦珂,因为找不到未来的出路,只能陷入无尽的痛苦和孤独。《莎菲女士的日记》里的莎菲摆脱封建大家庭的束缚,独自到大都市寻求新的生活。莎菲患上肺病以后,蛰居在京城的公寓里,终日沉浸在悲伤的情绪中。莎菲自顾自怜的颓废情绪,暗示着个人主义在中国社会语境里找不到生长的土壤,这也为后来丁玲文学的"向左转"奠定了基础。

(二)集体主义与"大我"的书写

宫本百合子在十七岁时创作的处女作《贫困的人群》(1916)中已经表现出"社会"的眼光。主人公"我"是"东京小姐",暑假来到远离东京的福岛县农村,住在地主祖母的家里。"我"目睹农民贫苦生活的不幸,本想帮助他们,但这份善意遭到贫农们的拒绝,"我"由此察觉到自己与贫农之间的鸿沟。此时的宫本百合子还不明白贫者与富者、地主与农民之间的矛盾,也还没有找到化解这种矛盾的方法。后来,宫本百合子继续创作了《乘风而来的小矮人》,表达对社会底层贫农的同情。该小说讲述的是一位孤独的阿伊努族老人,在妻子死后,收养了一个名为丰的日本养子。老人非常溺爱丰,把未来的希望全部寄托在他的身上。但是,丰不务正业,过着放荡的生活,不仅耗尽了从先祖那里继承的财产,最后还抛弃老人。藏原惟人这样评价这部作品:"尽管作者对贫农生活的幻灭表达了同情,但作者还没有形成鼓动农村或民族共同体团结起来反抗的意识。把阿伊努族老人和日本人养子丰之间的关系处理为私人关系,还没有上升到弱小民族与压迫者之间的关系。"①

后来，宫本百合子开始创作具有无产阶级意识的小说，如《一九三二年的春天》（1932）、《小祝一家》（1934）和《乳房》（1935）等。《一九三二年的春天》描写的就是日本政府镇压无产阶级运动的情况。1932年的春天，恰好是日本无产阶级运动受到镇压的时期，政府逮捕了大约400名参加无产阶级运动的活动分子，从此日本无产阶级运动陷入低谷。《小祝一家》（1934）的男主人公勉是一个诗人，参加无产阶级运动以后，处境一直不安全，经济也不稳定。在父亲眼中，勉三十年来一事无成，生活贫困潦倒，没有出息。勉的妻子乙女为了维持家庭的生活，在咖啡店当女侍补贴家用。勉的妹妹一直疾病缠身，勉的儿子年龄尚小，一家人生活举步维艰。当勉把家人接到东京一起生活以后，父亲贞之助渐渐理解了儿子参加无产阶级运动的意义，转而支持儿子为改变社会作出的努力。《小祝一家》刻画了一组人物群像，宫本百合子把眼光转向阶级斗争，力图通过无产阶级的抗争改变日本社会，她的文学创作也转向"大我"的书写。

同样，丁玲的文学创作也表现出从个人主义转向集体主义的倾向。小说《一九三〇年春上海（之一）》里的男主人公子彬是一个颇受青年读者爱戴的作家，但他的文学多表现个人内心的苦闷和彷徨。相反，他的朋友若泉是一位进步青年，若泉认为刚刚迈入青春期的学生偏爱富于感伤主义和个人主义的文学，这对于社会没有益处。若泉如此反思个人主义文学的弊病，表明自己的立场：

---

① 藏原惟人：『小林多喜二・宫本百合子論』，東京：新日本出版社，1990年，第175頁。

我现在是明白了,我们只做了一桩害人的事,我们将这些青年拖到我们的旧路上来了。一些感伤主义,个人主义,没有出路的牢骚和悲哀!……他们的出路在哪里,只能一天一天更深地掉在自己的愤懑里,认不清社会与各种苦痛的关系,他们纵能将文字训练好,写一点文章和诗词,得几句老作家的赞颂,你说,这于他们有什么益?这于社会有什么益?所以,我现在对于文章这东西,我个人是愿意放弃了,而对于我们的一些同行,我希望都能注意一点,变一点方向,虽说眼前难有希望产生成功的作品,不过或许有一点意义,在将来的文学历史上①。

若泉看破个人主义的局限性,希望同行创作更多有益于社会的作品。女主人公美琳在接受革命思想的洗礼之后,也决心摆脱过去信奉个人主义的生活方式,投身革命运动。她在最后留给子彬的信中写道:"当你看到这信的时候,我大约已在大马路上了,这是受了团体的派定,到大马路做××运动去。"② 这部小说采取的是当时最为流行的"革命+恋爱"的叙事结构,使"革命"与"恋爱"之间形成某种程度的冲突,再通过表现"革命"如何战胜"恋爱",宣扬集体主义战胜个人主义的思想。

丁玲的中篇小说《水》以1931年泛滥全国十六省的大水灾为时代背景,再现了水灾过后饿殍遍野、人们流离失所的悲惨景象。丁玲刻意淡化人物的心理描写,着力刻画广阔的社会场景,也不再描写平凡琐碎的日常生活,而是关注社会重大事件。小说刻画了两组人物群像,一边是食不果腹、无家可归的

---

① 丁玲:《一九三〇年春上海(之一)》,《丁玲文萃》,北京:文化艺术出版社,2002年,第145-146页。
② 丁玲:《一九三〇年春上海(之一)》,《丁玲文萃》,北京:文化艺术出版社,2002年,第171-172页。

灾民，一边是依旧吃喝玩乐、欺瞒打压灾民的富人和官僚，从而揭示出无产阶级与资产阶级之间的巨大差距。茅盾曾经这样评论《水》："不论在丁玲个人，或者文坛全体，这都表明了过去的'革命加恋爱'的公式已经被清算了。"因为《水》这部小说"用大众做主人""易个人而为群体"，这不仅是丁玲"脱胎换骨"的开始，也是左翼文学的一大突破①。从此，丁玲的文学从表现都市知识分子个人内心世界的"小我"，转向表现工人和农民群像的"大我"，集体的反抗成为叙事的重点，集体性超越了个人性。

中日无产阶级文学都共同表现出批判或疏离个人主义的倾向。日本无产阶级的文艺理论影响着创造社成员，他们批判个人主义的文学缺乏"社会"的眼光，不符合时代的需要。中野重治和殷夫前期创作的诗歌多侧重表现个人的内心情感，而后期的诗歌则转向宣扬无产阶级的集体抗争。宫本百合子和丁玲两位女性作家的小说，同样呈现出从"小我"书写向"大我"形象塑造的转变。这种文学观念的变化，与作家本身的立场转变有关。他们把宣扬个人主义的文学视为资产阶级的文学，而把宣扬集体主义的文学视为无产阶级的文学。他们主张站在无产阶级的立场创作反抗资产阶级的文学。这种阶级立场的转变，使得他们自身的文学创作也从书写个人生活的"小我"转向鼓励群体抗争的"大我"。

---

① 徐志伟、张永峰编：《"左翼文学"研究读本》，桂林：广西师范大学出版社，2017年，第282页。

本章小结

西方个人主义思想的跨文化传播对中日近现代文学创作产生了深远影响,促使两国文坛涌现出一批以个体情感体验与自我意识表达为核心主题的文学作品。这些作品的集中出现,不仅标志着东亚文学现代性转型的重要阶段,更成为人的主体性觉醒在文学领域的显著表征。

然而,随着个人主义思潮的持续深化,其在社会实践中逐渐暴露出内在的矛盾性与局限性。中日两国作家以其特有的文化敏感性和艺术洞察力,敏锐地捕捉到这一思潮所引发的精神困境与社会异化现象。通过文学创作这一艺术形式,作家们将这种时代性的思想危机转化为具有审美价值的文本表达,从而使文学作品既成为记录社会转型的重要载体,又构成对现代性问题的深刻反思。

森鸥外的《舞姬》和鲁迅的《伤逝》两个文本蕴含着作者有关个人主义的多重思考。丰太郎和子君的自我意识都共同经历从"觉醒"到"挫折"的过程。从丰太郎选择回归官僚体制,子君自觉遵循传统夫权文化,足以窥见残留的封建文化对个人主义的消解。社会条件的制约是造成个人主义发展困境的内在根源。此外,森鸥外和鲁迅也洞悉盲目追寻个人主义会引发社会道德危机。森鸥外以丰太郎对爱丽丝的背叛来揭露个人主义的阴暗面,说明个人主义存在走向片面的利己主义和唯我主义的危险;鲁迅以涓生抛弃子君的结局来反思盲目追求个人主义酿成的人生悲剧,进而指出健全的个人主义离不开经济权的独立。不同的是,森鸥外侧重从个人层面反思缺乏律己的自我解放给他人带来的痛苦,而鲁迅侧重从社会层面反思缺乏经济独立难以保障个人主义的真正实现。

夏目漱石和老舍的文学可谓"同根并蒂型"。夏目漱石的《我是猫》和老舍的《猫城记》都批判极端个人主义给他人或国家造成的危害,反思基于个人主义的新式婚恋关系潜藏的隐患。夏目漱石的《心》以"神经衰弱"作为符号,隐喻西方个人主义与东方传统文化的冲突给现代人造成的精神创伤,而老舍的《骆驼祥子》则以祥子身体的多种疾病,隐喻半殖民地半封建的中国缺乏个人主义良性发展的社会土壤。夏目漱石立足于个人的道德、权利与义务,提出了"道义上的个人主义",重新定义了个人主义的内涵;老舍以祥子的悲剧暗示了中国欠缺发展个人主义的社会环境,以"蚂蚱"的比喻揭示了走集体抗争路线的必要性。

中日无产阶级文学都批判个人主义缺乏社会视角的局限性,主张建构集体主义话语。青野季吉、山田清三郎等人的文艺理论意在解构个人主义的话语,建构无产阶级的集体主义伦理,其文艺思想深刻地影响了成仿吾、蒋光慈等创造社后期成员的文学观。中野重治和殷夫的诗歌,以及宫本百合子和丁玲的小说,都表现出从"个人"到"集体"、从"小我"到"大我"的文学转向。这种文学转向的内在逻辑是从"个人本位"向"阶级本位"的位移。

总体而言,中日近现代作家既主动接受西方个人主义思想的滋养,又反思个人主义的发展困境,批判个人主义潜藏的阴暗面,试图超越个人主义的局限性。如此一来,中日文学便共同呈现出对个人主义的或追寻、或反思、或批判、或疏离的多重面相。这也折射出中日作家面对西方个人主义时矛盾且复杂的心态。不同的是，日本作家的个人主义批判往往倾向于从个人自身去发现和解决问题，显示出"个人性"的倾向，而中国作家的个人主义批判则一般着眼于社会文化语境的影响，更具有"社会性"。

第二章

民主主义的反思

"民主"（democracy）一词源自古希腊语（demokratia），该词由 demos 即"人民"和 kratos 即"权力""统治""治理"两个词根合成，民主的基本含义是"人民的统治"。后继研究者也往往从词源学的意义上来理解民主，把"由人民统治"看作民主最本质的含义。

在中世纪时，"民主"被教会统治和封建王权湮没，经过近代的文艺复兴，"民主"重新成为人们追求的政治价值。"民主"通常被视为与君主政体和贵族政体相对立的政治制度。然而，文学中的"民主"更多体现的是一种价值层面的民主主义思想。"文学题材中所蕴含的'民主'更多的是一种思想的闪光，它不一定是发育完全的民主主义思想的反映，却一定是在民主发展历程中的某个阶段的思想聚焦。"①

"民主主义"是在"民主"的基础之上冠以"主义"二字，因此，它不仅指涉一种民主政治制度，还表现为一种民主的意识和观念，涉及政治、社会、外交等多个领域。譬如，在政治方面，反对君主专制统治，主张建立民主政体；在社会生活方面，呼吁男女平等，关心受压迫的下层群众；在外交方面，反对侵略战争，主张和平正义。文学中的"民主"指的正是这种民主主义的思想，它既包括文学中有关民主政体的文学想象，又体现为社会生活方面一种价值层面的民主意识。

19 世纪，随着西方自由民主思想的传播，中日社会发生剧烈变革，新旧思想不断交锋，这也激发了中日作家以文学传播民主主义思想的创作冲动。日本自由民权运动兴盛时期的政治小说影响着中国近代作家的民主观念。尽管自由民权运动以后，日本颁布了《明治宪法》，确立了天皇的绝对统治地位，但社会上依

---

① 马秀鹏：《19 世纪欧美文学中的民主意识探析》，载《社会科学战线》2015 年 12 期，第 261 页。

旧保留着大量封建残余，民主思想的发展受到极大限制。同样，辛亥革命以后，中国推翻两千余年的帝制统治，确立民主共和体制，但由于革命不彻底，革命成果一度被袁世凯所篡夺，民主主义的发展举步维艰。社会变革层面推行民主主义遭遇挫折之后，知识人便开始采取退守语言文化阵地的策略，曲折地表达民主主义主张，这投射在审美领域则表现为中日近现代作家通过文学表达民主诉求，反思既有民主体制的局限性。

第一节
中日近现代政治小说中的民主想象

政治小说，顾名思义，是一种与政治情况密切相关、言说作者政治理想的小说。这种小说类型多采用对话、演说、辩论等方式直抒己见，为政治议题提供文学性的表达方式。中国的政治小说是在日本政治小说的影响之下产生和发展起来的。因此，学界多从影响研究的维度展开中日政治小说的比较研究，而研究内容也多集中在梁启超对日本"小说改良论"的接受、中日作家对政治小说功用论的认识差异以及日本政治小说的译介等方面。例如，夏晓虹的《梁启超与日本明治小说》[①] 主要考察日本明治"小说改良论"对梁启超倡导的"小说界革命"所产生的影响，属于政治小说理论的接受问题。王向远的《中日启蒙主义文学

---

① 夏晓虹：《梁启超与日本明治小说》，载《北京大学学报（哲学社会科学版）》1987年5期，第28-37页。

思潮与"政治小说"比较论》① 主要辨析中日对政治小说功用的不同认识,以及这种认识差异产生的缘由和影响,属于政治小说的认识论问题。罗选民的《意识形态与文学翻译——论梁启超的翻译实践》② 探讨意识形态对梁启超政治小说翻译的操控,属于政治小说的译介问题。遗憾的是,此后的中日政治小说比较研究基本没有超出以上范畴。

民主,是日本明治时期和中国晚清时期出现的政治小说所关切的重要议题。西方民主力量发端于古希腊城邦时期,兴盛于17、18 世纪西方资产阶级革命时期,并在 19 世纪的欧美社会得到新的发展。西方民主的核心理念是人民主权,包括天赋人权、平等、自由、法治、分权等重要思想③。民主通常被视为与寡头政治、独裁统治、君主专制相对立的概念。中日政治小说都流露出作者对于西方民主的向往和想象。矢野龙溪的《经国美谈》、末广铁肠的《雪中梅》和东海散士的《佳人奇遇》(又译《佳人之奇遇》)三部作品被称为日本近代政治小说的"三部曲"。这三部小说相继被译介到中国,对中国政治小说的创作以及中国知识分子对民主国家的想象均产生过深远的影响。因此,本书以这三部政治小说为媒介,重点探讨中日政治小说接受了哪些西方的民主思想,在接受过程中,又使西方民主的内涵发生了怎样的"变异",以及为何会产生这些"变异"。

一、中日政治小说的兴起

政治小说作为一种文学类型,在 19 世纪 30 年代至 20 世纪

---

① 王向远:《中日启蒙主义文学思潮与"政治小说"比较论》,载《外国文学评论》1995 年 3 期,第 110 - 116 页。
② 罗选民:《意识形态与文学翻译——论梁启超的翻译实践》,载《清华大学学报(哲学社会科学版)》2006 年 1 期,第 46 - 52 页。
③ 陈炳辉:《西方民主理论:古典与现代》,北京:中国社会科学出版社,2016 年,第 1 页。

初曾经风靡世界，引起一代政治家和文学家的共鸣。最早开始创作政治小说的是英国政治家本杰明·迪斯雷利（Benjamin Disraeli），他的"少年英格兰"三部曲——《科宁斯比》《西比尔》《唐克列德》以主人公的口吻提出了一系列有关政治和宗教改革的计划和设想。此外，英国国会议员爱德华·布韦尔－李顿（Edward Bulwer-Lytton）也曾经创作《（欧洲奇事）花柳春话》等政治小说。这些小说重在宣扬作者的政治理想，传播作者的政治理念，而不是抒发个人的情感。鉴于政治小说具有推动政治改革、启迪民智、助力国家现代化转型的客观效用，这种文学类型被美国、德国、法国、奥地利、意大利等欧美国家广泛传播和接纳，并于19世纪末向东亚迁流。

明治维新以后，日本大力推行文明开化政策，文学自然也成为文化改良的重要内容。曾经留学英国的织田纯一郎翻译布韦尔－李顿的《（欧洲奇事）花柳春话》，把政治小说这种新的文学类型引入日本，在日本掀起一场译介西欧政治小说的时代热潮。例如，英国迪斯雷利的《（政党余谈）春莺啭》（关直彦译）、《（三英双美）政海之情波》（渡边治译），司各特的《春凤情话》（坪内逍遥译），法国大仲马的《（法国情话）五九节操史》（松冈龟雄译）和《（法兰西革命记）自由之凯歌》（宫崎梦柳译）等先后被介绍到日本文坛①。这些译本为日本政治家和文学家提供了创作的模板和灵感源泉。自由民权运动时期，政治家们纷纷采用撰写政治小说的方式来宣传自己的政治观点。日本最早出现的原创性政治小说是户田钦堂的《（民权演义）情海波澜》（1880），它表达了作者追求自由民权的政治夙愿。据日本文学评论家柳田泉统计，日本在1880—1889年间涌现了233

---

① 夏晓虹：《觉世与传世——梁启超的文学道路》，北京：中华书局，2006年，第196-197页。

部政治小说①。叶渭渠认为，"1882—1883 年前后，政治小说在自由民权运动的漩涡中涌现出来，它对于设立民选议院、组织政党、公布宪法等，在思想上起到一定的促进作用"②。不难看出日本自由民权运动时期政治小说数量的庞大。随着自由民权运动的发展，日本也逐渐成为东亚传播政治小说的中心。

中国的"政治小说"一词，最早见于 1898 年《清议报》上刊登的《译印政治小说序》一文，这篇文章是梁启超《佳人奇遇》译本的序言。1898 年戊戌变法失败后，梁启超在逃亡日本的船上，阅读了日本东海散士的政治小说《佳人奇遇》。梁启超读完后深受触动，决心把这部小说译成中文，连载在自己主办的《清议报》上。梁启超认为政治小说对于宣传政治理念和实施政治改革有着重要作用，他曾写道："彼英、美、德、法、奥、意、日本各国政治之日进，则政治小说，为功最高焉。"③ 由此，梁启超萌生以小说实现"新民"的想法。梁启超希望通过小说启蒙普通民众，以小说宣扬政治理想，从而实现政治改良，进而实现振兴国家的愿望。梁启超的"小说界革命"言说，极大地推动了晚清时期日本政治小说的译介，"据不完全统计，自 1898 年始，陆续被翻译过来的主要作品有：《佳人奇遇》、《埃及近世史》、《累卵东洋》、《日本维新女儿奇遇记》、《经国美谈》、《极乐世界》、《未来战国志》、《政海波澜》、《游子风云录》、《雪中梅》、《花间莺》、《哑旅行》、《千年后之世界》、《新舞台》、《旅顺双杰传》、《波兰宪政史》等"④。

---

① 柳田泉：「政治小説の一般」,『明治文学全集 5 明治政治小説集（一）』,東京：筑摩書房，1966 年，第 417 - 422 頁。
② 叶渭渠：《日本文学思潮史》，北京：北京大学出版社，2009 年，第 218 页。
③ 梁启超：《译印政治小说序》，陈平原、夏晓虹编，《二十世纪中国小说理论资料（第一卷）》，北京：北京大学出版社，1997 年，第 38 页。
④ 曹亚明：《从〈新中国未来记〉来看梁启超对政治小说的选择与接受》，载《中国文学研究》2012 年 1 期，第 40 页。

由此可见，政治小说最早兴起并鼎盛于英国，日本在自由民权运动时期形成政治小说的创作高峰，而在西方和日本政治小说的共同影响之下，中国晚清时期也出现译介和创作政治小说的热潮。正如叶凯蒂所言："政治小说19世纪40年代在英国曾有过鼎盛时期，后来在19世纪80年代的日本获得新生。同样，日本政治小说的黄金时代在19世纪90年代末也过去了，但在20世纪的第一个十年却又在中国获得了第二次生命。"① 政治小说作为一种文学类型从西欧迁移到东亚，同时也把西方的民主现代性思想传播至东亚地区，激发了中日作家有关民主和国家的文学想象。

二、中日文学中西方民主的接受与变异

（一）矢野龙溪《经国美谈》中的民主言说与国家主义

矢野龙溪（1851—1931），本名文雄，别号天峰居士，是日本明治时期的政治家和文学家。矢野龙溪出生于幕府末期一个士族家庭，幼年时期曾跟随祖父接受儒学教育。1871年进入福泽谕吉创办的庆应义塾学习英语和西方的宪法知识，1876年与1877年先后出任庆应义塾大阪分校和德岛分校的校长。1882年矢野龙溪加入立宪改进党，因党内事务过于繁重而卧病在床。休养期间，他开始构思创作《经国美谈》，以鼓舞国民支持日本的自由民权运动。

《经国美谈》（1883）取材于古希腊历史，它讴歌民主的政治思想，一经出版立刻在社会上引起强烈反响，并不断再版，是明治时期一部颇具影响力的政治小说。《经国美谈》分为前后两

---

① 叶凯蒂：《晚清政治小说：一种世界性文学类型的迁移》，杨可译，北京：生活·读书·新知三联书店，2020年，第69页。

编，前编于 1883 年 3 月刊行，后编于 1884 年 2 月刊行。前编主要讲述的是希腊小国齐武的民主党推翻专制党独裁统治的艰难历程。公元前 382 年，在希腊小国齐武（今译"底比斯城邦"），民政党与专制党的内部斗争日益激烈。专制党通过勾结外国斯波多（今译"斯巴达"）夺取了国家政权，将原有的民主统治变更为独裁专制。出身世家的巴比陀、爱国志士玛留等人不得已流亡阿善（今译"雅典"）。为复兴齐武的民主政治，巴比陀在阿善的公会堂发表演讲请求援兵相助，可惜遭到阿善国内奸党的反对和阻挠。最终，在志士巴留利的协助下，巴比陀等十二人男扮女装潜入齐武国，铲除了专制党的首领。与此同时，齐武国也面临着斯波多大军入侵的危机。后编主要讲述的是齐武击败外侵势力重新掌握整个希腊政权的历史征程。为抵御斯波多的攻击，齐武与阿善组成联盟，成功击退斯波多对齐武的三次入侵。但由于战后军费分摊不均等原因，齐武与阿善的联盟破裂。之后，阿善与斯波多结盟对齐武发动战争，齐武联合其他盟国成功抵御了斯波多的第四次入侵。经过数年的内修外联，齐武由一个联邦小国跻身为希腊联邦公认的盟主。

　　《经国美谈》以古希腊城邦作为叙事的空间背景，是为了说明民主思想起源于古希腊文化，拥有悠久的历史传统。然而，古希腊的民主崇尚的是城邦，而不是公民个人的自由。"（城邦）民主形成于古希腊，是西方民主最古老的形式。这种民主是以'城邦至上'的意识形态为依托，以公民直接参与城邦的政治生活为目标的。城邦主义的民主无论形式还是价值基础都与近代西方的代议制民主相去甚远，它所崇尚的是城邦而不是公民个人的权利和自由。"① 这就意味着，希腊的城邦民主是以牺牲个人自由的代价获得的，集体的权利很大程度上压倒了个人的自由。因为"在希

---

① 王人博：《宪政的中国语境》，载《法学研究》2001 年 2 期，第 136 页。

腊城邦中，个人在很大程度上只有参与的自由，或以撒亚·柏林所说的'积极自由'，而不存在现代西方人所说的个人自由，即脱离社会的自由，或柏林所说的'消极自由'。只是经历了基督教兴起、新教改革和启蒙运动等一次又一次的思想冲击之后，个人自由或'消极自由'才成为西方社会的一个核心价值观念"①。笔者认为，矢野龙溪讲述齐武志士发挥聪明才智重新夺回国家政权、恢复民主政治的历史故事，意在激励日本政界人士和广大知识青年争取自由民权、废除与西方签订的不平等条约。正如《经国美谈》里的希腊城邦民主最终的目标指向是集体（城邦）的独立和个人参与社会的"积极自由"，而不是西方现代社会强调的个人权利或个人脱离社会的"消极自由"。因此，《经国美谈》所追求的城邦民主，实际上与西方现代意义上的民主内涵是有所不同的。那么，矢野龙溪为何会选择希腊城邦民主作为小说的创作题材？他是否对西方现代民主存在"故意的误读"？

关于《经国美谈》的故事框架和情节结构，邹振环曾作出精准的评价："《经国美谈》由两组并行且交织的矛盾构成。一组是民主政治与独裁统治的矛盾，另一组是国家独立与卖国求荣的矛盾。巴比陀所代表的正党主张民主政治和国家独立，而奸党则不惜卖国来推行独裁统治。这两组矛盾的激化形成了故事的冲突，相互间力量对比的消长则演化成故事的曲折变化。"② 不难看出，前编重在表述矢野龙溪反对封建专制统治的民主主义诉求，后编则重在表现实现国家独立的民族主义诉求。换言之，《经国美谈》蕴含着矢野龙溪追求民主政治和实现国家独立的双重愿望，但追求民主政治不过是实现国家独立的手段或工具。可

---

① 黄洋：《希腊城邦的公共空间与政治文化》，载《历史研究》2001年5期，第107页。
② 邹振环：《〈经国美谈〉的汉译及其在清末民初的影响》，载《东方翻译》2013年5期，第48页。

以说,"自由民权运动所追求的自由,是政治自由,而非个人自由;运动的目标,是要实现国家独立,而非个性解放"①。明治时期的知识分子普遍强调个人与国家的一体化,个人对国家利益表现出强烈的关心。松本三之介认为,明治人精神骨架的共性表现在三个方面:"一是国家精神;二是进取精神;三是武士精神"②。其中,国家精神是一种民族主义,尤其关心国家的独立问题。自由民权运动的核心主张之一便是要求废除日本与欧美国家签订的不平等条约,取得与欧美各国对等的国际地位。因此,矢野龙溪把反对封建专制统治的民主思想作为实现国家独立的必要前提,故意以希腊城邦民主替代西方现代民主,强化国家意识,弱化个人自由。事实上,日本明治维新的民主改革并不彻底,依旧保留着大量的封建残余,不过是温存了"天皇制"的有限"民主",偏向要求政界及知识人宣扬国家和集体的意识,而淡化对个人自由的追求。

《经国美谈》问世后,立即受到广大热衷民主自由的青年知识分子的喜爱。小栗又一在《龙溪矢野文雄君传》中提道:"此书的前编一经问世立刻在全国掀起阅读热潮。当时,拥有政治抱负的青年几乎没有人没读过《经国美谈》。从该书再版几十次且打破当时书籍再版次数记录的历史事实,不难推测出它的社会影响力。受此书鼓舞,有人投身自由民权运动,有人立下从政的志愿。"③据柳田泉统计,德富芦花、片山潜、高安月郊、北村透谷、岩本善治、国木田独步、田山花袋等人都曾经阅读过《经国美谈》④。

---

① 松本三之介:《国权与民权的变奏——日本明治精神结构》,李冬君译,北京:东方出版社,2005年,第2-3页。
② 松本三之介:《国权与民权的变奏——日本明治精神结构》,李冬君译,北京:东方出版社,2005年,第11页。
③ 小栗又一:『龍溪矢野文雄君伝』,東京:春陽堂,1930年,第217頁。
④ 柳田泉:「経国美談とその政治思想」,柳田泉,『明治文学研究第8卷(政治小説研究 上卷)』,東京:春秋社,1967年。

例如，德富芦花的《回忆录》（1901）就记录着阅读此书的经历：
"我记不清阅读了多少次矢野龙溪的《经国美谈》，为了解伊巴密浓达、佩洛皮达斯和梅洛的伟人故事，也不怕看坏了眼睛。"① 从这些历史记录足以看出《经国美谈》在明治时期巨大且深远的影响力，这种影响力甚至波及晚清时期的中国。

（二）李伯元《前本经国美谈新戏》的国权意识

《经国美谈》最早由周逵（宏业）译成中文，连载于1900年2月20日至1901年1月11日的《清议报》上，1907年由广智书局出版单行本②。周宏业曾在戊戌变法失败后流亡日本东京，入读梁启超兴办的大同学校。《经国美谈》经由周宏业的译介进入中国文坛以后，同样受到许多中国有志青年的追捧。清末民初《经国美谈》共有五个译本，甚至还出现小说的衍生戏剧。比如，近代作家李伯元就根据《经国美谈》前编创作了《前本经国美谈新戏》。

《前本经国美谈新戏》基本保留了小说的人物和故事情节。不同的是，原著中追求民主政治和争取国家独立的两个主题是相互交织在一起的，而李伯元的新戏却刻意淡化了民主政治的主题。王志松认为："李伯元在改编时把《经国美谈》主要当成一个恢复国家主权的故事来理解的，民主政治的部分则被淡化了。在交代故事起因时，省略了正党与奸党之间的政治纷（分）歧，将主要矛盾放在国家独立与否这一点上。在国会辩论的一节里，围绕民主政治的激烈争论，在戏剧里也被减弱了。……与恢复国

---

① 德富蘆花：「思出の記」，『德富蘆花集』，東京：筑摩書房，1966年，第189頁。
② 邹振环：《〈经国美谈〉的汉译及其在清末民初的影响》，载《东方翻译》2013年5期，第46页。

家主权这一主题一道被强化的还有英雄主义。"① 质言之，原著中民主政治与国家主权两个主题相伴相生，而李伯元的《前本经国美谈新戏》中仅仅保留了争取国家主权的一个主题，并且"民主政治这一主题却被英雄主义所替换"②。李伯元如此改编的原因主要有两个：一是感愤于庚子事变后的内忧外患，强化国家主义和英雄主义的意图是激发国人的爱国热情和战斗激情，抵御欧美列强的侵略，恢复国家的独立主权；二是作者对清王朝的专制主义统治还存有期待和幻想，故而没有采纳原著主张建立民主政权、进行民主改革的观点。

这种对民主政治意识的淡化以及对民主政体的故意疏离还表现在李伯元后续创作的谴责小说之中。他的《官场现形记》揭露和讽刺清朝官场的腐败，开辟了"谴责小说"的先河，但却只是揭露官员个人的腐败和堕落，没有涉及封建体制改革这一根本性的问题。如此看来，李伯元的《前本经国美谈新戏》保留原著争取国家主权的主题，却以英雄主义取代民主政治的主题，也就不足为奇了。

三、民权与国权的交织

柴四郎（1852—1922）是日本政治家、小说家。《佳人奇遇》（1885—1897）是根据他两次游历海外的见闻和经历所创作的小说。这部大作总共历经 12 年才完成，是明治政治小说史上的里程碑。这部小说讲述的是日本会津藩士的后代东海散士游历美国期间的际遇。东海散士在美国邂逅了流亡异国的西班牙将军之女幽兰、爱尔兰独立运动女志士红莲以及从事复国运动的中国

---

① 王志松：《李伯元和〈前本经国美谈新戏〉》，载《北京师范大学学报（社会科学版）》1998 年 4 期，第 78 - 79 页。

② 王志松：《李伯元和〈前本经国美谈新戏〉》，载《北京师范大学学报（社会科学版）》1998 年 4 期，第 80 页。

明末遗臣范鼎卿。这几个来自不同国家的流亡志士互诉苦难，决心为民族新生而奋斗。幽兰带领红莲和范鼎卿一起前往西班牙，拯救即将被处死的父亲。救出幽兰父亲后，一行人在海上遭遇风暴，船只覆没，几个人侥幸存活却各自流落一方。幽兰父女被人救起，随船只到达埃及，参与了埃及的抗英起义。红莲途径法国，回到美国与东海散士相见。范鼎卿则辗转到香港。东海散士第二次出游海外时，与他们一一相见。小说表现了爱尔兰、西班牙、波兰、意大利、埃及等近代史上的弱小民族遭受西方列强欺压的悲惨命运，刻画了他们为争取民族独立而进行政治改革和民族独立斗争的历史画卷。

《佳人奇遇》是日本自由民权运动时期（1874—1890）出现的政治小说，因此，其中也自然包含着追求民主思想的内容。例如，全书第一卷就介绍了美国的民主共和制对实现国家强盛的重要作用："北美合众国以共和制发展民主，文明发达，国家强盛。北美人民历来推崇自主和自由，拥有良好的教养。人们可以舍弃私心，秉持公议，不拘泥于理论，重视实业，故而可以建设民政，国力冠绝宇内。"① 全书的前半部分有关追求自由民主和国家独立的内容较多，但随着日本自由民权运动的衰落和帝国议会的开设（1890），小说中的对外扩张主义的色彩日渐浓厚。"在书的后半部分（第10卷以后），亚洲问题、特别是朝鲜问题成为中心内容，即'开始明目张胆表达对中国、俄国的敌视，对朝鲜半岛事务进行干涉的"国权"诉求'"，日本作为"亚洲盟主"的兴亚思想成为后半部分的主要创作动机②。这种亚洲主义的兴起，其实与明治时代的集权主义统治有关。《明治宪法》

---

① 伊藤整等编：『日本现代文学全集 3 政治小说集』，东京：讲谈社，1980 年，第 93 页。

② 李彩华、吴占军：《梁启超和章太炎的"亚洲主义"论述——从回应近代日本"亚洲主义"的视角》，载《日本研究》2018 年 4 期，第 66 页。

确立了以天皇为中心的专制主义国体,以集权的形式把政治、军事等权利捆绑在一起,这种做法偏离了现代民主的真正内涵。

梁启超(1873—1929)在戊戌变法失败后流亡日本,途中偶然得到《佳人奇遇》一书。他阅读后发现小说的故事情节和人物形象与自己的境遇颇为相似,小说人物的政治抱负也与自己的政治主张契合,于是将《佳人奇遇》翻译成中文连载在《清议报》上。但全书连载到 12 卷卷首以后就停止了,转而刊登矢野龙溪的《经国美谈》。"至于停止的主要原因,普遍认为是由于《佳人奇遇》的前半部分和后半部分政治主张上的矛盾,特别是在亚洲问题上表现出了著者的扩张主义观点。据先行研究,梁启超认为《佳人奇遇》后半部分中围绕朝鲜问题和'兴亚论'等观点多有不当之处,因此不惜使用改变著者观点的'豪杰译'翻译手法,将包含吞并朝鲜等主张的观点全部予以删减。"[①] 梁启超译介《佳人奇遇》的初衷是认为这部小说"以稗官之体,写爱国之思"[②],展现了世界多个被压迫民族争取自由与独立的奋斗精神,有利于激励中国仁人志士抵御外敌侵略,培养国民的爱国热情,而并非因为认同其中的对外扩张主义。

东海散士开始创作《佳人奇遇》的 1885 年,日本还面临被西方列强鲸吞的危险,修改不等条约、取得与西方列强的对等地位,这些都是自由民权运动的重要目标。因此,于东海散士而言,"比之'民权',他更重'国权',比之个人自由,他更要君主威严"[③],这也正是日本自由民权运动的特点。德富苏峰后来在批评自由民权运动时就曾指出:"当时的民权自由论,其名为

[①] 李彩华、吴占军:《梁启超和章太炎的"亚洲主义"论述——从回应近代日本"亚洲主义"的视角》,载《日本研究》2018 年 4 期,第 67 页。

[②] 夏晓虹:《觉世与传世——梁启超的文学道路》,北京:中华书局,2006 年,第 211 页。

[③] 黎跃进:《简论东海散士及其代表作〈佳人奇遇〉》,载《日本研究》2006 年 3 期,第 68 页。

民权,而其实是国权。"松本三之介对日本自由民权运动作出如此评价:"它虽然名为自由民权运动,但其实质却未必如字面意义那样,具有自由主义·民主主义的性质。运动并未涉及市民的自由和权力这一核心概念,因此,我们很难说它是以自由主义·民主主义为中心的运动。就运动的性质而言,与其说是自由主义·民主主义的,还不如说是国家主义·民主主义更为合适,因为运动本身有着浓厚的国家主义色彩,而运动的发起人和参与者,也大都具有国家主义倾向。"① 同样,西方民主思想中的个人自由也不是梁启超所要追求的终极政治目标。民主思想要服务的对象并非个人,而是代表群体利益的国家。梁启超的《佳人奇遇》译本中,民主思想与国权意识相互交织,可民主并不是首要的价值目标,民主意识服务于国家主义,国家的独立才是终极目标。不过,梁启超并没有接受柴四郎的扩张主义。例如,梁启超翻译《佳人奇遇》时,删除了东海散士"还东方于清朝,三分四百余洲"的内容,也删除了侠游子、沈沦子等人支持日本称霸亚洲的言论②。这些都说明梁启超虽然对复兴亚洲抵御西方侵略的"兴亚论"心有共鸣,主张追求国家的独立,但他对柴四郎以日本为中心的扩张主义则持批判的态度。

四、"未来记" 中的宪政设想

中日政治小说多采用"站在未来回归过去"的倒叙方式来反映政治改革的历程或经验,它们或是在标题中使用"未来记"的字样,如末广铁肠的《二三十年未来记》和梁启超的《新中国未来记》,或是在内容上采用倒叙的叙事结构,如末广铁肠

---

① 松本三之介:《国权与民权的变奏——日本明治精神结构》,李冬君译,北京:东方出版社,2005年,第50-51页。
② 盧守助:「梁啓超訳『佳人之奇遇』およびその周辺」,載『環日本海研究年報』2013年20期,第14-15页。

《雪中梅》和吴趼人的《新石头记》。正如叶凯蒂所言,"未来记进一步发展了早期政治小说中核心的时空要素。这种文学叙事形式在过去、未来、现在三个不同的时间线上进行,尝试从过去的经验和当前的思索中推想未来之现实,这也成了日本和中国政治小说的突出特征"①。可见,"未来记"小说是基于进化论的线性历史发展观,通过讲述未来时空的事件来观照当下的社会现实,寓意通过当下的社会改革来实现预想的美好未来,其中包含着作者本人对国家未来政体的文学想象。

末广铁肠《雪中梅》和梁启超的《新中国未来记》都采用了"未来记"的创作手法来表述个人对于"君主立宪"政体的设想。末广铁肠(1849—1896)是日本明治时期的政治家和文学家。1881年担任"自由党"常任议员,1883年脱离"自由党",加入"独立党",并在19世纪80年代的立宪运动中崭露头角。末广铁肠的《二十三年未来记》(1885—1886)、《雪中梅》(1886)及其续篇《花间莺》(1887)均采用"未来记"叙事结构。随着这几部小说的出版,文坛掀起以"未来记"手法创作政治小说的热潮。

《雪中梅》整个故事建构了一个未来主义的视角,开篇介绍的是日本举国庆祝帝国会议成立150周年的纪念庆典的盛况。末广铁肠假借两位老人的交谈,称颂国会建立之后日本国力的强盛。商业方面,东京可以与巴黎、伦敦媲美;军事方面,陆军有几十万强兵,海军有几百只舰艇;教育方面,全国各处设有学堂;政治方面,上有尊贵的帝室,下有智慧的国会,改进党与保守党之间相互竞争,交替接任内阁,国会制定宪法,法律完备,言论和集会都非常自由。由此,两位老人不禁感慨,百年以前的

---

① 叶凯蒂:《晚清政治小说:一种世界性文学类型的迁移》,杨可译,北京:生活·读书·新知三联书店,2020年,第121页。

日本不过是亚洲的一个贫弱小国，受尽欧美诸国的轻蔑与压迫。如今，日本国力大增，已不可同日而语。日本实现富国强兵的根本原因在于君主的贤明和君主立宪政体的确立。开篇交代完明治173年的盛况后，小说开始按照时间顺序讲述支持民权运动的国野基和接受过良好教育的富永春之间的爱情故事，以"才子佳人"的叙事模式展现明治时代志士们为开设国会所作的斗争和努力。

梁启超的《新中国未来记》最早发表于1902年的《新小说》杂志，它"不仅是中国的第一部标明为'政治小说'的小说，也是梁启超一生中创作的唯一一部小说"①。《新中国未来记》的"未来记"叙事结构借鉴了末广铁肠"未来记"的创作手法。夏晓虹指出："中国文学中从未有过以'未来记'形式出现的小说，即使偶尔记述对理性社会的构想，也必将其置于同一时代存在的海外异域或与世隔绝的桃花源，而绝没有超越时间限隔的未来社会提前出世。"② 因此，梁启超对"未来记"特别感兴趣，打算借此种小说类型来表述自己有关"宪政"的具体设想。参照《雪中梅》的"未来记"模式，《新中国未来记》第一回"楔子"将叙事时空定格在公元1962年正月初一的南京和上海。文中描写当时正是"我中国全国人民举行维新五十年大祝典之日"，各国全权大臣汇集于南京参加万国太平会议，世界各国首脑齐聚一堂参与中国庆祝维新运动的纪念典礼，上海举办的世博会也盛况空前，"各国专门名家、大博士来集者，不下数千人，各国大学学生来集者，不下数万人"③。从第二回"孔觉

---

① 曹亚明：《从〈新中国未来记〉来看梁启超对政治小说的选择与接受》，载《中国文学研究》2012年1期，第40页。
② 夏晓虹：《觉世与传世——梁启超的文学道路》，北京：中华书局，2006年，第222页。
③ 梁启超：《新中国未来记》，桂林：广西师范大学出版社，2008年，第7页。

民演说近世史"开始,小说以孔觉民为两万名听众演讲中国过去六十年历史的叙事方式,详细地罗列出中国维新运动的改革措施。孔觉民认为,"新中国"能够取得巨大成就的最重要原因就是成立了"宪政党",实施立宪政治,因此宪政党为再造中国之第一功臣。①

从两部小说开篇对未来美好前景的想象不难看出,末广铁肠和梁启超热切地期望通过实施"宪政"来实现"富国强兵",即"宪政"是手段,"富国强兵"是目标。然而,"宪政"与"富国强兵"本身就是两种不同的"价值期待"。因为"在西方……宪政就是通过防御性的制度设计来控制政府权力,以便个人的自由和权利保有一个充分的空间"②,个人的自由始终是放在首位的。但是,末广铁肠和梁启超首先考虑的却是如何实施平稳的政治改革、实现国家强盛的问题,至于如何保障个人自由的问题,则被暂时搁置起来。

末广铁肠和梁启超都反对过激的革命运动,支持君主立宪,强调君主存在的重要性,而不是个人的自由。《雪中梅》中的国野基出身贫寒,却才识过人。在富永春的帮助下,他越过重重阻碍,最终使自己的民间党大团结论、官民协和论等思想得到朝野的一致认可,所属的自由党也在议会选举中获胜。末广铁肠以两性情感的依恋作为两种不同社会力量之间相互联合的象征,国野基代表的是自由党的改革志士,富永春代表的是新兴的资产阶级,他们的结合保障了国家的政治前途。柳田泉认为,"明治十六、十七年以后,官民斗争日趋激烈,经常发生流血事件。知识分子出于对日本未来的忧虑,开始主张官民调和论。(中略)《雪中梅》及其续篇《花间莺》正是以官民调和思想为中心展开

---

① 梁启超:《新中国未来记》,桂林:广西师范大学出版社,2008 年,第 7 页。
② 王人博:《宪政的中国语境》,载《法学研究》2001 年 2 期,第 137 页。

叙事的"①。当然，要促成改革的成功，开明君主的重要性自不待言。《雪中梅》开篇即写道："天皇陛下是一位贤明的君主，在他的带领下，日本确立起立宪政体。明治二十三年的本月本日成立国会，从此日本国运开始昌盛，发展至今。我们的子子孙孙都应当尽心效忠皇室。"②

同样，梁启超也主张保留君主，反对激进的种族革命。《新中国未来记》的第三回记述了黄克强和李去病两位名士的论辩。黄克强代表的是立宪派的观点，拥护君主立宪制；李去病代表的是革命派的观点，拥护共和政体。其中黄克强的观点基本上就代表了梁启超本人的政治态度和观点。不过，双方论战的焦点不是"民主问题"，而是"民族问题"，即排满的暴力革命问题。梁启超这样写道："我想我中国今日若是能够一步升到民主的地位便罢，若还不能，这个君位是总要一个人坐镇的。但使能够有国会，有政党，有民权，和那英国和日本一个样儿，那时这把交椅谁人坐他，不是一样呢？若说嫌他不是同一民族，你想我四万万民族里头，却又那一个有这种资格呢？兄弟啊，我爱自由、爱平等的热心，也不让你，谅来你是知道的，但我总是爱那平和的自由，爱那秩序的平等，你这些激烈的议论，我听来总是替一国人担惊受怕，不能一味赞成的哩。"③ 梁启超借黄克强之口反对激进的暴力革命，强调君主存在的合法性与合理性，也点明民主的实现不可能一蹴而就。此后，梁启超在《开明专制论》一文中更加明确地指出，当时的中国不具备实行民主共和的条件，必须先经过一个"开明专

---

① 伊藤整等编：『日本現代文学全集 3 政治小説集』，東京：講談社，1980 年，第 407 頁。

② 伊藤整等编：『日本現代文学全集 3 政治小説集』，東京：講談社，1980 年，第 257 頁。

③ 梁启超：《新中国未来记》，桂林：广西师范大学出版社，2008 年，第 45－46 页。

制"的过渡阶段，由一个强有力的中央集权政府通过自上而下的改革来实现民主。

由此可见，末广铁肠和梁启超的内心都存在一种"宪政＝富强"的民主意识，他们更多地从国家和民族的立场去思考宪政问题，而西方宪政本身的价值问题（通过限制政府权力来保障个人的自由）反倒显得并不那么重要了。西方的民主制度是在内部的各派势力反复争斗和妥协中才逐步形成的，而末广铁肠和梁启超则期待在开明君主的带领下，通过强有力的中央集权政府逐步实现民主改革，他们对民主内涵的理解和界定，与西方有较大的差异，他们追求民主的力度也是有限的。

当然，还需注意的是，在日本和中国都曾出现过主张以革命实现民主的政治小说。日本自由党作家翻译过不少反映法国革命与俄国虚无党的作品，主张革命文学，例如樱田百卫编译的《法国革命起源·西洋血潮小暴风》（1882）、宫崎梦柳翻译的《法兰西革命记·自由乃凯哥》（1882）和取材于俄国革命前史的《虚无党实传记·鬼啾啾》（1884—1885）[1]。1884年，随着自由党解体，此类主张革命的政治小说也销声匿迹，而主张君主立宪制的政治小说逐渐成为时代主流。晚清时期，中国也出现主张通过革命确立民主共和制的政治小说，比如陈天华的《狮子吼》（1905）等，但与日本不同的是，中国的革命派小说取代了君主立宪派小说成为主流，其影响力一直延续至五四时期和新民主主义革命时期。从这点也能看出日本追寻民主主义的"妥协性"与中国追求民主主义的"革命性"特征。

中日政治小说深受西方政治小说的影响，作为西方政治小说内核的民主思想，也自然成为中日政治小说的重要议题。由于明

---

[1] 前田愛、長谷川泉：『日本文学新史』，東京：至文堂，1990年，第83頁。

治二十年代的日本和清末民初的中国依旧面临着西方列强入侵的民族危机，这就使得中日政治小说中有关民主的想象不可避免地与国家主义相互交织、共存共生。中日政治小说家们不约而同地把西方的"民主"思想和"宪政"体制等作为"富国强兵"的手段或工具，而"民主"本身的内涵和价值却被模糊化或概念化了。当然，这也是中日作为后发外生型现代化国家，在面临民族危亡之时，不得不作出的历史选择。

第二节
关于《破戒》与《阿Q正传》的"民主"之批判

岛崎藤村（1872—1943）是日本近代文学史上举足轻重的诗人、散文家、小说家。作为日本近代"觉醒"的知识分子，岛崎藤村深切地感受到日本近代社会残留的封建意识与自由民主思想之间的龃龉。他的小说《破戒》（1906）通过描写明治时代的部落民歧视问题，批判鼓吹"四民平等"的近代社会客观存在的"民主"假象，以细腻地笔法展现出新旧思想的冲突给日本近代知识分子内心所造成的痛苦与悲哀。日本文坛巨匠夏目漱石称之为"明治时期的第一部小说"，文学评论家岛村抱月亦称之为日本近代文坛"划时代的大作"①。

鲁迅（1881—1936）的民主思想和民主诉求贯穿其整个文学创作生涯。辛亥革命以后，中国推翻两千余年的封建专制统治，建立起共和政体的中华民国。但是，普通民众对于革命的内涵以及革命所追求的民主目标并不太理解，社会上依旧保留着大量的封建残余。为了启蒙民众，鲁迅以文学作为批判封建主义的武器，宣扬民主主义思想。其中，《阿Q正传》（1921）即批判封建残余、反思民主体制的代表性作品。该小说创作于辛亥革命十周年来临之际，鲁迅深感当时中国社会距离真正的民主还有很长的路要走，他把对辛亥革命的反思以及对民主假象的批判都寄寓在这部小说之中。

尽管岛崎藤村与鲁迅之间没有直接的往来，但二人互相欣赏，留下一些历史佳话。譬如，鲁迅翻译的《壁下译丛》（1929）就收录了岛崎藤村的散文《从浅草来》。有学者指出："该文较为集中地体现了岛崎藤村的创作思想，鲁迅在某些事情的看法上与其相同，因而无疑受到过藤村的影响。"② 此外，据说岛崎藤村1937年从欧美回国途经上海之际，还特意访问内山书店，买下鲁迅生前爱坐的藤椅带回日本。回国不久，岛崎藤村专门写下一篇缅怀鲁迅的文章《鲁迅的话》。而且，鲁迅还是岛崎藤村的著述中唯一提到过的中国现代作家。岛崎藤村和鲁迅都生活在新旧社会的转型期，作为"觉醒"的知识分子，他们在思想上有着一些共通之处，比如追求自由民主的思想。本书将通过比较《破戒》和《阿Q正传》两个文本，探究岛崎藤村和鲁迅如何批判当时社会中存在的民主假象。

---

① 島村抱月：「『破戒』を評す」，伊藤整等編，『日本現代文学全集27』，東京：講談社，1980年，第82頁。
② 刘晓芳：《岛崎藤村小说研究》，北京：北京大学出版社，2012年，第19页。

一、《破戒》和《阿Q正传》的文本生成背景

（一）部落民问题与《破戒》

日本的明治维新是一场自上而下的不彻底的资产阶级革命。它虽然推翻了幕府的专制统治，效仿欧美建立起近代国家体制，但仍然保留着大量的封建残余。自由民权运动以后，政府颁布《明治宪法》（1889），确立了天皇独揽大权的"国体"，以保障天皇的绝对统治。在这种政治体制之下，近代民主思想难以真正实现。其中，近代社会的部落民歧视问题，就是残留的封建等级思想造成的，严重地阻挠着民主主义的发展。

部落民问题在日本有着很深的历史渊源。部落民起源于日本古代的奴隶。奈良时代，日本采用律令制度，把人的身份划分为"良民"与"贱民"两大类，从此，部落民被纳入"贱民"阶层。江户时代，德川幕府为巩固统治地位，专门设置严格的身份等级制度，划分出属于上流社会的"贵族"、下层社会的"士农工商"以及贱民阶层的"秽多、非人"，并以世袭制的方式固化各阶层的身份地位。其中，"秽多"一般从事利用死牛、死马制作皮革产品的职业，"非人"则从事送葬等"清除死秽"的工作。"秽多"和"非人"处于日本社会的最底层，世代承袭"污秽"的职业，一直备受歧视。

明治维新以后，为了效仿欧美，建构近代国民国家，解放"秽多""非人"的思想开始萌芽。明治初期，日本的"秽多"人口共28万有余，"非人"人口共2万有余，"皮作"等人口共7.9万有余，加起来有近38万人之多①。在由天皇直接统治的

---

① 长谷川如是闲：《日本现代史：1868—1928》，王兴译，沈阳：沈阳出版社，2020年，第17页。

"四民平等"的近代社会，部落民问题俨然成为亟须解决的社会问题。明治二年（1869），加藤弘之提出"秽多非人御废止之仪"的议案，进言公议所。土佐藩士大江卓造目睹部落民的悲惨生活，也向当时担任民部大辅的大木乔仁建言，呈请废除"贱民"身份制度。大江卓造的建议最终被采纳。明治四年（1871），政府颁布政令《太政官布告》，宣布"兹废除秽多、非人等称号，而后其身份、职业均应与平民同"[1]，史称"贱民废止令"，又称"身份解放令"。在新的户籍上，他们被登记为"平民"或"新平民"，在法律上等同于一般国民。此外，日本近代知识分子受西方自由民权观念的影响，大力宣扬民主思想。自由民权运动时期，植木枝盛提出"对秽多的蔑视违背天下公理"，中江兆民在《新民世界》中公然自称为部落民，批评社会上的不平等现象："公等妄自浸淫于平等旨义，取悦在公等头上之贵族，却不知公等脚下之新民，平等旨义之实在何处哉。"[2]

尽管政府从制度层面承认了"新平民"的平等地位，启蒙主义知识分子也宣扬自由平等的思想，但现实社会中歧视部落民的现象依旧层出不穷。明治政府的"贱民废止令"遭到原来平民阶层的抵制，1871—1873年多地爆发反对"身份解放令"的运动，甚至滥用武力驱逐部落民，致使多人死亡。民众普遍认为部落民聚居的地方卫生条件堪忧，容易引发霍乱、麻风病等传染疾病，部落民品行低劣，容易诱发犯罪事件，因而拒绝与其往来。20世纪初期，在"身份解放令"颁布多年以后，广大的部落民并没有享受到"新平民"的待遇，仍然遭到歧视或排挤。所谓的"四民平等"，不过是形式上的民主，普通民众的精神内

---

[1] 长谷川如是闲：《日本现代史：1868—1928》，王兴译，沈阳：沈阳出版社，2020年，第18页。

[2] 周菲菲：《近代日本"被歧视部落"的身份转型》，载《世界历史》2020年3期，第31-45页。

里依然残留着浓厚的封建等级意识。

岛崎藤村的《破戒》就是根据真实的部落民歧视案件改编而成的小说。岛崎藤村结合自己在小诸义塾时期听到的传闻，深入部落民居住的地区了解真实情况，构思并创作了该小说。后来有研究者考证濑川丑松所景仰的前辈猪子莲太郎的原型正是一名名为大江矶吉的部落民出身的教师①。《破戒》描写的是明治时代的部落民歧视问题。主人公濑川丑松是一名部落民出身的小学教师，为了避免遭到社会的歧视，他一直恪守父亲的教诲，竭力隐瞒自己"秽多"的身份。丑松一生最为崇拜的人是同为"秽多"出身的政治家猪子莲太郎。莲太郎著书立说，与社会偏见作斗争，追求民主主义新思想。丑松受到莲太郎精神的感召，几次想向莲太郎坦白自己的身份，但又因为缺乏勇气而作罢。不久，莲太郎被政敌暗杀。莲太郎的死促使丑松下定决心"破戒"，公开自己的"秽多"身份。丑松向学生和同僚告白之后，辞去教职，前往了美国。岛崎藤村通过描写丑松从"守戒"到"破戒"的心理变化过程，反映出明治时期近代民主主义思想与社会上残留的封建等级意识之间的矛盾，并抒发了由此而产生的"觉醒者的悲哀"。

（二）辛亥革命与《阿Q正传》

1911年，中国爆发辛亥革命，推翻了两千余年的封建专制统治，建立起亚洲第一个共和政体的国家——中华民国。辛亥革命是一次资产阶级民主革命，废除了大量依附于封建皇权的不平等制度。孙中山等革命仁人志士，抨击封建的君权神授观念，大力宣传西方的"天赋人权"学说和政党政治。

尽管辛亥革命成功废除了两千余年的封建帝制，在历史上留

---

① 伊東一夫：『島崎藤村研究——近代文学研究方法の諸問題』，東京：明治書院，1981年，第521頁。

下了浓墨重彩的一笔，但它也是一次不彻底的资产阶级民主革命。辛亥革命没有像西方资产阶级革命那样重构社会结构。早在1930年，何应钦便在双十纪念日对辛亥革命作出如下评价："辛亥革命懵懂算是挂上了一个民国的空招牌，并没有建设民国的实际，由推翻满清一点而论，固然算是成功。由全部革命的目的而论，究不能不谓为失败。革命的目的不只在推翻满清，不只在获得中华民国的虚名，而在造成一个三民主义自由平等的新中国。"① 这段评价说明了辛亥革命的历史功绩与历史局限性，也表明在当时民主主义并未真正实现。

辛亥革命是主要由资产阶级革命家、知识分子等在城市发起的民主革命，广大农民并没有参与其中，他们对于革命的内涵和意义也不甚了解。正如高伟所言，"民国初年，农民的民主政治意识普遍缺乏。长达两千多年的封建君主专制制度禁锢了人民的思想，扼杀了人民的个性，最终形成了广大农民对政治的冷漠。民主共和制度究竟是怎样一种政治制度，到底跟自己有什么关系，他们不了解而且不愿意去了解"②。

《阿Q正传》正是在这样的时代背景之下创作的小说。阿Q是一位生活在未庄的农民，他向往革命，但又不甚了解革命的真正内涵和精神实质，最终被革命以后新上台的官员送上了断头台。阿Q是民国初年广大农民的缩影，是典型环境中的典型形象。鲁迅是现代中国文学史上最早关注农民生存状况及其出路的作家，"农民问题是中国革命的基本问题。鲁迅对于农民问题所给予的特别的注意和这个问题在近代中国所占的特别重要的位置

---

① 何广：《历史上对"辛亥革命"的纪念和解读（3）》，载《北京日报》2011年2月23日。
② 高伟：《民主共和观念没有深入农民之心——辛亥革命影响再思考》，载《社会科学论坛（学术研究卷）》2007年12期，第146页。

是相适应的"①。鲁迅的《阿Q正传》不仅再现了辛亥革命给中国农村带去的社会震动,也反思了辛亥革命自身的局限性,批判了民国初年顽固的封建主义意识对新型的民主主义意识的阻碍与消解。

二、民主的假象: 封建意识的残留

(一) "庸众" 对个体的 "暴政"

尽管明治政府已经颁布"身份解放令",在法律上保障"新平民"的地位和权力,但是普通民众根深蒂固的封建等级意识并未消除,歧视或排挤"秽多"的现象依然普遍存在。

岛崎藤村在《破戒》里刻画了三位因"秽多"身份遭到"庸众"排挤的人物形象——大日向、猪子莲太郎和濑川丑松。大日向为了治病,从家乡来到饭山地区,因为在医院里住头等病房,其奢华的派头引起人们的注意。有些人出于嫉妒,揭发了他"秽多"的身份。这件事情很快在医院里传开,病人们以"全体出院"为由要挟院长赶走大日向。无奈之下,大日向只得搬到旅馆,也同样遭到驱逐。有些人甚至在赶走他以后"在院子里撒起盐来"②,表示去邪除秽。猪子莲太郎出生于一个老"秽多"的宗族家庭,原本是长野师范学校的教师。当他的身份暴露以后,一部分教师出于嫉妒,煽动众人驱逐猪子莲太郎。无奈之下,他被迫离开了学校,舍弃了热爱的"为学问而学问"的道路。主人公濑川丑松得知猪子莲太郎遇刺的消息以后,终于下定决心违背父亲历来的训诫,在众人面前坦白了自己隐瞒多年的"秽多"身份。丑松"破戒"的结局,同样是遭到"庸众"的

---

① 陈涌:《论鲁迅小说的现实主义》,载《人民文学》1954 年 11 期,第 16 - 17 页。
② 伊藤整等编:『現代日本文学全集 19 島崎藤村集(一)』,東京: 講談社,1980 年,第 56 頁。

驱逐。丑松最终放弃教职，告别友人与爱人，独自跟随大日向前往美国，谋求新的生路。

大日向代表的是逆来顺受的"秽多"阶层，猪子莲太郎代表的则是敢于反抗的"秽多"进步力量，而濑川丑松则代表着介于二者之间的悲哀的"秽多"觉悟者。岛崎藤村以三位"秽多"被驱逐的悲惨遭遇，再现了广大"秽多"群体在社会上的艰难处境。由于明治时代普通民众欠缺近代民主意识，一些人利用民众对"秽多"的歧视满足个人的私欲。这种对"秽多"的驱逐，表面上是尊重大多数人意见的集体意志，实际上却欠缺推崇"人格平等"的近代民主的真正内涵，本质上维护的依旧是封建的身份等级制度。

《破戒》以众人对"秽多"实施驱逐的行为，揭露出残留着封建意识的"庸众"对个体进行打压与排斥的社会现实。这种"庸众"的排斥行为，想要维护的不过是封建的身份等级制度和封建的伦理纲常，缺乏真正的民主思想的内核，缺少对"平等""自由"等民主主义精神的正确理解。另外，这些"庸众"对个体的排斥还掺杂着个人的私欲。正如鲁迅在《文化偏至论》中所发出的感慨："见异己者兴，必借众以陵寡，托言众治，压制乃尤烈于暴君"，"至尤下而居多数者，乃无过假是空名，遂其私欲，不顾见诸实事"。① 鲁迅批判多数人不过是借各种"空名"排斥异己者，利用众人的力量欺凌个体，以达成自己的私欲，这种"庸众"对个人的压制"烈于暴君"。《破戒》里众人对秽多的驱逐，也同样是利用"空名"来实现个人的私欲。驱逐大日向是因为一些人嫉妒他拥有的财富，驱逐猪子莲太郎是因为一些教师嫉妒他擅长著书立说的才华，驱逐丑松是因为校长要排除异

---

① 鲁迅：《鲁迅全集：编年版（第1卷）》，北京：人民文学出版社，2014年，第129页。

己分子。这些"庸众"拒斥现代民主观念,不理会国家层面"四民平等"的政策,也不认同猪子莲太郎等新兴知识分子所宣扬的民主观念,利用封建的尊卑意识霸凌他人并满足个人的私欲。因此,民主还只停留在政党和启蒙知识分子的宣传层面,实际在社会上业已成为空洞的口号和浮游的能指。

鲁迅在《阿Q正传》中也设置了缺乏近代民主意识的"庸众"排斥个体的故事情节。阿Q向吴妈求爱的事件,成为阿Q在未庄遭到众人驱逐的导火线。在积存着浓厚的封建保守思想的未庄,阿Q在完成"香火＝女人＝吴妈"① 的逻辑判断之后,突然跪在吴妈面前,大胆表白:"我和你困觉,我和你困觉!"② 阿Q直白的求爱遭到吴妈的断然拒绝。吴妈拒绝的原因是多重的:一是维护自己的名节。阿Q直白的性要求,有违封建的伦理纲常。吴妈的"哭闹"是为了表现自己的"正经"和贞洁。二是吴妈压根儿看不上处于社会底层的阿Q。雇农身份的阿Q无钱无势,经常被人欺侮,只能通过"精神胜利法"聊以自慰。赵太爷骂阿Q"你怎么会姓赵——你那里配姓赵"③,剥夺了他姓赵的权利,而姓"赵"在未庄就是一种社会地位和权力身份的象征。吴妈与阿Q闲聊,也并没有把他作为特殊的异性看待。当阿Q被革命党押着游街时,吴妈一点儿也不关心他的命运,只是出神地看着士兵们背的洋炮,成为众多围观的看客之一。

阿Q因为"恋爱"被赵太爷赶出家门。求爱事件传开以后,未庄的女人无论老少都躲着他,酒店不再赊账,土谷祠的老头子赶他走,没有人再找他做工,阿Q失去了在未庄立足的机会。

---

① 傅修海:《细说"吴妈":〈阿Q正传〉再解读》,载《鲁迅研究月刊》2013年10期,第22页。

② 钱理群、王得后编:《鲁迅小说》,杭州:浙江文艺出版社,2000年,第81页。

③ 钱理群、王得后编:《鲁迅小说》,杭州:浙江文艺出版社,2000年,第69页。

未庄民众远离或孤立阿Q，是因为他试图打破传统的"男女之大防"，挑战封建的伦理纲常。在保守闭塞的未庄，挑战这种封建文化秩序的人，必然遭到"庸众"的排斥。乡村社会缺乏现代的民主意识，难以理解和认可自由恋爱的行为。当然，这并不是说吴妈和阿Q的关系就是现代意义上的恋爱。相反，鲁迅用"恋爱"一词是带有戏谑成分的，普通农民并不懂得带有近代民主意识的"恋爱"，有的只是封建的"传宗接代"思想。正如阿Q调戏小尼姑被骂"断子绝孙"以后，想到的是："不错，应该有一个女人，断子绝孙便没有人供一碗饭。"[1] 这种封建的伦理意识与追求精神契合的"恋爱"相距甚远，显示出普通农民与近代民主意识之间的隔膜。

（二）等级意识："下跪"

下跪原本是古人"席地而坐"的对等礼节，施礼双方没有高低贵贱之分。后来随着椅子取得正统坐具的地位，"曾经具有平等意义的跪姿被改头换面地解构为具有强烈高低贵贱尊卑关系的身体姿态"，下跪成为"卑贱、臣服、求饶、敬拜、自贬、受辱"等的标准姿态，下跪的意义发生了转换，标志着封建尊卑贵贱等级制的强化，尤其是君权的强化[2]。《破戒》和《阿Q正传》里面都描写了两位主人公"下跪"的情节，暴露出普通人身上所具有的根深蒂固的等级意识。

猪子莲太郎遇刺的事件对丑松触动很大，丑松决定违背父亲多年的劝诫，向学生和同僚坦白自己的秽多身份。丑松向学生说道："大家回到家，请向你们的父亲和母亲转达我的话。迄今为止，我一直隐瞒自己的身份，实在对不起。请告诉他们，我已经

---

[1] 钱理群、王得后编：《鲁迅小说》，杭州：浙江文艺出版社，2000年，第79页。
[2] 方潇：《跪还是不跪：人权的一个身体姿态史考察——以中国法律史为主要视野》，载《比较法研究》2010年4期，第128-141页。

当着大家的面，低头坦白了。我的确是秽多，是下贱的人，不干净的人。"①丑松觉得这样的坦白还不算谢罪，于是退后两三步，跪在地上接着说道："请原谅我吧！"②说完以后，丑松便一直跪在地上，其他班的学生和教师也纷纷蜂拥过来看热闹。丑松向学生坦白身份的场面，曾被批评为"可憎的奴隶般的举动"③。丑松下跪承认自己身份的卑贱，说自己是"下贱的人""不干净"的人，从某种程度上说，其实是对封建身份等级制度的认同，这种认同部分地消解了丑松已经形成的追求自由平等的近代民主意识。

野间宏认为，《破戒》暴露出明治社会的不合理性，推翻封建制度建立起的近代社会是以主张人人平等的民主思想为基础的，然而，明治时代的部落民歧视问题，根源还在日本的军国主义和天皇制④。高桥广满把丑松的秽多身份和天皇的身份联系在一起，指出他们的共同特征都是"世袭制"。正因为丑松的故事涉及天皇制这一根本性的问题，在明治时代才显得尤其具有冲击力⑤。明治时代的天皇制国体保留着封建的身份等级制度。天皇是世袭的贵族，而秽多是世袭的贱民。只要天皇存在，普通民众就很难去除根深蒂固的身份等级意识。明治时代的部落民歧视问题，根源就在于这种封建的尊卑贵贱观念。丑松从"守戒"到"破戒"的过程，是从自觉遵守封建尊卑意识到大胆追求民主平

---

① 伊藤整等编：『現代日本文学全集 19 島崎藤村集（一）』，東京：講談社，1980 年，第 177 頁。

② 伊藤整等编：『現代日本文学全集 19 島崎藤村集（一）』，東京：講談社，1980 年，第 177 頁。

③ 刘晓芳：《岛崎藤村小说研究》，北京：北京大学出版社，2012 年，第 97 页。

④ 野間弘：「『破戒』について」，島崎藤村，『破戒』，東京：岩波文庫，2002 年，第 424 頁。

⑤ 高橋広満：「『破戒』私論」，下山嬢子编，『島崎藤村』，東京：若草書房，1999 年，第 113 頁。

等思想的转变，但是丑松的"告白"又表现出自我贬低、自我否定的矛盾心态。这种矛盾的心态正是封建主义对民主主义消解的结果。

鲁迅在《阿Q正传》的最后一章里，如此刻画阿Q"下跪"的情境：

> 他下半天便又被抓出栅栏门去了，到得大堂，上面坐着一个满头剃得精光的老头子。阿Q疑心他是和尚，但看见下面站着一排兵，两旁又站着十几个长衫人物，也有满头剃得精光像这老头子的，也有将一尺来长的头发披在背后像那假洋鬼子的，都是一脸横肉，怒目而视的看他；他便知道这人一定有些来历，膝关节立刻自然而然的宽松，便跪了下去了。
>
> "站着说！不要跪！"长衫人物都吆喝说。
>
> 阿Q虽然似乎懂得，但总觉得站不住，身不由己的蹲了下去，而且终于趁势改为跪下了。
>
> "奴隶性！……"长衫人物又鄙夷似的说，但也没有叫他起来。①

辛亥革命推翻了封建专制统治，建立起民主共和政体。新时代宣扬人人平等、天赋人权。因此，长衫人物要求阿Q不要下跪，是为了迎合民主的时代精神。虽然长衫人物斥责他的奴隶性，却"也没有叫他起来"。长衫人物是新时代臣服于权力机构的知识分子的象征，他们并没有要彻底改变普通民众奴隶性的意愿。

---

① 钱理群、王得后编：《鲁迅小说》，杭州：浙江文艺出版社，2000年，第100-101页。

阿Q下跪的原因与他对"革命"的理解有关。阿Q并不懂得"革命"的内涵，在他看来，革命就意味着"我要什么就是什么，我欢喜谁就是谁"①，革命等同于获得随意处置他人的权力。在阿Q心中，"革命"就意味着通过"造反"来获得鲁迅在《圣武》里概括出的一般皇帝所追求的目标——"威福、子女（美女）、玉帛"，即权力、女人和财富。阿Q在城里见过斩杀革命党的场面。作为看客时，他认为革命党就是造反，扰乱社会秩序的革命党自然该杀。当他意识到革命可以改变自己的命运时，又认为"革命也好罢"，想自己参加革命。然而，当自己参加革命的路被封死后，阿Q又骂他人的革命是"造反"，他的思想并没有因为革命而发生本质的改变。因此，阿Q对于革命的认识始终处于"守旧→革新→守旧"的圆环结构之中②。阿Q并不懂得革命与追求民主之间的关系，自然也就沿袭过去的奴隶性思维模式，向权力屈膝。由此可见，丑松和阿Q的"下跪"情节说明传统的封建等级意识依旧强大，并在无形中消解着近代的民主意识。

三、 批判民主假象的不同路径

（一）告白："觉醒者的悲哀"

学界围绕《破戒》属于社会小说还是告白小说一直存有争论。以野间宏为代表的社会小说论者普遍认为，《破戒》主要批判保留大量封建思想的明治社会的不合理性③；以吉田精一为代表的告白小说论者则认为，《破戒》与岛崎藤村后续的作品一

---

① 钱理群、王得后编：《鲁迅小说》，杭州：浙江文艺出版社，2000年，第92页。
② 丰杰：《"阿Q革命"与"二重思维"——论鲁迅〈阿Q正传〉的辛亥革命叙事》，载《中国文学研究》2018年1期，第142－148页。
③ 野間弘：「『破戒』について」，島崎藤村，『破戒』，東京：岩波文庫，2002年，第426頁。

样,以隐瞒抑或告白的"思想斗争"为中心,侧重表现人物内心的烦闷①。笔者比较赞同平野谦将二者相结合的看法。平野谦认为,藤村将独特的自我与社会现实之间的斗争都映射到了《破戒》的创作之中②。告白是《破戒》的重要特征,如同和田谨吾所言,告白自我内心的苦闷正是岛崎藤村的《破戒》与同时代描写部落民问题的作品所不同的"新东西"③。可以说,岛崎藤村对明治社会"四民平等"民主假象的批判是通过告白自我内心苦闷的方式来实现的。

　　岛崎藤村的《破戒》借鉴了欧洲文学"忏悔＝告白"的创作模式,以明治社会的部落民歧视问题作为题材,展现了历经西方自由民主思想洗礼的近代知识分子,在面对保留浓厚封建意识的社会现实时内心所产生出的纠葛和痛苦。岛崎藤村把这种痛苦称为"觉醒者的悲哀"。主人公濑川丑松接受近代自由民主的思想,苦于社会上根深蒂固的封建尊卑观念,想要追求人格的平等,又缺乏与社会现实抗争到底的勇气和决心,内心始终在"守戒"与"破戒"之间摇摆,在"守旧"与"立新"之间徘徊,从而造成自我内部的分裂,其内心极度苦闷。

　　为什么岛崎藤村要以告白"觉醒者的悲哀"的方式来批判社会的"民主"假象?笔者认为原因主要有两点。一是闭塞的社会现实使然。《明治宪法》颁布以后,日本确立起天皇独揽大权的绝对主义体制,镇压自由民权运动,打压自由民主思想的发展。正如石川啄木在《时代闭塞的现状》(1910)中所指出的那样,明治时代的阶级制度、家族制度和教育制度都严格限制着青年们的思想,而日本青年对于国家的强权没有作出任何的抗争,

---

① 吉田精一:『島崎藤村』,東京:桜楓社,1981年,第49頁。
② 平野謙:「作品解説」,島崎藤村,『現代日本文学全集19 島崎藤村集1』,東京:講談社,1980年。
③ 和田謹吾:『島崎藤村』,東京:翰林书房,1993年,第10頁。

纯粹的自然主义文学就是这种"时代闭塞"的产物。《破戒》以丑松逃离日本社会作为结局,丑松的逃避姿态削弱了小说的社会批判力度。这种"出走"结局的设定,其实也和岛崎藤村主观上不想与社会现实对抗的逃避心态有关。岛崎藤村缺乏像北村透谷那般直接反抗强权统治的勇气,只能逃遁到自我的内心世界,以告白的方式寻求自我救赎。正如小说的结尾,丑松作为接受过近代民主思想洗礼的知识分子,他也没有选择像莲太郎那样勇敢地与社会偏见作斗争,只是通过告白秽多身份来获得自我内心的解脱,最终他还是逃离眼前的困境,远离斗争的漩涡。岛崎藤村追求自由民主思想,然而面对国家的强权统治,他的民主追求呈现出软弱的、不彻底的一面。二是自然主义文学的文艺思想催发。1904 年,田山花袋发表一篇题为《露骨的描写》的文艺理论文章,它标志着日本自然主义文学的开端。田山花袋反对采用虚构等文学技巧,提倡以旁观者的姿态客观地、露骨地、平面地描写事物,不夹杂作家个人的主观评价。长谷川天溪在《幻灭时代的艺术》《排除论理的游戏》和《现实暴露的悲哀》等多篇文章中论述日本自然主义文学"破理显实"和"觉醒者的悲哀"等文艺理念。所谓的"破理显实",即主张作家排除一切传统的理想主义和宗教主义,不问善恶正邪,仅客观地表现事物的"真实"样貌①。所谓的"觉醒者的悲哀",即主张作家表现破除理想幻象的、混沌杂芜的现实世界,以及生活在这种现实中的个人的幻灭感和悲哀②。长谷川天溪认为,这种幻灭时代的悲哀才是自然主义文学的生命。片上伸在《无解决的文学》一文中指出,自然主义文学侧重表现让人产生疑惑、恐怖、痛苦、哀伤

---

① 長谷川天溪:「論理的遊戲を排す」,伊藤整等編,『日本現代文学全集 27』,東京:講談社,1980 年,第 189 - 195 頁。
② 長谷川天溪:「現実暴露の悲哀」,伊藤整等編,『日本現代文学全集 27』,東京:講談社,1980 年,第 196 - 201 頁。

等痛苦情感体验的事项，但并不要求解决问题，而是任由它作为疑惑留在心底，只听取灵魂深处的哀叹，追求的是一种"无解决之感"①。岛崎藤村的《破戒》作为日本自然主义文学代表作，也注重客观地描写现实，表现"觉醒者的悲哀"，以开放式的结局践行"无解决论"的文艺理念。

（二）反讽："大团圆"

反讽作为一种修辞手段，多指带有讽刺意味的写作技巧，作者的字面意思与真正要表达的意涵正好相反，即哲学层面的"名"与"实"不符。

鲁迅的《阿Q正传》大量使用反讽的修辞手法。譬如，"优胜记略"和"续优胜记略"里所谓的"优胜"，只不过是阿Q的自我麻痹和自我陶醉的精神胜利法，与现实生活中被欺侮的境况构成相反相成的关系。终章，鲁迅以"大团圆"作为标题概括阿Q被审判和枪决的命运，这也与传统文学"大团圆"的寓意大相径庭。"大团圆"是中国传统叙事文学中存在的普遍现象，作者一般在结尾处安排圆满的结局，这源于国人推崇"中庸"和"中和"的民族心理。在《阿Q正传》的终章，阿Q被当作革命党，稀里糊涂地接受审判，画押认罪，在众人的注视下游街和被枪毙，成为新政权稳定局势杀一儆百的替死鬼。"审判""游街""枪毙"，没有一样和传统意义上的"大团圆"内涵相符。那么，为何鲁迅要以反讽的"大团圆"作为故事的结局？

关于阿Q"大团圆"叙事情节的探讨，早在1926年郑振铎对"大团圆"一幕的质疑就开始了。郑振铎认为，阿Q的结局过于仓促，"大团圆"未必是小说情节发展的必然结果。针对郑氏的质疑，鲁迅专门在《〈阿Q正传〉的成因》一文作出回应：

---

① 片上伸：「無解決の文学」，伊藤整等编，『日本現代文学全集27』，東京：講談社，1980年，第231-232頁。

"其实'大团圆'倒不是'随意'给他的"①，说明"大团圆"结局是作者有意安排的。

笔者认为，作为反讽的"大团圆"具有批判辛亥革命以后"似新实旧"的"民主"假象的作用。主审官"老头子"和两旁的"长衫人物"，他们代表着辛亥革命以后顺势投机革命的旧式官僚和士绅。"老头子"还是以前的知县大老爷，举人老爷也担任起"帮办民政的职务"②。这些人物为了维持原有的地位和利益，纷纷剃光头发或剪去辫子以表明自己投身革命的立场。辛亥革命的结果并没有改变过去权力阶层的架构，封建时代的达官显贵依然掌握着新政府的话语权。假洋鬼子进城回来以后，卖给赵秀才一块"银桃子"，以表示认同他革命党的身份。这种加入革命党的方式，遵循了清朝的"买官"逻辑，显然与追求自由民主的革命的信仰无关，成为部分投机者加入新政权以谋求仕途发展的便捷之径。未庄的乡民对于革命的内涵和意义亦一知半解，他们眼中的革命不过是"改朝换代"，他们依旧作为看客，关注的焦点不过是"枪毙并无杀头这般好看"③，至于阿Q是否参与革命的真相反倒被悬置起来。这也显示出普通民众与民主革命思想之间的隔膜。从统治阶层到普通民众，革命并没有让他们的思想产生本质的变化，民主共和政体的确立不等同于民主思想的确立。因此，鲁迅才会在1925年给许广平的书信中这样写道："最初的革命是排满，容易做到的，其次的改革是要国民改革自己的坏根性，于是就不肯了。所以此后最要紧的是改革国民性，否则，无论是专制，是共和，是什么什么，招牌虽换，货色照

---

① 鲁迅：《鲁迅全集：编年版（第4卷）》，北京：人民文学出版社，2014年，第295页。
② 钱理群、王得后编：《鲁迅小说》，杭州：浙江文艺出版社，2000年，第102页。
③ 钱理群、王得后编：《鲁迅小说》，杭州：浙江文艺出版社，2000年，第104页。

旧,全不行的。"① 《阿Q正传》的"大团圆"结局正好印证"革命"没有动摇或完全根除封建文化的根基,要改变国民性,依旧任重而道远。

　　作为社会转型期"觉醒"的知识分子,岛崎藤村和鲁迅都追求自由民主的思想,批判保留着大量封建残余的社会普遍存在的民主假象。《破戒》和《阿Q正传》都书写残留封建意识的"庸众"对个体的"暴政",以及主人公的"下跪"情节,批判社会转型期封建主义的强大势力。不同的是,岛崎藤村的《破戒》以日本近代社会的部落民歧视问题作为创作题材,以告白的叙事手法展现新旧思想冲突给知识分子内心所造成的痛苦和悲哀,而鲁迅的《阿Q正传》以农民革命作为题材,以反讽的修辞手法引发人们关于辛亥革命不彻底性的反思和国民性改造之迫切性的思考。

第三节
白桦派和鲁迅的民主主义话语

　　日本近代文坛一般认为,白桦派的文学标榜理想主义或人道主义,崇尚个性,同情弱小,追求人类的平等。日本文学评论家赤木桁平的《新进作家论——白桦派诸作家》(1916)和白桦派作家长与善郎的《答"人道主义"》(1916)两篇论文,分别阐

---

① 鲁迅:《鲁迅全集:编年版(第3卷)》,北京:人民文学出版社,2014年,第472-473页。

述了白桦派文学的理想主义与人道主义内涵,此后,"理想主义"和"人道主义"这两个词便成为白桦派文学的代名词。我们认为,白桦派文学的理想主义和人道主义特点的形成,与大正民主主义有着密切关联,白桦派文学也包含着追求民主主义的话语。20世纪10年代至20年代末日本出现波及政治、社会、文化各方面的民主主义思潮,史称"大正民主主义"。这股思潮具体表现为:政治上,人们普遍要求实施选举制度;社会生活上,主张男女平等,关爱弱势群体;外交上,主张国际协调和合作,反对战争。其中,社会生活和外交方面的民主主义话语在白桦派文学中都有所体现。

日本白桦派诸多作家之中,有岛武郎和武者小路实笃的文学引起鲁迅的共鸣。鲁迅曾经购买过有岛武郎的全部著作共十六辑,还翻译过他的小说《与幼小者》和《阿末之死》,鲁迅也译介过武者小路实笃的剧本《一个青年的梦》。此外,鲁迅也结合本国的文化语境,创建民主主义话语体系。本书主要探究白桦派作家有岛武郎和武者小路实笃与鲁迅的民主主义话语之间所存在的共通性与差异性。

一、 有岛武郎与鲁迅的妇女解放论

20世纪10年代至20年代,民主主义思潮突破狭隘的政治领域,逐步扩展到社会生活的各个方面。正如石桥湛山1914年在《东洋经济新报》上所提出的那样,"民众主义不仅仅是政治上的主义,近代文明在经济、社会、文学、道德方面都应该实现民主化并且不断民主化"①。妇女问题是社会民主化的重要范畴,有岛武郎和鲁迅都关注妇女解放问题,并以此作为宣扬民主主义

---

① 石橋湛山:「経済界と民衆主義」,『東洋経済新報』1914年4月25日。转引自孙道凤:《日本大正民主主义思想研究》,北京:中国社会科学出版社,2020年,第139页。

思想的着力点。

（一）追求民主的个性解放

有岛武郎和鲁迅都主张女性突破传统封建伦理的束缚，以解放个性的方式，实践现代的民主主义观念。同时，他们也意识到追求民主的个性解放可能会引发人生悲剧。有岛武郎的《一个女人》和鲁迅的《伤逝》两个文本充分展现出作者对女性命运的同情以及有关女性追求民主的代价的思考。

明治维新以后，日本依旧保留着大量男尊女卑的封建观念。1899年实施的《高等女子学校令》和1902年由西村茂树编写的《高等女子学校修身教科书》中明确规定女子教育的内容以家政为主、学科知识为辅，重在培养女子符合儒教规范的妇德。这些教育政策的改革，促使日本形成"儒教型的良妻贤母观"①。大正以后，随着资本主义工业化的发展，日本职业女性逐年增加，宣扬女性解放的团体影响力与日俱增。青鞜社（1911—1916）提出破除旧道德、旧法律的束缚，鼓励女性追求婚恋的自由，争做时代的"新女性"，而非传统意义上的"良妻贤母"。有岛武郎的代表作《一个女人》（1919）正是这种时代背景下的产物。

《一个女人》由前后两编构成，总共49章。前编中的主人公早月叶子是一位出身良好，接受过新式教育，美艳动人且才华横溢的"新女性"。她蔑视传统的男尊女卑观念，不肯做传统意义上的"良妻贤母"。为了追求自由，她不顾父母的反对，秘密地同一位从军记者木部结婚。但两个月后，叶子发现木部的虚伪，主动提出离婚，独自生下两人的女儿定子。母亲重病后，叶子违心地同意与远在美国的木村结婚。在赴美的船只上，叶子被轮船事务长仓地深深吸引，两人坠入爱河，尽情地享受肉体的欢

---

① 李卓：《近代日本女性观——良妻贤母论辨析》，载《日本学刊》2000年4期，第86页。

愉。当船抵达美国时，叶子决心违背与木村的婚约，随船返回横滨，选择与有妇之夫仓地隐秘同居。不久，仓地出轨的消息被曝光，失去工作。父母双亡以后，叶子需要养活自己的两个妹妹和女儿阿定，在经济上她不得不依附于仓地和远在美国的木村。迫于生活压力，仓地向外国出卖日本海图，沦为军事间谍。仓地后来行踪不定，对叶子也日渐疏离。叶子对仓地的依赖，导致她产生嫉妒、焦虑等心理问题，再加上子宫内膜炎等身体疾病，最终在精神和肉体的双重折磨下，叶子离开人世。叶子作为大正时代"新女性"的代表，勇于突破传统封建父权制的桎梏，拒绝成为逆来顺受的"良妻贤母"。这些都显示出叶子追求自由民主的现代意识。然而，有岛武郎笔下的这位"新女性"并未拥有圆满的人生结局，而是在精神和肉体的折磨中走向死亡。不难看出，有岛武郎早已预见女性追求自由民主可能面临的悲惨结局，女性历经抗争最终却沦为了新思想的牺牲品。小说折射出"新女性"追求民主所面临的现实困境。

中国近代受到日本"良妻贤母"观念的影响，开始创办女子学校，兴办女子教育。"1906年4月22日《顺天时报》译载的日本文部大臣牧野关于日本女子教育以造就贤母良妻为宗旨的演说"①。这就是中国最早关于日本"良妻贤母"主义的文字记载。与日本相同，近代中国的贤妻良母论依旧保留着大量的封建伦理道德，尤其是男尊女卑的观念。五四新文化运动以后，李大钊、陈独秀、胡适、鲁迅等人纷纷举起"民主"和"科学"两面大旗，大力抨击近代的贤妻良母思想，发表了大量有关解放妇女的民主主义言说，批判旧道德对女性的压抑。

如前所述，《伤逝》（1925）是鲁迅在五四新文化运动退潮

---

① 吕美颐:《评中国近代关于贤妻良母主义的论争》，载《天津社会科学》1995年5期，第73页。

以后创作的小说。国内已有研究者专门论述过《伤逝》与《一个女人》两部文本之间的异同①。子君是五四时期的新女性，她接受现代的民主思想，冲破传统父权制度的束缚，争取个性解放。子君与涓生一起寻找住所，建立起属于自己的新家庭。然而，婚后的子君陷入家务之中，无暇关心新思想、新学说。涓生也被当局辞退，生活陷入困境。当涓生向子君坦露不再爱她的真实想法时，子君无奈之下被父亲领回家，黯然地死去。子君与叶子一样，勇于摆脱封建伦理道德的束缚，大胆地追求自由民主的思想，但她的结局也同样悲惨。有岛武郎和鲁迅鼓励女性解放个性，实践民主主义观念，也预见到由此可能引发的人生悲剧。两个文本中悲剧结局的设定，反映出作家们对于女性追求民主困境的痛苦思考。

（二）本能主义与经济独立

据本多秋五和濑昭茂树的考证，主人公叶子的原型是国木田独步的前妻佐佐城信子，作品的素材也来源于当时轮船公司事务长与乘客佐佐城信子的性丑闻事件。然而，有岛武郎创作《一个女人》的意图并非为了书写社会的"悖德"现象，而是有着更为深刻的用意，即表现女性追求自由民主的渴望以及由此而产生的痛苦。有岛武郎在给石坂养平的书信中曾经吐露自己独特的女性观以及创作《一个女人》的缘由。他在信中写道：

> 你不觉得女性是男性的奴隶吗？（中略）女性几乎所有权利都被男性剥夺了。为了从男性那里得到存在的认可，不得不出卖女性唯一的宝贝——贞操，利用超过生育需求的淫

---

① 李先瑞：《两个知识女性的悲剧——试比较〈一个女人〉与〈伤逝〉》，载《四川外语学院学报》1998年2期，第6-11页。刘立善：《有岛武郎〈一个女人〉与鲁迅〈伤逝〉之比较》，载《日本研究》2005年4期，第66-71页。

欲把男性与自己连接起来。但这种不自然的妥协，必然会酝酿出女性出于本能的对男性的憎恶。男女之间的争斗正是由此而来。同时，女性又还不能舍弃自己原有的本能，即对男子纯真的爱恋。这两个矛盾的本能互相龃龉，造成了当今女性悲惨的命运。我对此心痛不已。于是写了《一个女人》①。

由此可见，有岛武郎认为女性悲剧发生的根源在于女性的本能，即憎恶男性的本能与爱恋男性的本能，二者相互冲突，形成张力。叶子解放个性、追求民主，但叶子也因此产生对于男性既爱恋又憎恶的本能式的情感，这种矛盾的不可调和性必然会造成女性宿命式的悲剧。这种基于本能主义的女性解放论，源于有岛武郎对基督教禁欲主义的反叛。有岛武郎青年时代在札幌学习，受到内村鉴三的影响，信仰基督教，也接受了基督教"灵肉分离"的二元对立思想。后来，有岛武郎觉察到了"纯艺术与基督教之间不可逾越的鸿沟"，决定放弃基督教的信仰，回归"在神的信仰中无法出现的本来的自己"。② 可以说，这种对基督教禁欲主义的背离，以及对人性本能的回归，成为有岛武郎女性解放论的出发点。

后来，宫本百合子曾经如此评价这部小说："依我所见，作者与叶子一样，没有发掘出叶子不幸的原因。……叶子究竟错在哪里了？我觉得至今《一个女人》的读者心中仍有疑问。物欲极强的叶子，把女人的幸福、喜悦、骄傲等所有的一切都倾注到与男人建立的关系之上，这不仅是叶子，也是现实社会中女性不幸的最大原因。作者没有明确观察到这一点。在经济上，叶子自

---

① 山田昭夫：『有島武郎・姿勢と軌跡』，東京：右文書院，1973年，第104頁。

② 小玉晃一編：『比較文学研究有島武郎』，東京：朝日出版社，1978年，第65頁。

始至终都依附于男性，一次也没有主动地尝试打破经济上的困局。"① 简言之，宫本百合子认为有岛武郎没有看破叶子不幸的根源在于经济的不独立。

不同于有岛武郎的本能主义，鲁迅与宫本百合子的观点较为相似，都是从经济独立的角度来探讨妇女解放的道路。五四时期，追求个性解放和婚恋自由是实现妇女解放的重要途径。鲁迅对于妇女解放的反封建意义予以充分的肯定，但也洞察到隐藏在民主诉求背后的危机。早在1923年，鲁迅就在题为《娜拉出走后怎样》的演讲中明确地指出，"钱，——高雅的说罢，就是经济，是最要紧的了。自由固不是钱所能买到的，但能够为钱而卖掉"②，说明了经济独立与妇女解放之间的依存关系。此后两年，鲁迅创作小说《伤逝》（1925），以子君的悲惨结局反思五四新女性们激进的民主追求的盲目性。

五四时期妇女解放运动主将周作人也表示："妇女问题的实际只有两件事，即经济的解放与性的解放。"③ 尽管周作人也承认妇女运动不能跟劳工问题相分离，但他更希望可以从性心理养成一点好的精神④，从性心理的角度去探索妇女解放的路径。正如张铁荣所言："鲁迅是从社会学的角度更多地关注妇女的经济权，而周作人则从生物学和人类学的方面更多地强调妇女的生活质量；他们兄弟的见解无疑都是对的，但也可以互补。"⑤

笔者认为，较之于鲁迅的经济独立论，周作人的性解放论更接近有岛武郎的本能主义。有岛武郎在《一个女人》中援引英

---

① 宫本百合子：「ある女についてのノート」，载『文藝』1936年10月。
② 林文光编著：《鲁迅文选》，成都：四川文艺出版社，2009年，第95页。
③ 周作人：《北沟沿通信》，《谈虎集》，止庵校订，石家庄：河北教育出版社，2002年，第274页。
④ 周作人：《谈虎集》，止庵校订，石家庄：河北教育出版社，2002年，第80页。
⑤ 张铁荣：《周作人研究谈片》，载《鲁迅研究月刊》2002年1期，第34页。

国心理学家蔼理斯《性心理学研究》的原理,深入地挖掘了叶子的心理变化,细致地刻画出叶子的性爱心理。早在1916年3月28日的日记里,有岛武郎便提及《性心理学研究》对于自己创作的影响:"它给了我许多信息和启示。我了解到女性关于性生活的心理,以及歇斯底里症与性本能之间的关系。如果对后者加以利用的话,可能会创造出罕见的作品。这对于我改写《一个女人的一瞥》很有启发。"① 同样,周作人也主张利用蔼理斯的性心理学破除旧道德对女性欲望的压抑,因此他专门撰写《蔼理斯的话》等文章,主张从女性的性心理层面实现女性真正的解放。笔者认为,这也可以印证周氏兄弟与有岛武郎妇女解放论的异同。

二、 有岛武郎与鲁迅的幼者本位观

有岛武郎和鲁迅的民主主义话语还表现在对幼者问题的关注。他们批判传统的父权家长制和儒家"孝"伦理,主张"幼者本位"说,追求长者与幼者的人格平等。他们创作或译介童话,向儿童宣扬"自由、平等、博爱"的民主主义思想。

(一) 从"父权"到"父爱"

有岛武郎的《与幼小者》是一篇真实记录自己人生经历的散文。有岛武郎的妻子安子身患结核病,久治不愈。为了不传染孩子,她拒绝与孩子见面,甚至留下遗书,让丈夫不要告知孩子们她去世的消息,不要让他们参加葬礼。有岛武郎在妻子病逝一年半后,写下《与幼小者》,表现母爱的无私和父爱的深沉,包含着有岛关于儿童教育的思考。鲁迅的《我们现在怎样做父亲》(1919)最初发表于1919年11月1日的《新青年》上。在同期

---

① 有岛武郎:『有岛武郎全集(第十二卷)』,東京:筑摩書房,1982年,第58頁。

刊物上，还刊载了鲁迅的随感录《六十三"与幼者"》（1919）。董炳月认为："鲁迅阐述'幼者本位'的时候使用的概念是'幼者'，而非《狂人日记》中的'孩子'，亦非当时通用的'儿童'，这个'幼者'无疑是来自有岛散文《与幼小者》……主题的相同与关键词的共有，证明着有岛散文《与幼小者》对鲁迅《我们现在怎样做父亲》一文的直接影响。《我们现在怎样做父亲》与《六十三"与幼者"》二文发表在同一期《新青年》杂志上并非偶然。"① 鉴于此，有岛武郎的《与幼小者》与鲁迅的《我们现在怎样做父亲》之间很有可能存在着事实上的影响关系。

笔者认为，有岛武郎的《与幼小者》和鲁迅的《我们现在怎样做父亲》是两个典型的反对封建父权家长制、主张"幼者本位"的文本，这与追求平等和自由的民主主义精神相契合。它们的共性具体表现为两点：一是批判儒家传统的"孝"伦理和封建父权家长制；二是秉持进化论，主张人性之"爱"。

第一，有岛武郎和鲁迅都批判儒家传统的"孝"伦理和封建父权家长制，寻求幼者与长者之间的平等地位。明治维新之后，日本依旧把儒家传统的"孝"伦理作为国民的道德规范，写入日本近代教育总纲《教育敕语》，要求把"孝父母"作为国民道德教育的核心和基础。从此"'克忠克孝'在此后半个世纪中一直是日本国民的思想桎梏"②。日本近代的"孝"伦理要求子女自觉地服从父母、赡养父母，以报答父母的恩情，"孝"成为传统家族道德的核心与基础，直接为父权家长制服务，否定子女的独立人格。有岛武郎并不认同日本传统的父权至上的"孝"

---

① 董炳月：《幼者本位：从伦理到美学——鲁迅思想与文学再认识》，载《齐鲁学刊》2019年2期，第140页。
② 李卓：《日本的父权家长制与孝的文明》，载《日本研究》1995年4期，第61页。

伦理，意欲打破这种旧伦理对幼者个性发展的约束。他在《与幼小者》中写道："我爱你们，而且永远爱你们。这么说，并不是为了从你们那里得到作为父亲的报酬。对于教会我爱孩子的你们，我唯一的要求，就是接受我的感谢。当你们长大成人的时候，我或许已经死去，或许还在努力工作，或许已经衰老到全无用处了。然而，不论是哪种情况，你们必须要帮助的人，都不是我。"① 有岛武郎认为，父亲爱孩子不是为了索取，也不是为了要求孩子报答父母的恩情。同样，鲁迅在《我们现在怎样做父亲》一文中也明确地反对儒家的"孝"伦理和"长者本位"思想。鲁迅写道："'父子间没有什么恩'这一个断语，实是招致'圣人之徒'面红耳赤的一大原因。他们的误点，便在长者本位与利己思想，权利思想很重，义务思想和责任心却很轻。以为父子关系，只须'父兮生我'一件事，幼者的全部，便应为长者所有。尤其堕落的，是因此责望报偿，以为幼者的全部，理该做长者的牺牲。"② 鲁迅认为，中国传统的儒家"孝"伦理本质上不过是"长者本位与利己思想"，把幼者视为长者的所有物，只看重长者的权力，轻视长者的义务和责任，或以"长者本位"压制幼者的天性，期望从幼者索取报偿，甚至牺牲幼者个人的幸福。因此，鲁迅主张以幼者为本位，充分尊重幼者的个性，给予幼者平等的地位和自由发展的空间，而不是以传统的孝道绑架子女。作为觉醒的父母，"完全应该是义务的，利他的，牺牲的"③。

第二，有岛武郎和鲁迅都秉持进化论，主张人性之"爱"。

---

① 伊藤整编：『日本現代文学全集 48 有島武郎集』，東京：講談社，1980 年，第 349 頁。
② 鲁迅：《我们现在怎样做父亲》，《鲁迅全集：编年版（第 1 卷）》，北京：人民文学出版社，2014 年，第 739 页。
③ 鲁迅：《我们现在怎样做父亲》，《鲁迅全集：编年版（第 1 卷）》，北京：人民文学出版社，2014 年，第 747 页。

有岛武郎在《与幼小者》的开篇就指出孩子们长大成人的时候，作为父亲的他，在孩子们的眼中"恐怕也像我现在，嗤笑或怜悯过去的时代一样，你们或许也要嗤笑或怜悯我陈腐的观念。我为你们的未来祈祷。你们倘若不是毫无顾忌地以我为踏台，超越我，去往更高更远的地方，那便错了"①。有岛武郎以发展的眼光来看待过去的父辈和未来的儿女，以进步的历史观来预期子女的发展，甘愿作为子女的"踏台"帮助他们成长，而不是从子女身上索取。这种进化论在后文还有更明显的表述："你们年轻的力量，是万不能被已经走下坡路的父辈所拖累的。最好是像吃尽死去的父母来储蓄力量的小狮子一般，刚强勇敢地舍弃我，迈向新的人生。"②作为父亲，有岛武郎不愿拖累孩子的成长，甘愿为孩子奉献自己力量，主张孩子追求自己独立的人生。同样，鲁迅也基于进化论来阐述父与子的关系。鲁迅在《我们现在怎样做父亲》一文中使用了"经手人"的概念来说明"幼者"与"长者"身份的相对性。他这样写道："所生的子女，固然是受领新生命的人，但他也不永久占领，将来还要交付子女，像他们的父母一般。只是前前后后，都做一个过付的经手人罢了。"③因此，这种"经手人"的概念也说明"幼者"与"长者"是两种相对的身份，是一种历史的中间物，会随着时间而发生变化。有岛武郎和鲁迅的进化论思想认为父辈不过是"历史的中间物"，应当去除"恩人"意识，他们都以爱为基础，把长者对幼者的爱视为人的天性。有岛武郎侧重表现父母对孩子无私的爱、奉献的爱，说明这种爱来源于人的本能。鲁迅也以自然界和生物

---

① 伊藤整編：『日本現代文学全集 48 有島武郎集』，東京：講談社，1980 年，第 344 頁。
② 伊藤整編：『日本現代文学全集 48 有島武郎集』，東京：講談社，1980 年，第 349 頁。
③ 鲁迅：《我们现在怎样做父亲》，《鲁迅全集：编年版（第1卷）》，北京：人民文学出版社，2013 年，第 738—739 页。

界作为参照系，说明人类对幼者的爱也来源于天性。

由此可见，《与幼小者》和《我们现在怎样做父亲》批判封建父权家长制和传统的儒家"孝"伦理，倡导"幼者本位"，将长者对幼者的"恩"转变为人性之"爱"。这种追求幼者人格和地位平等的思想，成为有岛武郎和鲁迅民主主义话语的重要组成部分。

（二）童话的创作与译介

日本大正民主主义运动时期，一些有志之士提倡改革教育，尊重儿童的天性。大正七年（1918）年由铃木三重吉主办的《赤鸟》杂志，刊登的内容主要是童话和童谣，旨在保护儿童的纯真个性，以艺术陶冶儿童的情操。铃木三重吉在《最早创作童话与童谣的文学运动》一文中指出，刊物的投稿作家都是"现代一流的名家"，如泉镜花、高滨虚子、德田秋声、岛崎藤村、北原白秋、小川未明、芥川龙之介等人。有岛武郎创作的第一部童话《一串葡萄》（1920）就刊登在大正九年八月版的《赤鸟》杂志之上。

《一串葡萄》的主人公"我"是一名小学生，从小喜欢画画，因为自己的水彩画不出逼真的蓝色和红色，"我"偷偷拿走了外国同学吉姆的水彩。当"我"的偷盗行为被同学告发时，老师并没有严厉地责罚，在确认"我"已经归还同学的水彩之后，抱着哭泣的"我"温柔地安慰道："别哭了。明白了就好。"① 老师摘下一串西方的葡萄，奖励"我"勇于承认错误，也安慰"我"自责的心。第二天，同学吉姆仿佛忘记了昨日的事情，领着"我"来到老师的房间。原来老师昨日也开导吉姆原谅"我"的过错。老师见到"我"和吉姆和解，摘下一串葡

---

① 有島武郎：「一房の葡萄」，『有島武郎全集（第6卷）』，東京：筑摩書房，1981年，第125頁。

萄，用剪刀从中间剪成两段，分别递给"我"和吉姆。这两段葡萄象征着"我"和吉姆的友谊，老师以爱的方式巧妙地化解了儿童之间的矛盾，始终体谅儿童的心情，富有博爱精神。福田清人认为，"《一串葡萄》描写了学校里学生的偷盗和告密行为，学生因为教师的贤明和关爱而得到救赎"[①]。此后，有岛武郎还创作了《吞下围棋子的阿八》（1921）和《溺水的兄妹》（1921）等童话故事，为儿童创作精神食粮。

20世纪20年代，受到西方童话的影响，中国文坛也出现童话创作的热潮。赵景深撰写过专门探讨童话的理论文章，叶圣陶、郑振铎、郭沫若等人也尝试过童话创作。鲁迅认为，传统的儿童读物，如《幼学琼林》《二十四孝》等，不过是给孩子灌输儒家孝道伦理，不符合儿童的天性。鲁迅批判传统的长者本位观，主张译介和创作儿童文学。鲁迅一生译介过《爱罗先珂童话集》等六部外国的童话，这些童话内容各不相同，但都与儿童的生活息息相关，宣扬"自由、平等、博爱"的民主主义思想。鲁迅以创作童话的方式，让儿童理解民主主义话语的内涵，反抗封建伦理道德，引导儿童成长为具有现代民主意识的个体。

三、武者小路实笃的"反战"言说与鲁迅的战争观

武者小路实笃（1885—1976）是白桦派文学的领袖人物。第一次世界大战以后，他创作了剧本《一个青年的梦》（1916）反对帝国主义的侵略战争。全剧共四幕，内容讲述的是一个青年由"不识者"带领，接触战争中死去的亡魂和亲历战争的人们，倾听他们的战争经历，与他们交流战争观的故事。遗憾的是，这

---

① 福田清人：「有島武郎の童話」，『有島武郎全集（第6巻）』，東京：筑摩書房，1981年，第2頁。

个剧本在当时的日本并未产生多大的影响。1922年前后，武者小路实笃表示："原本希望《一个青年的梦》能够被许多人阅读，可惜希望落空了。"①

反对战争，是大正时期"国际民主主义"的题中之义。那么，武者小路实笃的"反战"精神又是如何表现出来的呢？笔者认为，武者小路实笃的"反战"言说具体表现为以人类主义批判国家主义。他首先指出国家主义必然会引发国家之间的战争，国家主义者往往把维护本国的利益和名誉作为发动战争的借口，以此美化战争，确立战争的合法性。武者小路实笃提出应当从人类主义的角度出发，协调国家之间的关系。他在剧本中解释道："就是我们不用国家的立脚地看事物，却用人类的立脚地看事物。真知道别国人不害我，给我利益，因为民族的互助，才能增进幸福的事。"②

王向远指出，武者小路实笃的"反战"文学是基于"人类主义""世界主义"的价值观，而这种价值观"本身却包含着与它的表层意义背道而驰的国家主义的甚至是法西斯主义的潜在逻辑"③。笔者认为，这种观点正中鹄的。在武者小路实笃看来，世界上的任何国家都不是孤立存在的，全人类的利益息息相关，但不得不承认的事实是，国家与国家之间客观上存在着文明程度上的差异性。因此，文明先进的国家有义务向文明落后的国家输入现代文明，这是文明先进国家的神圣历史使命。此种观点与法西斯主义的核心观点不谋而合。武者小路实笃在第二次世界大战时期转变成为狂热的军国主义分子，其臭名昭著的《大东亚战

---

① 武者小路实笃：『武者小路実篤（第4卷）』，東京：新潮社，1922年，序言。
② 武者小路实笃：《一个青年的梦》，鲁迅，《鲁迅全集（第12卷）》，北京：人民文学出版社，1973年，第71页。
③ 王向远：《日本白桦派对鲁迅、周作人影响关系新辨》，载《鲁迅研究月刊》1995年1期，第5页。

争私感》(1942)大肆宣扬日本是中国乃至亚洲的救星,力证大东亚战争所谓的合理性。可以说,武者小路实笃的"反战"言说本质上是与法西斯主义相吻合的,这也符合第二次世界大战时期他摇身变为"大东亚战争"赞美者的内在思想逻辑。

除此之外,依笔者所见,武者小路实笃从大正时期的"反战"人士转变为第二次世界大战时期的军国主义分子,还与大正民主主义的退潮以及极权的法西斯主义的抬头等历史背景密切相关。岛崎藤村在《迎接大正14年》一文中曾经介绍关东大地震以后日本大正民主主义退潮的现实状况,进而指出大正民主主义的表面化。岛崎藤村写道:"我认为曾经风靡一时的民主主义的声音应该在我们同胞中建立扎实的基础。如果民主主义的基础是民众发自内心的呼声和自觉的话,那么这一声音不会就这么早早地沉寂下去。为什么我们没有对民主主义怀有持久的热情呢。……当今的社会思潮开始形成一种反动之势,从一个极端到另一个极端。我担心,这种反动思潮是一种狭隘的、顽固的保守思想,不能保护培养我们内心中好的一面。"① 关东大地震以后,日本政府实施一系列思想压制措施,导致自由言论的公共空间急速萎缩,各种右翼民族主义势力急速增长,民主主义不断退潮。大正民主主义曾经是武者小路实笃创作"反战"文学的精神动力,然而,这种民主主义的浅层化与表层化,也是他全盘颠覆过往倡导的人类主义,转向法西斯主义的原因之一。

事实上,大正民主主义始终贯穿着国家主义的思想,具有民主主义和国家主义并存的双重结构。正如大正民主主义者始终承认"万世一系"的天皇国体,吉野造作的"民本主义"便是在保留天皇特权的基础之上对西方"民主主义"进行的本土化解

---

① 岛崎藤村:「大正14年を迎えふ」,『東京朝日新聞』1925年1月21日。转引自孙道凤:《日本大正民主主义思想研究》,北京:中国社会科学出版社,2020年,第231页。

读和改造。武者小路实笃的"反战"民主言说也表现出国家主义的倾向，存在囿于民族主义的狭隘之处。此外，武者小路实笃出身贵族，家族历代蒙受天皇的恩典，因而对天皇中心主义没有任何的批判与质疑，这也是他后来转向法西斯主义的重要原因。

另外，武者小路实笃的《一个青年的梦》对国家主义的批判也没有涉及帝国主义战争爆发的根本原因，即资本主义本身的扩张性。这与白桦派作家有岛武郎看待战争起因的角度有所不同。有岛武郎在《给武者小路兄》一文中写道："战争与和平最终都不过是被少数的资本家任意左右"[1]，这说明有岛武郎很早就注意到资本家对战争的操控，从而意识到资本扩张与战争爆发之间的必然联系。相较而言，武者小路实笃从人类主义出发的"反战"言说并没有涉及资本主义、天皇制等根本性的问题，"反战"的言说过于理想化和空洞化，成为流于表面的形式主义批判，并随着大正民主主义的退潮和法西斯主义的抬头自然走向反动。

五四前后，《一个青年的梦》经由周作人的介绍和鲁迅的翻译被介绍到中国。周作人在1918年5月15日《新青年》杂志上发表了一篇题为《读武者小路君所作〈一个青年的梦〉》的文章，认为武者小路实笃是当时日本为数不多的反对国家主义的作家。受周作人影响，鲁迅也阅读了该剧本，并决心把它翻译出来。鲁迅的译稿于1919年8月15日开始断断续续在《国民公报》上连载，10月25日《国民公报》被查封，导致连载中断。后来，鲁迅重新校订译稿，分四次发表于《新青年》（1920年1月至4月），由此武者小路实笃的"反战"言说在中国社会引起广泛关注。蔡元培为其撰写的"附记"被冠以《题日本武者先

---

[1] 伊藤整编：『日本現代文学全集48 有島武郎集』，東京：講談社，1980年，第405頁。

生信后》的标题,收入商务印书馆版《中学国语文读本》第二册。孙俍工编写《中国语法讲义》之际,特意将《一个青年的梦》的主要语句选为例句①。这些面向学生的读本发行量巨大,足见中国知识界对武者小路实笃"反战"言说的重视。笔者认为,当时的中国知识人普遍"借用"和"宣扬"日本作家的"反战"言论,客观上也起到讽刺和批判日本帝国主义侵略扩张野心的作用。

鲁迅译介《一个青年的梦》时,批判性地接受了武者小路实笃从人类主义立场出发驳斥国家主义的观点。他在译本的序言中指出:"我对于'人人都是人类的相待,不是国家的相待,才得永久和平,但非从民众觉醒不可'这意思,极以为然,而且也相信将来总要做到。"② 在此基础之上,鲁迅将反战的内涵进一步引申到启蒙民众和改造国民性的高度。鲁迅写道:"对于中国人爱和平这句话,很有些怀疑,很觉得恐怖。我想如果中国有战前的德意志一半强,不知国民性是怎么一种颜色。"③ 鲁迅认为,只有先让民众觉醒,改变国民性,才能改变国民对于战争的认识。此外,鲁迅对武者小路实笃有关战争、人类命运以及国家主义的言说也抱有审慎的态度。鲁迅显然不能接受《一个青年的梦》中的乌托邦色彩和无政府主义倾向。因此,他在《〈一个青年的梦〉译者序》中委婉地表示:"但书里的话,我自然也有意见不同的地方,现在都不细说了,让各人各用自己的意思去想罢。"④ 可见,鲁迅在接受武者小路实笃"反战"思想的同时,

---

① 董炳月:《梦与梦之间——中国新文学作家与武者小路实笃的相遇》,载《鲁迅研究月刊》2003 年 2 期,第 32 页。
② 鲁迅:《一个青年的梦》译者序,《鲁迅全集:编年版(第1卷)》,北京:人民文学出版社,2014 年,第 725 页。
③ 鲁迅:《一个青年的梦》译者序,《鲁迅全集:编年版(第1卷)》,北京:人民文学出版社,2014 年,第 726 页。
④ 鲁迅:《一个青年的梦》译者序,《鲁迅全集:编年版(第1卷)》,北京:人民文学出版社,2014 年,第 726 页。

也洞悉了他思想的局限性。

鲁迅的反战言说不仅批判国家主义，还将着力点放在批判本国的国民性上。鲁迅早在《破恶声论》一文中就明确反对"兽性爱国"，认为侵略者杀人掠夺的强夺行为本质上与野兽的行为无异。同时，鲁迅也批判部分国人的"奴子之性"，自己本是被欺辱的弱小国家的国民，不但不反对帝国主义国家的"兽性爱国"，反而赞美侵略，讥笑嘲讽其他弱国被欺侮是"自取其祸"。不仅如此，这种"奴子之性"还表现在弱小国家一旦变强，或者面对比自己更弱小的国家时，又会践行"兽性爱国"而霸凌他国。因此，鲁迅提出："若夫今日，其可收艳羡强暴之心，而说自卫之要矣。乌乎，吾华土亦一受侵略之国也，而不自省也乎。"① 鲁迅只主张以武力捍卫国家主权与领土完整，批判"艳羡强暴"或嘲讽他国的国民劣根性。这种自我反省的态度与武者小路实笃徒有其表的"反战"言说本质上有着很大的区别。

20世纪10至20年代，中日作家的民主主义话语突破狭隘的"政治"领域，使得追求"社会"生活层面的民主成为时代的重要议题。白桦派作家有岛武郎和鲁迅都关注妇女解放问题，鼓励女性突破传统伦理的束缚，解放个性，追求民主思想和平等地位。同时，有岛武郎和鲁迅也预见女性追求民主可能会付出的惨痛代价。《一个女人》和《伤逝》以女性追求民主梦想的破灭，引发人们思考女性追求民主的现实困境。不同的是，有岛武郎认为二律背反的女性本能是造成女性解放困境的根源，而鲁迅则认为没有独立的经济权难以实现女性的真正解放。有岛武郎和鲁迅都坚持幼者本位观，批判儒家传统的"孝"伦理，秉持进化论的发展观，主张以现代的"父爱"替代传统的"父权"，建

---

① 鲁迅：《破恶声论》，《鲁迅全集：编年版（第1卷）》，北京：人民文学出版社，2014年，第155页。

立幼者与长者的平等对话关系。他们创作或翻译符合儿童天性的童话，以适合儿童理解的方式，宣扬平等、自由、博爱的民主主义思想。武者小路实笃的"反战"言说尽管立足于人类主义立场，批判国家主义，但其背后的思想逻辑与法西斯主义如出一辙。随着大正民主主义的退潮和法西斯主义的抬头，武者小路实笃的"反战"言说彻底沦为空谈。鲁迅意识到武者小路实笃"反战"论的乌托邦色彩，因此他将反战言说立足于国民性的改造。总体而言，白桦派和鲁迅的民主主义话语是杂糅个性主义、自由主义、人道主义、国家主义等各种思想的话语体系，具有多重性和含混性。民主主义也成为解决"社会"问题的思想指南，超越了过去单一的"政治"领域，成为人们普遍的价值追求。

本章小结

　　民主，是中日近现代文学的重要母题。文学中的"民主"不仅指涉政治层面的国家体制，还表现为一种价值层面的民主意识和民主观念，反映的是一种民主主义思想。

　　中日政治小说的兴起离不开西方政治小说的影响。中日作家利用政治小说诉说个人的政治理想，寄托有关民主的文学想象。矢野龙溪的《经国美谈》由"追求民主政治"和"追求民族独立"两组并行交织的故事构成主线，而李伯元的《前本经国美谈新戏》则仅仅保留了"追求民族独立"这一个主题，以个人英雄主义替换了原作的"民主政治"观念。此外，东海散士的

《佳人奇遇》前半部分以追求"民主政治"和"民族独立"为核心内容,后半部分则呈现出日趋浓厚的对外扩张意图,现实社会中自由民权运动的退潮和天皇绝对主义体制的确立,刺激了其书写脉络的转向。而梁启超的《佳人奇遇》译本删除了支持日本称霸亚洲的相关言说,对日本的扩张主义保持着批判的态度。另外,末广铁肠的《雪中梅》和梁启超的《新中国未来记》都以"未来记"的叙事手法表述了自己有关君主立宪政体的设想,他们关注的焦点在于国家的强盛问题和君主的重要作用,而并非个人的自由。概言之,中日作家都偏向把"民主"视为实现"富国强兵"的手段,而"民主"的真正内涵则被模糊化了。

岛崎藤村和鲁迅作为社会转型期的近代知识分子,在思想方面有相通之处,他们都批判新型民主体制下的民主假象。岛崎藤村的《破戒》和鲁迅的《阿Q正传》两个文本都塑造了典型环境中的典型人物,从"庸众"排斥个体和"下跪"两个情节,揭示了当时社会上残存的封建伦理观念对近代民主意识的消解。不同的是,在表现手法上,岛崎藤村以"告白"内心情感的细腻笔触表现了"觉醒者的悲哀",而鲁迅以"反讽"的"大团圆"结局,反思了辛亥革命的不彻底性。《破戒》里濑川丑松的"出走"结局,折射出日本近代知识分子追求民主思想的软弱性与妥协性,而《阿Q正传》中阿Q被"枪毙"的结局,反映出新政权执政者对民主思想的刻意误读,以及普通民众与民主意识的隔膜,通过反思辛亥革命的不彻底性来表达变革社会现实的深层命意。由此可见,这两个文本在反思民主的实现程度方面具有类同性。但岛崎藤村的批判态度具有妥协性,而鲁迅的批判态度更有革命性。

白桦派和鲁迅的民主主义话语超越了以往狭隘的"政治"领域,延伸至"社会"生活层面。有岛武郎的《一个女人》从女性的本能出发,指出二律背反的本能主义是造成女性追求民主的困境的根源，而鲁迅的《伤逝》则立足于经济层面，指出女性的解放离不开经济权的独立。有岛武郎的《与幼小者》和鲁迅的《我们现在怎样做父亲》批判儒家的"孝"伦理，主张以现代的"父爱"替代传统的"父权"。他们翻译或创作童话，以此培养儿童自由、平等、博爱的民主主义意识。武者小路实笃的"反战"言说随着大正民主主义的退潮而发生彻底的转向，其国家主义批判流于形式，并未触及天皇绝对统治地位等根本性的问题。鲁迅的反战论批判国家主义，其着力点始终在于批判国民性，试图改变国民对战争的错误认知。白桦派和鲁迅的民主主义言说之所以赋予民主多项社会功能，原因就在于意识到了既有民主意识的薄弱。

  总体而言，中日作家都反思既有民主体制的不健全性，批判现存民主意识的薄弱。不同的是，日本作家的民主主义批判并不寻求真正解决问题，其批判态度具有"妥协性"，而中国作家的民主批判一般指向国民性改造或体制改革，更具有"革命性"。

第三章 资本主义的质疑

现代性和资本主义差不多同时萌芽①。马克思将资本主义的诞生看作现代社会的开端。马克思所指的"资本主义",一般涉及生产方式、经济制度和社会形态三个方面。鉴于生产方式和经济制度会直接影响社会形态,我们可以从社会形态的角度对资本主义作出如下定义:"资本主义是以机器大生产为基础、以私人资本雇佣劳动作为其基本生产关系、以市场作为基本资源配置方式的社会形态。"②

此外,"资本主义"在非马克思主义学说中有着不同的内涵。其中,马克斯·韦伯的观点最具有代表性。韦伯认为,西方独有的理性主义构成了西方资本主义精神的特征,尤其是新教的"挣钱为至善"和"职业乃天职"的理性化世俗伦理,客观上为资本主义的兴起提供了精神动力和思想基础③。韦伯认为,资本主义精神的核心原则就是"合理性"(即"理性主义")。它是一种理性化的行为方式,其中包括:经济行为的理性化,其典型的表现是资本主义生产的簿记方式,本质上是对经济活动的系统性量化管理;政治行为的理性化,表现为行政管理的科层化、制度化,本质上是使政治与行政管理从"人格化支配"转变为"规则化运作";文化行为的理性化,表现为世界的"祛魅"过程,本质上是摆脱传统的、超验的、神秘主义的支配,转而以理性、经验、逻辑为基础理解世界。

韦伯从社会学的理论出发,把人的理性分为两类:以目的为趋向的工具理性行动,以价值为趋向的价值理性行动④。工具理

---

① 汪民安:《现代性》,南京:南京大学出版社,2020年,第47页。
② 李风华:《资本主义:基于经典文本的所指及定义分析》,载《湖南师范大学社会科学学报》2013年4期,第38页。
③ 韦伯:《新教伦理与资本主义精神》,马奇炎、陈婧译,北京:北京大学出版社,2012年。
④ 韦伯:《经济与社会(第一卷)》,阎克文译,上海:上海人民出版社,2010年,第114页。

性是指人的行动只追求事物的最大功效，理性只服务于人的功利目的，倾向于把外在的人或事物当作实现目的的工具，而漠视人的情感和精神价值。相反，价值理性则强调行为动机的纯正和选择手段的正确，而不计较其结果如何。工具理性与价值理性之间存在差异甚至对立，二者共同推动着文明的发展。然而，随着资本主义的发展，工具理性极大地膨胀，价值理性却日渐式微，导致资本主义制度成为束缚人的"铁笼"。

韦伯对资本主义的考察与马克思有许多相似之处，韦伯也从未否认马克思对其思想所产生的影响。马克思与韦伯的资本主义批判都建立在对资本主义社会的结构性考察之上。不同的是，"马克思将抽象化的劳动与商品价值相联系，揭示了资本主义生产过程中人的日益物化和人的自我分裂，进而转入对整个资本主义社会生产关系的批判。韦伯对于科学社会主义所秉持的辩证唯物主义立场并不认同，而是倾向于从文化意识形态和历史社会学的视角对现代资本主义进行分析，其理论视域中的'资本主义'不仅是一种根植于生产关系的概念，还被历史性地解释为一种根植于'目的合理性'的文化学概念"①。简言之，马克思是从政治经济学维度批判资本主义的生产关系，而韦伯是从文化学维度批判资本主义的目的理性，二者共同涉及资本主义的内在矛盾，以及个体在资本主义制度中的生存状态等问题。

尽管马克思和韦伯的资本主义批判理论存在差异，但都为我们解读中日作家文本中的资本主义批判提供了思路和参考。因此，本章主要结合马克思的"异化"理论和韦伯的"合理性"理论展开具体的文本分析，辨析中日文学在批判资本主义方面表现出的异同。

---

① 王琴、罗甜田：《马克思与韦伯资本主义合理性批判的理论路径比较》，载《四川轻化工大学学报（社会科学版）》2020 年 3 期，第 56 页。

第一节
《金色夜叉》与《啼笑因缘》的"情钱之争"

尾崎红叶（1868—1903）和张恨水（1895—1967）分别是日本明治时期和中国民国时期妇孺皆知的通俗小说作家。尾崎红叶作为明治文坛的文豪，其代表作《两个比丘尼的色情忏悔》《三人妻》《多情多恨》《金色夜叉》等深受读者喜爱。明治二十年代至三十年代被誉为"红露逍鸥"时代[1]，足见尾崎红叶在日本明治文学史上的地位。张恨水凭借自身杰出的艺术才华，创造了一个庞大而又绚丽多彩的文学世界，其代表作《春明外史》《金粉世家》《啼笑因缘》《夜深沉》等不仅家喻户晓，有的甚至被翻拍为电影或改编为戏剧。20世纪40年代，老舍曾称张恨水为"国内唯一的妇孺皆知的老作家"[2]。

尾崎红叶和张恨水有着相似的"报人"生涯和职业作家经历。尾崎红叶在明治二十年代成立"砚友社"，创办机关杂志《我乐多文库》，从帝国大学辍学后专门从事文学创作，曾任

---

[1] "红露逍鸥"时代指19世纪末20世纪初日本文坛上尾崎红叶、幸田露伴、坪内消遥、森鸥外活跃的时期。这一时期标志着日本文学从传统向现代的重要过渡，在日本文学史上占据重要地位。

[2] 老舍：《一点点认识》，张占国、魏守忠编，《张恨水研究资料》，北京：知识产权出版社，2009年，第88页。

《读卖新闻》文艺栏目的编辑。张恨水自1918年任《皖江日报》总编辑以来,度过了约30年的"报人"生涯。五四以后受新思想的感召,张恨水去往北京,1924年加入《世界晚报》,开始真正的文学创作。

尾崎红叶和张恨水的文学作品兼有"新旧杂糅"的特色。尾崎红叶早期创作受古典作家井原西鹤的影响,也吸收了西方小说的创作风格,他的作品被国木田独步称为"洋装的元禄文学"。张恨水对中国传统的旧章回小说进行革新,促进了新文学与通俗文学的交融。

尾崎红叶的绝笔《金色夜叉》(1897—1902)和张恨水的名作《啼笑因缘》(1930)都以"金钱和爱情的争锋"作为主题,折射出当时社会普遍存在的拜金主义现象,发表后立即引起强烈的社会反响。或许是由于尾崎红叶与张恨水之间缺少事实上的影响关系,目前学界鲜少有针对这两个文本的比较研究。因此,笔者拟结合马克思的"商品拜物教"理论,通过细读文本,辨析人物形象的异同,论述尾崎红叶和张恨水如何批判资本主义社会的拜金主义思想,又如何看待"金钱"与"爱情"之间的关系。

一、爱慕金钱的女子:阿宫与沈凤喜

(一)相似的情节

《金色夜叉》和《啼笑因缘》都有因打牌诱发金钱欲望的故事情节。玩纸牌游戏时,阿宫看到富山唯继手上戴着一枚世间罕见、价值不菲的钻石戒指,心中萌生以美貌换取金钱的想法。尾崎这样写道:"阿宫当然知道自己美貌的价值。凭借自己的美貌换取一个继承不多的家产、普通的带点学士气质的丈夫,绝不是她期望的顶点。……正如男人可以凭借才华立身出世,她相信女人也可以依靠姿色获得财富。"① 无独有偶，沈凤喜第一次接触刘德柱是在麻将桌上。刘德柱的富有和出手阔绰勾起了她内心对金钱的欲望。回家后，沈凤喜把打牌赢的钱仔细地清点了五次，甚至睡觉时还不住地盘算那些钞票应该如何花。次日清晨，沈凤喜一觉醒来，立即拿钥匙打开箱子以确认钞票金额。面对刘将军的金钱，她心想："我若是和他开口，要个一万八千，决计不成问题，他是照办的。我今年十七岁，跟他十年也不算老。十年之内，我能够弄他多少钱！我一辈子都是财神了。想到这里，洋楼，汽车，珠宝，如花似锦的陈设，成群结队的佣人，都一幕一幕在眼面前过去。这些东西，并不是幻影，只要对刘将军说一声'我愿嫁你'，一齐都来了。"② 沈凤喜把美貌视为可以与金钱等价交换的工具，试图以短暂的青春换取长久的财富。

《金色夜叉》与《啼笑因缘》生动刻画了女主人公从一度抗拒金钱到最终向金钱诱惑妥协的内心波澜。阿宫和沈凤喜都曾一度抗拒过金钱的诱惑，产生过选择爱情还是选择金钱的思想斗争，最终她们内心的天平都偏向了金钱。当酒醉的贯一诉说想要娶阿宫为妻的心愿时，她内心笃定："这正是纯洁的爱情"，暂时抛开对金钱的欲念，"所有富贵之物，乃至所有的利欲之念，都被膝头的一团温暖融化了"。③ 但经历过内心的挣扎以后，阿宫还是向金钱的欲望妥协，抛弃了深爱她的贯一。同样，当沈凤喜收到樊家树的来信时，也曾想过不再和刘将军往来，可转念间又想起"刘将军许的那一串珠子，想到雅琴穿的那身衣服，想到尚师长家里那种繁华，设若自己做了一个将军的太太，那种舒

---

① 尾崎紅葉：『金色夜叉』，伊藤整等編，『日本現代文学全集 5 尾崎紅葉集』，東京：講談社，1980 年，第 209 頁。
② 张恨水：《啼笑因缘》，北京：人民文学出版社，2014 年，第 162 页。
③ 尾崎紅葉：『金色夜叉』，伊藤整等編，『日本現代文学全集 5 尾崎紅葉集』，東京：講談社，1980 年，第 211 頁。

服，恐怕还在雅琴之上"①。最终，沈凤喜在金钱的引诱和刘将军的权势威逼之下，背弃了情人樊家树。

《金色夜叉》与《啼笑因缘》有着相似的结局。阿宫与富山唯继结婚后，时常想念贯一，幡然悔悟自己丢失了最可贵的爱情，她写信给贯一忏悔自己的过错，饱受精神的折磨，患上"歇斯底里症"。同样，凤喜在被刘将军折磨至发疯以后，心里不断忏悔，希望樊家树能够原谅她年轻时的无知。两部作品的结局相似，阿宫和凤喜婚后的忏悔与发疯，表现出尾崎红叶和张恨水的道德教诲意识和批判拜金主义的创作意图。

（二）"明治女性"与"时代女性"

森鸥外曾经这样评价阿宫："她知道自己的姿色，试图以自己的姿色作为资本换取毕生的荣华富贵，这种思想与高利贷的本质相同。"② 姿色就是阿宫的资本，以姿色换取金钱在本质上与高利贷者以少数资本获取更多财富的原理是相通的。阿宫把原本不能用金钱来度量的美貌置换成财富，这种想法本身就是资本主义社会的产物。

前田爱认为，阿宫是一个"把美貌与财富进行等价交换的'新式女性'，她以交换价值度量'人性'的'新颖之处'，正是解放金钱之力的明治社会的新式产物"③。不同于江户时代，明治时代是一个大力推崇金钱力量的时代。尽管在江户时代，金钱的价值也得到认同，比如井原西鹤的《世间胸算用》《日本永代藏》等作品就表现出对金钱作用的肯定，但是由于受到儒家"重义轻利"等伦理道德观的影响，江户时代的人比起金钱，普遍更加重视自己的身份地位与名誉。此外，江户时代推行"士

---

① 张恨水：《啼笑因缘》，北京：人民文学出版社，2014 年，第 162 页。
② 前田愛：『近代文学の女たち』，東京：岩波書店，2003 年，第 64 页。
③ 前田愛：『近代文学の女たち』，東京：岩波書店，2003 年，第 66 页。

农工商"的身份等级制度，作为平民，商人是社会上地位最低、最容易遭受蔑视的阶层。江户时代的人即便内心爱慕金钱，表面上也会装作鄙视金钱，把金钱视为"下贱之物"，从而隐藏自己的金钱欲望。明治维新以后，随着"士农工商"身份制度的瓦解，以及重商主义的兴起，金钱成为衡量近代人身份地位的新标尺。人们大多希望通过大量赚取金钱来获得较高的社会地位。明治时代的许多女性认为，用自身美貌换取金钱和社会地位就是一种效益最大化的理性选择。

明治时代不少作家都刻画了试图以美貌来换取财富和社会地位的女性形象。譬如，二叶亭四迷《浮云》（1887）的女主人公阿势曾经敬佩文三的学识，默许与文三的婚姻。当文三因不善溜须拍马而被免职以后，阿势也曾在母亲面前为文三辩护。但最终阿势还是选择与擅长钻营、有政治前途和经济实力的本田升结婚，抛弃了家庭经济条件逊色、发展前途渺茫的文三。夏目漱石《三四郎》（1908）中的美弥子是一位接受过西式教育的女学生，她聪明伶俐，不拘礼俗，是一位有现代自我意识的新式女性。美弥子对三四郎抱有好感，曾未经兄长允诺，不计回报地借钱给三四郎，还单独约三四郎逛马路。但美弥子不认为从农村来到城市的三四郎有做她丈夫的资格，所以她对三四郎的态度时亲时疏、时近时远，扑朔迷离、暧昧模糊。最终美弥子选择嫁给哥哥的朋友，一个她不爱却经济实力雄厚的人。同样，尾崎红叶《金色夜叉》中的阿宫尽管爱着贯一，依旧选择嫁给在经济方面更有优势的富山。显然，以阿势、美弥子、阿宫为代表的"明治女性"在面对爱情与金钱这两个不同的选项时，几经犹豫，最终选择抛弃爱情、追求金钱。

张恨水的小说也刻画了一些民国时期崇尚拜金主义的"时代女性"。她们一般具有强烈的虚荣心，贪慕金钱和物质享受，并因此走向人生的绝境。《啼笑因缘》中沈凤喜在金钱的诱惑下背弃了原来的情人樊家树，心甘情愿地接受了刘将军的两本账簿和银行折子，以四千元支票"买断"与樊家树的"旧情"。《夜深沉》中杨月荣在金钱的诱惑之下，抛弃了情人丁二和，与宋信生私奔，不料最终被骗，落得人财两空的下场。杨月荣落魄之后，宋子豪这样"奉劝"她重新登台唱戏："这年头儿是十七八岁大姑娘的世界，在这日子，要不趁机会闹注子大钱，那算白辜负了这个好脸子。什么名誉，什么体面，体面卖多少钱一斤？钱就是大爷，什么全是假的，有能耐弄钱，那才是实实在在的事情。"① 以美貌换取金钱的观念，认为金钱胜过"体面"的拜金主义，俨然成为一种时代潮流。张恨水所塑造的贪慕金钱的"时代女性"恰好折射出当时社会普遍存在的拜金主义价值取向和浮躁功利的社会文化心理。张恨水的作品往往带有一种明显的时代意识，或一种符合时代主流价值观的精神取向②，犹如一面反映社会原始生态的镜子，从中足以窥见拜金主义给现代人带来的价值认同危机。这种价值认同危机也体现在与张恨水同时代的新感觉派作家刘呐鸥的作品之中。在刘呐鸥的小说《热情之骨》（1928）里，主人公玲玉讲过这样一段话："在这一切抽象的东西，如正义，道德的价值都可以用金钱买的经济时代，你叫我不要拿贞操向自己所心许的人换点紧急要用的钱来用吗？"③ 可见，伴随着资本主义的发展，道德、正义、爱情等抽象的精神价值皆可以与世俗的金钱画上等号，沦为能够与金钱进行等价交换的"商品"。一直以来，备受儒家伦理道德压抑的"金钱"，在资本主义逐利精神的刺激下，摇身一变成为主宰人们价值判断的新标尺。拜金主义亦自然而然地走上神坛，接受人们的顶礼膜拜。

---

① 张恨水：《夜深沉》，北京：人民文学出版社，2009年，第318页。
② 温奉桥：《张恨水新论》，济南：齐鲁书社，2009年，第105页。
③ 刘呐鸥：《都市风景线》，北京：中国文联出版社，2004年，第80页。

(三) 拜金主义与"商品拜物教"

"明治女性"和"时代女性"爱慕金钱的表象之下,隐藏着资本主义时代"商品拜物教"的根本思想。马克思指出,在资本主义社会有些东西本身不是商品,例如良心、名誉等,但是它们也可以被其所有者出卖以换取金钱①。人们为了获取金钱不惜出卖良心、名誉,当然也包括牺牲爱情,这种拜金主义行为产生的根源正是资本主义社会普遍存在的"商品拜物教"思想。

拜金主义是一种在资本主义社会占据支配地位的价值观,推崇"金钱至上""金钱万能""一切向钱看齐"的价值取向。拜金主义是"货币拜物教"的通俗表述,马克思认为"货币拜物教"是指人们把货币当作"神"来崇拜的一种原始宗教迷信,它是"商品拜物教"的发展形态。随着生产资料私有制的发展和社会分工的细化,生产商品的劳动表现为价值,而货币成为表现商品价值的一般等价物。金银原本不过是一种商品,但当金银成为货币以后,就造成一种假象,似乎货币成为人类劳动的直接化身,具有可以购买一切商品并决定商品生产者命运的神秘力量。于是,人们自然会对金钱顶礼膜拜,视金钱为无所不能的上帝。拜金主义的特质就是把金钱视为万能之物,金钱成为支配和奴役人的力量,而人沦为金钱的附庸。在正常的金钱交易关系中,金钱本身不过是实现人们利益交换的工具而已。但是,在资本主义社会里金钱被奉上神坛,"物与物"的关系最终替代"人与人"的关系,导致了人自身的异化。

《金色夜叉》中的阿宫家里有"七千元的财产"可以继承,原本没有经济方面的困扰,可贪慕金钱的欲望最终让她背弃恋人,亦陷入绝境。《啼笑因缘》的沈凤喜依靠樊家树的经济资助才得以

---

① 马克思、恩格斯:《马克思恩格斯全集(第 23 卷)》,中共中央马克思、恩格斯、列宁、斯大林著作编译局译,北京:人民出版社,1972 年,第 120-121 页。

摆脱卖唱为生的贫苦生活，却贪图金钱、背信弃义。阿宫与沈凤喜把金钱作为崇拜的对象，把美貌当作换取金钱的手段，本质上是把自己作为商品待价而沽，致使人异化成为商品，人被金钱所奴役和控制。阿宫看到富山的钻石戒指，心中闪现凭借美貌获取金钱的念头，占有金钱的欲望凌驾于爱情之上，金钱成为一股支配她人生选择的控制性力量。同样，沈凤喜贪慕刘将军的"洋楼，汽车，珠宝"，对金钱的迷恋致使她产生以美貌换取金钱的想法，最终把自己异化为商品，丢弃了作为人的道德与尊严。

二、崇尚爱情的男子：间贯一与樊家树

（一）相似的爱情观：爱情至上

间贯一和樊家树有着相似的爱情观，他们相信爱情是婚姻的基础，认为金钱固然重要，但并不能取代爱情。贯一在热海向阿宫表明心迹时如此说道："只有人的幸福是绝不能靠金钱买到的"，"人最大的幸福就是家庭和睦。只有夫妻深爱对方，家庭才能和睦"。① 贯一认为，唯有依靠夫妻之间深挚的爱情才能构筑起幸福美满的家庭，他可以胜过富山的就是对阿宫忠贞不渝的爱情。同样，樊家树规劝沈凤喜离开刘将军时也如此对她说："人生在世，富贵固然是要的，爱情也是要的。"② 在樊家树看来，刘德柱对沈凤喜的爱是不纯粹的、不忠贞的，仅仅停留在色欲的层面，而不是更高层次的精神性的"爱情"，金钱固然重要，但爱情也是人生不可或缺的。

间贯一与樊家树的爱情观深受当时西方婚恋观的影响。明治时期的《女学杂志》主编严本善治就曾经明确表示："本杂志立

---

① 尾崎紅葉：『金色夜叉』，伊藤整等编，『日本現代文学全集 5 尾崎紅葉集』，東京：講談社，1980 年，第 227 頁。

② 张恨水：《啼笑因缘》，北京：人民文学出版社，2014 年，第 231 页。

足于基督教精神讨论各种家庭问题,以男女平等、相敬相爱的人格主义作为思想基础,建构一夫一妻制的新型婚姻关系。"① 严本善治主张结合基督教的精神,建立男女平等的新式婚姻家庭。另外,"恋爱"一词原是英语 love 的译语,是从西方输入的概念。佐伯顺子如此评述明治时期的"恋爱"观:"在明治这一崭新的时代,男女之间的关系不再是近代以前的'色'与'情'的肉体关系,而指的是明治知识分子们推崇的男女精神层面的爱恋。"② 明治时代的文人极力鼓吹恋爱的精神性与纯粹性。譬如,北村透谷在《厌世诗人和女性》(1893)一文中直言"恋爱是人类的秘密钥匙"。他把"恋爱"视为解决人生危机的神秘钥匙,把"恋爱"作为振奋个人精神的力量源泉。由于启蒙思想家和文学家的鼓吹,以及大量西方翻译文学作品的浸润,"西方式的恋爱观在明治 20 年代……已经逐渐在日本扎根下来,至少在表面上看是如此"③。19 世纪末 20 世纪初,受日本文坛影响,留日的中国学生也逐渐使用"恋爱"一词来指代男女之间精神层面的爱恋④。而在此之前,中国文学主要以"情"字来表示男女之间的感情,如"儿女之情""男女私情"等。

接受过近代教育的间贯一,对阿宫的爱情纯粹而坚贞。他认为没有爱情而只看重金钱的婚姻"只会造成双方的后悔",只有真正的爱情才能保证婚姻的幸福。同样,樊家树也接受过新思想的熏陶,崇尚自由平等的爱情。他资助沈凤喜上学,让她增长知

---

① 米倉充:『近代文学とキリスト教(明治・大正篇)』,東京:創元社,1983 年,第 77 頁。
② 佐伯順子:『「色」と「愛」の比較文化』,東京:岩波書店,1998 年,第 12 頁。
③ 郭勇:《"恋爱"的困难——论二叶亭四迷的〈浮云〉》,载《西安外国语大学学报》2009 年 1 期,第 61-65 页。
④ 杨联芬:《"恋爱"之发生与现代文学观念变迁》,载《中国社会科学》2014 年 1 期,第 159-160 页。

识，获得自立的能力。樊家树摒弃了封建的门第观念，全心全意地爱着沈凤喜，照顾她和她的家人。他在给沈凤喜的信中写道："我们的爱情决不是建筑在金钱上，我也决不敢把这几个臭钱来侮辱你。但是我愿帮助你能够自立，不至于像以前去受金钱的压迫。"① 可以说，间贯一和樊家树的爱情观代表着近代知识分子的"恋爱"观。

然而，这种现代的爱情观却不可避免地遭受到拜金主义的冲击。尾崎红叶的《金色夜叉》和张恨水的《啼笑因缘》就揭示出"金钱"与"爱情"两种不同价值取向的冲突与对峙。尾崎红叶在谈及《金色夜叉》的创作动机时这样讲道："人世间大概有两种力量保持着社会的结合。这两种力量就是爱与金钱。但是，我认为金钱的势力不过是一时的，无论它的力量有多么强大，都不可能永久保持它的势力。相反，我认为爱情能够永久不变地支配人生，爱情与人生紧密相随。因此，我写了这部小说。"② 尾崎红叶认为，相比于金钱，爱情对人生的影响更为深远。因此，奉行"爱情至上"的间贯一实际上是尾崎红叶"恋爱"观的投射对象，他用爱情的崇高批判了拜金主义的荒谬，充分肯定了人的价值。与之类似，张恨水的《啼笑因缘》也批判了"金钱至上"的社会对人性的扭曲。樊家树撕碎沈凤喜给的四千元支票，大笑道："钱呀，钱呀，有时候你也会让人看不起吧！"③ 樊家树撕碎支票的行为，痛斥了推崇"金钱万能"的社会风气。

作为近代知识分子，间贯一与樊家树生活在用金钱衡量一切价值的资本主义社会，他们的学识与才干在更为富有的商人或权贵面前显得不值一提。因此，从《金色夜叉》和《啼笑因缘》

---

① 张恨水：《啼笑因缘》，北京：人民文学出版社，2014年，第162页。
② 尾崎紅葉：『紅葉全集（第10巻）』，東京：岩波書店，1994年，第317页。
③ 张恨水：《啼笑因缘》，北京：人民文学出版社，2014年，第232页。

所描写的近代知识分子与大资产阶级之间的力量博弈中可以窥见近代知识人尴尬的现实处境。

(二) 不同的人生选择

当间贯一追到热海依然无法挽回阿宫的心时，他意识到自身财力的薄弱也是失去爱情的原因。于是，他放弃了原本规划好的追求"立身出世"的学士道路，违背了身为武士的父亲希望他成为博学之士的遗愿，选择从事暴利的高利贷行业，变成了受金钱驱使的魔鬼。

江户时代，高利贷是处于"士农工商"身份制度最底层的"商人"所从事的行业，士族阶层普遍鄙视从事高利贷的人。但是，在《金色夜叉》诞生的明治三十年代，相当于江户"士族"阶层的近代知识分子间贯一转而从事"商人"的高利贷职业，这种身份的转变在奉行拜金主义的资本主义社会具有了合理性。甲午中日战争结束以后，日本从清政府手中敲诈了大量赔偿金用于发展实业，社会上随之兴起一股创业热潮。山路爱山指出："仅明治二十九年一年内就新增了许多企业，资本总额达到三亿三千九百八十余万日元，大约增长了一倍。"① 创业热潮使得人们的资金需求大幅上涨，也为高利贷行业的发展提供了契机②。在此种社会背景之下，间贯一放弃追求学问的学士道路，从事暴利的高利贷行业，也顺应了时代潮流。不过，尾崎红叶并不认同盲目追逐金钱甚至因为金钱扭曲人性的拜金主义行为。因此，他在《金色夜叉》的草创稿《如是畜生》一文中使用了"畜生"二字来定位男主人公。"小说展现的，完全是贯一由'人'到'畜生'，再由'畜生'转变为'人'的心路历程。"③ 换言之，

---

① 前田愛：『近代文学の女たち』，東京：岩波書店，2003年，第51頁。
② 前田愛：『近代文学の女たち』，東京：岩波書店，2003年，第52頁。
③ 张秀强：《金钱与爱情的争锋——〈金色夜叉〉小论》，南开大学日本研究院，《日本研究论集》，天津：天津人民出版社，2006年，第477-478页。

间贯一遭受阿宫的背叛以后，从温文尔雅的知识分子变成了残暴的高利贷者，这是他从"人"到"畜生"的过程。间贯一目睹艺伎静与狭山为爱私奔，决意出钱帮助他们解决人生难题，这是他从"畜生"到"人"的过程。间贯一极具艺术张力的人生轨迹，显示出尾崎红叶批判拜金主义的社会风气、以传统道德救赎人性的创作意图。

与间贯一的"堕落"不同，樊家树与沈凤喜分手以后，继续准备着大学的入学考试，并如愿获得入学资格，朝着既定的学士道路迈进。樊家树的结局设定体现出张恨水身上保留的"名士"之风，以及他本人兼具理性与现实性的一面。张恨水既是一个受惠于五四新文化、剪辫子的革命青年，又是一个难脱"名士派""巾头气"的"才子崇拜者"。同样，樊家树也是一个极具中庸之道的男人。他既有传统才子儒雅的气质，又能接受现在的自由平等思想。他相信爱情，却不会因为情人的背叛变得疯狂乃至伺机报复。他甚至还能谅解沈凤喜想要用支票"买断"情义的无知，"就是她拿钱出来，未尝不是好意，她哪里有那样高超的思想，知道这是侮辱人的行为"①。樊家树崇尚爱情，但也没有放弃以学士作为立身之本的规划，更没有报复行为。与间贯一相比，樊家树显得更为理性与宽容。

（三）难改的"初心"

尽管同样从事高利贷行业的赤樫满枝频频向间贯一献殷勤，但他依旧不为所动，内心深处仍然爱着成为富山妻子之前的阿宫。在间贯一眼中，"曾经的"阿宫纯真善良，而"现在的"阿宫虚荣狡黠。他爱慕的对象依然是"曾经的"不贪图物质享乐、真心实意待他的阿宫，而不是"现在的"忏悔过错、追悔莫及的阿宫。间贯一的爱情早已成为一种停留在记忆里的幻象，他拒

---

① 张恨水：《啼笑因缘》，北京：人民文学出版社，2009年，第233页。

绝接受"新欢",也不再相信爱情。不仅如此,间贯一甚至对亲情也产生怀疑与疏离。这是因为"对于贯一而言,阿宫这位恋人不仅是母亲、妹妹、父亲、兄弟,还是家庭幸福的象征"①。贯一对阿宫的感情不仅仅是爱情,还包含着作为孤儿的他对家庭温暖的渴望。当这份感情遭遇背叛之后,他不再相信拜金主义社会中的爱情与亲情,沦为追逐金钱的魔鬼。可见,尾崎红叶的真正命意是以间贯一不再相信爱情与亲情的创伤叙事揭露并批判拜金主义对人性的扭曲。尾崎红叶内心依旧怀念的是传统的温情脉脉的家庭关系,而不是充斥着利益算计的现代人际关系。

不同于间贯一的"心死",樊家树与沈凤喜分开以后,把自己的爱意逐渐转移到另一位女性何丽娜身上。何丽娜是财政部长的千金,家世显赫,属于上流社会的摩登都市女郎。她在相貌上与沈凤喜颇为相似。最初,在樊家树看来,何丽娜打扮得过于时髦,反倒失去了处女的羞涩和少女的纯真,仿佛是一个"冒充的外国小姐"②。何丽娜因为喜欢樊家树,刻意改变了自己穿着打扮的风格,平日里学习佛法,回归质朴的生活方式。从摩登女郎变身为传统女性之后,何丽娜终于赢得樊家树的认可和喜爱。汤哲声认为,何丽娜与沈凤喜的人物形象其实有许多呼应之处,"何丽娜在舞场上大露风采时,沈凤喜正在街头卖唱;何丽娜逐步收敛时,沈凤喜成为了女学生;何丽娜结束浮夸生活时,沈凤喜嫁给了刘德柱;何丽娜西山修行时,沈凤喜神志不清了。何丽娜是一步步地有了佛性,沈凤喜是一步步地有了魔性。何丽娜终成正果,沈凤喜成为了一个臭皮囊。这样一对比,我们应该很容易地推断出,

---

① 菅聪子:『非在なるものへの欲望——紅葉のモダニズムの構図』,載『日本近代文学』1997 年 4 号,第 6 頁。
② 张恨水:《啼笑因缘》,北京:人民文学出版社,2009 年,第 199 页。

在作者的心目中何丽娜也许和沈凤喜就是一个人"①。由此看来，尽管表面上樊家树移情了何丽娜，但他喜欢的何丽娜又何尝不是原初的沈凤喜呢？樊家树喜欢的何丽娜是褪去了浮华的物质欲望，潜心向佛、内心纯净的女性，这与最初天真烂漫、纯真无瑕的沈凤喜极为相似。张恨水用极其巧妙的艺术对照手法，表现出樊家树所倾慕的对象的一致性，即不贪图物质享乐、内心淡泊、行为传统。这与现代审美趣味下的摩登女郎截然不同。

三、作为"反衬"的配角人物

（一）静与关家父女

艺伎静与狭山两情相悦，但富山也喜欢艺伎静，准备替她赎身，让她成为自己的小妾。静真心爱着狭山，不愿答应富山的要求。静与狭山二人迫于经济压力，决定一起殉情。贯一无意间得知此事，内心极为震撼，他实在没有想到，一个以出卖色相为生的女人竟然可以"懂得一般人难以懂得的义理，坚守一般人不能坚守的节操"②。贯一认为，静不向金钱势力妥协，甚至愿意为情而死，始终坚守着"义理"，像她这样高尚的行为才是"女子的为人之道"。贯一暗自把静与阿宫作了对比。他认为，阿宫虽然活着，但远不如眼前这个但求一死的女人聪敏和幸运。与阿宫相反，艺伎静不贪慕钱财，对爱情忠贞不渝，还有为爱献身的勇气和决心，静的出现让贯一冲破了心中多年郁积的忧愤，找到自我救赎之路。尾崎红叶把静作为阿宫的反衬人物，以传统的女性忠贞观否定了现代的拜金主义。

同样，《啼笑因缘》中也设置了关家父女这对忠肝义胆的人

---

① 汤哲声：《〈啼笑因缘〉的细读与再思考》，载《新文学史料》2020 年 3 期，第 55 页。
② 尾崎紅葉：『金色夜叉』，伊藤整等编，『日本現代文学全集 5 尾崎紅葉集』，東京：講談社，1980 年，第 368 页。

物形象，反衬沈凤喜的见利忘义。樊家树曾经帮助关秀姑的父亲治病，救了他的性命，因此，关家父女一直心存感激。当得知沈凤喜被刘将军囚禁时，关寿峰挺身而出，集结自己的徒弟和朋友，深夜潜入刘将军的住处，打算救出沈凤喜。当关寿峰看到沈凤喜自愿委身刘将军时，才放弃原定的救人计划。不久，关秀姑知道樊家树担心沈凤喜的安危，还特意伪装成仆人潜入刘将军家中，把樊家树的信转交给沈凤喜。关秀姑明知冒充仆人的事情一旦暴露会有性命之忧，她依旧决意前往，以报答樊家树的恩情。相反，沈凤喜及其家人曾经接受过樊家树的金钱资助，摆脱了生活困境，嘴上说着感念他的恩情，但当遇见更有钱的刘将军后，沈凤喜立刻把爱情和恩情抛诸脑后，投奔刘将军的怀抱。关家父女的知恩图报与沈凤喜的见利忘义构成了强烈的戏剧反差。张恨水设置这样一组对立的人物形象，真实用意在于以传统的忠义伦理批判现代社会的拜金主义。

（二）介入爱情的"第三者"

《金色夜叉》和《啼笑因缘》对介入爱情的"第三者"的形象塑造与刻画，表现出明显的传统"罪财意识"。所谓"罪财意识"，指的就是把金钱视为扭曲人性的罪魁祸首，认为追逐金钱会使人陷入罪恶深渊的金钱观。"罪财意识"是中日传统的金钱观念。因为在儒家重义轻利的道德教化之下，人们普遍把膨胀的金钱欲望视为罪恶的根源。

依照中日传统的道德观念，"金钱在能指层面只是经济地位的标志；而在所指层面则具有鲜明的道德意义，它是虚伪、贪婪、无耻、堕落、奢侈、吝啬等负面道德的隐喻，而且，人的道德水平似乎总是与金钱数量成反比"[①]。在传统道德观念的支配

[①] 周丽娜：《现代性悖论与被压抑的物质言说——论中国现代小说中的金钱书写》，山东师范大学博士论文，2009年，第61页。

下，尾崎红叶和张恨水笔下的"富人"被塑造成贪婪无耻的罪人。《金色夜叉》中的富山唯继是银行大资本家之子，他贪图阿宫的美色，酿成阿宫与贯一爱情的悲剧，他企图用金钱占有艺伎静，让静陷入不得不殉情的绝境，他根本不懂爱情，只会玩弄女性。同样，《啼笑因缘》中的刘德柱以巨额的金钱诱惑沈凤喜，还利用强权占有沈凤喜，把她折磨成疯子以后，又贪恋关秀姑的美貌，欲再娶关秀姑为妾。这两个文本中介入爱情的"第三者"分别是日本明治时代的大资本家和中国民国时期的军阀大官僚的代表，他们的道德水平与金钱数量成反比，被视为"罪恶的金钱"的化身，亦象征着富人道德的堕落。把大资产阶级设定为介入纯贞"爱情"的"第三者"，这种故事情节折射出处于新旧社会转型期的知识分子身上依旧存在传统的"罪财意识"。传统的"罪财意识"与现代社会的拜金主义有着本质上的差别。在现代资本主义社会，金钱成为衡量个人身份地位的新标尺，金钱与道德之间也不再存在必然的联系。受到新教伦理的影响，资本主义社会普遍把赚取金钱视为现代人的职责、使命和美德。可见，尾崎红叶和张恨水依旧保留着传统的"罪财意识"，并以此否定和批判现代社会金钱至上的观念。

随着资本主义的发展，金钱逐渐成为人们衡量事物价值的标尺。人与人之间的关系也逐渐被异化为物与物的关系，导致拜金主义的社会风气甚嚣尘上。《金色夜叉》和《啼笑因缘》都以"金钱与爱情的争锋"作为主题，它们的类同性表现在深刻地反思与批判了拜金主义对人性的异化和扭曲。自由恋爱孕育的"爱情"既是现代启蒙主义精神的产物，也是中日近现代知识分子的价值追求。然而，在"金钱"至上、物欲横流的资本主义社会，"爱情"却不得不面对现代性的"反面"。两个文本以"爱情与金钱的争锋"为主题，反映出启蒙主义与拜金主义之间的张力，二者的博弈让置身其中的个人走向自我分裂，陷入精神苦痛。因此,尾崎红叶和张恨水都试图利用传统的伦理道德化解拜金主义引发的现代性危机。

第二节
谷崎润一郎与郁达夫的 "颓废" 文学

  谷崎润一郎(1886—1965)是日本唯美主义文学的代表作家,他早期和中期的作品倾向于以惊世骇俗的方式刻画人物的形象,展现人物的病态之美,带有浓厚的唯美与颓废色彩。郁达夫(1896—1945)在留学日本期间,虽然没有与谷崎有过直接交往,但他非常熟悉和欣赏谷崎的文学。例如,郁达夫在日记里就记录了他阅读谷崎文学作品的经历,"午前在床上,感觉得凉冷,醒后在被窝看了半天《痴人之爱》"①。不仅如此,郁达夫的许多文学作品还借鉴了谷崎文学的故事情节、创作手法和叙事风格。国内不少研究者已经注意到谷崎润一郎与郁达夫文学之间存在的影响关系,也论及他们的文学接受西方唯美主义后发生的变异②。

---

  ① 郁达夫:《劳生日记》,《郁达夫文集(第9卷)》,广州:花城出版社,1984年,第9页。
  ② 例如,孙德高:《论郁达夫和谷崎润一郎的小说创作》,载《烟台大学学报(哲学社会科学版)》1995年3期,第13-17页;倪祥妍:《谷崎润一郎和郁达夫笔下的别样"唯美"》,载《社会科学战线》2009年3期,第247-249页;张能泉:《论谷崎润一郎文艺思想对前期创造社的影响》,载《社会科学》2014年11期,第184-191页。

依笔者所见，谷崎润一郎与郁达夫以东京、上海等大都市为叙事空间的文学作品，往往都带有浓厚的唯美气息和"颓废"的审美趣味。那么，谷崎和郁达夫文学的"颓废"审美趣味与其"现代性批判"意识之间是否存在关联？二人的文学在相似的"颓废"现象背后，是否又存在着文学精神指向的客观差异呢？学界目前针对这些问题还缺乏深入研究。鉴于西方的"颓废"文学本质上是一种审美现代性，是从审美层面对现代性自身危机的批判与反思，因此，本书结合西方"颓废"美学理论，探讨谷崎润一郎和郁达夫的"颓废"文学在审美趣味方面的类同性，并根据二人所处的历史文化语境辨析其"颓废"文学存在的精神指向差异。

一、西方"颓废"文学的审美现代性

19世纪后半期，西方文学中出现一种特殊的"颓废"文学现象。它非难科学夺取了事物的神秘感，渴望凭借艺术之美超越科学主义的刻板与单调；它奉行"艺术至上"的原则，不在乎一切社会道德、宗教、习俗的规范与约束；它迷恋反常的、病态的事物，倾向于展现人生的丑恶面和阴暗面，并以此为美。

事实上，现代意义上的"颓废"美学诞生于19世纪后期的现代工业文明社会，产生的根源与"现代性"的发展紧密相关。伴随着资本主义的发展，城市工业化的程度与日俱增，推崇依靠工具或技术追求效益最大化的工具理性不断膨胀，致使工具理性变成支配人、控制人、奴役人的力量。此外，垄断资本主义的发展使资本不断聚集于少数资本家手中，造成了多数人的贫困、过劳、卑贱。人们长期被生活的重负所压迫，内心焦虑不安。"世纪末"的可怕预言，更是让人们感到生活充满可怕的未知，寻找不到生活的希望和出路，陷入绝望的虚无主义。此时，具有强烈的先锋审美意识和诗学品格的"颓废"美学便应运而生。

波德莱尔的《恶之花》（1857）被誉为现代颓废派的"圣经"。1868年，戈蒂耶在《恶之花》的序言中对"颓废"作出经典的描述和界定，他特别强调了艺术上的颓废风格与西方现代文明的过度成熟乃至衰落之间的内在关联。19世纪80年代，法国有相当一部诗人、作家自觉追随颓废风格。诗人魏尔伦的十四行诗《衰竭》（1883）和于思曼的颓废主义小说《逆流》（1884）是这一时期的代表作。19世纪末，欧洲兴起一场名为"颓废主义"的文艺运动。英国作家王尔德作为这场运动的关键性人物，发挥着不可忽视的作用。王尔德不仅是法国颓废主义思潮传入英国的直接媒介之一，还组成了包括欧内斯特·道森、奥布里·比亚兹莱等人在内的颓废主义文艺圈。对颓废派而言，"颓废的概念不仅意味着艺术上的颓废风格，还意味着一种纵恣沉沦的非理性生活姿态"[1]，他们沉迷于各种放纵、危险甚至邪恶的人生冒险，文学上致力表现感官的享乐、激情的风暴乃至幻觉的倒错。

这场颓废主义文艺运动所暴露出来的乃是西方现代文明，尤其是城市文明潜藏的病症，本质上是人性与工具理性之间的较量与对抗。质言之，"颓废派之审美现代性乃是对启蒙现代性的怀疑与不安、反思与矫正"[2]。马泰·卡林内斯库把"颓废"视为现代性的五副面孔之一，认为"颓废"源自人们对进步神话的批评，并在19世纪末的反科学与反理性运动中增强了势头，"结果是——如今这已成为老生常谈——高度的技术发展同一种深刻的颓废感显得极其融洽。进步的事实没有被否认，但越来越多的人怀着一种痛苦的失落和异化感来经验进步的后果。再一次

---

[1] 陈瑞红、吕佩爱：《试论颓废的现代性》，载《学术研究》2007年3期，第122页。

[2] 杨希：《"颓废"的三副面孔：西方颓废派文学中国百年传播省思》，载《河南大学学报（社会科学版）》2019年6期，第99页。

地,进步即颓废,颓废即进步"①。卡林内斯库从启蒙辩证法的角度辨析了社会现代性与审美现代性之间的张力,指出了"颓废"美学自身带有的拒绝顺从的否定性与对抗性。李欧梵也曾经论述过"颓废"的美学价值,即反抗资产阶级的工具理性和庸俗主义。他认为,颓废派"在道德和美学上都有意识地、招摇地培养了一种自我间离风格,以此来对抗多数资产阶级自以为是的人性论和矫饰的庸俗主义"②。不难看出,源于对资产阶级功利主义的价值取向以及艺术的工具化、商业化的不满,西方颓废派作家以颓废的生活姿态与庸俗的社会现实相抗争,以"自甘堕落"的行为来表达反抗资本主义的不屈服态度。

二、恶魔主义:谷崎润一郎和郁达夫"颓废"文学的共性

谷崎润一郎早期和中期的作品,如《麒麟》《痴人之爱》《春琴抄》等,崇尚享乐主义、颓废主义,狂热地追求官能的刺激,赞美女性的肉体之美,带有受虐狂的心理倾向。谷崎异常偏爱从丑恶中寻求独特的快感和美的享受,因此,不少日本学者称他为"恶魔派"作家,称他的文学为"恶魔主义"③。留学日本时期的郁达夫,曾阅读西方颓废派和谷崎"恶魔主义"文学作品,并效仿这些作家塑造了许多"恶魔"式的人物。"恶魔主义"作为谷崎和郁达夫"颓废"文学的共同表现形式,既受到西方"颓废"美学的影响,又独具东方的审美特性。

---

① 卡林内斯库:《现代性的五副面孔:现代主义、先锋派、颓废、媚俗主义、后现代主义》,顾爱彬、李瑞华译,南京:译林出版社,2015年,第169页。
② 李欧梵:《上海摩登——一种新都市文化在中国(1930—1945)》,毛尖译,杭州:浙江大学出版社,2017年,第287页。
③ 伊藤整:「谷崎潤一郎」,『伊藤整全集(第20巻)』,東京:新潮社,1973年,第9頁。

(一) 西方"颓废"美学的接受

谷崎润一郎曾经大量涉猎波德莱尔、王尔德等人的唯美主义文学，自觉地接受王尔德的"为艺术而艺术"等美学思想。谷崎在《为人之父》一文中这样写道："对我来说，首先是艺术，其次才是生活。……可我热爱艺术，深知自己只有依赖艺术才能有生机，故而为了修筑自己的艺术长廊，不惜付出一切努力。"[1]这样的内心独白显然受到王尔德的"美高于一切""艺术高于生活"等美学观念的影响。此外，谷崎的《刺青》《麒麟》《恶魔》《痴人之爱》等小说，还刻意设计荒诞离奇的情节，描绘人物病态、颓废的心理。这种新颖的创作手法是受到自霍夫曼以来，包括爱伦·坡、王尔德、戈蒂耶、波德莱尔等在内的西方唯美主义作家的颓废美学的启发[2]。与谷崎润一郎相似，郁达夫也十分偏爱西方唯美主义文学。郁达夫率先向中国文坛翻译和介绍王尔德的唯美主义文学理念，赞颂唯美派作家比亚兹莱和道生的卓越才华。郁达夫曾经坦言："Ernest Dowson 的诗文，是我近年来在无聊的时候，在孤冷忧郁的时候的最好伴侣。"[3]郁达夫的兴趣偏重于19世纪末的作家。他非常喜欢王尔德，也好读道生、汤姆生等人的诗，而王尔德的艺术观对他的影响较深。日本现代作家的作品他阅读得也不少，其中谷崎润一郎和佐藤春夫等人的小说是他比较喜爱的[4]。谷崎润一郎和郁达夫都推崇西方的唯美主义文学，尤其偏爱"颓废"文学。他们吸收西方颓废美学的

---

[1] 谷崎润一郎：《为人父亲》，《饶舌录》，汪正球译，北京：中国文联出版社，2000年，第329页。

[2] 倪祥妍：《日本小说家与郁达夫》，北京：北京大学出版社，2013年，第153页。

[3] 郁达夫：《郁达夫文集（第5卷）》，广州：花城出版社，1982年，第172页。

[4] 郑伯奇：《〈寒灰集〉批评》，王自立、陈子善编，《郁达夫研究资料》，北京：知识产权出版社，2010年，第279-286页。

现代性批判精神,创作"恶魔主义"的文学。这些作品推崇以丑为美、以虐为美,其中的女性多是妖艳的、病态的,而男性多有受虐的心理倾向。

(二) 以丑为美、以虐为美的"恶魔主义"

谷崎润一郎早年的《恶魔》(1912)和郁达夫的《茫茫夜》(1922)两个文本有着类似的病态人物和故事情节,带有"以丑为美"的诗学品格。《恶魔》中的佐伯到东京求学,借宿在舅母家。这个百无聊赖的青年学子对学业和生活都没有兴趣,整天消极度日。他在不知不觉中爱上表妹照子,但又没有勇气向照子表达爱意。一次偶然的机会,佐伯捡到照子丢失的擦过鼻涕的手帕,他偷偷将手帕藏在被褥里,等到无人时舔舐手帕上的鼻涕。佐伯的举动完全异于常人,甚至令人作呕。在佐伯看来,照子擦过鼻涕的手帕却是能够带来快感和刺激的宝物,是一个"秘密而又奇妙的乐园"。这种对美与丑价值的颠倒,从丑恶中寻求恶意快感的方式,正是谷崎的"恶魔主义"。无独有偶,郁达夫的《茫茫夜》也刻画了一个病态的、"恶魔"式的人物——于质夫。于质夫是一位政法学院的教员,工作之余难耐蠢蠢欲动的性欲。某天,在一家卖香烟的洋货店,于质夫见到颇有姿色的女店主,心生欲念。他趁对方算账时,"像饿狼似地"偷看她,随后又以治病为由,骗取女店主用旧的手帕和银针。对于女店主用旧的针和手帕,于质夫不但不觉得恶心,反而沉浸在所谓的"香气"之中,甚至一边用针扎自己的脸,一边用手帕擦拭脸上的血珠,以此来获得内心的满足。正如倪祥妍所言:"郁达夫带血的手帕和谷崎带鼻涕的手帕,前者让主人公去'闻',后者让主人公去'舔',以丑为美、以恶为美的表现手法极其相似。"[①]

---

① 倪祥妍:《日本小说家与郁达夫》,北京:北京大学出版社,2013年,第174页。

谷崎润一郎乐于在文学中表现男人偏执的爱欲，尤其擅长刻画男性因爱而生的受虐心理和行为。《饶太郎》（1914）的主人公饶太郎是一个典型的以受虐为乐的人物。饶太郎"只喜欢做被异性轻蔑的事情，希望受到异性冷酷而残忍的对待，认为人不如把肉体上强烈的痛苦视为人生最大的乐事"①，甚至主动要求女性折磨自己，"请让我吃点苦头。踢也好，摔也好，绑起来也好，悉听尊便。请尽情地折磨我"②。郁达夫的《过去》（1927）同样生动地刻画了男性主人公的女体崇拜和受虐心理。主人公"我"暗恋美貌活泼的老二，毫不在意她对待自己的苛刻态度，反而以此为乐。文中这样描写"我"的受虐心理："万一我有违反她命令的时候，她竟毫不客气地举起她那只肥嫩的手，拍拍的打上我的脸来。而我呢，受了她的痛责之后，心里反感到一种不可名状的满足，有时候因为想受她这一种施与的原因，故意地违犯她的命令，要她来打，或用了她那一只尖长的皮鞋脚来踢我的腰部。"③ "我"渴求老二的肉体，由此产生受虐的快感。

（三）"恶魔主义"的本质与特质

谷崎润一郎和郁达夫的"恶魔主义"表现出以丑为美、以受虐为美的审美趣味。这种独特的诗学品格受到法国波德莱尔、英国王尔德、美国爱伦·坡等唯美派作家"颓废"美学的启发。波德莱尔是唯美派颓废主义的旗手，他提出"从恶中抽出美"的观点，主张把"丑态"和"病态"提升至审美层面，以个性化的审美趣味反叛资本主义社会里中产阶级刻板机械的平庸生

---

① 谷崎润一郎：「饶太郎」，『谷崎润一郎全集（第2卷）』，東京：中央公論社，1966年，第402頁。
② 谷崎润一郎：「饶太郎」，『谷崎润一郎全集（第2卷）』，東京：中央公論社，1966年，第404頁。
③ 郁达夫：《过去》，《郁达夫小说》，杭州：浙江文艺出版社，2001年，第128页。

活。这种颓废美学反抗的是资本主义工具理性对人性的压抑,追求作为人的个性。西方马克思主义者本雅明认为,波德莱尔的文学"带着一种亵渎神明的调子",可以称为"撒旦主义"。波德莱尔的撒旦主义本质上是一种反抗的精神,这种反抗精神表现为他在任何时候都能保持一种忤逆的不恭不敬的立场①。笔者认为,波德莱尔的撒旦主义与谷崎润一郎和郁达夫的恶魔主义有着相似之处。他们不把现代社会看作一种神圣的秩序,反而对当前社会表现出一种蔑视和否定。这种"颓废"的审美趣味与千篇一律的日常生活截然对立。谷崎和郁达夫的恶魔主义充溢着一种对极端情境的迷恋,是一种典型的现代性体验,其中"包蕴着内在的'越轨'冲动和尼采所说的'破坏的快感'。现代艺术追求这种极端体验,究其根源就是海德格尔所说的一种对'常人'生活日常性的否定和超越"②,具有颠覆性和反叛性。谷崎和郁达夫的恶魔主义透过病态的人物和非理性的本能主义表现出惊世骇俗的丑恶之美,以此打破日常生活的平庸,挑战现存的文化秩序。

此外,谷崎润一郎和郁达夫的恶魔主义还具有不同于西方唯美主义的、东方独特的审美趣味。谷崎的《富美子的脚》和郁达夫的《过去》都表现出男主人公对女人的脚的特殊癖好。《富美子的脚》中的老人对小妾富美子的脚表现出走火入魔般的喜爱。当病得吃不下东西时,只要富美子用脚趾夹住食物送到他嘴边,老人就会贪婪地吮吸。临终前,要求富美子用脚踩着他的脸,才安详地死去。《过去》中的"我"暗恋老二,崇拜她那双肥嫩白皙的小脚。譬如在吃饭的时候看见粉白油润的香稻米饭,就会联想到老二的双脚,"万一这碗里盛着的,是她那双嫩脚,

---

① 瓦尔特·本雅明:《发达资本主义时代的抒情诗人》,王涌译,上海:华东师范大学出版社,2017年,第42页。
② 周宪:《审美现代性批判》,北京:商务印书馆,2005年,第169页。

那么我这样的在这里咀呪,她必要感到一种奇怪的痒痛"①。两位作家都通过作品中人物对女子脚的癖好,展现奇葩和丑恶的审美趣味。中国和日本传统文化中"拜脚癖"的历史源远流长。在古代中国,"三寸金莲"被奉为女子美丽的标准。日本尽管没有裹脚的文化,但在谷崎看来,日本女性自古以来都是以脚之美而骄傲的,所以他的作品中有大量关于女子美脚的叙述。正如王向远的评价:"谷崎和郁达夫的'拜脚'描写,为他们的唯美主义罩上了东方唯美主义特有的变态的妖艳气、享乐气。"②

三、精神实质的差异:现代文明批判与传统文化反抗

谷崎润一郎和郁达夫的"颓废"文学共同表现为恶魔主义,他们自觉吸收西方的"颓废"美学,以艺术反抗现有的文化秩序。然而,由于中日历史语境和现代化程度的差异,谷崎润一郎与郁达夫"颓废"文学的精神实质又有所不同。笔者认为,谷崎的"颓废"文学更接近西方唯美主义文学的审美现代性,偏向以艺术反抗现代文明对人性的桎梏与压抑;而郁达夫的"颓废"文学反抗的主要标的并非现代文明,而是传统旧伦理对人性的禁锢。质言之,如果说谷崎的"颓废"文学表现的是对启蒙和进步神话的怀疑,那么,郁达夫的"颓废"文学则更多地指向对启蒙和进步的向往。

(一)谷崎"颓废"文学的现代文明批判

有研究者认为:"无论是西洋崇拜,还是对西方唯美主义文学的吸收,谷崎的表现都是比较肤浅且流于形式的。他仅仅从自

---

① 郁达夫:《过去》,《郁达夫小说》,杭州:浙江文艺出版社,2001年,第129页。
② 王向远:《王向远著作集 第5卷 中日现代文学比较论》,银川:宁夏人民出版社,2007年,第58页。

己的审美要求出发,摒弃了西方唯美主义文学所具有的人本主义内涵,独取其形而下的感官享乐一面,缺少对社会人生的严肃态度和深邃思想。"① 谷崎的"颓废"文学受到西方唯美主义文学的启发和影响是毋庸置疑的事实。然而,如果贸然断言谷崎的颓废文学独取官能主义和享乐主义,缺少对社会人生的思考,却是值得商榷的。笔者认为,谷崎颓废文学的精神实质与西方颓废派文学相似,同样具有批判资本主义城市文明弊病的内涵。因为"颓废不只与过去的文明相关——它是历史的产物,而且更是城市文明的产物,与城市的高度发达密不可分","城市裹挟着更多的颓废要素并产生了新的文学时代"②。谷崎的现代性批判可以从两个方面窥见端倪:一是以病态的身体隐喻现代工业文明给人造成的精神折磨,二是以女性跪拜反思日本盲目效仿西方的功利主义思维。

谷崎的小说《恐怖》(1913)中的主人公"我"住在东京时患上一种奇特荒唐的精神疾病——"铁道病"。这种"铁道病"与普通的晕船和晕车不同,会令人产生一种莫名的苦恼和恐惧心理。"一旦乘上火车,汽笛鸣响,车轮咣当一声慢慢滑动起来的时候,弥漫于我全身的血管的跳动,简直就像烈酒中毒一样,一下子冲上脑门,我的皮肤渗出豆粒大的冷汗,手脚冰凉,寒战不止。"③ 另外,当"我"身处电车、汽车、剧场等这些现代化场所时,杂沓的人群、强烈的色彩都会触发"我"敏感而脆弱的神经,令"我"产生恐惧和想要逃离的心情。同样,《恶魔》(1912)的主人公也出现过"铁道病"的症状。佐伯在从名

---

① 高兴兰:《玩具与神:谷崎润一郎笔下女性形象两极化倾向及其美学理念》,载《浙江海洋学院学报(人文科学版)》2012年1期,第45页。
② 薛雯:《颓废主义文学研究》,上海:上海人民出版社,2012年,第234页。
③ 谷崎润一郎:「恐怖」,『谷崎润一郎全集(第2卷)』,東京:中央公論社,1966年,第95頁。

古屋前往东京的路途中,刚坐下不久,内心立即对火车产生恐惧。"向前快速行驶的火车,发出巨大的轰鸣声,时时威胁着他衰弱的灵魂。每当火车驶过铁桥或钻入隧道,那剧烈的轰鸣声,总让他感到头脑错乱、吓破了胆,仿佛就要立刻猝死一般,心脏剧烈地跳动。"①

"火车"作为一种文学意象,有着复杂的象征意义。正如卫华所言,"火车"意象大致可以分为两类:一是视之为善的呈现,即将火车作为现代文明的美好想象,另一类则是视之为恶的符号,即邪恶事物的象征。这种反差表现出人对以"火车"为代表的现代性力量冲击的体悟、对现代化追求的憧憬与焦虑,以及对现代文明的复杂想象②。换言之,"火车"既可以作为速度和力量的符号,象征着一种不断进步的历史观,蕴含着人们对现代化的美好想象,也可以作为一种恶的符号,象征着一种恐怖的异己力量。谷崎笔下的主人公在"火车"这类现代器物面前,内心感到异常痛苦和极度恐惧,连忙惊呼:"啊,简直受不了啦。我要死了,我要死了!"③ 在此,"火车"正是一种恐怖的异己的力量,具有颓废、病态等黑色层面的内涵。谷崎以病态的身体("铁道病")隐喻现代工业文明给人带来的精神压迫和现代性焦虑,批判推崇科技进步的工具理性给人制造的"铁笼"。

此外,谷崎的小说《痴人之爱》(1924)通过刻画主人公让治扭曲的女性跪拜心理,讽刺了现代日本人盲目效仿西方文明的功利主义思想。让治是一名普通的公司职员,其生活方式和文化心理代表着当时日本的大多数人。让治十分崇尚西方文明,他最

---

① 谷崎潤一郎:「惡魔」,『谷崎潤一郎全集(第 1 卷)』,東京:中央公論社,1966 年,第 271 頁。
② 卫华:《20 世纪影视文学中的"火车"意象与现代性想象》,载《湖南工业大学学报(社会科学版)》2017 年 5 期,第 63 页。
③ 谷崎润一郎:《恶魔》,《初期短篇集》,陈若雷译,桂林:广西师范大学出版社,2018 年,第 76 页。

初对少女娜奥密（Naomi）产生好感正是因为她身上独特的"西洋味道"。娜奥密不仅名字像西方人，容貌也与美国的电影明星相似。于是，让治对咖啡店的这个女服务员产生极大的兴趣，萌生把她带回家，精心培养成具有西方现代意识的时髦女性的想法。此后，娜奥密无论是穿衣打扮还是生活喜好，甚至举止形态都要完全模仿西方女子。然而，娜奥密的精神世界极度空虚，她满口谎言，内心贪慕虚荣，为满足物质和肉体的欲望，周旋于多个男人之间。当让治发现娜奥密的荒唐行为后，无法接受，将她赶出了家门。两个月后娜奥密以取衣服为借口回来，再度使让治沦陷在对她肉体的欲念之中，最后让治完全臣服。

结合《痴人之爱》创作的时代背景，我们不难看出谷崎对现代日本人盲目崇拜西方文化的反思。经历过1923年关东大地震的谷崎，从自幼生活的大都市东京搬到关西生活。关西地区保留着大量日本传统的风俗人情和历史建筑，关西的生活经历成为谷崎重新审视现代城市文明的契机。《痴人之爱》多次提及娜奥密白皙的皮肤，夸赞她的手像西方人一般白净。这种以西方为标准的审美折射出让治的西方崇拜心理。让治甚至觉得，俄国伯爵夫人身上的腋臭都透着一种甘美的气息和诱惑力。让治崇拜西方文化，文本中屡屡出现诸如"洋装""西洋式浴缸""咖啡厅""鸡尾酒"等指代西方物质文明的文化符号。然而，娜奥密这位极力模仿西方文明的时髦女性，精神内里却是极度贪婪、虚伪和空虚的。娜奥密的堕落和精神的空虚，既是西方文明自身危机的象征，亦是日本主体性缺失的隐喻。"作者隐约含蓄地批评了日本现代化过程中产生的盲目崇洋这一副产品，同时也流露出对传统失落的惆怅情绪。"①

---

① 郭来舜：《"恶之花"的悲剧——评唯美派文明名著〈痴人之爱〉》，谷崎润一郎，《痴人之爱》，郭来舜、戴粲之译，西安：陕西人民出版社，1988年，第4页。

不过，由于谷崎的《痴人之爱》侧重表现女性肉体之美的诱惑力，这种肉体主义的女性观与王尔德所代表的西方唯美主义有所不同。正如薛雯所言，王尔德的《莎乐美》等作品"正是从身体感觉的描写突破到生命感觉的描写才具有了非同一般的创作意义，这样的提升才能够证明早期的颓废主义文学在生命悲观中看到了美丽身体在盛极而衰的历程中的宿命，艺术化的描写才成为这些颓废主义作家唯一摆脱悲观绝望的途径"①。然而，谷崎笔下的女性越是肉体漂亮，灵魂就越是堕落和丑陋，透着浓烈的"肉感气息""香艳气息"②，不得不说，偏重肉体主义的官能描写一定程度上遮蔽了文本的现实批判意义。

（二）郁达夫"颓废"文学的传统文化反抗

郁达夫从波德莱尔等人的颓废派文学作品中发现了文化批判的力量。郁达夫指出："法国文坛里继鲍特来尔（Baudelaire）、凡尔伦（Verlaine）而起的颓废派的作品里头，表现虚无主义，无政府主义的色彩最为浓厚。其他各国的颓废派的作家，差不多可以说都是虚无主义者。他们否定生命，否定自我，所以否定一切。无聊的政治社会，箝制个性发展的目下的政府法律和道德，为他们攻击最烈的目标，当然是可以不必说了。"③ 在郁达夫看来，颓废并非消极堕落、无意义的精神病态，其间包含着对平庸无聊的社会现实的反抗以及对压抑个性的道德习俗的反叛，而这恰好与反封建、反传统的启蒙主义思想相契合。因此，郁达夫的"颓废"文学更倾向于对中国传统旧道德、旧伦理秩序的挑战与反抗。

---

① 薛雯：《颓废主义文学研究》，上海：上海人民出版社，2012 年，第 170 - 171 页。

② 王向远：《王向远著作集 第 5 卷 中日现代文学比较论》，银川：宁夏人民出版社，2007 年，第 61 页。

③ 郁达夫：《文学上的阶级斗争》，《郁达夫文论集》，杭州：浙江文艺出版社，1985 年，第 43 页。

铃木正夫指出，郁达夫的许多小说是在日本小说的影响下写成的，比如，1927写成的小说《迷羊》酷似谷崎润一郎1924年写的《痴人之爱》①。张萍结合比较文学变异学理论，分析了《迷羊》与《痴人之爱》两部小说在故事主题、人物设置、女性形象、性爱观等方面所具有的高度相似性，并指出《迷羊》突破了《痴人之爱》狭小的个人情感范畴，反映了更广泛的社会阶层和社会内容，具有反抗封建旧道德、旧伦理的社会价值。"郁达夫继承了谷崎润一郎对官能刺激的抒写和颓废享受的唯美思想，同时在作品中融入了更宏大的思想格局并赋予男主人公深刻的道德内涵，通过青年人的性的苦闷与性的悲哀，反抗虚伪的封建道德，具有深刻的社会意义。"② 这种见解无疑是准确的。《迷羊》中的主人公王介成带着谢月英私奔，突破封建礼教的束缚，自由地追逐个人的爱情，这些都是对旧道德旧礼教的文化反叛。让男性臣服于女性的肉体诱惑力，失去传统男权的主导地位，也颠覆了中国传统男尊女卑的封建思想。不同的是，《迷羊》反抗的是中国封建伦理秩序，而《痴人之爱》反思的是日本盲从西方、迷失自我的文化心态。《迷羊》憧憬西方文明，疏离中国传统文化，而《痴人之爱》则疏离西方文明，指向日本传统文化的回归。

郁达夫发掘出西方颓废派文学的反叛精神与五四新文化运动反叛精神的同质性，从颓废派文学中汲取病态美的现代元素来反抗封建伦理纲常对人性的束缚。郁达夫曾说："五四运动最大的成功，第一个要算'个人'发现。从前的人，是为君而存在，为道而存在，现在人才晓得为自我而存在了。我若无何有乎君，

---

① 铃木正夫：《郁达夫与日本文学》，载《复旦学报（社会科学版）》1984年6期，第111－113页。
② 张萍：《论郁达夫对谷崎润一郎小说的接受与变异——〈迷羊〉与〈痴人的爱〉的对比研究》，载《文化学刊》2019年10期，第94页。

道之不适于我者还算什么道，父母是我的父母；若没有我则社会、国家、亲族等哪里会有？"① 郁达夫创作的《沉沦》《银灰色的死》《秋柳》等小说大胆暴露出青年的苦闷和对获得个性解放的渴望，也呼吁社会尊重人的价值，这些都是启蒙主义的现代性精神。如果说谷崎的"颓废"文学侧重反思工具理性操控下的现代城市文明，那么，郁达夫的"颓废"文学则是偏向于以现代颓废主义的反叛精神批判传统乡土伦理。

当然，郁达夫也曾表露出对现代城市文明弊病的担忧，只是与反抗传统文化相比，这种担忧处于边缘性的位置。比如，《迷羊》就显示出郁达夫对资本主义社会城市文明弊病的某种担忧。王介成带谢月英到上海游玩，体验现代大都市的繁华：买了"黑绒的法国女帽"以及北欧流行的女子"青呢外套"，第一次穿"高底皮鞋"，梳了"上海正流行的发型"，看了上海的夜景。月英恋恋不舍地离开上海后，虽然介成付出加倍的精力对月英好，却渐渐拢不住她的心。他们回南京后，月英一个人偷偷回了上海，不知去向。"自从上海的都市语境参与到小说叙述中，谢月英对大都市产生了'震惊'体验后，她便逐步脱离了'我'的爱的对象这一身份，而进入上海都市街头更多男性他者——'他们'的眼光，并沉迷于这样的眼光中。于是'我'和她之间的固有关联不复存在，反而出现了'她'与"他们"的结合。"② 现代城市文明的诱惑导致了月英性情的转变和堕落，由此可见，郁达夫也有对现代性危机的隐忧。不过，与《痴人之爱》相比，《迷羊》批判资本主义社会弊病的力度显然要弱许多，资本主义社会的弊病也不是郁达夫主要关注的问题。因为

---

① 郁达夫：《中国新文学大系·散文二集》导言，郜元宝主编，《海上文学百家文库·44 郁达夫卷》，上海：上海文艺出版社，2010 年，第 504 页。
② 张屏瑾：《重读郁达夫〈过去〉和〈迷羊〉》，载《中国现代文学研究丛刊》2010 年 4 期，第 81 页。

20世纪20年代的中国正处于现代化的初始阶段,知识分子对现代城市文明的憧憬之情占据着主体地位,对城市文明的否定和批判力度自然较弱。

此外,不同于谷崎,郁达夫的"颓废"心态还更多地来源于民族屈辱感、自卑感。《沉沦》(1921)的末尾主人公高呼:"祖国呀祖国!我的死是你害我的!你快富起来!强起来吧!"① 这说明郁达夫文学的"颓废"之中始终包含着对世俗反抗的一种社会性的态度②,这种颓废情绪的根源在于国家的贫穷与落后。唯有反抗固有的封建文化陋习,才能实现国家的富强。郁达夫的"颓废"文学交织着个人与国家的命运,更具有"社会性"和国家意识。

谷崎润一郎与郁达夫的"颓废"文学明显受到西方唯美主义文学,尤其是颓废美学的影响。谷崎和郁达夫的"颓废"文学共同表现为以丑为美、以虐为美的"恶魔主义",本质上是反抗资本主义社会平庸的日常生活和现存的文化体系,拒绝自我被社会规范所同化。谷崎"颓废"文学的精神实质与西方颓废派更为接近,重在批判现代城市文明和工具理性对人性的压抑与异化,反思日本现代化的肤浅与盲目。不同的是,尽管郁达夫的"颓废"文学也流露出对现代文明危机的担忧,但他更偏向以颓废的审美趣味鞭挞封建伦理道德对人性的束缚与禁锢,更看重西方"颓废"美学潜藏的否定力量与启蒙主义反抗精神的一致性。

---

① 郁达夫:《沉沦》,《郁达夫小说》,杭州:浙江文艺出版社,2001年,第33页。
② 伊藤虎丸:《鲁迅、创造社与日本文学:中日近现代比较文学初探》,孙猛等译,北京:北京大学出版社,1995年,第173页。

第三节
中日新感觉派文学的反现代性

中日新感觉派文学的比较研究是学界较为关注的课题。先行研究一般注重分析日本新感觉派对中国新感觉派文学产生的影响。譬如，宿久高详细辨析了中国新感觉派对日本新感觉派文学创作手法的移植和本土化实践[1]。钱晓波通过比较法国、日本和中国新感觉派的表现手法和文体，系统梳理了它们之间的传承关系和文学影响轨迹[2]。不过，也有研究者重点分析两派文学之间存在的巨大差异。王向远最早提出中日新感觉派"小同而大异"的文学特征[3]。阎振宇从表现题材、艺术特征、创作思想、创作背景四个维度详述两派文学各自的特色，并得出结论："中日新感觉派是两个相互独立、各具特色、迥然不同的现代主义文学流派。"[4] 这些富有创见性的成果，给予后学诸多启发，是研究中日新感觉派文学的重要理论基石。

但是，目前学界对中日新感觉派文学的认识也存在一些偏

---

[1] 宿久高：《中日新感觉派文学研究》，长春：吉林大学出版社，2010年。
[2] 钱晓波：《中日新感觉派文学的比较研究——保尔·穆杭、横光利一、刘呐鸥和穆时英》，上海：上海交通大学出版社，2013年。
[3] 王向远：《新感觉派文学及其在中国的变异——中日新感觉派的再比较与再认识》，载《中国现代文学研究丛刊》1995年4期，第46-62页。
[4] 阎振宇：《中日新感觉派比较论》，载《文学评论》1991年3期，第87-96页。

差。譬如，有研究者认为日本新感觉派作家着重表现资本主义社会中人与人之间的关系，而中国新感觉派"着重暴露的是资产阶级男女醉生梦死，腐朽堕落的生活。着眼点在都市文化的消极方面，但却没有就此作出更深入的思考，仅是浮光掠影的描摹这灯红酒绿的生活"①。这样的评述显然不够全面，也不够客观。中日新感觉派共同受到西方现代主义文学的影响，都继承了现代主义文学的现代性批判精神。只是中国新感觉派的反现代性往往被研究者忽视或遮蔽了，我们可以把日本新感觉派作为参照系，进行重新审视。而且，日本新感觉派文学也不限于表现人与人的关系，还有关于人与自我、人与自然之关系的思考。因此，本书重在探讨中日新感觉派作家在"反现代性"方面表现出的类同性。

一、中日新感觉派文学的发生

19 世纪末至 20 世纪中叶，西方出现象征主义、表现主义、未来主义、超现实主义、意识流等现代主义文学。"非理性、反传统、重表现、重自我、重形式，即是现代主义文学艺术表现的基本特征。它是处于信仰危机的西方知识分子对现实的曲折反映。"② 这种标新立异、打破常规的现代主义文学很快形成一股声势浩大的文学思潮，席卷日本和中国的文坛。

新感觉派作为日本最早的现代主义文学流派，于大正年间登上历史舞台。事实上，"新感觉派"这一概念最早是由日本文艺理论家千叶龟雄在《新感觉派的诞生》（1924）一文中提出的，他认为新感觉派文学"在表现现实的同时，通过微小的暗示与

---

① 张小青：《中日新感觉派之比较》，载《东北师大学报（哲学社会科学版）》2000 年 2 期，第 89 页。
② 李延江：《中国现代文学中的现代主义流脉：1917—1949》，北京：光明日报出版社，2020 年，第 3 页。

象征，力图从小小的洞穴中窥视人生全部的存在和意义"①。新感觉派的诞生主要受到三种力量的影响。一是第一次世界大战以后，反映西欧精神危机的达达主义、未来主义、表现主义等现代主义文学不断涌入日本，这些新颖的文学表现形式大力冲击着日本被自然主义占据且日益僵化的文坛。正如横光利一在《感觉活动》一文中所说："未来派、立体派、达达派、象征派、结构派，以及如实派一部分，都是属于新感觉派的东西。"② 二是1923 年关东大地震爆发，作为日本政治经济中心的东京瞬间变为废墟，城市混乱，食物匮乏，人们生活艰辛、内心充满恐慌与不安。中村真一郎精辟地指出："如果说西欧的现代主义运动是第一次世界大战的社会事件导致传统的破坏而诞生的"，那么，对于日本新感觉派的诞生来说，"关东大地震起到了同样的作用"③。关东大地震翌年（1924），横光利一、川端康成等创办《文艺时代》，开始发表新感觉派文论和小说，这标志着日本新感觉派的诞生。因此，日本新感觉派文学又被称为"震灾文学"。三是无产阶级文学的冲击。俄国"十月革命"的胜利助推了日本无产阶级文学的勃兴。为了反对注重意识形态的无产阶级文学，新感觉派主张革新文学表现形式，以全新的感觉来表现人性。由此，推崇折射人"闪光的内部"的新感觉派文学便应运而生。

中国新感觉派文学是在西方现代主义文学和日本新感觉派的共同影响之下出现的。1928 年刘呐鸥创办文学刊物《无轨列车》，不仅刊登了法国现代派作家保尔·穆杭的论文和小说，也

---

① 千葉亀雄：「新感覚派の誕生」，三好行雄、祖父江昭二編，『近代文学評論大系（第6卷）』，東京：角川書店，1978 年，第40 頁。
② 横光利一：「感覚活動」，三好行雄、祖父江昭二編，『近代文学評論大系（第6卷）』，東京：角川書店，1978 年，第47-48 頁。
③ 中村真一郎：「横光利一の伝」，转引自阎振宇，《中日新感觉派比较论》，载《文学评论》1991 年3 期，第94 页。

发表了他自己采用新兴艺术手法创作的《游戏》《风景》等小说。此外，刘呐鸥还亲自译介横光利一、片冈铁兵等日本新感觉派作家的小说，以《色情文化》（1929）为名出版。另外，施蛰存还借鉴弗洛伊德的精神分析法，创作《鸠摩罗什》（1929）等历史小说。除受到外国文学的影响，中国新感觉派的兴起还与当时动荡的政治环境有关。1927年，蒋介石蓄意破坏国共合作，发动"四·一二"政变，导致各派政治力量走向分裂，社会动荡不安，外加帝国主义势力的入侵，人们普遍对社会现实感到失望，精神迷茫，理想缺失。在内外因素的合力之下，中国新感觉派作家开始尝试采用新的文学创作风格，以象征主义、表现主义、意识流等非理性的艺术手法来表现事物的特征，刻画人的精神世界。

二、人的"物化"：片冈铁兵和穆时英的底层人物书写

西方马克思主义创始者卢卡奇在马克思"商品拜物教"和韦伯的"合理性"理论的基础上提出了"物化"理论。在卢卡奇看来，"商品拜物教现象正是现代人的物化现象，它使商品结构中物的关系掩盖了人的关系，或者说，它使人的关系变成了一种物的关系"①。卢卡奇的"物化"定义与马克思的"异化"定义本质上相通。此外，卢卡奇还把"物化"与韦伯的"合理性"理论相结合，揭示出理性化的生产方式和社会机制对人的奴役和控制，批判工具理性时代人的主体性的丧失。简言之，"物化"概念指的是人与人的关系表现为物与物的关系，人通过劳动创造的物反过来控制着人，人变得物质化、工具化。

---

① 转引自衣俊卿：《异化理论、物化理论、技术理性批判——20世纪文化批判理论的一种演进思路》，载《哲学研究》1997年8期，第13页。

片冈铁兵（1894—1944）是日本新感觉派文学的发起者之一。1924年与横光利一、川端康成等人共同创办同人杂志《文艺时代》。片冈铁兵的小说关注底层人物的生存困境，这也是他后来思想出现"左倾"，转而创作无产阶级文学的原因。

片冈铁兵的代表作《钢丝上的少女》（1927）中，"我"是一名少年工人，由于家境贫寒，父亲把妹妹卖给杂技团，成为到各个城市表演走钢丝的杂技演员。当妹妹的杂技团来到"我"居住的城市演出时，"我"想把妹妹从这危险性极高的工作中解救出来，但自己心中又感到救出妹妹不过是虚幻的不切实际的幻想。城市工会的社会主义者大崎和"我"是朋友，他劝"我"说："如果我是你，与其救出妹妹，不如杀死她。"① 大崎认为，山谷演出团的团长就是资本家，而"我"的妹妹不过是团长的资本，"所以，从破坏资本家的资本这个意义上来说，也要杀掉她"②。大崎的话使"我"深受触动，经过几番思想斗争，最终"我打算杀死扰得我心神不宁的陌生少女，破坏那个可恨的、暴戾的资本家的资本"③。

于是，"我"开始谋划杀掉妹妹。"我"买了一只红色的气球，在观看妹妹演出时，故意松手让气球飘向空中。红色的气球分散了妹妹的注意力，正在表演的她，不幸从钢丝上摔下来，当场死亡。受大崎的影响，"我"意识到山谷演出团的团长就是资本家，妹妹只是团长赚取资本的工具。"我"杀掉妹妹就意味着彻底破坏资本家的资本，捣毁资本家获取经济利益的工具。马克思说："人从自己的劳动产品、自己的生活活动、自己的类的本

---

① 片岡鉄兵:「網の上の少女」,『日本の文学79 名作集（三）』,東京：中央公論社, 1970年, 第17頁。
② 片岡鉄兵:「網の上の少女」,『日本の文学79 名作集（三）』,東京：中央公論社, 1970年, 第17頁。
③ 片岡鉄兵:「網の上の少女」,『日本の文学79 名作集（三）』,東京：中央公論社, 1970年, 第18頁。

质异化出去这一事实所造成的直接结果就是：从人人那里的异化。"① 妹妹是团长用金钱从父亲那里买去的，妹妹如同一件商品，具有交换价值。妹妹劳动的结果只是为资本家赚取大量的物质财富，自己却并不能完全地享受劳动带来的财富，沦为资本家剥削和压迫的对象。可见，片冈铁兵在小说中揭示出资本主义社会人的"物化"现象，生动地刻画出小人物"我"面对这种不公平的世界时，充满矛盾和痛苦的内心世界。

穆时英（1912—1940）是中国新感觉派的代表作家，被誉为"中国新感觉派圣手"。片冈铁兵和穆时英曾有过直接的往来，二人的文学亦有着类同之处。譬如，片冈铁兵在纪念穆时英的文章中如此写道："我在极为有限的时间里与他直接接触，而且是通过不怎么熟练的英语进行交流。但据我们观察，他确是一位十分出色的知识分子。……听说穆先生年轻的时候，读过我的不少作品，而且了解我的经历。"② 片冈铁兵的文学关注社会问题，注重描写人物细微的心理活动，这些创作观念和创作手法也影响着穆时英的文学创作。比如，他们都关注社会底层民众的生活，关注人的"物化"现象。

1929 年，穆时英开始了文学创作生涯。他的小说集《南北极》（1932）重在反映上流社会与底层平民之间的贫富差距、阶级压迫等社会问题。《断了条胳膊的人》（1932）是收录在《南北极》中的一篇短篇小说，关注的正是资本主义社会中人的"物化"问题。主人公阿炳是一名砖厂工人，由于厂里的机器是异常危险的生产工具，所以阿炳经常"瞧见过许多人给它的牙齿咬断了腿，咬断了胳膊，咬断了脖子的。……大轮子隆隆地闹

---

① 马克思：《1844 年经济学—哲学手稿》，刘丕坤译，北京：研究出版社，2021 年，第 25 页。
② 严家炎、李今编：《穆时英全集（第三卷）》，北京：北京十月文艺出版社，2008 年，第 442 页。

着,血量的牙齿露着,望着他。他瞧见它咯的一声儿,他倒下去了,血直冒,胳膊掉在一边"①。科学技术的进步在提高人们工作效率的同时,也制造出诸多危险因素,导致人被机器所吞噬。后来,阿炳自己也因为操作不慎而被机床上的钢刀斩断了胳膊。失去健全的身体后,阿炳被老板开除了。身体的残疾令他再也找不到新的工作,只好四处借债,靠酒精麻痹自己,最终导致妻离子散。当他想向厂长报复时,看到另外一个工人也被机器斩断了腿,而机器还是照常运转。工人们以艰辛的劳动换取生存的机会,当他们的身体不再具备继续工作的条件时,就会无情地被其他工人所取代。这种把人视为可替代的"工具"的现象,其实是把人等同于没有个人感情的机械。工人彻底沦为资本家获取利益的"工具人",人被彻底地"物化"和"工具化"。这样一来,劳动者不再是生产过程的"真正的主人",而是作为机械的一部分被结合到某一机械系统里去了。

可见,片冈铁兵和穆时英都关注底层人民的悲惨生活,反思和质疑现代社会人的"物化"现象。但是,与中日无产阶级文学主张阶级斗争不同,片冈铁兵《钢丝上的少女》和穆时英《断了条胳膊的人》对物化现象的批判更多地指向社会现代性带给人的精神危机,注重表现人物内心的情感波澜。片冈铁兵曾发表《新感觉派如是主张》《不再重复的论争》等评论文章,质疑无产阶级文学最大的问题就是以阶级意识作为唯一的评判标准,而忽略了表现人对物质世界的心理反应。同样,穆时英也注重以细腻的笔触描绘人物的内心世界。他认为,新感觉派的写作方式"有别于正统的左翼文学讲求以社会逻辑视野和历史辩证法来传达鲜明的阶级革命意识,而表现了就社会现实与主观现实相互辩

---

① 穆时英:《穆时英精品选》,北京:中国书籍出版社,2016年,第104页。

证的探索，并突出了个人小我的本能欲望挣扎"①。简言之，片冈铁兵和穆时英的现代性批判，不是以阶级意识为唯一标准，而是偏向采用全新的感觉去展现人物复杂的心理世界，这也是中日新感觉派区别于中日无产阶级文学的重要特征。

三、 横光利一和刘呐鸥的工具理性批判

横光利一（1898—1947）是日本新感觉派的骁将和"新感觉派的中心人物"②。他的《苍蝇》《头与腹》《太阳》《拿破仑与疥癣》等小说大胆采用西方现代主义的表现手法，以主观感受刻画客观事物，注重捕捉人物瞬间的纤细微妙的感觉心理。刘呐鸥（1900—1940）从小在日本生活，年轻时曾就读于东京青山学院和日本庆应大学。刘呐鸥熟悉日本文学，"他对于文学的修养，都是由彼邦著名教授那里得到的"③。刘呐鸥是中国最先介绍日本新感觉派的作家，他的译作《色情文化》（1929）中就收录了横光利一的小说《七楼的运动》（1927）。横光利一和刘呐鸥的小说除了在表现手法上有着相似之处，还有着类似的主题，即批判工具理性对人性的扭曲。

（一） 缺失主体性的人

横光利一和刘呐鸥的小说都刻画了一些在追求高效率的现代理性社会逐渐丧失个性、失去自我的人物形象，借此揭示现代人主体性的丧失。

横光利一的《头与腹》（1924）发表于新感觉派同人杂志《文艺时代》创刊号。小说描写的是一辆满员列车因出现故障

---

① 赵家琦：《重审"新感觉"：以横光利一与穆时英的"现实论"和上海叙述为例》，载《汉语言文学研究》2016年2期，第78页。
② 川端康成：「新感覚派時代」，『現代日本文学大系52 川端康成集』，東京：筑摩書房，1977年，第431頁。
③ 严家炎编选：《新感觉派小说选》，北京：人民文学出版社，2011年，第6页。

被迫中途停运，列车员告知乘客不知何时才能恢复通行，赶时间的乘客可以乘坐其他列车返回 S 站再换乘 T 线。正当列车里的乘客不知该如何选择的时候，一位大腹便便的绅士自信地交出车票选择乘坐返回 S 站的列车。于是，其他乘客不再犹豫，纷纷效仿。不久，故障的列车恢复通行，但乘客仅剩下最初在列车里唱歌的小伙计一人。胖绅士的"腹"象征着兼具权力与财富的少数人，众乘客的"头"象征着具有"从强性""从众性"心理的普通民众，而小伙计的"头"则代表着不随波逐流、保持个性的少数人。胖绅士的"腹"、众乘客的"头"与小伙计的"头"形成鲜明的对比，讽刺了现代社会普遍存在的盲从权贵的浮躁心态。众乘客的随波逐流，说明功利的理性思维已经扼杀现代人的自我判断能力。横光利一《七楼的运动》（1927）的主人公久慈是百货商场的经营者，而商场不同楼层的女店员几乎都被理性建构的商业秩序和资本所操控。小说在开篇和结尾两次重复"今天是昨天的第二天"，这意味着在商场工作的女店员们每日生活的重复性和机械性，奉行工具理性的现代社会制造着人们按部就班、千篇一律的生活方式。商场的女店员为了获得更多的金钱极力地谄媚老板，人与人之间的关系因为金钱变得扭曲，人变成资本的奴隶，丧失作为人的主体性。

  这种对现代工具理性的批判在刘呐鸥的小说中也有所体现。刘呐鸥的《方程式》（1929）以密斯脱 Y 的婚姻为主线，揭示出追求高效率的现代人丧失爱的能力的问题。密斯脱 Y 的生活刻板单调，行程作息像钟表一样准确规律，每天重复着类似的工作内容和生活方式。现代社会的工具理性使人被驯化，人的生活变得机械化、重复化、精准化。妻子的去世打乱了密斯脱 Y 的生活节奏。在姑姑的建议下，密斯脱 Y 分别与 A 小姐和 W 小姐相亲，但他的情感是迷惘的，"他确实想不出到底娶密斯 A 好呢，还是娶密斯 W 好"①。索性回答姑母"两个都好"。姑母再次介绍对象时，密斯脱 Y 因为工作忙碌，干脆对姑母说："你选过的无论哪一个，能够两天之内跟我结婚的我就娶她。"② 果然，密斯脱 Y 选择了前一天还不认识的密斯 S 作为续弦对象，内心感觉像"解决了方程式一般地爽快"③。密斯脱 Y 的生活完全陷入了人为设定的理性秩序中，他只看得到算不尽的账目和阿拉伯数字，只追求速度和效率，早已丧失爱的情感能力，如同机械一般。"密斯脱 Y 对于人类生存的基本问题的意识已经被抑制，他对于爱的感受完全是间接的，要么来自于青菜沙拉（动物性的食欲），要么来自于会计簿，或者来自于方程式，他已经失去了人之为人的根本事实——爱、恨、自我、生命、感动……他已经无异于一部机器。"④ 现代社会工具理性的盛行，导致现代人只讲究追求效率和速度，反而逐渐失去人的情感，丧失人的主体性。

（二）非理性的精神世界

横光利一和刘呐鸥的小说都注重描写现代都市人非理性的精神世界，质疑受理性主义操控和支配的现代社会中人的异化现象。

《机械》（1930）被视为横光利一从新感觉派转向新心理主义的标志。作家以细腻的心理描写，揭示出人与人之间关系的冷漠和互不信任。主人公"我"在机缘巧合之下进入东京的一家铜牌制造厂工作。在"我"看来，老板是一位四十多岁略微智性畸形的人，他醉心于科学研究，但处理其他事情却如同刚满五

---

① 刘呐鸥：《都市风景线》，北京：中国文联出版社，2004 年，第 166 页。
② 刘呐鸥：《都市风景线》，北京：中国文联出版社，2004 年，第 167 页。
③ 刘呐鸥：《都市风景线》，北京：中国文联出版社，2004 年，第 169 页。
④ 袁雪飞：《"机器人"的"结伴婚姻"——现代都市的产物——论刘呐鸥〈方程式〉的异化主题》，载《山花》2013 年 18 期，第 130 页。

岁的男孩。老板是奉行工具理性的社会里的"畸形人",心智并不健全。同事轻部认为"我"是受人指使潜伏进来窃取厂家技术秘密的间谍,"我"也担心轻部会耍手段陷害自己,工作中时常保持着警戒心。为了完成十日内赶制五万枚铜牌的大宗生意,老板让"我"、轻部和临时工屋敷三人一起合作,研发新的铸铜技术,以提高生产效率。但是,"我"、轻部和屋敷三人之间互相怀疑,形成相互"怀疑的循环"①。轻部认为"我"取得老板的信任是为了窃取老板的技术机密,"我"也同样怀疑轻部想要窃取技术机密,轻部主动接近临时工屋敷是为了阻止"我"窃取老板的机密,"我"否认窃密动机的同时,又拉拢屋敷试图阻止轻部的行动。某天夜里,三人围坐在车间里喝酒,屋敷把水壶中剩下的重铬酸铵误当作水喝下,一命呜呼。屋敷的死成为谜团,"我"怀疑是轻部杀死了屋敷,但也怀疑凶手是自己。横光利一受西方现代主义作家乔伊斯《尤利西斯》的启发,在《机械》中大量采用意识流的表现手法,"使文学原本平面的、线性发展的叙述方式发生改变,朝着立体的、同时性的叙述方式变革"②。横光利一通过人物的内心独白以及超越时空的自由联想,表现人的非理性意识,以人物互相猜忌的心理意识反映出工具理性主导的现代社会中人的异化现象。"这个小说通篇渗透着作者对人与机械关系的'悟性活动':人被'机械'异化了、扭曲了,成了丧失了自主性的不能自已、不可思议的生物。"③

刘呐鸥的《杀人未遂》(1934)中罗君对银行女职员抱有情欲方面的白日梦,这是一种超脱日常生活规范和秩序的非理性意

---

① 奚皓晖:《论横光利一〈机械〉》,载《日语学习与研究》2014年1期,第102-111页。
② 伊藤整:「新しき小説の心理的方法」,『伊藤整全集(第13卷)』,東京:新潮社,1973年,第307頁。
③ 王向远:《新感觉派文学及其在中国的变异——中日新感觉派的再比较与再认识》,载《中国现代文学研究丛刊》1995年4期,第57页。

识。后来,罗君把自己的白日梦付诸行动,结果被捕入狱。小说大量描写罗君的心理活动:"想在跟前跪下来抱住她那娇小的腰身,提起乞怜的眼光向她求得一个爱怜的微笑"①,"那时我只有一个愿念,想把身上一切污秽的衣衫脱光了,在那金属性的闪烁的眩气中自渎了一下"②。由于女职员的冷漠态度,罗君的白日梦破灭。此类心理描写表现的是罗君潜意识里的本能欲望,这来源于弗洛伊德所说的"本我"。弗洛伊德把人的心理结构分成"本我"、"自我"和"超我"三个部分。"本我"是人最为原始的本能和欲望,只遵循快乐原则。"自我"以合理的方式来满足本我的要求,遵循现实原则。"超我"是道德化的自我,它抑制本我的冲动,监控自我的行动,追求完善的境界。"弗洛伊德相信,社会的进步表现为技术对社会的控制,是理性对人的征服。其代价则是人类丧失了许多重要的东西。他从人的内在心理方面,揭示了现代性的冲突和矛盾。这一冲突体现为快乐原则和现实原则之间的矛盾抵牾。"③ 由于"本我"追求快乐原则,而"自我"依照现实原则行事,现实原则常常压抑或延迟快乐原则的实现,这就造成理性对"本我"的压抑。人的理性一旦越轨,作出非理性的行为就会遭受社会理性秩序和规则的制裁。《杀人未遂》中的罗君妄图把情欲的白日梦变成现实,立刻被捕入狱,这是现代理性社会的权力话语(福柯语)对人性的约束与训诫。刘呐鸥在小说中以罗君的非理性行为拒斥着现代文明的理性秩序对人的规训。

当然,横光利一的《拿破仑与疥癣》《太阳》等小说也采用了弗洛伊德主义,表现男主人公受潜在的性本能驱使所作出

---

① 刘呐鸥:《都市风景线》,北京:中国文联出版社,2004 年,第 175 页。
② 刘呐鸥:《都市风景线》,北京:中国文联出版社,2004 年,第 175 - 176 页。
③ 周宪:《审美现代性批判》,北京:商务印书馆,2005 年,第 202 页。

的非理性行为。横光利一以人的本能为突破口，解构了历史和神话人物的崇高性和神圣性。不同的是，刘呐鸥的《杀人未遂》侧重表现现代文明对人原始欲望的压抑以及这种压抑所导致的心理变态，通过罗君的入狱揭示现代理性社会对人的规训。

四、 川端康成和施蛰存的乡土情结

川端康成（1899—1972）是日本新感觉派作家的代表人物。不过，川端康成与日本新感觉派的同仁横光利一、片冈铁兵等人在创作方法和文学内容方面有所不同，是日本新感觉派的"异端"。施蛰存（1905—2003）是在认识刘呐鸥以后才开始接触日本新感觉派文学的。施蛰存曾说："刘呐鸥带来了许多日本出版的文艺新书，有当时日本文坛新倾向的作品，如横光利一、川端康成、谷崎润一郎等的小说。"① 其中，施蛰存的创作"明显受到川端康成的影响"，他们二人在创作风格、审美倾向等方面都表现出类同性，同为新感觉派的"异端"②。

川端康成和施蛰存的文学都具有亲近自然的心理倾向，带有明显的反现代性、反城市文明的特征。川端康成《春天的景色》（1927）描写了风景画家"他"在远离大都市的乡村所发现的自然之美。画家发现"这腼腆的花丛，实在太好了。但是，木兰、绯樱、紫云英这类刺目的花儿，一旦盛开，就象（像）大都会似的，使人眼花缭乱"③。川端以"腼腆的花丛"与"刺目的花儿"作对比，隐喻自然的恬淡与都市的喧嚣。乡村的街道上有

---

① 施蛰存：《北山散文集》，上海：华东师范大学出版社，2001年，第288页。
② 胡希东：《"新感觉派"的"异端"与"他者"——施蛰存与川端康成的类同性论析》，载《贵州社会科学》2006年6期，第106-108页。
③ 川端康成：《春天的景色》，横光利一等，《日本新感觉派作品选》，北京：作家出版社，1988年，第16页。

大象和骆驼经过，千代子想象自己骑在骆驼的驼峰中间，仿佛"上古时代的旅人"。画家和千代子以及村里的孩子们一起跟着大象逛街。千代子看着大象远去的身影，想着"它们什么时候才回来呢？回程也得走这条路吧"①，谈话的语气如同讨论亲人的事情，无比亲切。这样的画面充满人与自然的和谐之美，人面对自然时没有功利主义的算计心理，没有驯服自然的控制欲望。此外，川端康成早年的成名作《伊豆的舞女》（1926），也以洗练的笔触勾勒出清新、恬静的自然。伊豆远离都市，有着原始的森林、深邃的幽谷、蜿蜒曲折的山路。这种纯美的自然环境与都市的喧嚣有所不同，它代表着纯真和纯粹。这种自然的纯美与"我"和"舞女"之间纯真的恋情遥相呼应，纯真的感情与纯净的自然山水水乳交融。"舞女"身上有着古代女子特有的典雅之美："舞女看上去大约十七岁。她梳着一个我叫不上名字的大发髻，古雅又奇特。这种发式，把她严肃的鹅蛋形的脸庞衬托得更加娇小和可爱。"② 川端的这段人物素描凸显"舞女"身上的古典气质。"舞女"对"我"的感情是纯真的、羞涩的、克制的，这符合日本传统女性含蓄内敛的性格，寄托着川端康成对日本传统审美意识的"乡愁"。

这点从川端康成笔下的"舞女"与横光利一笔下的"宫子"的鲜明对比可以看出。"舞女"的气质是传统的、古典的，"宫子"的气质则是现代的、时髦的。横光利一在《上海》中刻画了一位年轻貌美的舞女宫子，她整天被一群外国人簇拥着，过着花天酒地的生活，是一个游走在多个情人之间的"性感尤物"。宫子曾经对参木说："我现在有五个情人。有法国人、德国人、

---

① 川端康成：《春天的景色》，横光利一等，《日本新感觉派作品选》，北京：作家出版社，1988年，第11页。
② 川端康成：「伊豆の踊子」，『現代日本文学全集37 川端康成集』，東京：筑摩書房，1955年，第15頁。

英国人、中国人、美国人。也不能说此外就没有了。"① 这些外国男性不过是宫子的玩伴和消遣品。甲谷倾慕宫子的美貌，主动向宫子求婚，却遭到宫子的拒绝。因为宫子认为自己"压根儿就没想结婚"，她觉得"让我守着一个男人过日子，这简直难以想象。……我宁愿按照我的方式，给许多正在困恼的男人以关爱"②。同为舞女，宫子是现代都市时髦女性的化身，极具现代性。然而，川端笔下的"舞女"则显得腼腆而矜持，纯真无邪。川端对日本传统文化有着浓厚的"乡愁"和眷恋之情，他以日本的传统审美拒斥着现代性。

同样，施蛰存的小说也注重表现自然之美，饱含着对传统审美的眷恋之情。

施蛰存的《鸥》（1936）以主人公的白日梦表现亲近自然、回望传统的"乡愁"。主人公小陆是上海的一名银行低级职员，来自靠海的山村。小陆每天坐在办公桌前对着账簿，上面的数字代表着"无穷无尽的＄＄＄＄啊"③。可这些并不能带给小陆愉悦的心情。小陆感到窗外路过的女人戴着的白色帽子宛如振翅飞翔的鸥鸟。他回忆起家乡的村庄、大海以及和他一同站在夕暮的海边看白鸥的初恋女孩。小陆心想："倘若银行能搬到故乡的海边去就好了。这窗也不用涂了一半的黑漆，一眼望出去，就满是鸥鸟的舞姿，这不是很愉快的办事室吗？"④ 白色的帽子唤起小陆的思乡之情，他在上海最繁华市区里的最大银行里尽情地做着怀乡的"白日梦"。梦中小陆想

---

① 横光利一：「上海」，『現代日本文学全集 36 横光利一集』，東京：筑摩書房，1954 年，第 37 頁。
② 横光利一：「上海」，『現代日本文学全集 36 横光利一集』，東京：筑摩書房，1954 年，第 70 頁。
③ 施蛰存：《鸥》，严家炎编选，《新感觉派小说选（修订版）》，北京：人民文学出版社，2011 年，第 274 页。
④ 施蛰存：《鸥》，严家炎编选，《新感觉派小说选（修订版）》，北京：人民文学出版社，2011 年，第 275 页。

起邻居家的初恋女孩阿汪,想起他们幼年时每天在树林中捕捉黄雀、在海滩寻捡贝壳的美好时光。某天,小陆在下班途中路过"大光明"戏院,他一眼认出初恋情人阿汪。她穿着上海摩登妇女的衣服,妆容时髦,带着白金的腕表,和小陆的同事手挽手走进戏院。小陆心中怅然若失,甚至有些憎厌,不禁感叹:"所有的白鸥都来了,在乡下,那迷茫的海水上,是不是还有着那些足以偕隐的鸥鸟呢?"① 乡村质朴的"海上之鸥"转眼变成都市里摩登的"都会之鸥",这份怅然令主人公久久难以释怀。施蛰存将乡村自然和谐的生活与城市刻板单调的生活作对比,将乡村的纯情之美与现代都市的物质享乐作对比,表达疏离甚至拒斥现代性的主观情感,其中渗透着作为"都市异乡人"的浓烈"乡愁"。

  施蛰存的审美意识和文学创作倾向于在吸收外来文化的同时保持民族的特性,这点与刘呐鸥、穆时英有很大的不同。刘呐鸥的《游戏》《两个时间的不感症者》《礼仪与卫生》,以及穆时英的《被当做消遣品的男子》等小说倾向于把女性塑造为都市的"性感尤物"(李欧梵语)②。这些"性感尤物"完全颠覆了传统女性忠贞、内敛、被动的形象,她们的身体极具诱惑力,她们的行为富有挑逗性,她们是性关系的掌控者和胜利者,激起男性欲望的同时又给予他们强烈的挫败感。显然,这种"性感尤物"形象的建构本质上是一种现代性的建构,带有迷人且危险的魔力。而施蛰存的《上元灯》《春阳》《梅雨之夕》等小说里女性形象则显得含蓄、温婉许多,保持着传统女性的矜持和典雅,作家传统的乡土情结潜移默化地影响着文学中塑造的人物形

---

  ① 施蛰存:《鸥》,严家炎编选,《新感觉派小说选(修订版)》,北京:人民文学出版社,2011 年,第 278 页。
  ② 李欧梵:《上海摩登:一种新都市文化在中国(1930—1945)》,毛尖译,北京:人民文学出版社,2010 年,第 206 页。

象。这种爱好自然之景和女性古典之美的特征，正是施蛰存与川端康成文学的相似之处。可以说，川端康成和施蛰存是"中日新感觉派文艺土壤里生长出的两朵奇葩"①，他们在接受西方文明滋养的同时，又表现出反现代性的共性，他们自觉地把传统文化根植在自己的文学创作之中，呈现出远离都市文明、回归古典审美的反现代姿态。

中日新感觉派共同受到西方现代主义文艺思潮的影响，在美学理念与创作手法等方面有机地借鉴了后者的经验与做法。但是，中日新感觉派并非简单地跟风照搬。毋宁说，前者是在对后者进行民族过滤和改造之后的创造性叛逆。这集中体现为其依据东方古典美学及价值精神对西方工具理性展开现代性批判。例如，片冈铁兵和穆时英的小说关注底层贫民的生活，批判资本主义社会中人的"物化"现象。横光利一和刘呐鸥的都市小说再现了资本主义社会工具理性对人的异化，现代人或是变得机械化，或是随波逐流失去个性，或是心理极度扭曲。川端康成和施蛰存同为新感觉派的"异端"，他们的文学重在表现远离现代都市的自然之美和古典之美。尽管先行研究多认为中日新感觉派"小同而大异"，甚至"迥然不同"，但我们认为中日新感觉派在反现代性方面具有类同性。

---

① 赵天才：《新感觉派土壤里的两朵奇葩——施蛰存与川端康成的创作思想比较》，载《江南大学学报（人文社会科学版）》2008 年 5 期，第 103 页。

第四节
国木田独步和沈从文的城市文明批判与"自然书写"

国木田独步（1871—1908）和沈从文（1902—1988）的文学有许多共同之处。譬如，他们的文学都关注社会底层的"小人物"，富有平民主义和人道主义精神。独步的《源叔父》《少年的悲哀》《两个少女》等小说皆以下层社会的人物为主角，沈从文的《柏子》《边城》《三三》《萧萧》等小说着力表现湘西地区普通民众的生活。他们都喜爱屠格涅夫的文学，借鉴屠格涅夫"情景交融"的创作手法。独步的《武藏野》曾大段引用屠格涅夫《猎人日记》的自然描写片段，沈从文不仅较多地读过屠格涅夫作品①，他的《湘行散记》也效仿屠格涅夫《猎人日记》的写作方法，"揉游记散文和小说故事而为一，使人事凸浮于西南特有明朗天时地理背景中"②。他们都从《猎人日记》获得启示，找到适合自己的文学表现形式。他们的文学都注重书写自然之美。独步的《武藏野》被确立为日本近代文学自然风景

---

① 凌宇：《沈从文谈自己的创作——对一些有关问题的回答》，载《中国现代文学研究丛刊》1980年4期，第320页。
② 沈从文：《一首诗的讨论》，《沈从文全集（第17卷）》，太原：北岳文艺出版社，2009年，第461－462页。

描写的典范，沈从文的《边城》等一系列表现湘西风土人情的小说和散文建构了独特的"湘西"世界。他们二人都生活在资本经济从城市向乡村扩张的时代，他们都在从乡村到城市、由城市返回乡村的空间移动过程中发现了自然的"风景"。他们赞颂自然之美，反思资本主义社会的现代城市文明。由此，他们笔下的"自然"成为一种现代性批判的文学装置。

目前，已有学者关注到独步对沈从文的文学创作产生的影响。沈从文对屠格涅夫的接受不仅源于作品的直接阅读体验，还"间接接受了经由日本现代作家、周氏兄弟、郁达夫等人改造后的屠格涅夫元素的影响"①。这种见解无疑是中肯的。我们认为，与沈从文私交甚好的周作人，是国木田独步与沈从文文学之间影响关系发生的重要媒介。周作人是中国译介国木田独步作品的第一人，他的《现代日本小说集》（1923）选译了独步的《少年的悲哀》和《巡查》两部小说，《周作人日记》中也有关于购买、阅读独步文学的记载②。沈从文早期阅读周氏兄弟的文学作品及译文，同为"京派"作家的周作人早年译介的日本狂言、倡导的"歌谣运动"等对沈从文的早期戏剧和小说创作有较大影响③。不难推测，独步的文学通过周作人的译文间接地影响着沈从文，他们之间存在一条隐性的影响关系链。

有鉴于此，本书在影响研究的基础上，采用平行研究的方法，重点探讨国木田独步和沈从文的城市文明批判与自然写作之间所存在的共性与差异。

---

① 罗义华：《翠翠：一种人格形态的发生与修正》，载《河南大学学报（社会科学版）》2019 年 3 期，第 107 页。

② 梁艳：《20 世纪 20 年代国木田独步在中国的译介》，载《东方翻译》2020 年 3 期，第 47 页。

③ 黄高锋：《多维视野中的沈从文研究》，郑州：河南人民出版社，2018 年，第 228 页。

一、城市人病态的诸相

国木田独步和沈从文对资本主义社会城市文明的批判,主要是通过刻画城市人的病态来实现的。具体而言,独步侧重描写城市小民的病态,而沈从文侧重表现城市上流社会的病态。

(一)国木田独步文学中病态的"小民"

国木田独步被称为"民众诗人"或"小民史作家",其作品的主人公一般不是英雄和女杰,而多是普通的"小民"。从这些城市小人物的病态可以窥见独步的城市文明批判态度。《两个少女》(1898)中的女主人公是东京电话局的接线员少女江藤秀,其父母相继得病去世,弟弟也生了重病。无奈之下阿秀只能向电话局请假,一边照顾弟弟,一边靠做些针线活艰难地维持生计。弟弟的病(疑似结核病)是打乱江藤秀正常生活节奏并令她被周围人怀疑或诟病的罪魁祸首。《穷死》(1907)中东京的文公,自幼身世不明,一直靠做苦工维持生计。他患有严重的结核病,可是连一点药也吃不起。同情文公遭遇的办公父子,重情重义,让文公借宿家中。不幸的是,第二天办公的父亲却被绅士车夫欺凌致死。文公对社会不公的现实和自己的坎坷命运感到绝望,最终卧轨自杀。《穷死》关注社会的贫困问题,揭露城市人之间存在的巨大贫富差距,批判富人阶层仗势欺人的丑陋嘴脸。此外,文公的"病态"还反映出日俄战争后日本现代化城市建设加速所带来的结核病蔓延、卧轨自杀等社会问题①。

文学是时代的反映。与独步同时代的作家德富芦花所创作的《不如归》(1898)也刻画了一位身患结核病的女性片冈浪子。柄谷行人指出,浪子所患的结核病是文雅、精致和敏感的

---

① 北原泰邦:「『窮死』の時代——国木田独歩『窮死』をめぐる言説」,载『信州豊南短期大学紀要』2016 年 33 号,第 1-25 頁。

标志，结核病之所以在浪漫主义文学中蔓延，是因为文学需要它来刺激审美想象，需要它所负载的文化符码，需要它的隐喻意义①。除此之外，我们还能从浪子的病态中读出当时日本城市工业发展造成的结核病泛滥的社会状况。甲午中日战争后，日本从中国榨取大量赔款，借此大力兴办实业，因此城市工业化进程得以加快。其中，纺织工业发展迅速。据统计，1895年至1896年的两年间，日本纺织品出口量增加了7倍②。由于劳动环境恶劣，纺织女工们的平均工作年限仅有一年半，近大半的女工感染结核病后只能返回家乡。《不如归》在当时受到民众普遍追捧的原因之一正是随着纺织工厂的发展，全国患结核病的女工人数激增，女工们把浪子的悲惨命运与自己罹患结核病的恐惧心理联系在一起③。城市工业的发展导致城市人的患病率升高，《两个少女》《穷死》《不如归》等作品中城市人的病态，亦是对科技进步和资本主义工业化大生产的负面效应的揭露和质疑。

独步的文学除了书写城市人身体的病态，还着力表现城市人精神上的病态。《酒中日记》（1902）讲述的是甲午中日战争以后，主人公大和今藏的母亲和妹妹受军国主义思想的影响，走上堕落之路的故事。今藏的母亲和妹妹在东京赤坂区开设小旅馆，专门招待年轻的军官，不仅奉上自己的贞操，还要求今藏每个月从十五圆里面挤出三圆五圆来献给她们作为淫荡纵酒的费用。母亲为了筹措招待军官们的钱，甚至私自偷走儿子放在抽屉里的用于改建学校的一百圆公款。今藏来到东京向母亲追讨钱款，"不

---

① 柄谷行人：《日本现代文学的起源》，赵京华译，北京：生活·读书·新知三联书店，2003年。
② 平野義太郎：「日本資本主義社会の機構」，转引自佐藤嗣男，「紅葉と蘆花：『金色夜叉』と『不如帰』」，載『文学と教育』1987年139号，第35頁。
③ 佐藤嗣男：「紅葉と蘆花：『金色夜叉』と『不如帰』」，載『文学と教育』1987年139号，第35頁。

禁对东京这个都市感到厌恶不堪"①。今藏的妻子阿政误以为是丈夫偷了公款，生性忧郁、身体羸弱的她，最终疯了，带着儿子投井自杀。《号外》（1906）的加藤男爵经常出现在银座的某家餐厅，餐厅的伙伴们都认为他多少有些神经病，而这些伙伴们自身"恐怕也没有一个不是有精神病的倾向的"②。《号外》创作于日俄战争结束后的第一年。加藤男爵是一个国家主义者，痴迷于报纸上关于日俄战争的最新信息，声称"我的生命就在号外里"，"不出号外，我就要死了"③，俨然一个心理病态的人物。从《酒中日记》和《号外》两部小说中可以窥见明治末年鼓吹帝国主义和军国主义的时代风气所造成的城市人的精神病态。

独步 1894 年曾作为东京《国民新闻》报社的从军记者奔赴甲午中日战争的战场，他假托为其弟弟写信的方式报道了这场战争。日俄战争以后，这一系列战时通信以《爱弟通信》为题出版为单行本。独步的战时日记没有出现抢夺中国民众财物的场景描写，西田胜认为这是独步对"战争犯罪的最初的自觉"④，芦谷信和认为，独步对清朝战死士兵以及俘虏的略带同情的描写，体现了他的人道主义精神以及批判战争不合理性的态度⑤。尽管学界就国木田独步是反战者还是帝国主义者还存在争论，但独步的文学刻画了一些因战争而变得精神病态的人物却是客观事实，这些病态的城市人物与和谐的自然之美形成强烈的反差。

---

① 国木田独步：「酒中日記」，『定本国木田独歩全集（第三卷）』，東京：学習研究社，1978 年，第 48 頁。
② 国木田独步：「號外」，『定本国木田独歩全集（第三卷）』，東京：学習研究社，1978 年，第 463 頁。
③ 国木田独步：「號外」，『定本国木田独歩全集（第三卷）』，東京：学習研究社，1978 年，第 467 頁。
④ 西田勝：『近代日本の戦争と文学』，東京：法政大学出版局，2007 年，第 82 頁。
⑤ 芦谷信和：『国木田独歩の文学圈』，東京：双文出版社，2008 年，第 29 - 35 頁。

(二) 沈从文笔下"城市人"的病态

沈从文首先通过描写城市知识分子的"阉寺性"来批判现代城市文明的病态。赵园曾对此作出精湛的概括:"沈从文在其所置身的城市文化环境中,在其所置身的知识者中,到处发现着因缘于'文明'、'知识'的病态,种种'城市病',可以归结为'阉寺性'的种种人性的病象。"① "阉寺"一般指宦官,他们失去了性能力,性别角色模糊。沈从文以"阉寺性"指代城市知识分子无理想、无信仰、空虚无聊的病态生活状态。"阉寺性"形成的原因,一方面是封建文化的戕害,另一方面则是受到城市普遍存在的"都市文明病"的感染。在沈从文看来,城市知识人庸俗、拘谨、没有个性,从身体到精神都不健全。《八骏图》(1935)里的一群教授几乎都呈现出病态。教授甲枕头旁边放有香艳诗文,蚊帐内挂着一幅半裸体的香烟美女广告画,窗台上有保肾丸、鱼肝油和头疼膏;教授乙在沙滩上看到一对穿着新式浴衣的青年女子走过,便拾起女人脚印上的一个蚌螺壳,"用手指轻轻的很情欲的拂拭着壳上粘附的沙子"②,旁若无人地把内心的欲望倾泻在蚌螺壳上;教授丙总想从墙壁上挂着的希腊爱神的照片里大理石胴体的凹下处凸出处寻觅些什么,脑海里闪现出一个苗条圆熟的女孩子的影子;教授丁坦言自己"对许多女人皆发生兴味"③,对女人永远倾心,却再不会同一个女人结婚;教授戊想摆脱女人的牵制,尤其是家庭生活那种无趣味的牵制而离婚;教授庚与女友的关系有问题;教授辛被达士的未婚妻笑称为"疯子";以"医生"自居的达士先生难以抵挡女先生的

---

① 赵园:《沈从文构筑的"湘西世界"》,载《文学评论》1986 年 6 期,第 52 页。
② 沈从文:《八骏图》,《沈从文文集(第 6 卷)》,北京:民主与建设出版社,2018 年,第 170 页。
③ 沈从文:《八骏图》,《沈从文文集(第 6 卷)》,北京:民主与建设出版社,2018 年,第 174 页。

诱惑，称病推迟了归期。《八骏图》中的"八骏"意指城市知识分子，他们不敢大胆地表达爱慕，也难以拒绝情欲的诱惑，致使人性变得扭曲，成为毫无生命力的阉割者。这八个扭曲的灵魂，暴露出城市文明对人性的摧残。

弗洛伊德认为，文明以持久地征服人的本能为基础，人的本能需要的自由满足与文明社会是相抵触的，因为进步的先决条件是克制和延迟这种满足。弗洛伊德在《文明及其缺憾》一书中曾指出："爱和文明之间的相互关系在发展过程中往往会失去其不明确性：一方面，爱成为文明利益的对立面；另一方面，文明用难以忍受的限制来威胁爱。"① 沈从文正是通过批判城市文明对人原始冲动的压抑，揭露出现代工具理性扼杀人性的事实。在《如蕤》（1933）中，沈从文这样写道："都市中所流行的，只是为小小利益而出的造谣中伤，与为稍大利益而出的暗杀诱捕。恋爱则只是一群阉鸡似的男子，各处扮演着丑陋喜剧。"② 如蕤厌倦了被城市的教育和城市的趣味所同化的、毫无个性的男子，厌恶他们公式化的爱情。如蕤喜欢姓梅的青年男子，尤其是他身上的野性与单纯。

在沈从文看来，"城里人与病人是同等意义的"③。《绅士的太太》（1929）里面的绅士患有风瘫病和性无能。《三三》（1931）中的"城里人欢喜害各种病，所以病的名字特别多"④。《夫妇》（1933）中的城里人璜先生神经衰弱，来到空气清新的乡下休养。肺结核、精神病、失眠症、性无能、神经衰弱等都是沈从文笔下的城市人物常常患有的疾病。这是因为沈从文认为：

---

① 弗洛伊德：《文明及其缺憾》，杨韶刚译，北京：中国法制出版社，2018年，第165页。
② 沈从文：《边城：纪念版》，武汉：武汉出版社，2013年，第318页。
③ 王润华：《沈从文小说新论》，上海：学林出版社，1998年，第91页。
④ 沈从文：《边城：纪念版》，武汉：武汉出版社，2013年，第219页。

"城市中人生活太匆忙，太杂乱，耳朵眼睛接触声音光色过分疲劳，加之多睡眠不足，营养不足，虽俨然事事神经异常尖锐敏感，其实除了色欲意识和个人得失以外，别的感觉官能都有点麻木不仁。这并非你们的过失，只是你们的不幸。造成你们不幸的是这一个现代社会。"① 这段话说明现代城市工具理性的泛滥造成人性的扭曲。高玉曾精辟地指出，沈从文"批判现代都市的病相或病态，他的批判集中在道德上、伦理上，是精神层面的。事实上，真正对沈从文'湘西世界'起建构作用的正是现代都市'病态'。在这一意义上，我认为，正是现代都市文明的'病相'成就了沈从文的'湘西世界'"②。

二、国木田独步的"武藏野"和沈从文的"湘西"

国木田独步的"武藏野"和沈从文的"湘西"最能代表他们理想中的"自然"。独步和沈从文笔下的"自然"，从来不是单纯的风景，它们作为否定和批判现代城市文明的"他者"出现，获得了独特的艺术生命力。

（一）"武藏野"和"湘西"的魅力所在

《武藏野》（1898）是国木田独步早期创作的一篇散文。全文由九章组成。第一章阐述写作这篇文章的原因在于想弄清古代绘画和诗歌中"昔日的武藏野"与"现在的武藏野"的不同之处，发现"现在的武藏野"的"诗趣"。第二章结合"我"日记的记录，以类似现代科学观察手记的方式再现武藏野初秋至冬至千变万化的自然景色。第三章"我"通过二叶亭四迷翻译的

---

① 沈从文：《〈从文小说习作选〉代序》，《沈从文文集（第11卷）》，北京：民主与建设出版社，2018年，第43页。
② 高玉：《论都市"病相"对沈从文"湘西世界"的建构意义》，载《文学评论》2007年2期，第139页。

屠格涅夫短篇小说《幽会》开篇的风景描写，发现过去没有被纳入审美层面的楢林，正是"现在的武藏野"的独特风景。换言之，以西欧的自然风景为参照系，"我"重新发现了日本的自然美。第四章交代武藏野的"诗趣"所在。农耕的旱田、原始的树林、散落其间的农舍纵横交错。这种农业文明景观与自然景物的完美结合，赋予武藏野独特的魅力。"自然就在这里，生活就在这里，它不同于北海道那种天然的原始大原野和大森林，有着独特的趣味。"① 在独步看来，武藏野有着不同于北海道原始森林的趣味。第五章以朋友的来信为由，指出武藏野是比其他田野小路更富有诗意的地方。因为在武藏野散步，人们不用担心会迷路，而且任何一条道路都有值得看、值得听或值得感动的事物。第六章写到武藏野的茶馆老婆婆"整日什么也不用忧虑，只是每日早晚用这里的溪水清洗着锅碗"②。生活在武藏野的人们难以察觉日常司空见惯的自然之美，而"我"和友人却能发现夏天在郊外散步的趣味。第七章交代武藏野的地理范围，尤其强调要剔除属于"新都市"的东京。第八章指出武藏野河流的特色是忽隐忽现、迂回曲折。第九章总结全文，得出结论：武藏野的"诗趣"就在于它作为东京的近郊，巧妙地融合了都市与乡村之美。正如独步所写，"大都市生活的余韵和乡村生活的余波，在这里交汇，缓缓地卷起漩涡"③。总体而言，武藏野并不是拥有特定历史风土人情的地区，而是东京近郊调和都市与乡村生活的区域，可以唤起人"诗趣"的地区。可以说，独步的

---

① 国木田独步：「武藏野」，『定本国木田独步全集（第二卷）』，東京：学習研究社，1978年，第74頁。
② 国木田独步：「武藏野」，『定本国木田独步全集（第二卷）』，東京：学習研究社，1978年，第78頁。
③ 国木田独步：「武藏野」，『定本国木田独步全集（第二卷）』，東京：学習研究社，1978年，第85頁。

《武藏野》第一次"发现"了"郊外"的魅力①。

国木田独步注重表现武藏野的自然景物之美,人物只是风景中的点缀。与此不同,沈从文笔下的自然是为烘托人物个性而出现的,人物是前景和核心,自然是背景和陪衬。沈从文笔下的"自然"不单指自然的风景,而是更多地指向不受现代文明"污染"的自然人性。

湘西地区没有受到现代文明过多的侵蚀,保留着淳朴的人情和原始的人性。"与普遍存在于都市的、以金钱为基础的两性关系不同,湘西世界的青年男女按照以'"爱"换"爱"'的方式确立双方的关系。"②正如《龙朱》里的这段话:"抓出自己的心,放在爱人的面前,方法不是钱,不是貌,不是门阀也不是假装的一切,只有真实热情的歌。"③苗族男女在除夕、端午、中秋等大型庆祝活动中对歌、表达爱意。《边城》里几乎见不到金钱和权势对爱情的威胁。翠翠与拉渡船的爷爷相依为命。日子虽然穷苦,可爷爷选孙女婿不看钱财,而只看谁能得到翠翠的喜欢。顺顺不干涉儿子的婚姻,全由他们自己做主。二老傩送对乡绅家姑娘陪嫁的碾坊不屑一顾,坚持"不要碾坊,要渡船"。他选择"走水路",以唱山歌的方式传达对翠翠的爱意。吊脚楼女人和水手情人之间有着超越金钱的感情,"这些重义轻利,守信自约,即是娼妓,也常常较之知羞耻的城市中人还更可信任"④。《月下小景》《神巫之爱》《媚金、豹子与那羊》《七个野人和最后一个迎春节》《阿金》等作品也勾勒出湘西苗家社会生活的画面,凸显了他们善良、质朴、真诚的美好品质。"湘西世界"是

---

① 新保邦寛:「『郊外』像の発見について」,『独歩と藤村——明治三十年代文学のコスモロジー』,東京:有精堂,1996 年。
② 马新亚:《沈从文的文学观》,郑州:河南文艺出版社,2019 年,第 124 页。
③ 沈从文:《边城:纪念版》,武汉:武汉出版社,2013 年,第 148 页。
④ 沈从文:《边城:纪念版》,武汉:武汉出版社,2013 年,第 9 页。

沈从文建筑的一个"优美、健康、自然,而又不悖乎人性"的"希腊小庙"。这座"希腊小庙"建立在人的原始爱欲之上,沈从文从性爱自由的角度着笔,着力表现湘西人未曾遭受现代文明压抑的自由人性。《阿黑小史》《采蕨》《雨后》《夫妇》等小说描写湘西儿女在大自然中无拘无束地享受性爱的场景,他们身上跃动着"爱欲",散发着生命的无限活力,展现出人性的自然与生命的自由。

独步的"武藏野"和沈从文的"湘西"是两个反现代性的自然世界。独步的"武藏野"侧重表现大都市近郊的自然之美,而沈从文的"湘西"则侧重表现湘西少数民族的风俗人情之美。

(二)"武藏野"和"湘西":想象的自然空间

总体而言,"武藏野"和"湘西"不过是国木田独步和沈从文以文学建构起来的想象空间,因为他们采用了遮蔽现实的叙事策略,故意隐藏了现实社会中实际存在的阴暗面。

事实上,当时的武藏野地区并不像独步在《武藏野》(1898)里所描写的那样平静、自由和美好,反而充满了矛盾和斗争。甲午中日战争(1894—1895)以后,日本从中国榨取大量战争赔款,开始迅速扩大各产业的规模,东京及周边的铁路建设发展迅速,侵占了大量郊区的土地。随着城市化进程的加快,为了解决东京都的水源问题,1893年日本政府将武藏野的大部分区域划入东京府内直接管辖。这引起武藏野地区住民的强烈反对,引发了一系列抗议活动。此外,在东京市政府铺设下水管道的过程中,还发生过施工方贿赂官员的丑闻,独步在《武藏野》第七章中提到的"铁管事件"指的就是此次贿赂事件①。当时生活在武藏野地区的人们,反对由政府主导的城市化对武藏野地区

---

① 刘凯:《帝国风景的历史性与内在性:国木田独步文学研究》,成都:四川大学出版社,2020年,第218页。

自然资源和空间的侵占。独步的《武藏野》没有描写人们现实生活中的利益争斗,只采用近乎科学式的观察手法再现了武藏野的自然风光,以诗意的语言描写出武藏野居民与世无争的恬淡生活。

同样,真实的湘西世界一点也不美好,充斥着贫困、愚昧、腐败、杀戮等各种问题。《从文自传》中记录了孩童时期的沈从文看官兵杀人的场景。官兵们每天必杀一百人左右,而被杀的几乎都是苗乡无辜的农民。杀戮持续一个月后,官兵甚至把犯人牵到天王庙大殿前,在神前投掷竹筊决定人的生死,"一仰一覆的顺筊,开释,双仰的阳筊,开释,双覆的阴筊,杀头"①。尽管现实生活极其血腥和残酷,沈从文依旧诗意地描写湘西的风土人情。"那里土匪的名称不习惯一般人耳朵。兵卒纯善如民,与人无侮无扰。农民勇敢而安分,且莫不敬神守法。商人各负担了花纱同货物,洒脱单独向深山中村庄走去,与平民作有无交易,谋取什一之利。……人人皆很高兴担负官府所分派的捐款,又自动的捐钱与庙祝或单独执行巫术者。一切事保持一种淳朴习惯,遵从古礼。"② 湘西虽然自然环境优美、人情淳朴,但总体而言是落后的、闭塞的,甚至是野蛮与残暴的,充斥着杀戮或卖淫。然而,在沈从文眼中,湘西是一个独立自足的世界,可以和陶渊明的"桃花源"、柏拉图的"理想国"、莫尔的"乌托邦"相提并论③。

如此看来,"武藏野"和"湘西"都不是客观真实的自然世界,而是作家为了批判城市文明、弥补城市文明的缺陷而虚构的一个想象空间,换言之,那是作家心灵休憩的居所。

---

① 沈从文:《从文自传》,北京:人民文学出版社,2016年,第24页。
② 沈从文:《从文自传》,北京:人民文学出版社,2016年,第2-3页。
③ 高玉:《论都市"病相"对沈从文"湘西世界"的建构意义》,载《文学评论》2007年2期,第140页。

三、国木田独步和沈从文"自然书写"出现的缘由

（一）同质性：卢梭和华兹华斯"回归自然"思想的影响

依笔者所见，国木田独步对"武藏野"、沈从文对"湘西"的"风景的发现"都受到了西方卢梭和华兹华斯"回归自然"思想的影响。18世纪欧洲资本主义迅速发展，极大地改善了人们的生活条件，但也加剧了工具理性对人的控制和环境的破坏。卢梭首次发出批判现代文明的呼声，倡导"回归自然"。卢梭的"回归自然"思想，"既有对大自然充满无限热爱的意思，又有回到原始大自然的意思，还有回到人的自然本性或称为自然人性的意思"①。卢梭的思想催生了欧洲浪漫主义美学思潮，许多文学家都着力表现大自然的纯美，以此对照城市生活的喧嚣。作为卢梭思想的忠实信徒，英国"湖畔派"诗人华兹华斯极力推崇人与人、人与自然的和谐共处。他以诗歌赞美自然，呼唤以自然之美拯救人的灵魂，他赞美自然，倡导"回归自然"。不同于卢梭的是，在华兹华斯的诗歌中，大自然的甘美与人生的苦涩形成了鲜明的对比，他没有承袭卢梭的自然与文明对立、自然与社会对立的观点，他在赞美自然的同时，提出"人与自然契合"的观点。

国木田独步年轻时喜欢读华兹华斯的作品，也主动接受华兹华斯的"回归自然"的思想。独步在《我是如何成为小说家的》一文中写道："我完全成了自然的爱好者、崇拜者，成了华兹华斯的信徒，不管是白天还是黑夜，我踏遍了溪流、山岳、村落和

---

① 张晔：《徜徉在大自然中的人——谈卢梭"回归自然"的思想与华兹华斯自然诗》，载《北方论丛》2001年6期，第72页。

渔村，思绪驰骋于溪流上空的白云之中，心思也被林中鸟儿的叫声夺走了。"① 在题为《不可思议的大自然》的文章中，独步再次重申华兹华斯的思想促使他发现了自然之美："五六年前我在丰后国佐伯町居住了一年的时间，当时我非常热衷阅读华兹华斯的诗歌，仿佛佐伯町的风景就是华兹华斯诗歌中的景物。"② 独步还在《华兹华斯对自然的诗想》一文中说明华兹华斯热爱自然的原因是他相信自然之美的力量，相信自然是"德性的乳母、指导者、卫士"③。独步接受这种思想，并在自己的日记里这样写道："既然我是华兹华斯的信徒，我就不能离开自然来思考世间的人。"④

此后，独步创作了许多表现自然之美的、富有浪漫主义色彩的作品。浪漫主义文学一般被视为"对现代性的第一次反抗"，因为浪漫主义文学力图帮助人们重新寻回充满诗意的生活，鼓励人们以"自然之美"来抗衡工业文明和工具理性。岛村抱月的文章《文艺上的自然主义》梳理了浪漫主义和自然主义在欧洲历史上的演变关系，他发现以卢梭、华兹华斯为代表的浪漫主义作家都以自然为对象，倡导人要回归自然、以自然为师，他们的浪漫主义与自然主义是同义的，这里所说的"自然"是与"人为"相对的⑤。卢梭的"回归自然"思想影响着华兹华斯，而华兹华斯又影响着国木田独步。这种影响并非偶然，而是共同源于

---

① 国木田独步：「我は如何にして小説家となりしか」，『定本国木田独步全集（第一卷）』，東京：学習研究社，1978 年，第 496 頁。
② 国木田独步：「不可思議なる大自然」，『定本国木田独步全集（第一卷）』，東京：学習研究社，1978 年，第 540 頁。
③ 国木田独步：「ウオーズヲースの自然に対する詩想」，『定本国木田独步全集（第一卷）』，東京：学習研究社，1978 年，第 368 頁。
④ 国木田独步：「不可思議なる大自然」，『定本国木田独步全集（第一卷）』，東京：学習研究社，1978 年，第 542 頁。
⑤ 王向远：《日本古典文论选译近代卷（下）》，北京：中央编译出版社，2012 年，第 592－593 页。

对现代性的批判。

杨联芬在《沈从文的"反现代性"——沈从文研究》一文的注 26 中写道:"凌宇曾经问过沈从文,是否接受过卢梭的影响,沈从文肯定地回答'没有',他甚至没有读过卢梭的书。"① 针对这一否认,俞兆平结合史料进行考证,得出结论:说沈从文没有接触过卢梭是不符合事实的。因为在《论郭沫若》一文中,沈从文写道:"可是《反正前后》暗示我们的是作者要作革命家,所以卢骚的自白那类以心相见的坦白文字,便不高兴动手了。"② 俞兆平认为,沈从文能指出卢梭的文章是"以心相见"的告白文学,能以卢梭作为参照系来评价郭沫若,足见沈从文对卢梭的了解。尽管沈从文自己声称"没有读过卢梭的书",但不少研究者仍然认为他和卢梭美学的关联是不可忽视的,"若从美学视野来看,他更重要的是以天然纯朴的乡土人情之美,以源自卢梭的'自然人性',作为现实人生与文明体制的参照系,作为理想中美与善的载体,从而逆向批判了现代文明或由启蒙理性主导的社会变革所带来的种种弊端与罪恶"③。不仅如此,也有学者指出在现代性的视野下,华兹华斯与沈从文具有深度的可比性。"在审美现代性方面,他们都批判城市文明,赞美自然与自然人;他们不仅看到了工业文明对农业文明的冲击,还看到了人们传统美德的失落;面对现代化进程中的人类的精神困境,他们共同的拯救方案是返回自然——通过自然抵达生命的神性。"④ 华兹华斯和沈从文的文学都以"返回自然"的方式表达对现代

---

① 杨联芬:《沈从文的"反现代性"——沈从文研究》,载《中国现代文学研究丛刊》2003 年 2 期,第 150 页。

② 沈从文:《论郭沫若》,《沈从文批评文集》,珠海:珠海出版社,1998 年,第 178 页。

③ 俞兆平:《浪漫主义在中国的四种范式:鲁迅、沈从文、郭沫若、林语堂》,桂林:广西师范大学出版社,2011 年,第 40 页。

④ 王颖、刘伟:《现代性视野下的华兹华斯与沈从文》,载《广西社会科学》2010 年 3 期,第 76 页。

城市文明的厌恶和质疑。华兹华斯的"湖区"与沈从文的"湘西"成为他们各自灵感的源泉。在现代文明的冲击之下,二人都批判现代化的负面作用,主张通过"回归自然"来恢复生命的神性。夏志清指出:"沈的田园气息,从道德意识来讲,其对现代人处境关注之情,是与华兹华斯、叶芝、福克纳等西方作家一样的。"①

可见,国木田独步和沈从文都受到卢梭和华兹华斯"回归自然"思想的影响。他们之所以要建构"武藏野"与"湘西"这样的独特"自然",目的在于批判现代文明造成的人与自然、人与社会的分裂状态,试图以"自然"之美救赎人性。

(二) 异质性:自由民权运动的失败与城市生活的疏离感

国木田独步经历过自由民权运动的失败,试图以"回归自然"的方式寻找内心的平静和自由。不同的是,沈从文在精神层面与城市生活有隔阂感与疏离感,试图以"湘西世界"来确认自己的文化身份。

独步是一名下级官吏家庭出身的长子,他曾经抱着"立身出世"的夙愿从山口县抵达东京,选择政治学作为专业,抱有通过自我奋斗成为政治家的梦想。随着自由民权运动的失败和天皇绝对主义体制的确立,当时的政治青年普遍陷入一种失去目标后的颓败感。不同于北村透谷沉浸在"理想世界"中追寻自我和自由,独步将自己的视线转向了自然界,以自然之美疗愈自我,排除内心的痛苦。小说《归去来》(1901)述说了独步对乡村自由生活的向往。小说中有一段主人公的心理描写:

---

① 夏志清:《中国现代小说史》,刘绍铭等译,杭州:浙江人民出版社,2016年,第134页。

拥有真正的自由，才能拥有真正的幸福。真正的自由，只存在于田园生活。我有恒产，衣食自由；我爱读书，慰藉心灵；我有自然，它是心灵的大牧场。我何苦要抛弃这些天赐之物，主动投身到都市去生活。所谓的"为了事业""为了尽义务""为了国家利益人民福祉""为了人类"等，不过是自欺欺人的口号罢了。（中略）我难道真的喜欢都市的生活吗？绝不是这样。我不过是虚荣的奴隶，奢侈游戏的使童罢了。每天只为眼前三尺的利益忙碌生活，哪有闲心俯仰天地，享受大自然的馈赠。不仅如此，与他人的关系，或是竞争、或是嫉妒、或是羡慕、或是冷笑、或是崇拜。看吧，这些不都是"奴隶心情的狂态"吗？①

独步想要的是"自由、淳朴、刚健、不羁、独立的生活"，而这种真正的自由只存在于远离都市的山林之中。正如独步在《自由存山林》一诗中所写，"自由存山林。每吟此句，我心澎湃。啊，自由存山林，可我为何抛弃山林。自从踏上憧憬虚荣的路途，在尘埃中度过十年岁月，回望自由之乡，已远在云山千里之外。……我心中的故乡何在？在那里我曾是自然之子。我本是那山林的儿孙"②，人只有在自然的山林之中，在脱离一切束缚的环境之中，才能感受到真正自由。《归去来》和《自由存山林》显示出自由民权运动失败之后，独步心中感受到"近代的虚妄"，以及对明治时代立身出世价值观的疏离③。面对天皇制绝对主义政治体制，国木田独步不像北村透谷那样对其进行激烈

---

① 国木田独步：「帰去来」，『定本国木田独步全集（第二卷）』，東京：学習研究社，1978 年，第 333 頁。
② 国木田独步：「山林に自由存す」，『定本国木田独步全集（第二卷）』，東京：学習研究社，1978 年，第 38–39 頁。
③ 北野昭彦：『国木田独步の文学』，東京：桜楓社，1978 年，第 123 頁。

的批判，而是通过描写自然和乡村社会的底层民众来寻求内心的自由。在他看来，城市里的政治家们热衷权势、贪慕虚荣，缺乏乡村民众"自信、节约、劳动、认真等道德"，因此，只有在山林中，才存在淳朴的、未被城市文明"污染"的自然人性。正如《武藏野》中淳朴的农夫和老板娘，他们不仅没有妨碍自然之美，反而增添着自然风物的"诗趣"，为"田园诗"提供了素材。独步在《武藏野》中赞颂自然的风景，也是寻找自由天地的一种尝试。

此外，与佐佐城信子离婚后，为缓解内心的伤痛，独步独自去京都旅行，后又定居涩谷（武藏野地区）。离婚事件也是独步发现武藏野风景的契机。前田爱将《武藏野》的写作理解为独步在婚姻失败后为缓解内心的伤痛而进行的自我疗救[1]。同样，小森阳一也认为独步凭借《武藏野》的自然写作走出了离婚的伤痛并获得精神的自立[2]。

沈从文自幼生活在乡村，来到北京的他很难在精神层面真正接纳现代城市的价值观。尽管在城市漂泊了六十余年，他却一直固执地称自己为"乡下人"，"乡下人"的身份符号显示出他对现代城市文明的疏离感。城市的现代性体验给了年轻的沈从文太多的挫折，让他产生了与城市文化无法弥合的心理距离。20世纪20年代初，沈从文怀揣理想来到北京追寻文学梦。可惜初到北京的沈从文，生活贫苦、体弱多病，还经历了青春期的性苦闷。1924年11月16日写作的自传性日记体文章《公寓中》，交代了"我"因为贫穷、多病、女人、寂寞，内心产生极度的悲哀和强烈的绝望感。他的早期（1924—1929）作品

---

[1] 前田愛：『幻景の街——文学の都市を歩く』，東京：小学館，1986年，第63頁。
[2] 小森陽一：『ゆらぎの日本文学』，東京：日本放送出版協会，1998年，第42頁。

《一封未曾付邮的信》《遥夜》《小草与浮萍》等多半是为了换取稿酬、维持生计而创作的，作品中那些有些神经质、精神脆弱敏感、被生活逼迫得想自杀的青年们就是沈从文自身的写照，反映出他所面临的"生的苦闷"和"性的苦闷"两大问题。沈从文在自己的文学创作和书信中反复重复着"乡下人"的言说，有意识地制造与"城里人"的距离。《市集》等作品多回忆童年的趣事，如在校场上看木傀儡社戏、去城隍庙看斗鹌鹑、去长宁哨赶场等，在景色和人物的白描中蕴藏着浓厚的"乡愁"意识。沈从文写道："我爱悦的一切还是存在，它们使我灵魂安宁。我的身体却为都市生活揪着，不能挣扎。两面的认识给我大量的苦恼，这冲突，这不调和的生命，使我永远同幸福分手了。"① 作为一个具有现代知识，来到大都市北京寻找文学梦想的青年，沈从文对现代城市文明是渴慕的，然而，在情感上自幼的乡村生活经历、城市生活中自负与自卑相互纠缠的心理，又令他对城市文明产生疏离感。在此基础上，沈从文后来的文学创作不断强化自己"乡下人"的异质性，以此确立了不同于其他作家的独特文化身份。

国木田独步和沈从文批判现代性主要是通过两种方式来完成的：一是直接以城市生活为题材，通过刻画城市人的"病相"来批判现代城市文明的负面效应；二是以自然或乡村生活为题材，建构美丽和谐、充满人性光辉的质朴"自然"，以此反衬现代城市的病态。这样一来，城市的"病相"与"回归自然"之间构成反向的互文关系，二者相反相成，从而达到批判现代性的目的。换言之，正是对城市文明的批判态度，使得国木田独步和沈从文重新发现了"自然"的价值，形成两个互

---

① 沈从文：《〈生命的沫〉题记》，《沈从文文集（第11卷）》，北京：民主与建设出版社，2018年，第9页。

相参照的世界。城市文明使"自然"具有了理想形态,而"自然"的理想形态又凸显出城市文明的病态,二者之间的对立构成一种互文性。

本章小结

现代性与资本主义如同孪生姐妹,几乎同时诞生。随着资本主义的发展,社会上拜金主义的风气日益盛行。拜金主义本质上是一种"商品拜物教"思想,它使金钱变成支配个人行为的控制性力量。尾崎红叶的《金色夜叉》与张恨水的《啼笑因缘》通过相似的人物形象和情节结构,再现了资本主义社会"追逐金钱"与"追求爱情"两种不同的现代价值取向之间的相互冲突。尾崎红叶和张恨水都批判拜金主义对人性的扭曲和异化,并试图以传统儒家伦理化解现代性的危机。

谷崎润一郎和郁达夫的"颓废"文学,明显受到西方唯美主义文学的影响。谷崎的《恶魔》与郁达夫的《茫茫夜》,谷崎的《饶太郎》与郁达夫的《过去》在叙事风格和情节结构上具有类同性,都表现出以丑为美、以虐为美的"恶魔主义"倾向。谷崎和郁达夫以病态的人物形象和非理性的本能主义,反抗资本主义社会中产阶级千篇一律的庸常生活。但由于中日现代化程度的差异,这种相似的"颓废"表象之下也隐藏着精神指向的异质性。相较而言,谷崎的"颓废"文学,比如《恐怖》《恶魔》《痴人之爱》,更接近西方唯美主义文学的审美现代性,侧重以

"官能美""颓废美"反抗现代工具理性对人性的禁锢与压抑。郁达夫的"颓废"文学,比如《迷羊》《沉沦》,则更看重西方"颓废"美学的反叛精神与启蒙主义的一致性与共通性,试图凭借惊世骇俗的"颓废"的审美趣味,对抗传统封建伦理对个性的束缚。

中日新感觉派继承了现代主义文学的批判精神。片冈铁兵的《钢丝上的少女》和穆时英的《断了条胳膊的人》关注底层贫民的悲惨生活,批判资本主义社会里人的"物化"现象,揭示出资本主义生产关系的剥削本质。不同于无产阶级文学主张阶级斗争,片冈铁兵和穆时英的文学书写侧重表现人物细腻的内心活动。此外,横光利一的《头与腹》《七楼的运动》和刘呐鸥的《方程式》批判现代社会的工具理性导致个人丧失主体性,横光利一的《机械》和刘呐鸥的《杀人未遂》通过描写都市人非理性的精神世界,批判现代理性对人的异化。另外,川端康成和施蛰存的文学都表现出亲近自然、远离都市的心理倾向,成为新感觉派文学的"异端"。川端康成的《春天的景色》和《伊豆的舞女》表现出回归自然、亲近古典审美的心理特征,而施蛰存的《鸥》也饱含对乡土和传统审美的眷恋之情。概言之,中日新感觉派文学都批判资本主义的危机和弊病,具有"反现代性"的共同特质。

国木田独步和沈从文的文学存在一些类同性,他们在批判城市文明的同时,也在建构想象的"自然",二者之间具有互文性。国木田独步的《两个少女》《穷死》《酒中日记》《号外》等作品,着重刻画明治社会里城市小人物的病态生活,借此揭露社会的巨大贫富差距以及军国主义的罪恶;沈从文的《八骏图》《绅士的太太》等作品,侧重书写城市知识分子的"阉寺性"特征,批判现代城市文明对人性的扭曲。国木田独步的"武藏野"和沈从文的"湘西"最能代表他们理想中的"自然"。独步的

《武藏野》以自然主义的手法展现未被现代城市文明污染的自然景物之美，而沈从文的《边城》等作品侧重以浪漫主义的手法表现湘西少数民族的风俗人情之美。"武藏野"和"湘西"的"风景的发现"，受到卢梭和华兹华斯"回归自然"思想的启发。可以说，国木田独步和沈从文出于批判现代城市文明的目的，重新"发现"了"自然"的魅力。

整体而言，中日作家都批判资本主义自身存在的弊病，这种共通性集中地体现在批判拜金主义、工具理性、城市文明等方面。但日本作家对资本主义的批判更为彻底，显示出"超前性"。相较而言，中国作家的资本主义批判还与封建礼教文化批判等相互杂糅，削弱了批判力度，表现出"滞后性"的特点。

第四章 东方文化的回归

"东方"这一术语的含义具有多重性。

从地理概念来看，学术语境中的"东方"是一个具有相对性和动态性的空间范畴。它并非基于自然地理的绝对边界划分，而是以西方为参照形成的认知建构，核心涵盖亚洲大陆及北非地区。这一概念的地理范围随人类对世界认知的拓展而逐步演变：早期以欧洲为中心的视角中，"东方"最初仅指代近东（地中海东部至波斯湾一带）；随着地理大发现与全球交往的深化，其范围逐渐延伸至中东（伊朗至南亚区域）和远东（中国、日本、朝鲜半岛等东亚地区），最终形成横跨亚非的广阔地理空间。这种地理范畴的模糊性与延展性，凸显了"东方"作为人类认知产物的特征，而非固定不变的自然区域。

从历史文化概念来看，"东方"是多元文明的集合体，承载着丰富且异质的文化内涵。它涵盖了中华文明、印度文明、两河文明、古埃及文明、伊斯兰文明等诸多独立发展又相互交织的文明形态，这些文明在宗教信仰（如佛教、伊斯兰教、印度教）、社会结构（如宗法制度、种姓制度）、价值观念（如集体主义伦理、等级秩序意识）等方面呈现显著差异。同时，"东方"的文化内涵具有鲜明的话语建构属性：在西方殖民扩张时期，它曾被建构为与"理性、进步"的西方相对立的"他者"，被赋予"停滞、神秘"等异域化标签；而在东方内部，不同群体基于自身历史传统，对其文化内涵的解读亦存在分歧。当代学术研究则更强调"东方"内部的文明互动以及东西方文化的双向交流，打破了单一化的文化想象。

综上，"东方"是一个由地理空间、历史文化与话语实践共同塑造的复合概念。它既指代亚非地区的具体地理范围，又包含该区域多元的文明传统与社会形态；其内涵随历史变迁与学术范式的转换而动态演变，从早期的地理划分，到殖民时代的文化他者，再到当代多元视角下的复杂文明集合体。理解"东方"需立足具体语境，既要关注其地理空间的延展性，也要重视其文化内涵的异质性与建构性，避免陷入本质化或单一化的认知误区。

基于上述对"东方"概念的学术界定，本书所聚焦的"东方文化"并非涵盖"东方"地理范围内的所有文明形态，而是特指以中国儒家文化为主体，以汉传佛教、道教、传统美学、民间信仰等为补充的文化体系。面对强势西方文化对东方文化造成的冲击，中日部分近现代作家开始摆脱对西方文化的盲从心态，重新审视东方文化的价值，以自觉回归东方文化的方式批判现代性，试图以东方传统文化消解西方现代思想文化的浸淫与影响。譬如，中日国粹主义思潮的兴起、幸田露伴与许地山文学中凸显的"东方性"，以及永井荷风和周作人的"江户趣味"，都体现了东方知识精英通过文化主体性的重建来协商传统与现代性的复杂关系。这种文化实践既包含对本土传统的重新诠释，也涉及对西方影响的批判性回应，展现出在现代化进程中寻求文化自主性的努力。

第一节
明治时期和清末民初的国粹主义思潮

一般而言，日本和中国的现代化是以西方现代文明作为参照系来发展的①。作为"后发外生型"的现代化国家，如何化解

---

① "现代化"即日本近代史常使用的"近代化"概念。本书为表述方便，统一把"近代化"称为"现代化"。

"东方"与"西方"之间的文化冲突，如何在保持东方传统文化主体性的前提下吸收和转化西方文化，成为中日近代知识分子难以回避的重要课题。

19世纪中叶，在工业革命的推动下，西方资本主义高速发展，资本对外扩张的欲求不断增强。于是，西方国家以殖民入侵或文化输出等方式逐步地将本国势力渗透到亚洲地区，由此引发"东方"与"西方"两种异质文明的激烈碰撞。1840年，英国发动鸦片战争，逼迫中国签订了丧权辱国的不平等条约，要求中国割地赔款，致使中国从此丧失独立自主的地位，沦为半殖民地。此后不久，1853年美国海军准将佩里率领舰队强行驶入江户湾，以武力威胁江户幕府接受开港要求、签订不平等的"日美亲善条约"。"黑船事件"以后，日本被迫结束了两百余年与世无争的锁国时代，陷入了丧失独立主权的民族危机。为了"师夷长技以制夷"，抵御西方列强的军事入侵，早日实现"富国强兵"的目标，日本和中国都开始主动学习西方现代文明成果，走上模仿西方国家的现代化之路。

值得注意的是，在欧化主义浪潮方兴未艾之际，日本和中国先后又兴起了抵制全盘欧化的国粹主义思潮。那么，中日国粹主义究竟是如何形成和发展的？又具体指涉哪些内容？本节旨在探讨以上问题，进而说明中日近现代文学出现"东方回归"现象的思想基础。

一、日本明治时期的国粹主义思潮

日本学界一般把明治维新（1868）至明治二十年代（1888）这段时间称为"文明开化期"。在此期间，欧化主义席卷整个日本。此后，日本兴起了国粹主义思潮，反拨和修正当时社会上盛行的全盘欧化主义。

（一）国粹主义思潮兴起的时代背景

"国粹"指的是一个国家传统的物质或精神方面的精华。"国粹"一词，最早出现于1888年由志贺重昂、三宅雪岭等政教社同人创办的《日本人》杂志。志贺重昂在《〈日本人〉怀抱旨义的告白》一文中，首次使用"国粹"译介英语的"Nationality"，表示"民族性"或"民族精神"等意思。志贺重昂在论文中谴责政府的全盘欧化主义政策，主张保存日本传统的文化精髓。此后，"国粹"作为一个"和制汉语"被固定下来。

关于"国粹主义"，日本学界有多种理解。广义的国粹主义思潮指的是贯穿整个近代日本，极力宣扬日本传统文化优越性和独特性，具有明显排外性质和保守主义立场的民族主义思想运动。广义的国粹主义思潮，起源于江户时代本居宣长和贺茂真渊的国学研究；明治二十年代以后，政教社等反对明治政府全盘西化政策的国粹主义思想逐渐成为主流哲学之一；甲午中日战争以后，日本对外侵略扩张的野心与日俱增，尤其是大正末期到太平洋战争时期，国粹主义理论被官方加以利用，逐渐演化为带有殖民主义、军国主义色彩的"日本主义"。与之相对，狭义的国粹主义思潮指的则是明治中期以政教社为代表的国粹派人士的思想和活动。明治二十年代以后，为了批判明治政府推行的全盘西化政策，政教社等国粹派人士大力主张重新审视日本传统文化的价值，保持日本民族文化的独特性。本书所探讨的就是后者，即狭义上的国粹主义思潮。

明治维新以后，为了实现"富国强兵"的政治目标，明治政府全面推行"文明开化"政策，在政治、经济、教育、文化等各个领域全方位地移植西方现代文明。人们津津乐道于"移欧花，食欧果"，从物质生活层面到精神文化层面，几乎全盘效仿西方国家。从明治维新至明治二十年代，可谓日本欧化主义大肆泛滥的时期。"鹿鸣馆时代"（1883—1887），井上馨、伊藤博文等人在鹿鸣馆举办欧式舞会，意图借此向西方人展示日本社会的文明，以达成实现外交平等和修改不平等条约的夙愿。此时，日本的欧化主义热潮达到前所未有的顶峰。

然而，过度的欧化却引起了国粹派知识分子的担忧。部分有识之士利用社会舆论强烈抨击政府的全盘西化方针，表达对日本人丧失民族文化身份认同的忧虑。以此为契机，明治中期日本兴起了反对全盘西化的国粹主义思潮。其中，对社会舆论起到引领作用的是由三宅雪岭、志贺重昂等人共同创办的政教社。政教社成立于1888年，以《日本人》作为机关刊物，将保存和弘扬日本国粹作为根本宗旨，大力批判唯西方马首是瞻的欧化主义风潮。政教社成员主张维护日本民族文化的独立性，强调在尊重日本固有文化的基础上有选择性地吸收西方文明。1889年，陆羯南创办《日本》报纸，强调保持国民精神独立的重要性。《日本人》杂志和《日本》报纸的出现，标志着明治中期国粹主义的登场。中野目彻认为，"政教"二字可以理解为"政治"和"教化"，即以政治方面的言论教化人心，唤起人们对日本传统文化的热爱和认同[①]。政教社最具代表性的国粹主义言论是志贺重昂的"风景论"、三宅雪岭的"文化观"和陆羯南的"国民主义"。

（二）志贺重昂的"风景论"

志贺重昂（1863—1927）作为明治大正时期的地理学者，其国粹主义思想始终围绕"风景"的论述而展开。受到西方"地理环境决定论"的启发，志贺重昂决意从地理环境和本土风物中重新"发现"日本风景独特的魅力，发掘日本风景所孕育的民族文化精髓。因此，其"风景论"的主要特征是，从日本独特的地理环境中挖掘日本的国粹，为重塑日本人的民族文化身

---

① 中野目徹：『政教社の研究』，東京：思文閣，1993年，第114頁。

份认同提供理论依据①。在他看来，为了重建国民对日本传统文化的自信心和自豪感，摆脱一味盲目崇拜欧美的自卑心态，赞美日本的"风景"，不失为一种有效的方法。

政教社成立不久，志贺重昂就发表过一篇题为《〈日本人〉怀抱旨意的告白》（1888）的文章，具体阐述了"国粹主义"的概念与内涵。他认为，所谓"国粹"，即千万年来由日本独特的风土所孕育出来的大和民族特有的精神气质，而政教社官方杂志《日本人》的办刊宗旨就是要保存日本的国粹，弘扬日本的民族精神。志贺重昂在文中批评了当时日本社会上普遍存在的肤浅的"文明开化"现象，并进一步指出，日本与其盲目地效仿欧美诸国的风俗习惯，不如寻找自身的传统文化优势，增强自身的文化软实力。此外，他还在《如何使日本成为独立之日本》（1888）一文中提出了强固日本国家统治根基的方法，即"培养日本国民对日本山水、风土、花鸟的感情，在潜移默化中培育人们热爱国土的观念"②。志贺重昂认为，撰写地理学专著的目的并不单纯是赞颂日本的风景之美，更为重要的目标是培养国民对日本风土的热爱之情，形塑国民的民族文化身份认同，从而阻止崇洋媚外的欧化主义肆意蔓延。

不过，随着日本国力与日俱增，对外扩张的欲望不断膨胀，志贺重昂的"风景论"也从最初的"唤起爱国心"转向严重的"爱国偏执"（内村鉴三语），其地理学专著《日本风景论》（1894）就明显地反映出这种思想观念的转变。从《日本风景论》的目录来看，该书好像只是介绍日本风土的教科书，但志贺重昂的真正用意是"通过与欧美风土的比较，证明日本风土

---

① 戴宇：《志贺重昂国粹主义思想研究》，长春：吉林教育出版社，2009年，第156页。
② 志贺重昂：「如何ニシテ日本国ヲ（シテ）日本国タラシム可キヤ」，载『国民之友』1888年10月10日。

的优越性"①。他概括出日本"风景"的三大特色，即"潇洒、美、跌宕"，极力标榜日本风景异于其他国家的特殊性与优越性。譬如，他认为日本最美的季节是春天，"樱花"和"黄莺"是最能代表日本春色的风物，因为中国的樱花不如日本的樱花美艳，而朝鲜的黄莺也不如日本黄莺的啼叫声美妙。志贺重昂还专门引用了汉学家斋藤竹堂的"汉土无樱亦无莺"等诗句，力证中国人、朝鲜人不懂得樱花与黄莺的"真面目"，更是断言"欧美各国，初春时节既无梅花，晚春时节亦无樱花，丝毫没有春天的气息"②。此外，志贺重昂还特意将日本的火山岩风景与朝鲜半岛、中国大陆的自然风景作了对比，得出结论：朝鲜半岛和中国大陆几乎没有像样的风景可言，"难以与日本俊秀的火山岩风景相提并论"③。另外，他还特别强调富士山是"名山中的名山"，就连欧美人都赞赏有加。因此，日本的风景可谓秀绝万邦，所孕育出的日本民族精神自然也冠绝寰宇。

志贺重昂的《日本风景论》表面上是一部描绘日本自然风物的地理学论著，但字里行间却流露着对日本地理环境和民族文化的优越感，蕴含着狭隘的民族主义思想。志贺重昂的"风景论"恰好出现在甲午中日战争时期，极大地激发了日本人的"爱国心"，也客观上为明治政府在东亚地区的侵略扩张提供了理论支持。同时代的文学评论家内村鉴三就针对志贺重昂的"风景论"提出过批评。内村如此说道："《日本的风景》显示出志贺重昂娴熟的文学技艺，但他的爱国心过于偏执。如今的日本，人们的爱国之情不断高涨。作为文学批评家，我有责任发表

---

① 桑原武夫编：『日本の名著　近代の思想』，東京：中央公論社，1982年，第44页。
② 志贺重昂：「日本風景論」，色川大吉编，『日本の名著（39）』，東京：中央公論社，1970年，第346页。
③ 志贺重昂：「日本風景論」，色川大吉编，『日本の名著（39）』，東京：中央公論社，1970年，第373页。

非国家主义的言论。"① 内村鉴三的批评一针见血地指出了志贺重昂"风景论"存在的狭隘民族主义问题。

(三) 三宅雪岭的"文明观"

三宅雪岭（1860—1945）出身于加贺藩的儒医世家，自幼受到家庭环境的熏陶，非常熟悉儒家经典，尤其推崇王阳明的哲学思想。明治二十年代，崇拜西方学问的热潮还没有退去，贬低东方文明的现象依旧普遍存在。为了批判当时学术界唯欧美是从的时代风气，三宅雪岭专门撰写了《王阳明》（1893）一书，高度评价王阳明的心学思想。正如柳田泉所言：为了与西方哲学抗衡，先生撰写了一位伟大的东方哲学家的评传，目的就是要告诉世人东方哲学家中也有可以与西方近世的康德、谢林、黑格尔、叔本华比肩的大哲人②。可见，他写作《王阳明》的动机是为东方哲学界正名，体现出一种与西方哲学对抗的意识。

最能体现三宅雪岭国粹主义思想的是论文《真善美日本人》（1891）。三宅认为当前日本人的任务是建设"极真、极善、极美的幸福世界"③。所谓"真"，指的是人类的学术研究。日本虽然不及欧美国家强大，但在研究亚洲历史古迹和东方文化方面有着得天独厚的优势，因此，在学术研究方面，日本完全有能力成为"东方的亚历山大"④。所谓"善"，指的是"正义的自在发扬"⑤。日本人应当以在世界上伸张正义为己任，但当下的日本尚不具备在欧美国家面前伸张正义的实力。因此，倘若日本要反

---

① 亀井俊介：『ナショナリズムの文学』，東京：講談社，1988 年，第 136 頁。
② 柳田泉：『哲人三宅雪嶺先生』，東京：実業之世界社，1955 年，第 14 頁。
③ 三宅雪嶺：「真善美日本人」，伊藤整等編，『日本現代文学全集（2）』，東京：講談社，1980 年，第 317 頁。
④ 三宅雪嶺：「真善美日本人」，伊藤整等編，『日本現代文学全集（2）』，東京：講談社，1980 年，第 318 頁。
⑤ 三宅雪嶺：「真善美日本人」，伊藤整等編，『日本現代文学全集（2）』，東京：講談社，1980 年，第 320 頁。

抗欧美国家的压迫，当前最重要的任务便是殖产兴业、扩张军备，这样才能实现国家之间的平等对话。所谓"美"，指的是艺术之美。日本古代的建筑、雕刻、美术和艺能等传统文化，无不凝聚着古人的智慧和心血。因此，国民有必要重新认识古代艺术的价值。在他看来，日本艺术最大的特点是"轻妙"，国民应当在世界各国的艺术竞争中，尽力发扬日本艺术的美学特质。不难看出，三宅雪岭充分肯定了日本人在学术研究和艺术造诣方面的民族特性，力图以此唤醒日本人的民族自信心和文化自豪感，提升日本文化的国际影响力。

（四）陆羯南的"国民主义"

陆羯南（1857—1907）的国粹主义思想主要表现在他的"国民主义"言说，即强调国民精神独立的重要性。陆羯南在《日本文明进步的歧路》一文中指出，日本"吸收外国文化时，不能损害本国文化固有的特性，应该把外国文化内化于本国的国民性"[①]。陆羯南还认为，欧美各国都非常注重保持本国的国民性特征。譬如，"德国与法国虽然都是欧洲的文明国家，而且国土相互比邻，但是两国的国民精神却各不相同。两国也借此保存了彼此文化的体面，维护了彼此独立的国权。国民主义与文化息息相关。倘若一国在文化上失去了自己的特质，那么，国民性也会随之消失"[②]。陆羯南强调要以文化的独立来维持国民精神的独立，进而保障国家的独立。换言之，日本人在学习欧美文化的同时，应该有选择性地吸收其精华、过滤其糟粕，同时要使外来文明内化于日本的固有文明，而不是反过来抛弃本国固有的传统，只有这样日本才能保持国民精神的独立性。

[①] 陸羯南：「日本文明進步の岐路」，植手通有，『近代日本思想大系4 陸羯南全集』，東京：筑摩書房，1987年，第187頁。
[②] 陸羯南：「日本文明進步の岐路」，植手通有，『近代日本思想大系4 陸羯南全集』，東京：筑摩書房，1987年，第187頁。

总体而言，明治二十年代兴起的国粹主义思潮是近代日本人对"现代化＝西方化"这种单一的文明发展模式的反思与批判，其根本宗旨是重塑国民对日本民族文化身份的认同，唤醒日本人的民族自尊心和自信心，摆脱一味追随欧风美雨的自卑心态。明治中期的国粹主义思潮，让日本的传统文化再次焕发出新的生机。然而，随着日本国力的增强以及对外扩张意识的膨胀，明治中期以后，日本的国粹主义逐渐从"防御型民族主义"向"进攻型民族主义"演变，最终衍生出"日本振兴亚洲天职论"等殖民主义和帝国主义思想，走向了集体的反动①。这涉及"现代性批判"之外的问题，在此暂不展开论述。

二、中国清末民初的国粹主义思潮

清末和民初，中国先后出现两次规模较大的国粹主义思潮。晚清的国粹派、民初的东方文化派和学衡派的言说最能反映中国当时的知识界同仁对全盘欧化主义的回应与思考。

（一）晚清国粹派

甲午中日战争以后，中国留学生竞相东渡日本学习强国之法，日本的国粹主义思潮也引起中国知识人的关注。"国粹"一词自此传入中国。1900—1901 年，黄节在游历日本期间写下《国粹保存主义》一文，高度评价了三宅雪岭、志贺重昂等人的国粹主义思想。黄节认为政教社的言论值得中国参考与借鉴，中国人也不应该盲目地"醉心外国之文物"。面对西方文明，中国人应该汲取其精华，去除其糟粕，"取彼之长，补我之短"，而不是"并其所短亦取之"②。这篇文章是晚清国粹派的第一篇重

---

① 王俊英：《日本明治中期的国粹主义思想研究》，北京：中国社会科学出版社，2015 年，第 242 页。
② 黄节：《国粹保存主义》，转引自郑师渠，《晚清国粹派文化思想研究》，北京：北京师范大学出版社，2014 年，第 6 页。

要文论。

晚清国粹派的主要成员有章太炎、刘师培、邓实、黄节等人。与日本政教社相同，他们都强调保存民族文化精神的独立性。邓实曾强调："夫一国之立必有其所以自立之精神焉，以为一国之粹，精神不灭，则国亦不灭。"① 这种看法与陆羯南的"国民主义"思想如出一辙。此外，晚清国粹派还明确强调应该把"国粹"与"民族"意识相结合，以中国的国粹唤起普通民众的爱国心，树立民族自信心。章太炎曾经专门撰文批驳一些推崇欧化主义的人，认为他们总是自认为中国人不如西方人，所以自甘堕落，"说中国必定灭亡，黄种必定剿绝"。究其原因，不过是他们并不真正懂得中国传统文化的长处，于是"就把爱国爱种的心，一日衰薄一日"。② 章太炎的观点，与明治中期志贺重昂和陆羯南等人的国粹主义言说有着共通之处，即通过"国粹"唤醒国民的"爱国心"和民族自豪感，摆脱一味效仿欧美国家的自卑心理。

不同的是，晚清国粹派作为反对清朝统治的革命派，其国粹主义言说始终与"排满革命"的历史任务相伴相生。尽管日本政教社批判明治政府的全盘欧化政策，但他们并不反对明治政府的统治，反而是明治政府的坚定拥护者。晚清国粹派则不同，他们宣扬国粹的目的主要在于通过弘扬华夏民族的古典学问，助力推翻清王朝的统治。所以，"国学"可谓晚清国粹派文化理论的核心内涵。所谓"国学"，指的就是中国封建君主专制建立之前，中国作为"汉族的民主的国家"的学问③。晚清国粹派认

---

① 邓实：《鸡鸣风雨楼独立书·语言文字独立》，载《政艺通报》1903年24期。
② 汤志钧编：《章太炎政论选集（上册）》，北京：中华书局，1977年，第271页。
③ 郑师渠：《晚清国粹派文化思想研究》，北京：北京师范大学出版社，2014年，第98页。

为，先秦时期未受封建制"君学"和外族"异学"浸染之前的"古学"（即国学）才是中国传统文化的精髓，故而大力倡导复兴先秦时期的诸子学，反对君主专制和外族统治。由此，晚清的国粹思想便自然地与"排满"和"激动种姓"等革命言说结合到了一起。

正如盛邦和所言，东亚文化建设一般需经历四个阶段：西学东来、西学受阻与初步受容、西学启蒙与传统解体、西化反思与传统更新①。明治中期，政教社的国粹思想已经处于第四个阶段"西化反思与传统更新"，而晚清国粹派还处在第二个阶段"西学受阻与初步受容"。相较而言，晚清国粹主义的发展具有滞后性，也缺乏对传统文化的批判意识，最终落后于时代的需求。但是，晚清国粹派试图以"复兴古学"的路径保持中国民族文化主体性的历史意义是值得肯定的。

（二）民初的国粹主义

1914—1918 年的第一次世界大战以后，欧洲国疲民穷，满目疮痍，战争的创伤令人们哀叹，也让人们强烈地感受到"西方的没落"（斯宾格勒语）。战争过后，许多欧洲人对西方文化失去信心，转而希冀从东方寻求医治"现代病"的良方，甚至出现狂热地崇拜亚洲文化的现象。与此同时，中国的"东方文化派"异军突起②，其代表人物包括梁启超、梁漱溟、张君劢等人。他们反对五四新文化运动的激进改革，反思西方现代文明的弊病，主张调和中西文化，尤其强调复兴中国的传统文化。

---

① 盛邦和：《中日国粹主义试论》，载《日本学刊》2003 年 4 期，第 153 页。
② 所谓"东方文化派"，学界目前并无明确的界定，"它是其时持论激进的年轻的马克思主义者用以泛指欧战后力主反思西化并以复兴中国固有文化为己任的一派人，意存调侃与贬斥"。参见郑师渠：《在欧化与国粹之间：学衡派文化思想研究》，北京：商务印书馆，2019 年，第 13 页。

随着梁启超的《欧游心影录》(1920)和梁漱溟的《东西文化及其哲学》(1921)相继出版，民初的国粹主义思想渐达高潮。《欧游心影录》记录了梁启超在第一次世界大战结束以后，游历考察欧洲各国的真实感受。梁启超认为，西方现代的进化论、自由主义、功利主义、强权意志等学说导致欧洲陷入了崇尚竞争和膜拜权力的漩涡，而迷信科学万能的思想又动摇了传统宗教和道德的根基，因而制造出现代社会的诸多矛盾，引发了欧洲各国之间冲突与战争。因此，中国人应当从欧洲的历史中吸取经验和教训，有选择性地汲取西方文明的精髓，以中国文明弥补西方文明的缺陷，以中西文明融合的方式形成一种新的文明形态。梁启超尤其认同哲学大师柏格森主张弘扬传统文化的思想。梁启超还专门在《欧游心影录》中转述了柏格森有关中国哲学的评论："我近来读些译本的中国哲学书，总觉得他精深博大。可惜老了，不能学中文。我望中国人总不要失掉这分家当才好。"① 柏格森的观点深刻地影响着梁启超对待中国传统文化的态度，晚年他一直以昌明国粹为己任，全力弘扬中国古典文化。

　　20世纪20年代以后，为了批判部分国人盲目效仿西方文明的不良现象，梅光迪、吴宓等人创办了《学衡》杂志，以"昌明国粹""融化新知"为办刊宗旨。《学衡》刊物的创办标志着"学衡派"的崛起。学衡派的主要成员大多具有留学欧美国家的经历，《学衡》杂志文章的作者也多半是学贯中西的大学教授。学衡派的国粹主义思想，借鉴了美国以白璧德为首的新人文主义。白璧德主张"用历史的智慧来反对当代的智慧"②，强调人们应当融合东西方传统文化的精髓，重新确立一种具有普适性的

---

① 梁启超：《欧游心影录》，北京：商务印书馆，2014年，第49页。
② 梅光迪：《人文主义和现代中国》，中华梅氏文化研究会编，《梅光迪文存》，武汉：华中师范大学出版社，2011年，第189页。

价值标准,以约束现代不断扩张的人欲,弥补西方现代文明的缺陷。同样,学衡派也反对部分国人盲目崇拜西方文明,呼吁人们重新审视中国传统文化的价值,在保持中国民族文化独立性的基础之上,融合东西方文明的优势。梅光迪就明确地批评过当时主张全盘西化的观点:"如今在中国的教育、政治和思想领域扮演着主角的知识分子们,他们已经完全西化,对自己的精神家园缺乏起码的理解和热爱,因而在国内他们反而成了外国人。"① 梅光迪认为,西方文明自身存在的危机早已在西方国家显露端倪,可惜的是,中国人却风急火燎地想要完全照搬或完美复制西方文明。殊不知,西方业已陈旧且令人质疑的思想,很快便会暴露出其存在的缺陷和可能导致的危机。当然,梅光迪并非要全盘否定西方文化的价值,而是主张国人立足于中国的传统文化,在保持民族文化独立性的前提之下,实现中西文化的交流与融合。他进一步指出,新文化运动的现代派人物(如胡适等人),"他们已走得太远,已不再是如他们自己宣称的那样,进行着'中国的复兴',而是铸成了'中国的自取灭亡'"②。学衡派批判新文化运动激进的欧化主义政策,呼吁人们重新认识中国传统文化的独特价值,实现东西方文明的共建共生。

可见,第一次世界大战以后,东方文化派和学衡派都批判西方现代文明的弊病,主张融合东西方文明的优势,实现中华民族文化的复兴。不过,两个学派之间仍有分歧。东方文化派成员普遍认为,西方文化的精华在于现代的"科学"与"民主",而学衡派则认为,西方文明的真正精髓在于西方古代圣贤的人文精神。总的来说,两派的国粹主义都驳斥激进的全盘欧化主义,在

---

① 梅光迪:《人文主义和现代中国》,中华梅氏文化研究会编,《梅光迪文存》,武汉:华中师范大学出版社,2011年,第191页。
② 梅光迪:《人文主义和现代中国》,中华梅氏文化研究会编,《梅光迪文存》,武汉:华中师范大学出版社,2011年,第192页。

批判现代性方面，表现出共通性和类同性。

  国粹主义在本质上是本土文化对西方文化的抵抗和反击，是超越"西方文明中心论"的具体表现。事实上，中日国粹主义论者并不反对吸收和借鉴西方文明，只是他们主张重新审视东方传统文化的独特价值以及西方文化的潜在弊病，摆脱盲目崇拜西方文化的自卑心理，强调融合东西文化的优势，发展民族文化。明治中期的政教社和晚清时期的国粹派都反对社会上盛行的欧化主义，都将"国粹"与"民族"意识相结合，试图以"国粹"唤起民众的爱国心和民族自信心，以实现民族独立。不同的是，日本政教社反对的是明治政府的"全盘西化"政策而并不反对政府本身，但晚清国粹派则试图通过"复兴古学"推翻清王朝的统治。政教社关注的是如何在吸纳西方现代文明的基础上实现"日本式的开化"，而国粹派则侧重于先秦诸子学的学术研究，与现实需要脱节。随着日本国力的增强，尤其是中日甲午战争和日俄战争获胜以后，政教社的国粹主义逐渐由"防御性民族主义"演变为"进攻型民族主义"，为后来的亚洲主义和军国主义奠定了思想基础。与此不同，东方文化派和学衡派的国粹主义则是建立在反思和批判西方现代文明弊病的基础之上，主张融合中西文明的精髓，重新认识并发展传统民族文化，并不具备侵略性。明治中期和清末民初的国粹主义对中日近现代作家的文学创作也产生了深远的影响，后文将详细论述。

第二节
幸田露伴与许地山文学的 "东方性"

幸田露伴（1867—1947）是一位具有深厚东方文化素养的文学家。他自幼广泛涉猎汉文典籍和佛教经典，熟读日本古典文学，因其作品呈现出古典气质而带有"反欧化主义的性格"①。许地山（1893—1941）从小受家族环境的熏陶笃信佛教，后又潜心研究道教，因此他的文学可谓"深受佛家、道家思想影响"②。幸田露伴和许地山都创作过许多体现佛学和道家思想的文学作品。此外，幸田露伴重视中国和日本的古典文学，许地山也主张研究中国古代的文物与民俗。这种对传统东方文化艺术价值的重视，以及与西方近现代文学保持疏离的艺术创作态度，可谓幸田露伴和许地山文学的共同特征。

然而，目前中国学界还鲜少有研究者对幸田露伴和许地山文学所共同具有的"东方性"特征展开比较研究。那么，何谓"东方性"？依笔者所见，儒释道三教的互补与融合正是东方文化的主要特征。儒家强调宗法人伦，引导人进入相当现实的伦理

---

① 前田愛：「作家に見るナショナリズム・幸田露伴」，載『国文学解釈と鑑賞』1971 年 36 号，第 76-84 頁。
② 赵晓珊：《无为自然与反抗荒诞——试论许地山道家思想与加缪的存在主义》，载《甘肃理论学刊》2003 年 3 期，第 60 页。

世界；佛家则妙悟心性，引导人看破生死尘缘，进入涅槃的心灵世界；道家推崇自然，引导人返回乐知天命的自然世界。东方文化的精髓就蕴藏在儒释道精神之中。因此，凡是着力表现儒家、佛家和道家思想文化的文学，坚持立足于"东方文化圈"，力图保存东方地域性和民族性特征的文学，皆可谓具有"东方性"。值得思考的是，为何幸田露伴和许地山的文学会与同时代亲近西方文学的作家们不同，表现出对传统东方文化的眷恋呢？这种对传统东方文化的"乡愁"，是否与他们的现代性批判意识相关？其背后深刻的文化用意又应当如何去理解和解读？下面主要围绕以上问题展开论述。

一、 幸田露伴与许地山文学的佛学元素

明治中期，伴随着国粹主义思潮的兴起，幸田露伴创作了《风流佛》（1889）、《五重塔》（1892）等蕴含佛学元素的小说，打破了日本文坛唯西方近代写实主义马首是瞻的局面。无独有偶，20世纪20年代初，作为中国文学研究会成员的许地山也发表了《命命鸟》（1921）、《商人妇》（1925）等融入东南亚异域风情和佛学智慧的短篇小说，在五四时期的文坛独树一帜。佛学与文学的结合不约而同地成为幸田露伴与许地山保存文学"东方性"的一种策略。

《风流佛》最早刊发于明治二十二年九月的《新著百种》第五号，它奠定了幸田露伴在文坛的地位。小说讲述了手艺精湛的雕刻师珠运的悟道经历。有一次珠运到奈良去瞻仰佛像，路途中偶遇孤苦伶仃的卖花女阿辰，二人情投意合，于是私定终身。不料阿辰失散多年的生父岩沼子爵突然出现，他不愿招身份地位卑微的佛像雕刻师做女婿，而是把女儿许配给了业平侯爵。珠运得知消息后，伤心不已。客栈老板为了帮助珠运排遣悲伤，建议他雕刻一座以阿辰为原型的佛像。在雕刻过程中，珠运产生了各种

有关阿辰的幻听、幻觉和幻影，最终他打定主意摒弃一切烦恼和爱执。他的虔诚打动了佛心，佛像最终化为阿辰的人形，与珠运携手，一起腾云而去。珠运和阿辰二人从相遇、相恋、分离至成佛的故事，折射出幸田露伴试图以佛学智慧超越俗世爱欲的想法。杉崎俊夫指出，露伴以佛教的"唯识所变"思想来理解世俗爱恋的迷妄，进而认为世间的爱欲只不过是自我意识的"幻影"①。正如《风流佛》中的吉兵卫所言："男人迷恋的不是女人，把女人弄得神魂颠倒的也不是男人。大家爱上的恐怕都是自己制造的幻影。"② 佛教《华严经》讲"唯心所现，唯识所变"。这是佛教的基本理念，认为万物的本原是心性（佛性）。因此，万物及其现象不过是心性的表现而已。珠运决心断绝对世间爱欲的执着，从而迎来了充满圣洁之爱的极乐世界。"从此岸的、世俗的小爱，到达彼岸的、圆满的大爱的世界，才是露伴真正追求的爱的理想境界。"③《风流佛》反映出露伴根植于佛教理念的恋爱观，这与当时着力摹写现实世界和人物心理的写实主义文学有所不同。坪内逍遥在《小说神髓》中主张的"人情"以及西方文学的"人欲"至上观念，并不是露伴所要着力表现的内容，而如何以佛学的"唯识所变"思想超越现代"人情"和爱欲的虚妄才是露伴追求的终极目标。在当时的明治社会，扩张人欲被视为推动现代文明发展的原动力。而幸田露伴对人欲的超越，依靠的正是东方的佛学思想，解构的则是西方现代个人主义思想。

许地山的《命命鸟》（1921）最早刊发于《小说月报》，它讲述了缅甸世家子弟加陵和名俳优之女敏明两人之间的爱情悲剧。加陵和敏明的爱情遭到双方父亲的阻挠，敏明在梦境中参悟

---

① 『幸田露伴・樋口一葉』，東京：有精堂，1982 年，第 47 頁。
② 幸田露伴：「風流仏」，『幸田露伴集』，東京：筑摩書房，1977 年，第 19 頁。
③ 『幸田露伴・樋口一葉』，東京：有精堂，1982 年，第 50 頁。

人生，最终与加陵携手走向涅槃。梦境中，敏明看到溪水对岸的女子依次对不同的男子说着同样的一句话："我很爱你，你是我的命。我们是命命鸟，除你以外，我没有爱过别人。"① 男子也依次对不同的女子回答着相同的话："我对于你的爱情也是如此。我除了你以外不曾爱过别的女人。"② 此时，忽然一阵狂风把对岸象征着"情尘"的花瓣刮走了，那些男女立刻露出凶恶的面貌，互相啃食起来。敏明由此感悟到爱情的虚妄和人生的无常，决心不再贪恋尘世，以免终生在轮回之中"致受无量苦楚"，她愿意转身极乐世界，从此进入寂静无忧的净土。"命命鸟"是佛经中的一种双头鸟，其特征是"神识各异，同共报命"，一荣俱荣、一死俱死。敏明认为，自己与加陵正是尘世间的一对命命鸟，最终他们选择一起携手投湖自杀，走向涅槃之境。许地山主张以佛教的"生本不乐"思想来消解尘世的困苦，从而超越此岸世界，到达彼岸世界。佛教认为，世俗世界的一切本性都是"苦"，只有断绝造成尘世之"苦"的所有因素，看破世事的无常，不执着于虚妄的事物，才能最终超脱生死的轮回，走向无"苦"的涅槃境界③。许地山基于佛教的众生皆苦、六道轮回的苦空观，形成了"生本不乐"的人生价值观。《命命鸟》中敏明与加陵携手投湖自尽的结局，就渗透着"生本不乐"、涅槃归真的佛教思想。

　　幸田露伴《风流佛》以佛学的"唯识所变"思想超越了西方近代推崇的"人情"和"爱欲"，追求至臻大爱的理想之境。许地山的《命命鸟》渗透着"生本不乐"佛学思想，敏明参透世间情爱的无常，悟破"我执"的虚妄带来的"无量苦楚"，进

---

　　① 许地山：《许地山精品选》，北京：中国书籍出版社，2014年，第90页。
　　② 许地山：《许地山精品选》，北京：中国书籍出版社，2014年，第91页。
　　③ 杨国良、钟术学：《从显现到隐藏：许地山的宗教性追求》，载《中国比较文学》2006年3期，第77页。

而愿意转身极乐世界。幸田露伴和许地山文学所蕴含的东方佛学思想,自然会与西方现代的个人主义和自由主义发生龃龉。个人主义和自由主义宣扬"人性至上",充分肯定人的欲望,鼓励人们追求婚恋的自由,抨击封建父权家长制对个性的压抑。尽管《风流佛》和《命命鸟》表面上皆以浪漫主义的艺术手法创造了男女主人公冲破父权阻碍、实现二人合体的圆满结局,但故事的根本思想却是主张凭借佛学智慧参透"我执"的虚妄或世间的"无常",从而超越和克服个人的欲望。换言之,这两个文本本质上是以东方的佛学思想反叛甚至消解了西方现代的个人主义和自由主义思想。

二、幸田露伴与许地山文学的道家思想

幸田露伴和许地山的文学都渗透着道家顺其自然、为而不争、超越现实等哲学思想。不仅如此,他们还都曾经系统地研究过中国的道教文化和道家思想。幸田露伴著有《关于道教》(1933)和《道家思想》(1936)等研究论文,许地山撰写了《道家思想与道教》(1927)和《道教史》(1937)等专门研究道教的文章。与同时代一味追随西方现代思想、全面否定传统的文化激进主义者不同,他们关注中国的道教和道家思想,以客观的眼光看待中国的传统文化,有所继承,也有所批判,保持着文学创作和学术研究的"东方性"特征。

(一)道家的"法自然"思想

"法自然"是道家文化体系中的重要概念,是一种人生观和处世原则。老子在《道德经》中提出"人法地,地法天,天法道,道法自然"①,意指凡事应顺随万物的自然变化,不命令或干涉万物,任其自化自成。庄子及其后的道家学派继承并发展老

---

① 陈鼓应注译:《老子今注今译》,北京:商务印书馆,2003年,第169页。

子的"自然"说。这些学说概括起来可以分为三个层面：一是崇尚自然法则，即凡事应遵循自然的规律，顺势而为；二是追求无为而治，即统治者不争强好胜、居功自傲，处无为之事，行不言之教；三是渴望"圣人"政治，即按照"道"的要求治理国家。

幸田露伴在小说《命运》（1919）中便将明太祖朱元璋描写成一位推崇道家信仰的圣明君主。明太祖曾经撰写《道德经注》二卷，并对臣下宋濂说："人君若能清心寡欲，使百姓安居乐业、丰衣足食，熙熙嗥嗥而不自知，这就如同神仙。"① 这种想法正好契合道家的"法自然"、无为而治的统治理念。老子认为，倘若君主无欲无为，不争不战，百姓便能安居乐业。故而，老子在《道德经》中写道："使有什伯之器而不用；使民重死而不远徙；虽有舟舆，无所乘之，虽有甲兵，无所陈之；使民复结绳而用之。甘其食，美其服，安其居，乐其俗。邻国相望，鸡犬之声相闻，民至老死，不相往来。"② 不难看出，道家的政治理想是君主能够克制对外扩张的欲望，人们能够安土重迁，安居乐业。因此，幸田露伴对于明太祖"清心寡欲""使民安于田里"的统治智慧赞叹不已，甚至称赞："太祖是真豪杰。生时不抱长生不老的痴想，死后安于自然万物的数理。从容不迫，晏如不惕，伟大啊，伟大啊。"③ 明太祖顺从生老病死的自然规律，不追求长生不老的做法也符合道家"法自然"的思想。与之相反，露伴其实并不欣赏永乐帝篡位夺权、四方征战的行为，反倒认为建文帝一生仁慈宽厚，不贪恋尘世繁华，一切顺其自然的心态更加难能可贵。露伴在《自跋》中指出，尽管永乐帝拥有运筹帷幄的才干，但他罔顾人伦、倒行逆施，因此也难以"君临一

---

① 幸田露伴：「運命」，『幸田露伴集』，東京：筑摩書房，1977年，第165页。
② 陈鼓应注译：《老子今注今译》，北京：商务印书馆，2003年，第345页。
③ 幸田露伴：「運命」，『幸田露伴集』，東京：筑摩書房，1977年，第165页。

世"。建文帝一生待人温和宽厚、恬淡自适,反而活得风轻云淡、逍遥自在,最后被迎回皇宫颐养天年。建文帝的人生追求符合一切顺其自然、无为无欲的道家思想。

依笔者所见,在 20 世纪 10 至 20 年代,幸田露伴推崇道家的"法自然"思想是有着深刻用意的。第一次世界大战期间,帝国主义国家之间互相争夺世界霸权和海外殖民地,激烈的战争造成一千余万人丧生,两千余万人受伤。这场惨烈的世界性战争给人类社会带来了空前的浩劫和深重的灾难。面对这场惨绝人寰的战争,幸田露伴选择重拾道家的"法自然"思想,试图凭借道家的"无为而治"的人生智慧对冲甚至消解西方现代的工具理性思维以及西方的殖民主义思想。换言之,露伴在《命运》中反思永乐帝四处征战的人生经历,表达对建文帝顺其自然的人生态度的欣赏,实际上隐藏着他对西方工具理性和殖民主义的批判。

同样,许地山的小说也融入了道家的"法自然"思想。小说《缀网劳蛛》(1922)中女主人公尚洁的处事原则也与道家思想相契合。一直以来,尚洁都坦然地接受自己的童养媳身份,不理会她与谭先生的不实传闻,面对生命中的苦难或变故,她都抱以顺其自然的态度。尚洁从不在乎流言蜚语的中伤,即便被丈夫误解,被赶出了家门,她也不抱怨,坦然地接受失去财产的现实,忍受与女儿分离的痛苦。她不期待获得理解,也不逃避苦难。有学者把许地山的这种人生观总结为"破网哲学",其主要内涵有三层:"一、网无不破,人生是残缺的,命运是悲剧的;二、网不知何时破,怎样破,人生命运是不可知的;三、生当补网,别无选择,一切听其自然,破网自有可爱之处。"[①] 许地山的这种顺其自然的生命哲学正是源于道家的"法自然"思想。许

---

① 郭济访:《论道家思想对许地山的影响》,载《中国现代文学研究丛刊》1992 年 1 期,第 85 页。

地山曾在《道家思想与道教》一文中围绕道家的"法自然"思想展开论述。他认为，人与人相处之时，如果能柔弱相让，便是顺乎自然之理。因此，许地山笔下的人物几乎没有一个是威武雄壮、咄咄逼人的英雄，基本都是些柔弱卑微、步步忍让的小人物。

事实上，在现代欧风美雨强势介入东亚地区的历史语境下，许地山选择回归道家的"法自然"思想，旨在对抗西方思想文化中的工具理性思维模式，以道家思想重塑人们的价值理性，避免人们整日工于心计，生活在相互争斗、相互算计之中。简言之，与幸田露伴类似，许地山也试图以东方的道家哲学化解西方现代性的潜在危机。

（二）专门的道教研究

20世纪30年代，幸田露伴和许地山都曾经专门研究中国的道教文化。幸田露伴在《关于道教》（1933）一文中详细论述了道教的起源、道教的神仙体系、道教的五行说以及五斗米教的影响等，通过比较道教、道家、神仙家三个概念内涵的差异，系统地梳理出道教的发生史。许地山的《道教史》（1937）从"道底意义""道家思想底建立者老子"等七个方面全面考察道教的历史和文化渊源。幸田露伴和许地山的道教研究表现出两个共同点。一是他们都对道家与道教的概念和内涵作出区分。幸田露伴指出："道家不是出自道教，而是道教篡夺了道家的思想。道教不仅吸收道家的学说，还借鉴婆罗门教和佛教的组织框架来创建道教的宗教体系。"① 所以，道家是与儒家、法家、名家、农家等各家思想相对应的称呼，是一门学问，而道教则是根据易经和老庄学说，在吸收外来佛教思想的基础上发展壮大起来的一门宗教。同样，许地山也认为"现在名思想方面底道为道家，宗教

---

① 幸田露伴:「道教に就いて」,『露伴全集（第十八卷）』,東京：岩波書店，1979年，第259頁。

方面底道为道教"①。所谓思想方面的"道",主要是指老庄哲学思想和易经的阴阳五行学说,而宗教方面的道则包含方术符籙等内容。二是他们都充分肯定道教和道家对中国文化深远的影响,都着重探讨道教与中国古典文学的关系。幸田露伴认为,在中国道教是可以与儒教和佛教鼎足而立的宗教,因此"绝不可轻视道教在中国的影响力,从中国的历史、文学、美术等都可以看出,道教早已成为中国人道德、信仰、情操的组成部分"②。幸田露伴还指出,在中国的小说和戏曲中随处可见道教的"色彩和香气",要找出不受道教影响的小说或戏曲反倒是件很困难的事情。道教也影响着中国的高等文学诗歌,"如果说杜甫的诗歌饱含着儒教精神,那么李白的诗歌就流淌着道教的血液"③。

同样,许地山也高度评价道家思想在中国传统文化中的重要性。他认为:"唐代之佛教思想,及宋代之佛儒思想,皆为中国民族思想之伟大时期,而其间道教之势力却压倒二教。这可见道家思想是国民思想底中心。"④ 许地山的这番言论充分肯定了道家思想在中国历史上的价值和地位。与幸田露伴相同,许地山也着重探讨道教与中国古典文学的关系。许地山指出:"道家文学每多空想,或假托古人仙人,也容易与神仙家底神仙故事结合起来。"⑤ 神仙的不老不死、不为物累、逍遥自在,正是道家所追求的,这也是中国古代许多文人的追求。

幸田露伴和许地山都关注道教文化和道家思想,并把它们融入自己的文学创作之中,他们都对道教和道家展开系统的研究,

---

① 许地山:《许地山学术论著》,上海:上海书店出版社,2011年,第3页。
② 幸田露伴:「道教に就いて」,『露伴全集(第十八卷)』,東京:岩波書店,1979年,第247頁。
③ 幸田露伴:「道教に就いて」,『露伴全集(第十八卷)』,東京:岩波書店,1979年,第248頁。
④ 许地山:《许地山学术论著》,上海:上海书店出版社,2011年,第3页。
⑤ 许地山:《许地山学术论著》,上海:上海书店出版社,2011年,第99页。

充分肯定它们的历史价值。面对着强势的西方文明，这种对道教文化和道家思想的推崇和认同，其实与中日作家的现代性批判意识有着密不可分的关联性。

三、幸田露伴与许地山文学的"东方性"与现代性批判

佛教和道教自诞生起便与文学结下不解之缘。佛教和道教经典为中日作家的文学创作提供了丰富的创作素材和深刻的哲学思想。然而，近代以来，人们把以科学为基础的理性主义奉为圭臬，中日近现代作家普遍追随西方的写实主义或自然主义文学，拒斥带有神秘主义色彩的宗教文学。在此种文化语境之下，幸田露伴和许地山并没有随波逐流，依然坚持创作饱含东方哲学智慧的文学，保持着文学的"东方性"品格。

（一）对线性历史发展观的疏离

现代性是建立在一种持续进步的、无限发展的、注重未来的线性时间观之上的概念。正如卡林内斯库所言："只有在一种特定时间意识，即线性不可逆的、无法阻止地流逝的历史性时间意识的框架中，现代性这个概念才能被构想出来。"① 现代性相信时间是线性发展的，相信进步论，相信世界必定从低级向高级，由简单向复杂发展。启蒙现代性正是建立在这种线性历史发展观的基础之上，进而衍生出达尔文的"进化论"和斯宾塞的"社会进化论"等学说。文学方面，中日两国早期的写实主义就接受了西方基于进化论的文学史观。坪内逍遥在《小说神髓》（1885）"小说的变迁"一章从进化论的角度指出，人类文明程度越高，文学中神秘荒诞的成分就越少，因而近代小说就应该抛

---

① 卡林内斯库：《现代性的五副面孔——现代主义、先锋派、颓废、媚俗主义、后现代主义》，顾爱彬等译，南京：译林出版社，2015 年，第 11 页。

却"荒唐的构思,描绘出世态的真相",并认为"这是进化的自然法则"。坪内逍遥的写实主义对中国文坛也产生了重要影响。例如,周作人就指出应当把《西游记》《聊斋志异》等虚构的非写实主义文学归入"迷信的鬼神书类"加以批判和排斥。五四时期,中国还发生过一场有关科学与宗教的争论:"我们既经学了点宇宙的进化,自然不能相信宗教创造世界的传说;我们既经学了点生物的进化,自然不能相信宗教创造人类的传说。"① 这些观点显然受到西方以线性历史观为基础的进化论思想的影响。

然而,佛教的"轮回说"和道教的"循环说"都与线性历史发展观截然不同。佛教认为,一切有生命的东西如不寻求"解脱",将永远在"六道"(天、人、阿修罗、畜生、恶鬼、地狱)中无有止息地循环。道教认为,世间一切事物会循环地迁变,成就与失败、祸患与福利都是互相循环的。这种东方的循环历史发展观与西方的线性历史观完全不同。幸田露伴和许地山的文学都不约而同地表露出对东方循环历史观的认同。露伴的《命运》讲述建文帝和永乐帝的皇位之争。正如王向远所言,"幸田露伴在这篇小说中感叹世事莫测、命运难料,表现了福祸相倚的'命运'观"②。这种"福祸相倚"的思想来源于道家的循环说。老子说,"祸兮福所倚,福兮祸所伏",世间的成败得失都是互相循环的。同样,许地山在《道家思想与道教》一文中也阐释了道家的循环说:"造化本无全功,成就与失败,祸患与福利都是互相循环底。……成败生死是存在天道与地道里头循环底造化。"③ 许地山《命命鸟》中加陵彻悟情爱的虚妄,决心

---

① 恽代英:《我的宗教观》,转引自陈平原,《论苏曼殊、许地山小说的宗教色彩》,载《中国现代文学研究丛刊》1984 年 3 期,第 4 页。
② 王向远:《中国题材日本文学史》,上海:上海古籍出版社,2007 年,第 115 页。
③ 许地山:《许地山学术论著》,上海:上海书店出版社,2011 年,第 270 页。

超脱轮回之苦，进入涅槃归真的世界。不难看出，幸田露伴和许地山的文学继承了东方的循环历史观，与西方的线性历史观是相对疏离的。

（二）对理性主义的批判

现代化的过程即理性化的过程。"理性是现代性中的核心概念，理性主义原则是现代社会的最基本原则，是基石，现代性的其他原则、表征以及现代社会的架构，都是由此衍生出来的。"[①]启蒙运动之前，西方社会基于上帝信仰来阐释宇宙与人类社会的关系、人类生存的目的以及政治权利的合法性。启蒙运动之后，上帝信仰坍塌，教会权威丧失，人们以理性替代宗教重新定义政治的合法性和社会道德。具体表现为实行政教分离，推崇科学与真理，无限度地释放人的欲望等，从而产生道德和文化的相对主义、虚无主义。以赛亚·伯林认为，启蒙运动的核心观念是"宣扬理性的自律性和以观察为基础的自然科学方法是惟一可靠的求知方式，从而否定宗教启示的权威，否定神学经典及其公认的解释者，否定传统、各种清规戒律和一切来自非理性的、先验的知识形式的权威"[②]。这种理性至上的观念对中日近现代作家产生了不可估量的影响，他们大力倡导"人的文学"，崇尚写实主义和自然主义，着重对现实生活的表面现象作记录式的真实写照，或批判、或拒斥带有佛教和道教神秘玄幻色彩的文学。

幸田露伴和许地山的文学在当时的文坛上是独树一帜的，他们延续着文学与宗教之间的历史联系，从佛教和道教的经典中汲取文学创作的素材。幸田露伴在《怪谈》一文中如此写道："古

[①] 王慧然：《理性主义与西方现代性危机》，载《学术交流》2010年6期，第21页。
[②] 伯林：《反潮流：观念史论文集》，冯克利译，南京：译林出版社，2011年，第1页。

人的心理是理智之火照亮得少,而感情之水滋润得多"①,故而会创造许多怪异故事和幽灵传说。古代许多诗人、小说家、戏曲家为了迎合读者喜欢怪异故事的心理,创作了许多想象力丰富的怪异故事、妖怪传说。幸田露伴客观地评价怪谈小说的虚构性,但并没有全面否定怪谈文学的价值。此外,露伴也没有追随明治日本文坛主流的自然主义,而是潜心研究《水浒传》《西游记》《红楼梦》以及《聊斋志异》等融合佛教和道教思想的中国古典文学,充分肯定宗教对于中国文学的价值。露伴尤其关注中国的各类怪谈故事,《中国的灵异现象》一文便具有代表性。该篇文章称赞了清初杰出的诗人和戏曲家尤西堂丰富的想象力和出众的才情。尤西堂在长篇小说《瑶宫花史小传》里描写了一位自称"瑶宫花史"的年轻女鬼,她时常与尤西堂一起吟诗作赋,进行灵魂的对话和交流。露伴认为,因为尤西堂本身就是一位多情才子,又有着丰富的想象力和卓越的诗词才华,才能写出如此优秀的作品。露伴指出了"瑶宫花史"的虚构性,但并没有批判神秘主义叙事的荒诞,反而赞扬尤西堂的想象力和诗文才情。同样,许地山的文学也蕴含着许多佛教和道教的言说。譬如,《愿》这篇随笔就表现出许地山的佛学信仰。他希望凭借无边宝华盖、如意净明珠、降魔金刚杵、夺宝盂兰盆等佛教法器,实现自己普度众生的愿望。另外,他的散文《鬼赞》描写的是主人公"我"独自经过一群死人的坟墓时,看见一群高矮不齐的幽魂从各自的坟墓里走出来,仿佛举行巡礼一般一起唱和。许地山以鬼魂礼赞生前生活的神秘主义叙事表达着自己对现世人生价值的肯定与认同。不难看出,幸田露伴和许地山文学包含着许多佛教和道教的言说,他们从东方宗教中汲取文学创作的灵感,保持

---

① 幸田露伴:「怪談」,『露伴全集(第十八卷)』,東京:岩波書店,1979 年,第 88 頁。

着宗教与东方文学的血脉联系,延续着文学的"东方性"特征。

(三) 对个人主义的超越

个人主义是西方现代性的重要内容。明治时代日本作家和五四时期的中国作家普遍接受了西方的个人主义思想,大力主张发展人的个性,追求人的欲望,破除一切有碍个人自由和自我发展的障碍。在中日文坛纷纷积极效仿西方文学,主动吸纳西方现代个人主义思想的时代语境之下,幸田露伴和许地山的文学却表现出对个人主义的超越或疏离态度。

如前所述,幸田露伴的《风流佛》和许地山的《命命鸟》以东方佛学的苦空观、无常观超越了西方个人主义的"爱欲至上"理念。除此之外,幸田露伴和许地山也批判极端个人主义给他人造成的创伤。幸田露伴的《五重塔》中,主人公十兵卫一心想要亲手建造能够流芳百世的五重塔,而十兵卫的师傅源太也想建造五重塔。郎圆长老以佛家典籍中哥哥弟弟互相忍让、互相协助、共同渡河的故事启发二人。在源太主动放弃建造五重塔之后,长老还特意告诉源太私下里应当助十兵卫一臂之力,以积攒自己的善根福种。虽然十兵卫多次拒绝源太的帮助,但在五重塔的竣工仪式上,长老还是特意把源太和十兵卫的名字共同写在塔上。伊藤整认为:"十兵卫拒绝了长老希望二人协力建塔的提议,坚持自己建塔的行为,表现出十兵卫个人的名利心以及出人头地的欲望。"[①] 十兵卫的"名利心"和"出世欲"与日本社会当时的"立身出世"主义风潮有关。明治时代的"立身出世"主义思想,本身就包含着西方现代的个人主义和功利主义思想。正如登尾丰所言,《五重塔》是明治时代尊重自我、追求个人价值实现的历史背景下的产物,它包含着现代与反现代的双重要

---

① 伊藤整:「紅葉と露伴」,『幸田露伴・樋口一葉』,東京:有精堂,1982年,第94頁。

素，而露伴的反现代思想根植于佛教精神等东方精神①。十兵卫想要凭借自己个人的力量建造一座流芳百世的佛塔，一心追求实现自我的价值，这是典型的西方个人主义思想。但是，十兵卫不顾义理人情，一味地拒绝与他人的合作，不仅伤害了源太的感情，还制造出许多矛盾，结果被源太的徒弟清吉割掉了耳朵，最终也伤害了自己。露伴以佛教的寓言故事和郎圆大师的行为指明了东方人克服西方个人主义危机的方法。这也显示出露伴试图以东方哲学智慧超越西方现代性危机的创作意图。与此类似，许地山也在散文《蜜蜂和农人》中以蜜蜂与农夫的隐喻批判极端个人主义的危害。蜜蜂们虽然忙忙碌碌，却互帮互助，共同酿蜜，它们共同唱着诗歌："大家帮帮忙，别误了好时光"。相反，农夫们各自担着烟管悠闲地聊着天，劳作时唱的歌却是："东家莫截西家水，西家不借东家粮。各人只为各人忙——更让人自扫门前雪，不管他人瓦上霜。"② 许地山将勤劳和团结的蜜蜂与懒惰自私的农夫作对比，批判了极端个人主义的弊病。幸田露伴和许地山以东方的佛学智慧和团队协作精神，超越了西方的个人主义思想。从更深层的意义上说，这其实是以东方传统文化反思或超越西方现代文化。

　　幸田露伴和许地山的文学蕴含着佛家的"唯识所变"与"生本不乐"思想，他们的文学充分契合道家的"法自然"思想，也自觉地延续着中日古典文学的创作题材或叙事技巧，主动保持着自身文学的"东方性"品格。事实上，面对强势的西方文明，幸田露伴和许地山极力倡导东方传统的思想文化是有所用意的。在他们看来，佛学的苦空观可以修复信奉西方个人主义的现代人的心灵创伤；道家的"法自然"思想能够对冲甚至消解

---

① 『幸田露伴・樋口一葉』，東京：有精堂，1982年，第92頁。
② 许地山：《许地山散文精选》，武汉：长江文艺出版社，2017年，第18页。

西方的工具理性和殖民主义思想，从而建构起顺乎自然的、和谐稳定的社会环境。此外，幸田露伴和许地山文学的"东方性"与现代性批判意识之间的关联还表现在他们以东方传统的循环历史观超越了西方的线性历史观，以东方宗教的神秘主义超越了西方现代的理性主义，以东方传统的集体主义超越了西方现代的个人主义。简言之，回归东方传统文化，是幸田露伴和许地山文学批判现代性的路径或方式。这正是他们文学共同呈现出"东方性"特质的根本缘由。

第三节
永井荷风和周作人的"江户趣味"

永井荷风（1879—1959）是日本唯美主义文学的代表作家。永井荷风出生于明治政府高级官僚的家庭，父亲精通汉诗，曾留学美国，担任过明治政府文部大臣的秘书。母亲爱好文学和戏剧，是一位虔诚的基督徒。1903年，永井荷风留学美国，后又转道法国旅行。五年的留洋生活给予他切身感受西方现代文明的契机，使他能够立于日本之外，以旁观者的姿态，理性地看待日本现代文明背后潜藏的问题，重新审视日本传统文化，创作具有浓厚"江户趣味"的文学。周作人（1885—1967）对江户时期的日本文化尤为感兴趣，诸如浮世绘、川柳、落语、人情本等都深深地吸引着他。这种"江户趣味"的产生离不开永井荷风文学的影响。

永井荷风和周作人对于江户的风物人情都表现出浓厚的兴

趣。先行研究多关注永井荷风对周作人"江户趣味"的形成所产生的影响，多从"物哀""谐趣""颓废"等美学的维度探讨二人文学的影响关系①，而较少提及二人的"江户趣味"与现代性批判之间的内在逻辑关联。此外，先行研究主要结合永井荷风的花柳题材小说或《晴日木屐》等散文，论述荷风"江户趣味"的具体表现，而对荷风阐述江户美术与戏剧的《江户艺术论》往往一笔带过、涉及不多。究其原因，恐怕与原文用文言写作且此前又缺少译本有关②。按照唐新艳的论断，"我国研究者对荷风文学的研究大都集中在翻译过来的几部作品，研究的广度和深度明显受制于翻译"③，我们不难理解先行研究的现状。因此，本书以《江户艺术论》重点论述的浮世绘为突破口，探讨永井荷风和周作人"江户趣味"的表现和成因，在此基础上辨析他们的"江户趣味"与现代性批判之间的逻辑关系。

一、 永井荷风早期的文明批评论

明治维新以后，日本政府推行"文明开化"政策，启蒙思想家们大力宣扬西方的现代思想。为了尽快追赶上西方发达国家，日本举国大力破除传统的旧事物，从日常生活、社会制度、自然科学到文学文化全方位地移植西方文明，几乎视"西方文明"为"现代文明"的代名词。这种"全盘西化"政策导致日

---

① 例如：赵春秋：《周作人与永井荷风——美与趣味的契合》，载《日本研究》2001年1期，第91－91页；赵春秋：《周作人与永井荷风的"市隐"道路》，载《日本问题研究》2008年1期，第59－64页；孙德高、陈国恩：《周作人与"江户情趣"——兼与永井荷风比较》，载《武汉大学学报（人文科学版）》2004年4期，第487－481页。
② 永井荷风的《江户艺术论》目前有三个译本。分别是：侯咏馨译，《江户艺术论》，台海出版社，2021年；侯咏馨译，《永井荷风江户艺术论》，红通通文化出版社，2020年；李振声译，《江户艺术论》，广西师范大学出版社，2022年。
③ 唐新艳：《永井荷风文学在中国的翻译与研究》，载《名作欣赏》2020年6期，第56页。

本的民族文化遭遇到前所未有的危机。留学归来的永井荷风敏锐地觉察到日本模仿西方文明的浅薄和盲目，通过创作《新归朝者日记》(1909)、《冷笑》(1910)等小说将矛头直指日本现代社会，以直白的口吻批判日本现代文明的弊病。

永井荷风在《新归朝者日记》中这样写道："日本人现在新建剧场，不是因为国民真心想要发展优秀的民族艺术，而是因为社会上一部分有势力的人出于肤浅的虚荣心，无知地效仿外国文明。换言之，明治文明全部是虚荣心的产物。因此，如果我们的国民不能认识到这点，从根本上转变思想，即便是开设百个议会，建设百个剧场、会堂、学校，也不过是新输入些西方的零星杂货，而且还都是些很快会褪色的赝品。"① 荷风认为，日本对西方文明的借鉴还只停留在皮相模仿的阶段，缺乏对作为西方文明根柢的个人主义和自由主义精神的真正理解，而且一心想要追赶西方国家的虚荣心又导致盲目崇拜西方文明的自卑心理。荷风针对明治时代学生们普遍认为西方音乐比日本音乐高尚的现象，一针见血地指出这种盲目的判断是迷信西方文化的结果。他写道："纯真的小学生不知从何时起，开始深信诸如钢笔、墨水、书籍等一切事物，进口的都比日本原产的上等。'日本制'意味着粗制滥造。中学以后，学生们脑海里始终有个难以转变的观念，那就是英语教师比国语教师了不起，英语教师比国语教师风姿绰约。大学入学考试的考核，比起国语汉文，更加看重外语的成绩。日本人不需要了解日本。在如今的明治时代，要想获得名誉地位，必须舍弃本国的一切，学习西方的知识。"② 不仅如此，荷风还借小说人物宇田流水之口批判日本现代文学，"纯粹由日

---

① 永井荷風:「新帰朝者日記」,『現代日本文学大系 23 永井荷風集（一）』,東京：筑摩書房，1978 年，第 204 頁。
② 永井荷風:「新帰朝者日記」,『現代日本文学大系 23 永井荷風集（一）』,東京：筑摩書房，1978 年，第 205 頁。

本人创作的文学在明治三十年代已经完全消失了。那之后的文学，不过是用日语写作的西方文学"①。这种抛弃本国传统、全盘效仿西方的盲从心理引起永井荷风的强烈反感，他以直白的口吻批判社会的不良风气。长篇小说《冷笑》暴露了明治时代崇尚功利主义的浮躁的社会心态。银行家小山清在父亲去世后，继承家里的银行，可大小事务早已被亲戚把持，自己无所作为。作家吉野红雨的文学歌颂恋爱至上和享乐主义，却被官方以"伤风败俗"为由禁止销售。狂言作家中谷丁藏酷爱传统曲艺，沉浸在富有江户情调的旧世界，刻意远离现代虚伪的世俗生活。德井胜之柱爱好天文学，但父亲认为天文学是无法带来实利的无聊学问，德井只好被迫学习法律。这些人物成长于明治时代，他们接受新思想的洗礼，又不得不受制于传统，成为一批"不幸的过渡时期的病童"②。

日本现代文学评论家本间久雄精准地评价了永井荷风早期文学的特征："《新归朝者日记》《冷笑》等作品都体现了荷风对我国粗陋、芜杂和浅薄的现代文明的愤怒。"③ 片冈良一也认为："永井荷风的艺术，从某种意义上说，是现代主义败北的记录。"④ 但是，永井荷风的文明批评论在当时遭到许多知识分子的反驳，其中，石川啄木的批评堪称代表。石川啄木认为，荷风这个"新归朝者"对日本文明的批判就像"乡下的有钱人把孩子送到都市，过着浪荡子的生活。在东京没待两年，尽与新桥、柳桥的艺伎们厮混。归乡以后，却逢人就说乡下的女人老土庸

---

① 永井荷風：「新帰朝者日記」，『現代日本文学大系 23 永井荷風集（一）』，東京：筑摩書房，1978 年，第 209 頁。
② 永井荷風：『永井荷風集』，東京：筑摩書房，1956 年，第 156 頁。
③ 本間久雄：「永井荷風論」，日本文学研究資料刊行会，『日本文学研究資料叢書　永井荷風』，東京：有精堂，1971 年，第 11 頁。
④ 片岡良一：「永井荷風と近代作家の一類型」，日本文学研究資料刊行会，『日本文学研究資料叢書　永井荷風』，東京：有精堂，1971 年，第 26 頁。

俗，摆出一副厌恶老家的嘴脸"①。永井荷风的现代性批判话语不仅没有得到知识界的认同，还遭到明治政府的打压。大逆事件以后，荷风的许多作品都被封禁，由他主办的《三田文学》于1911年先后两次被迫停刊。迫于政府的高压政策，荷风不再直接地展开文明批评，而是选择沉湎于"江户趣味"，以"江户戏作者"的姿态观察日本社会，创作怀古随笔和花柳小说，从逝去的江户文明寻找心灵的慰藉，以自己的"江户趣味"隐晦地批判日本现代文明。

二、 永井荷风的浮世绘论与现代性批判

浮世绘是日本江户时代流行于民间的一种风俗画，侧重表现民间的市井风俗或日常生活场景，多以"美人绘"和"役者绘"为主要题材。永井荷风通过鉴赏浮世绘来表现自己对"逝去的江户"的迷恋，而这种"江户趣味"又与荷风的现代性批判相辅相成。

永井荷风一直对江户文化有着浓厚的兴趣，早年曾拜落语家朝寐坊为师，甚至做过歌舞伎作家福地痴樱的门徒。游学欧美期间，永井荷风巡访各地的博物馆和美术馆，留心欧美人对日本浮世绘的研究，他开始意识到浮世绘本身的艺术价值，浮世绘从此成为荷风批判日本现代文明的利器。1920年由春阳堂出版的单行本《江户艺术论》收录了永井荷风连载于《三田文学》的十篇以浮世绘为中心的评论文章：《鉴赏浮世绘》（1914）、《铃木春信的锦绘》（1914）、《浮世绘的山水画及江户名胜》（1914）、《欧洲人眼中的葛饰北斋》（1914）、《龚古尔的歌麿及北斋传》（1913）、《欧美人的浮世绘研究》（1914）、《浮世绘与江户戏剧》（1914）、《衰退期的浮世绘》（1914）、《论狂歌》（1917）

---

① 转引自劉建輝：『帰朝者　荷風』，東京：明治書院，1993年，第108頁。

以及《江户戏剧的特征》（1914）。永井荷风借镜欧美人的浮世绘研究，重新"发现"日本浮世绘的艺术价值。他在研究浮世绘的同时，也在《三田文学》上连载漫谈东京散步的《日和下驮》（又译《晴日木屐》1915）。正如泷本弘之所言，"将《江户艺术论》与《日和下驮》二璧视为双生子来看待的话，便多少能理解荷风的用意了"①。永井荷风的浮世绘研究与他漫谈东京散步的散文相似，都以追忆江户风物的方式来批判日本现代文明。

永井荷风在《鉴赏浮世绘》的开篇这样写道："现在我国从都市改建到日常生活，如家具、日用品、庭院、衣服等，无不模仿西方文明，追随时代潮流。这使我不禁感伤日本文化的末路。"② 这种悲伤源自荷风对日渐消逝的日本传统文化的惋惜之情，也促使他对日本盲目西化、不注重保护本国传统的现象加以批评。这与《新归朝者日记》《冷笑》等早期的文明批评论一脉相承。荷风认为，要想追忆过去的生活，只能仰仗昔日的美术和文学。下文结合永井荷风的浮世绘鉴赏和文学创作，具体分析荷风的现代性批判和回归东方传统文化的心理。

（一）浮世绘里的女子

在众多浮世绘画家中，铃木春信的浮世绘给永井荷风留下的印象最为深刻。因为铃木春信最擅长表现江户时代的女性之美，荷风从铃木春信所绘的女性身上感受到日本艺术独特的魅力。铃木春信笔下的女子，或是露出赤裸的小腿，或是柔弱无力地倚靠在门上，或是松开腰带露出浑圆的乳房，每位美人都香艳绮丽，又散发着淡淡的哀愁。铃木春信的"柱绘"最令荷风感兴趣。

---

① 泷本弘之：《发现浮世绘：永井荷风与〈江户艺术论〉》，永井荷风，《江户艺术论》，侯咏馨译，北京：台海出版社，2021年，第24页。
② 永井荷風：『荷風全集（第十卷）』，東京：岩波書店，1992年，第145页。

细长的画卷上，描绘着只露出半张脸和小腿的艺伎的站姿，展现出女子婀娜的身段和香艳的风韵，无比的风情万种。在荷风看来，铃木春信浮世绘里的江户女子最能代表日本独特的民族审美情趣，她们宛如日暮晚钟下匆匆落下的花朵，令人感到一抹淡淡的哀愁，又如同虚无缥缈的单调旋律，让人不禁心生悲怜。这份"淡淡的哀愁"延续着日本民族传统的"物哀"美学。

浮世绘的女子多为艺伎或戏剧演员，而荷风的小说也多选择艺伎作为创作题材。荷风曾在《新归朝者日记》里解释自己喜欢艺伎的原因："最初，当然是因为单纯喜欢女人，现在觉得她们是江户文明的保护者"，"虽然按照明治法律，她们是道德败坏的贱业妇人，但是，她们如同装点现代都市的神社或寺庙一样点缀着城市的美，也延续着日本演剧的生命。如果盛极一时的欧化主义时代没有花柳界的话，那么江户的音乐和演剧就要全部消失了"①。由此可见，荷风把艺伎视为日本江户艺术的传承者和守护者。这种思想借由小说人物和情节的演绎更加深刻地展现出来。《妾宅》（1912）里珍珍先生观看艺伎出身的阿妾的晚妆，就像欣赏一幅活生生的浮世绘，他想"在这种和明治的妇女教育无关的风尘女子淫靡的生活中，倾听烂熟的过去文明遥远的私语"②。《较量》（1918）的主人公驹代是一名艺伎，她的衣着打扮完全遵照传统旧制，技艺精湛，能够弹奏几乎失传的圆八小调。与此相对，《梅雨之夕》（1931）的主人公君江则是一位贪图肉体享乐的咖啡厅女店员，她周旋于多位男性之间，无暇思考男女之爱的真谛，也缺乏传统艺伎的艺道和典雅。齐珮比较两部文本后得出颇有见地的结论："如果说驹代是花柳界的'艺'的

---

① 永井荷風：「新帰朝者日記」，『現代日本文学大系 23 永井荷風集（一）』，東京：筑摩書房，1978 年，第 222 頁。
② 永井荷風：《晴日木屐》，陈德文译，广州：花城出版社，2012 年，第 177 页。

象征，那么君江则是私娼窟中'性'的奴隶。"① 昭和时代，充满江户情调的艺伎馆渐次被西式的咖啡厅取代，典雅的艺伎变为恶俗的娼妇，荷风把自己对这种社会风俗变化的不满和愤懑尽数书写到文本之中。谷崎润一郎如此评价《梅雨之夕》："它反映出震灾过后东京人慌忙、浅薄的生活诸相。这与红叶山人和为永春水创作的世界大不相同。"② 红叶山人和为永春水笔下的江户世界充满艺术的风雅，而昭和时代急速现代化的日本社会却到处充斥着虚伪、狡黠与肤浅。永井荷风欣赏铃木春信所绘的江户女子，在文学创作中特意将艺伎塑造成日本传统文化的守护者，正是为了批判日本现代文明的浅薄。

（二）隅田川的风景

江户时代，隅田川作为重要的水运渠道，不仅是江户商业的生命线，更孕育着两岸独特的城市文化和生活方式，成为江户艺术家们创作灵感的源泉。浮世绘的风景画中，永井荷风最为欣赏的是江户时代风景画大家葛饰北斋的《隅田川两岸一览》，因为画作笔法自在洒脱，以忠实的写生描绘出文化初年隅田川两岸的江户原貌，富有江户都会的情调。荷风在《浮世绘的山水画及江户名胜》（1914）一文中详尽地阐释了葛饰北斋的《隅田川两岸一览》三卷绘画的内容和艺术价值。荷风还对比了葛饰北斋和歌川广重的作品，认为歌川广重所绘的隅田川风景会刻意避开赏花的喧嚣，只追求芦荻白帆的闲寂，这反倒更容易令人感受到纯粹的日本风格③，因为这份追求"寂"的心境更契合日本人传统的"侘寂"美学。

---

① 齐珮：《日本唯美派文学研究》，北京：中国社会科学出版社，2009 年，第 113 页。
② 谷崎潤一郎：「『つゆのあとさき』を読む」，『現代日本文学大系 24 永井荷風（二）』，東京：筑摩書房，1977 年，第 329 頁。
③ 永井荷風：『荷風全集（第十卷）』，東京：岩波書店，1992 年，第 179 頁。

永井荷风之所以欣赏葛饰北斋和歌川广重的浮世绘，与他自己的"隅田川情结"有着很大的关联。已有研究者指出，于荷风而言，隅田川已经不是一般的河流，更多的是代表一种对日本传统价值观的坚守①。荷风把隅田川及其两岸的市街视为保持东京传统美学的最贵重要素，也自觉将这种文化保护意识融入文学创作中。小说《隅田川》（1911）就是一部以隅田川两岸为叙事空间，着力展现下町地区风土人情的小说。主人公长吉的母亲是常磐津师傅，舅舅是俳谐师，表妹阿丝是艺伎，他们从事着与传统艺术相关的工作，身上有着江户时代下町艺人的烙印。吉田精一指出，《隅田川》饱含荷风对作为"江户残骸"的风物的眷恋，以及对居住于陋巷的守旧艺人的同情，其中流淌着一股淡淡的哀愁②。面对日新月异的东京，荷风只能从隅田川两岸追忆江户风俗人情的余韵。《晴日木屐》和《深川之歌》记录着荷风漫步隅田川两岸的切身感受。急速的都市化席卷着整个东京，隅田川两岸昔日的风韵早已不复存在。荷风不禁感慨，隅田川等东京市内的河流只是单单为了运输而存在，"早已不允许现代的我们像古人那般风流"，"完全失去了传统的审美价值"③。隅田川等许多过往被列为江户名胜的地方，如今几乎完全为世人忘却。因此，葛饰北斋忠实地再现江户隅田川两岸风俗人情的浮世绘才引起荷风强烈的兴趣，歌川广重展现下町地区闲寂景致的浮世绘才令荷风产生共鸣。永井荷风不仅把对江户文化的眷恋之情投射到浮世绘的鉴赏中，也在描写隅田川的文学创作中尽情地抒发着自己的文化"乡愁"。

---

① 王宗杰：《隅田川情结：永井荷风的精神家园》，载《北方论丛》2015 年 6 期，第 52 页。
② 吉田精一：『近代作家研究叢書 114 永井荷風』，東京：日本図書センター，1992 年，第 79 页。
③ 永井荷风：《晴日木屐》，陈德文译，广州：花城出版社，2012 年，第 28 页。

(三) 浮世绘的色彩和画风

江户时代，浮世绘一般分为肉笔画（直接画在绢丝或纸上）和版下画（木刻版画）两大流派。荷风认为，浮世绘的肉笔画体现着东方固有的审美情趣，但不如版画的色彩协调，因为版画的最大特色在于色调的柔和。这与西方油画强烈的色彩对比不同。在荷风看来，油画比较适合描绘金发的妇女和西方的风景，而浮世绘柔和的色调更适合表现日本妇女和日本风景独特的韵味。据德国艺术史家塞德里茨的研究，铃木春信的浮世绘色调多呈现灰色，不追求色彩的强烈对比。美国浮世绘研究专家费诺罗萨也指出，铃木春信的代表作《雪中相合伞》的主要特点就是黑色与白色的色彩对比。荷风认为，铃木春信浮世绘的灰色调"源于幽雅的趣味"，较之绚烂缤纷、对比强烈的色彩，这种灰色调更令他感到"可爱、高雅和亲切"①，他也相信"浮世绘足以与欧洲的艺术抗衡"②。

葛饰北斋是欧洲人最为推崇的浮世绘画家。荷风分析其中缘由，认为葛饰北斋借鉴了荷兰山水画的画风，偏向写实主义，创作基于扎实的写生功底，与欧洲的艺术相似，故而受到欧洲人的推崇。北斋的浮世绘传入欧洲以后，刺激了法国印象派绘画的发展。然而，遗憾的是，当新兴的法国艺术席卷日本画坛之时，"在北斋自己的国家几乎没有人再回顾他了"③，甚至北斋的大部分画作早已落入欧美鉴赏家之手，再难在日本寻得真迹。依荷风所见，西方各国在接受外来文化的影响后，都能赋予本国传统文化以新的生命，但日本只是一味地接受和模仿外来文明，反而丢失了本国的传统。譬如"法国美术接受日本画影响后，丝毫没

---

① 永井荷風：『荷風全集（第十卷）』，東京：岩波書店，1992年，第166頁。
② 永井荷風：『荷風全集（第十卷）』，東京：岩波書店，1992年，第154頁。
③ 永井荷風：『荷風全集（第十卷）』，東京：岩波書店，1992年，第196頁。

有损害原有的面貌。相反,日本画却因为油画的影响,完全丢失了固有的精神"①。荷风批判日本人盲从西方文化、抛弃本国传统的自卑心态,并站在国民性批判的高度指出,这是矮小的岛国人的劣根性。

三、周作人的浮世绘论与永井荷风

周作人对浮世绘的欣赏和喜爱是他的"江户趣味"产生的原点。周作人与浮世绘的渊源大致可以追溯至留日时期,他当时收藏了由宫武外骨创办、大阪雅俗文库发行的浮世绘杂志《此花》(共22期),并认为"这给予我许多知识,引起我许多兴趣"②。回国以后,周作人曾经在《隅田川两岸一览》《谈日本文化书》《关于日本画家》等文章中多次谈到日本的浮世绘,可以说"在向中国介绍浮世绘的中国文人当中,周作人应当是开始较早并且着力最多的"③。

(一)"东洋的悲哀"

周作人在《关于日本画家》《江户风物与浮世绘》《我的杂学》等文章中反复地引用永井荷风《江户艺术论》中的这段话:

> 我反省自己是什么呢?我非威耳哈伦似的比利时人而是日本人也,生来就和他们的运命及境遇迥异的东洋人也。恋爱的至情不必说了,凡对于异性之性欲的感觉悉视为最大的罪恶,我辈即奉戴此法制者也。承受胜不过啼哭的小孩和地主的教训之人类也,知道说话则唇寒的国民也。使威耳哈伦感奋的那滴着鲜血的肥羊肉与芳醇的葡萄酒与强烈的妇女之

---

① 永井荷風:『荷風全集(第十卷)』,東京:岩波書店,1992年,第264頁。
② 周作人:《关于日本画家》,《药堂杂文》,止庵校订,石家庄:河北教育出版社,2002年,第106页。
③ 董炳月:《异乡的浮世绘》,载《读书》2001年3期,第66-73页。

绘画，都于我有什么用呢。呜呼，我爱浮世绘。苦海十年为亲卖身的游女的绘姿使我泣，凭倚竹窗茫然看着流水的艺妓姿态使我喜，卖宵夜面的纸灯寂寞地停留着的河边的夜景使我醉。雨夜啼月的杜鹃，阵雨中散落的秋天树叶，落花飘风的钟声，途中日暮的山路的雪，凡是无常，无告，无望的，使人无端嗟叹此世只是一梦的，这样的一切东西，于我都是可亲，于我都是可怀。①

这段话是永井荷风论及日本浮世绘与比利时美术的差异时谈到的内容。周作人对这段文字很是赞同，认为浮世绘有着不同于西方美术的独特个性。他在引述上面的文字时最为感怀的是："我们因为是外国人，感想未必完全与永井氏相同，但一样有的是东洋人的悲哀"②。有研究者认为"东洋人的悲哀"是永井荷风在鉴赏日本浮世绘时的感受，荷风从浮世绘体验到当下日本社会的专制文化与百年前毫无差异，并从浮世绘中找到反抗专制统治的力量。周作人也从浮世绘读出专制时代普通人的悲哀，并以"人学"思想来观照东亚文明③。换言之，这种"东洋的悲哀"根源在于专制文化和"武断政治"对人的压迫，它体现着人们对专制压迫的抗争。这种观点无疑是深刻的。

但笔者认为，永井荷风和周作人这份相似的"东洋人的悲哀"也存在不同之处。永井荷风鉴赏浮世绘时感受到的"东洋人的悲哀"，除源自封建专制统治的压迫之外，还来自西方文化对东方文化的压迫，饱含着荷风对日渐消逝的传统文化的"乡

---

① 周作人：《我的杂学》，张丽华编，北京：北京出版社，2005年，第33-34页。
② 周作人：《我的杂学》，张丽华编，北京：北京出版社，2005年，第34页。
③ 徐从辉：《"东洋人的悲哀"：周作人与浮世绘》，载《文学评论》2012年6期，第57-63页。

愁"。伴随着强势的西方文明的输入,东方传统的艺术逐渐衰败。永井荷风在《灵庙》一文中就表露过自己担心日本沦为西方文化"殖民地"的忧思:"已是近半个世纪以前,一场政治革命将东睿山的大伽蓝化为灰烬。打那以来,在这座都市里从(重)新建设的文明,是制造火车、电车、工厂,而完全毁灭了称得上是建筑物的宏大的国民艺术。而且,每时每刻,随着时间的推进,一步步明确展示出将我们国家作为盎格鲁-萨克逊人的殖民地的特征。"① 因此,荷风批判浅薄的现代化对江户传统风俗人情的破坏,以缅怀"江户趣味"的方式追忆日本传统文化,并以此抵抗西方文化的入侵,保存民族文化的根基。然而,周作人欣赏浮世绘时却没有永井荷风这种对传统文化的"乡愁",而是把浮世绘作为批判中国传统文化的"他者"。

在周作人看来,浮世绘反映的是日本平民日常的生活,这点与中国的木版画有所不同。中国的木版画多是"吉语画",题材多为五子登科,或得胜封侯,含有抽象的寓意,"这一点与浮世绘很不相同"②。这是因为中国画本质上反映的是士大夫的思想,这些抽象的寓意不过是"文以载道"思想在绘画领域的延伸,与浮世绘的平民性和世俗性很是不同。批判中国木版画所体现出的儒家道德和贵族文化,与周作人的"人的文学"和"平民文学"思想一脉相承。此外,周作人还认为,中国后来的文人画"只能讲气韵而没有艳美,普通绣像的画工之工作又都是呆板的,比文人画只有差,因为他连气韵也没了。日本浮世绘师本来是画工,他们却至少能抓得住艳美。……我真觉得奇怪,线画与

---

① 永井荷风:《灵庙》,《断肠亭记》,汪正球译,石家庄:河北教育出版社,2002年,第106-107页。
② 周作人:《我的杂学》,张丽华编,北京:北京出版社,2005年,第237页。

木刻本来都是中国的东西,何以自己弄不好"①。周作人以浮世绘的优点对照中国绘画的缺点,反思中国不能弘扬民族传统文化的原因。可见,与永井荷风不同,周作人所谓的"东洋人的悲哀",并没有包含对传统文化的"乡愁",而是以日本文化为"他者"批判本国传统文化,目的是从异文化中寻求民族文化发展的新机。

(二) 浮世绘与民俗意识

董炳月很早就注意到周作人对浮世绘"风俗"价值的强调与其对乡土的兴趣具有内在联系②。遗憾的是,其文章并未对此加以深入探讨。另外,历来的先行研究多注重柳田国男的民俗研究对周作人民俗研究产生的影响,而较少涉及永井荷风的浮世绘论与周作人的民俗意识之间的关系。依笔者所见,尽管周作人把浮世绘作为批判中国传统绘画的"他者",但永井荷风眷恋江户民间艺术的深情也潜移默化地影响着周作人对民俗问题的关心。

周作人留日期间就对江户时代的浮世绘、川柳、狂言、落语、净琉璃等民间文艺颇感兴趣,这点与永井荷风尤为相似。永井荷风喜欢浮世绘、歌舞伎、狂言以及传统音乐,推崇江户时代的传统艺术和风俗人情。永井荷风明确表示,如果要追忆过去,就必须借助昔日的文学和美术之力。浮世绘原本就是日本民间文化的产物,翔实地记录着江户时代平民阶层的风俗和人情,是进行日本民俗研究的良好材料。周作人把浮世绘视为一面反映江户时代市井风俗的镜子。他在翻看浮世绘时,会自然联想起永井荷风在《晴日木屐》里的相关评论。永井荷风穿着木屐漫步于东京,穿越东京的陋巷,探寻江户时代的遗迹,品味江户风俗的遗

---

① 周作人:《谈日本文化书》,《瓜豆集》,止庵校订,石家庄:河北教育出版社,2002年,第52页。

② 董炳月:《异乡的浮世绘》,载《读书》2001年3期,第66-73页。

风。这份对江户民俗的偏爱让周作人产生深切的共鸣。周作人欣赏浮世绘的原因之一,就是它反映出江户时代的风俗人情。他认为:"浮世绘的重要特色不在风景,乃是在于市井风俗。"① 浮世绘的背景是江户时代世俗的市井生活,这种世俗生活保留着日本江户时代特有的民族文化。周作人在《关于日本画家》一文中曾说浮世绘"所画的是市井风俗,可以看作江户生活一部分的画本",葛饰北斋的《隅田川两岸一览》"不单是描写蘸影于隅田川的桥梁树林堂塔等物,并仔细描画人间四时的行乐,所以亦可当作一种江户年中行事绘卷看,当时风习跃然现于纸上"②。可见,周作人的浮世绘鉴赏,始终伴随着民俗意识的参与。

美国学者布朗纳总结过民俗学研究产生的缘由,即"当西方社会更多地意识到正在兴起的现代行为方式与四面楚歌的传统生活之间的差异时,民俗学家就出现了"③。东方社会的民俗研究,不仅关注现代行为与传统生活的差异,还往往伴随着东方文化身份失落的危机感和焦虑感。柳田国男是日本近代民俗研究的大家,他关注日本的民间生活和宗教信仰,发表《远野物语》《桃太郎的诞生》等著作建构其民俗学体系。昭和时期,柳田国男所著《乡土生活研究法》(1935)的序言明确指出,乡土研究的意义是了解平民的过去,最终目的在于以民俗研究推动日本文化的复兴④。永井荷风以浮世绘追忆江户民间艺术的方式,从本质上看,与柳田国男在日本发起"一国民俗学"来对抗西方民俗学的原理是相通的,即通过建构"传统的东方"来抵抗"现

---

① 周作人:《周作人论日本》,西安:陕西师范大学出版社,2005年,第92页。
② 周作人:《我的杂学》,张丽华编,北京:北京出版社,2005年,第235页。
③ 户晓辉:《现代性与民间文学》,北京:社会科学文献出版社,2004年,第33-34页。
④ 柳田国男:《乡土研究是什么》,陈岗龙译,载《中国农业大学学报(社会科学版)》2008年4期,第181-183页。

代的西方"的"文化殖民",保存民族文化的独特个性,延续民族文化的生命。

1916年,回国后的周作人特意从日本相模屋订阅柳田国男主办的《乡土研究》杂志,了解日本的民俗研究。周作人的《东京散策记》(1935)一文谈及永井荷风《淫祠》里描写的日本社庙民俗,还专门考证供奉阎魔王的食物"蒟蒻",说明它"正是日本文学风物志中一好项目"①。除关注日本民俗以外,周作人也着手研究浙江绍兴的笑话、江浙一带的时令节气等民俗问题。周作人还把民俗意识融入自己的文艺观之中。《地方与文艺》(1923)一文就强调"风土与住民有密切的关系",文艺作品要表现"地方性与个性",说这便是"国民性"。他在《旧梦序》(1923)中也就"风土的力"对文艺的重要性作了说明,批判当时过分强调文学的"世界性"而忽略"地方性"的现象。他写道:"我们这时代的人,因为对于褊隘的国家主义的反动,大抵养成一种'世界民'(Kosmopolites)的态度,容易减少乡土的气味,这虽然是不得已却也是觉得可惜的。""我相信强烈的地方趣味也正是'世界的'文学的一个重大成分。"② 周作人的乡土和民俗意识从根本上看也是一种力图保存民族性,与全盘西化相逆反的思想,是一种朦胧的现代性批判意识。

永井荷风的"江户趣味"与他的文明批评论之间存在共谋关系。荷风早期的文明批评是直接的,而后期的文明批评是隐晦的。荷风的浮世绘论隐藏着他对现代日本盲目西化、不注重保护本国传统文化现象的批判。荷风从江户的美术和戏剧中寻求并建构日本异于西方的民族性,以追忆传统艺术的方式批判

---

① 周作人:《知堂书话(二)》,钟叔河编,长沙:岳麓书社,2016年,第184页。
② 周作人:《旧梦序》,《知堂序跋(三)》,钟叔河编,长沙:岳麓书社,2016年,第24页。

日本现代文明。周作人的"江户趣味"与永井荷风具有相似性，他们都偏爱浮世绘这门江户传统艺术。不同的是，永井荷风把浮世绘视为能够与西方艺术相抗衡的国粹，而周作人的浮世绘鉴赏隐含着对中国传统绘画艺术的批判以及从异文化中寻求民族文化新生的期待。周作人的民俗意识也与荷风有着相似之处，他们都从浮世绘中读取江户时代的风俗人情，从而产生保存文学地方性的文化自觉。总体而言，永井荷风和周作人的浮世绘鉴赏以及民俗意识都主张保存东方文化的独特个性，闪耀着现代性批判的思想光芒。

本章小结

"东方"是地理空间、历史文化与话语实践共同塑造的复合概念：既指亚非地区的具体地理范围，也包含该区域多元的文明传统与社会形态，其内涵随历史变迁和学术范式转换动态演变，从早期地理划分，到殖民时代的文化他者，再到当代多元视角下的复杂文明集合体。理解"东方"需立足具体语境，关注其地理延展性与文化的异质性、建构性，避免本质化或单一化认知。本书聚焦的"东方文化"，并非涵盖"东方"地理范围内所有文明，而是特指以中国儒家文化为主体，以汉传佛教、道教、传统美学、民间信仰等为补充的文化体系。

19世纪中期，随着西方资本主义势力的扩张，西方国家以殖民入侵的方式将西方文化不断渗透东亚地区。为了抵御西方列强的入侵，实现"富国强兵"的目标，日本和中国的知识分子在时代的裹挟中，纷纷抛却传统的思想观念，急速趋近西方现代文明。然而，也有部分知识分子敏锐地觉察到强势的西方文明给东方传统文化所造成的威胁，进而开始反思西方中心主义的弊病，最终选择以回归东方传统文化的方式批判现代性。

明治中期和清末民初，日本和中国分别兴起国粹主义思潮，批判主张全盘西化的欧化主义。日本政教社成员志贺重昂的"风景论"、三宅雪岭的"文化观"和陆羯南的"国民主义"，正是明治时期国粹主义的经典言论。志贺重昂希冀从日本特有的地理环境和本土风物中发掘日本的国粹，为日本国民的民族身份认同提供理论依据；三宅雪岭力求把东方哲学与西方哲学置于同等地位，在此基础上，充分肯定日本人在学术研究和艺术造诣方面的民族特殊性和优越性；陆羯南强调通过保障民族文化的独立性来保持国民精神的独立性。晚清时期，受日本国粹主义精神的感召，中国知识界出现了以章太炎、黄节、邓实等为代表的国粹派。与日本政教社支持明治政府的立场不同，晚清国粹派是反清的革命派，他们主张的国粹主义始终与"排满革命"的言说相伴相生。第一次世界大战以后，日本的国粹主义从"防御型民族主义"演变成"进攻型民族主义"，力证日本民族文化与东方文化的一体性，以及日本文化较之东亚其他国家的优越性，从而为建构日本主导的新型东亚秩序立法。与之不同，中国的东方文化派和学衡派的国粹主义重在反思西方现代文明的弊病，进而提出融合中西文明精髓、重构民族文化的"东方回归"路径。令人惋惜的是，中国这股倡导国粹主义的思潮很快湮没在全面效仿西方文明的历史洪流之中。

幸田露伴和许地山的文学包含着大量的佛教元素和道家思想，保持着东方文学的独特个性。幸田露伴的《风流佛》以佛学的"唯识所变"思想超越了西方现代文明推崇的个性与"人情"，追求佛教至臻大爱的理想境界。同样，许地山的《命命鸟》也渗透着"生本不乐"、追求"涅槃归真"的佛学思想，希冀依靠佛学智慧克服个人主义的精神危机。此外，幸田露伴的《命运》和许地山的《缀网劳蛛》都蕴含着道家顺其自然、为而不争的"法自然"思想，隐晦地批判了现代工具理性与西方殖民主义思想。幸田露伴的《关于道教》和许地山《道教史》都充分肯定道教对中国古典文学的贡献和价值。此外，幸田露伴和许地山文学的"东方性"与现代性批判之间的逻辑联系还表现为：以东方的循环历史观批判西方的线性历史观，以东方的神秘主义抵抗西方的理性主义，以东方的集体主义超越西方的个人主义。总体而言，幸田露伴和许地山文学的"东方性"与现代性批判意识之间存在着共谋关系。

永井荷风和周作人的文学都具有浓厚的"江户趣味"。永井荷风的《江户艺术论》通过鉴赏浮世绘和江户戏剧，批判日本近代社会的盲目西化现象。这与他早年的《新归朝者日记》《冷笑》等小说的文明批评论一脉相承。永井荷风欣赏铃木春信所绘的江户女子，也创作了《妾宅》《较量》等以江户艺伎为题材的小说，还醉心于葛饰北斋和歌川广重所绘的隅田川风景，并将这份"隅田川情结"融入《隅田川》《晴日木屐》《深川之歌》等文学创作之中。毋庸置疑，周作人对浮世绘的偏爱受到永井荷风的影响，但他也从荷风的浮世绘论读出别样的"东洋的悲哀"。永井荷风在浮世绘中寄托着对日本传统文化的浓厚"乡愁"，而周作人鉴赏浮世绘的目的主要在于通过作为"他者"的日本文化来批判本国的封建文化。不过，永井荷风和周作人都主张保存东方传统的艺术和民俗，保持民族文化的主体性与独特性，因而表现出"反西方""反现代性"的共同特征。

整体而言，中日一部分近现代作家批判全盘欧化主义，反对西方文化中心主义，主张以东方文化克服或超越现代性的危机。不同的是，日本国粹主义逐渐占据思想界主流，而中国国粹主义受到贬抑和拒斥，逐渐边缘化。这种差距投射至文学界，则表现为日本近现代文学的"重古典性"和中国近现代文学的"重现代性"。

结语

中日近现代文学与古典文学最大的不同在于具有了"现代性"这一现代文明的产物。由于现代性本身具有"自反性",社会意义上的"启蒙现代性"与美学意义上的"审美现代性"之间呈现出一系列的紧张关系。本书所探讨的"现代性批判"即美学层面的"审美现代性",具体而言,指的是中日近现代作家对现代化过程中处于绝对权威地位的启蒙现代性的质疑、反思或超越。

本书从四个维度探讨了中日近现代作家文本中的现代性批判,即"个人主义的隐忧""民主主义的反思""资本主义的质疑""东方文化的回归"。这是因为中日近现代文学的现代性批判可以大致划分为两条不同的路径:一是在现代性内部,反思和批判现代性自身存在的各种问题;二是从现代性外部,以回归东方古典性的方式,疏离和批判现代性的价值体系。由于"个人主义""民主主义""资本主义"都是现代性的核心要素,所以,这三个维度的现代性批判,本质上是从现代性的内部对其进行质疑、反思或否定。相应的,"东方回归"意味着疏离西方的现代性、回归东方的古典性,本质上是从现代性的外部对其进行批判、拒斥或超越。如此一来,内部的"批判现代性"与外部的"回归古典性"之间就形成"正反合"的逻辑关系。

第一节
同质性及其成因

中日作家的现代性批判具有一定的同质性，主要表现在以下四个方面。

第一，反思个人主义的危机。受到西方个人主义的影响，中日近现代作家都主张把个人从传统的"家族本位"伦理和封建迷信等多重脚镣中解放出来，强调个性的解放和自我价值的实现。中日作家不仅把个人主义视为反叛封建传统文化的利器，也将个人主义视为普适性的价值追求。但是，个人主义的过度膨胀也必然会引发新的问题和危机。正如查尔斯·泰勒在《现代性的隐忧：需要被挽救的本真理想》中所指出的那样，"个人主义的黑暗面是以自我为中心，这使我们的生活既平庸又狭窄，使我们的生活更贫于意义和更少地关心他人及社会"①。中日一些作家敏锐地意识到个人主义自身存在的局限性，进而在文学中揭露个人主义的"黑暗面"，反思西方个人主义在本国社会语境下的"变异"，重新审视西方个人主义话语与本国现实需要的适配度。譬如，森鸥外的《舞姬》和鲁迅的《伤逝》揭露了个人主义走向唯我主义或自我中心主义的弊病。丰太郎和涓生抛弃爱人、寻

---

① 泰勒：《现代性的隐忧：需要被挽救的本真理想》，程炼译，南京：南京大学出版社，2020年，第24页。

求自我发展的行为正是责任感缺失、以自我为中心的表现,亦是个人主义向唯我主义转变的必然结果。爱丽丝和子君的悲惨结局,引发人们反思女性的精神和经济独立对于保障个人主义健全发展的重要性。夏目漱石的《我是猫》和老舍的《猫城记》书写极端个人主义的黑暗面给他人或社会造成的危害,反思基于个人主义的新式婚恋关系潜藏的隐患。夏目漱石的《心》和老舍的《骆驼祥子》都刻画了受个人主义理念支配的人物形象,以此说明个人主义可能使人对自我以外的事物变得漠然,陷入孤独的绝境,最终走向堕落的深渊。中日无产阶级文学的作家意识到个人主义存在漠视集体利益的狭隘层面,从而主张解构个人主义的"自我本位",建构集体主义话语,助力无产阶级革命斗争。

第二,反思民主主义的限度。民主是现代性的基本精神,文学中的"民主"不仅指涉作为政治概念的民主政体,还包括作为价值层面的民主主义思想。随着西方政治小说的传播,中日作家也开始在政治小说中寄托个人有关民主政体的文学想象。明治中期的日本和清末民初的中国都面临着西欧列强入侵的民族危机,所以,中日政治小说的民主想象始终贯穿着国家主义的要素。中日政治小说的作家们普遍站在国家主义的立场,对西方的民主概念作出功利性的解读。中日作家秉持国家主权重于个人自由的民主观念,民主很大程度上只被视为实现"富国强兵"目标的一种手段,而导致民主自身的内涵被模糊化、形式化。这也是日本和中国作为后发型的现代化国家在面对民族危机时必然作出的历史选择。岛崎藤村和鲁迅作为新旧社会转型期的知识分子,他们都注意到新型的民主政体国家依旧保留着大量的封建意识残余,民主往往沦为浮游的能指。《破戒》和《阿Q正传》两个文本从"庸众"对个体的排斥以及主人公的"下跪"行为,揭示出残存的封建主义对现代民主意识的消解与误读,批判社会上存在的民主假象,反思现有民主体制的局限性。白桦派和鲁迅的民主主义话语，把民主的内涵从"政治"领域延伸至"社会"领域，赋予民主解决各种社会问题的功能。有岛武郎和鲁迅把追求民主视为实现妇女解放的路径，同时也觉察到女性追求民主可能引发的人生悲剧，指出追求民主与实现妇女解放之间可能存在的吊诡与悖反。有岛武郎和鲁迅秉持"幼者本位"的观念，批判新的民主体制下依旧残存的封建父权家长制，推崇长者与幼者的人格平等。武者小路实笃的"反战"言说存在着与法西斯主义类同的内在思想逻辑，其流于形式的国家主义批判也必然随着大正民主主义的退潮而转向反动。鲁迅的反战论同样批判国家主义的弊病，宣扬国际民主主义，但其落脚点始终在于对中国国民性的反思。白桦派和鲁迅的民主主义话语杂糅着个性主义、人道主义、国家主义等多种不同的话语体系，具有含混性和复杂性。

第三，反思资本主义的弊病。现代性与资本主义几乎同步出现。资本主义精神的首要原则是"人被赚钱的动机所左右，获利是他的最终目的"①。因此，随着资本主义的发展，社会上拜金主义的风气甚嚣尘上。尾崎红叶的《金色夜叉》和张恨水的《啼笑因缘》以"爱情与金钱的争锋"作为主题，刻画了四组相似的人物形象：崇尚金钱的女性阿宫和沈凤喜，追求爱情的间贯一和樊家树，遵从传统义理人情的艺伎静和关家父女，介入他人爱情的富山唯继和刘家树。两个文本着力批判拜金主义对人性的扭曲，并试图以现代的"恋爱观"和传统的"义理"伦理超越现代性的危机。谷崎润一郎和郁达夫的"颓废"文学，深受西方唯美主义文学的影响。波德莱尔的"恶之花"与王尔德的"为艺术而艺术"作为一种审美现代性，反抗的是现代工具理性的"铁笼"对人性的压抑，以非理性的方式追求个性和自我。谷崎和郁达夫都接受了西方的"颓废"美学，创作出以丑为美、

---

① 汪民安：《现代性》，南京：南京大学出版社，2020年，第60页。

以虐为美的"恶魔主义"文学。谷崎润一郎在《恐怖》等文本中批判现代都市文明给人制造的精神压力和创伤，通过创作非理性的"颓废"人物形象，反抗工具理性对人的宰治。《痴人之爱》揭露都市人的虚荣与堕落，反思日本文明开化的肤浅和盲目。郁达夫的《迷羊》明显效仿《痴人之爱》的人物形象和情节结构，也揭露了现代都市人的享乐主义和虚无主义。中日新感觉派共同受到西方现代主义文学的影响，继承了西方现代主义文学的批判精神。片冈铁兵和穆时英的小说关注社会底层人物的悲惨命运，批判了资本主义社会里人的"物化"现象，以及资本积累过程中资产阶级不公不义的剥削。横光利一和刘呐鸥的小说侧重表现都市人的生活困境，他们笔下的都市人或是盲目崇拜权势与金钱，或是被工具理性所宰治，早已丧失作为人的主体性，沦为"单向度的人"。为了反抗现代理性对人性的禁锢，他们描写人物非理性的精神世界。川端康成和施蛰存的文学倾向于展现自然之美和传统之美，与现代性保持着距离。都市是现代性的产物和标志，都市与现代性二者之间水乳交融、互为表征。国木田独步和沈从文揭露现代都市人的"病态"，想象未经城市文明污染的"自然"，他们的城市文明批判与自然书写之间具有互文性。国木田独步对"武藏野"、沈从文对"湘西"的"风景的发现"受到卢梭和华兹华斯"回归自然"思想的影响。"自然"（或"乡村"）代表着农业社会的生产方式和伦理道德，国木田独步和沈从文以倡导"回归自然"的方式拒斥着工业主义催生的城市文明。可见，拜金主义、工具理性、城市文明是中日作家批判资本主义的核心词。

第四，反思西方中心主义，回归东方文化。"东方"作为文化概念，是与以古希腊文化和基督教文化为传统的西方文化圈相对而言的概念。中国和日本同属于以儒释道文化为传统的东亚文化圈，在文学审美层面有着异于西方文化圈的类同性。在强势的西方文明的压迫下，东方传统文化日渐颓败。部分中日近现代作家开始意识到西方中心主义给民族传统文化造成的威胁，他们开始重新审视东方文化传统，创作带有浓厚东方文化色彩的文学。回归东方文化，是从现代性的外部，立足于东方"传统主义"的立场所进行的现代性批判。明治中期和清末民初兴起的国粹主义，本质上是对西方文化的抵抗和对西方中心主义的超越。中日国粹主义论者主张保存民族文化的个性，摆脱盲从西方文明的自卑心理，意在重塑人们的民族文化自豪感和自信心。明治中期的政教社和晚清时期的国粹派都反对当时盛行的全盘欧化主义，将"国粹"与"国家"意识相结合，试图以"国粹"唤起民众的爱国心，实现国家的政治独立和文化独立。第一次世界大战以后，东方文化派和学衡派批判西方现代文明的弊病，呼吁立足于民族传统文化，融合东西方文明的精髓，重构东方文化，实现民族文化复兴。幸田露伴和许地山的文学蕴含着许多佛家和道家的哲学智慧，保持着文学的"东方性"品格。他们以佛学思想超越现代人推崇的"人情"和"爱欲"，遵从道家顺其自然的"法自然"思想，批判西方殖民主义。他们延续着古典文学的创作题材和叙事技巧，以东方的循环历史观拒斥西方的线性历史观，以东方宗教的神秘主义反叛西方的理性主义，以东方的集体主义伦理超越西方的个人主义。他们文学的"东方性"与现代性批判之间存在共谋关系。永井荷风和周作人都表现出对江户风物人情的浓厚兴趣。永井荷风的浮世绘论与早年的文明批评论一脉相承，他欣赏铃木春信所绘的江户女子、葛饰北斋和歌川广重所绘的隅田川风景，赞赏浮世绘的色彩和画风，并以此批判日本现代文明的浅薄，抒发个人对日本传统文化的"乡愁"，建构江户文化的民族特性。周作人对浮世绘的偏爱深受永井荷风的影响。永井荷风和周作人的"江户趣味"都主张保存东方的传统艺术和民俗风情，保存民族性和东方性，具有"反西化"的共同特征。

从宏观层面而言，中日近现代文学产生上述类同性的原因主要有两方面：一是源于现代性自身的"自反性"，二是源于中日作家对东方文化的自觉。所谓"自反性"，指的是现代性内部的自我对抗，它既是由现代性的成就带来的，又是由现代性的破坏性导致的。正如霍克海默和阿道尔诺在《启蒙辩证法——哲学断片》中所言，"对进步的权力的适应既引起了权力的进步，又每每带来退化的结果，这种退化所展现的并不是进步的失败，而恰恰正是进步的成功。势不可挡的进步的厄运就是势不可挡的退步"①。人们对现代性的反思和批判是现代性发展以后的必然结果。日本文学批判个人主义给他人造成的伤害，批判极权主义的政治体制，批判理性主义泛滥导致的科层化社会，这些都是伴随着现代性发展而衍生出的问题。因此，作为先觉者的近代作家，如森鸥外、夏目漱石、岛崎藤村、横光利一等人都把自己对现代性的隐忧和质疑诉诸文学创作。中国文学亦是如此。五四新文化运动以后，中国文学也出现鲁迅、丁玲、沈从文等人创作的质疑乃至颠覆个人主义、进步主义、合理主义、城市文明等启蒙现代性核心价值的文学叙事。这种内生的自反性叙事根源就在于现代性自身的自反性。此外，由于意识到西方现代性的危机，部分中日作家选择回归东方传统文化，重新确立对东方文化的身份认同，并试图以东方文明的智慧弥补西方文明的缺陷。譬如，日本政教社和中国学衡派都批判全盘欧化主义，倡导重塑民族文化的自信心与自豪感，主张剔除西方文明的糟粕。幸田露伴和许地山以佛学超越个人欲望带来的痛苦，以道家的法自然思想挽救工具理性宰治下的灵魂。显然，中日作家的东方文化回归，其实是以西方文化为"他者"的一种有意识的文化自觉。

---

① 霍克海默、阿道尔诺：《启蒙辩证法——哲学断片》，渠敬东、曹卫东译，上海：上海人民出版社，2006年，第28页。

第二节
异质性及其成因

尽管中日近现代作家都从"个人主义""民主主义""资本主义""东方回归"四个相同的维度反思和批判现代性，但由于中日现代化进程的差异、民族文化心理的不同以及作家个人的境遇等多种因素的综合影响，中日近现代文学的现代性批判又表现出如下的异质性。

第一，反思个人主义的维度不同。日本作家反思个人主义，多从个人自身出发去寻找原因或解决方案，力图通过完善自我去化解个人主义的危机，其现代性批判具有"个人性"的倾向。中国作家反思个人主义，多结合社会现实去考量个人主义遭遇发展困境的根源，意图通过变革社会来保障个人主义的健康发展，表现出明显的"社会性"倾向。这种差异的产生恐怕与日本文学的"超政治性"传统和中国文学的"载道"传统有关。

夏目漱石提出的"道义上的个人主义"，最能代表日本作家反思个人主义的"个人性"特征。夏目漱石强调个人在发展自我个性的同时要尊重他人的个性，行使自我权力的同时要意识到自己肩负的责任，显示自己财力的同时也要履行相应的义务，这些都立足于对自我的约束和要求，都是从个人的角度去探索发展健全个人主义的路径。同样，森鸥外《舞姬》的个人主义反思也重在反省自身的问题。丰太郎"软弱而善变的心"实质是

"缺乏律己性的自我解放"的产物①,这是森鸥外对近代自我的阴暗面(唯我主义和利己主义)的揭露。尽管日本无产阶级的文学也关注社会现实,但这种不过分强调"个人性"的文学并未在日本文坛大行其道,反倒是侧重展现个人生活体验的"私小说"占据着日本文坛的主流。相较而言,老舍将个人主义发展的"末路"归咎于半殖民地半封建社会的现实境况,祥子从自尊自强、富有自我奋斗精神的个人主义者,沦为个人主义的"末路鬼"的原因在于他是"社会病胎的产儿"②。鲁迅的《伤逝》和《娜拉走后怎样》也强调,社会不解放,个人主义就难以真正实现。因此,鲁迅呼吁女性"应该不自苟安于目前暂时的位置,而不断的为解放思想、经济等等而战斗"③。中国左翼作家强调文学叙事由个体的"小我"转向集体的"大我",亦是为了团结社会各阶层的力量,变革中国的社会现实。

铃木修次认为,"超政治性"是日本文学的传统,日本作家一般不在文学中寄托个人的政治理想。日本古代文学的作者多为宫廷妇女、法师或隐士,他们大多游离于政治之外,创作文学的目的多为抒发个人的情感。这种文学的"脱政治性"传统也一直延续至近代文学。森鸥外虽然作为政府的高级官员,他的文学始终与政治保持着疏离,夏目漱石的"道义上的个人主义"也强调约束自我的个性,明确自我的责任与义务。日本无产阶级文学的集体主义话语则是受到俄国文学的影响,而非日本传统文学的固有特征。与之相反,中国古代文学的创作者多为士大夫阶层,他们的文学创作与政治有着天然的联系。曹丕所说的"盖

---

① 吴丹:《"现代性"的萌发与反噬——评森鸥外的浪漫主义小说〈舞姬〉》,载《新闻爱好者》2021年5期,第116页。
② 老舍:《骆驼祥子:二马》,北京:人民文学出版社,2016年,第196页。
③ 鲁迅:《关于妇女解放》,《鲁迅全集(编年版)第7卷》,北京:人民文学出版社,2014年,第436-437页。

文章，经国之大业，不朽之盛事"，更是士大夫阶层的普遍共识，"载道"自古以来都是中国文学的重要使命。近代以来，梁启超提出"欲新一国之民，不可不先新一国之小说"的文学观，五四以后的新文学更是让小说负载着"启蒙"和"救亡"的政治重任。因此，鲁迅和老舍对个人主义的反思，以及中国左翼作家对集体话语的建构，对社会现实的观照始终参与其中。与日本文学的"个人性"相比，中国文学的个人主义反思显然更具有"社会性"。

第二，反思民主主义的方式不同。日本知识人侧重审美层面的民主主义想象与表达，而在文学思想层面不谋取政治性的工具价值，故而体现为"逃避""非解决"的态度，其反思民主主义的方式明显带有"妥协性"。相较而言，中国知识人将文学视为"载道"的工具，赋予文学以宣扬和倡导民主主义的社会功能，视民主主义为开启民智的利器，力图通过改造国民性来变革社会现实，因而对民主主义的反思显然更具"革命性"。

岛崎藤村的《破戒》侧重表现"觉醒"的日本近代知识分子在面对保留大量封建残余的现实社会时，内心产生的痛苦与悲哀。主人公濑川丑松"出走"的开放式结局，既契合日本自然主义文学推崇的"破理显实""暴露现实的悲哀"以及"无解决"等文艺理念，也生动地再现了日本近代知识分子在追求民主过程中常见的逃避心理和软弱心态。鲁迅的《阿Q正传》反映的是封建势力对民主主义的消解、普通农民与现代民主观念之间的隔膜。鲁迅采用"反讽"的修辞手法，批判国民的劣根性，力图通过改造国民性，寻求继续发展民主主义的新机。如其所愿，阿Q所代表的广大农民阶层后来也发展成新民主主义革命的主力军。白桦派武者小路实笃的"反战"言说并未触及日本国家主义的根源，也没有批判天皇的集权主义统治，这也是他后来转向法西斯主义的重要原因。鲁迅的反战言说立足于国民性批判,反对统治者和普通民众的"兽性爱国"与"奴子之性",旨在变革国民对于战争的认识,从而真正地实现国际的民主和平等。

自由民权运动失败以后,日本形成以天皇为中心的集权主义体制,严格压制民主思想的发展,作家们失去批判和揭露社会弊病的言论自由,日本自然主义文学正是这种"时代闭塞"的产物。此外,自然主义文学也继承了日本古代的"物哀"美学思想,只侧重表现人物内心的情感,除此之外,没有其他功利性目的。强权统治下闭塞的历史语境加上传统的"物哀"美学思想,致使日本自然主义文学对民主体制的批判力度极其有限。此后的大正民主主义思潮,依旧未能动摇天皇专制统治的根基。白桦派的民主主义成为杂糅着人道主义、个性主义与国家主义等多重话语体系的含混言说,民主的内涵受到挤压,作家们对既有民主政体的批判也并不彻底。因此,日本文学的民主主义批判具有"妥协性"。与之不同,中国的辛亥革命推翻了两千余年的封建帝制统治,客观上为自由民主思想的发展提供了条件。另外,北洋军阀推行"尊孔复古"的逆流,激起了民主人士的强烈反抗,促使中国知识分子深刻地反省辛亥革命的不彻底性。继起的五四新文化运动,鞭挞封建礼教纲常,反思既存民主体制的弊病。这些都为后来的革命文学和左翼文学奠定了思想基础。中国作家对民主主义的反思始终体现着变革社会现实的强烈意愿,希冀重塑民主政体,因而表现出明显的"革命性"。

第三,批判资本主义的力度不同。日本批判资本主义危机的文学比中国文学要早出现三十余年,而且日本作家批判资本主义的力度也明显大于中国作家。不同的是,中国作家的资本主义批判还往往与封建主义批判错杂交织。因此,日本文学的资本主义批判具有明显的"超前性",而中国文学的资本主义批判则具有"滞后性"。这种异质性的产生,主要源于中日两国现代化进程的差异。

日本在19世纪90年代确立了资本主义，20世纪初进入了帝国主义阶段。尤其是日俄战争以后，日本的现代化迈入高速发展的阶段，很快跻身世界工业强国之列。资本主义自身的诸多问题也日渐暴露出来，拜金主义、功利主义等不良社会风气日趋浓厚。中国是在1911年推翻清朝封建专制以后，才逐步建立资本主义制度。日本的现代化进程要快于中国，所以日本批判现代性的文学也比中国出现得更早。比如，尾崎红叶的《金色夜叉》（1897）和张恨水的《啼笑因缘》（1930）都批判资本主义社会的拜金主义，但两个文本之间有着超三十年的时间差。同样，尽管国木田独步和沈从文的文学都批判资本主义社会的工业文明和现代城市文明，主张"回归自然"，但国木田独步的《武藏野》（1898）也要比沈从文的《边城》（1934）早出现三十余年。日本和中国批判现代性的文本之间存在三十余年的时间差，也折射出中日现代化发展进程的时间差。

此外，由于日本现代化进程早于中国，现代性的发展也更为充分，故而日本作家对现代性的批判力度要明显大于中国作家。尾崎红叶《金色夜叉》揭露的是资本主义社会高利贷行业的"资本"罪恶，这是日俄战争以后日本工业资本主义高度发展留下的"后遗症"，而张恨水《啼笑因缘》表现的是军阀割据时代带有封建性质的官僚权势阶层的罪恶，军阀依靠权力谋求金钱的权钱关系，还保留着封建社会的经济特征。此外，谷崎润一郎的"颓废"文学批判的是现代工业文明对人性的异化，他拒绝平庸日常生活的"恶魔主义"文学抵抗的是资本主义社会工具理性给人制造的"铁笼"。而郁达夫的"颓废"文学虽然也在一定程度上批判资本主义社会的"人心不古"，但这并不是他关注的重点。相反，郁达夫更为看重的是"颓废"文学与启蒙文学在反抗精神上的一致性，他创作惊世骇俗的"颓废"文学的深层用意是批判封建伦理对人性的禁锢。中日新感觉派的文学虽然都批判资本主义社会人的"物化"和"异化",但中国新感觉作家更倾向于追逐现代性的快感,享受资本主义社会浮华的、享乐的世俗生活。这点从日本新感觉派文学较少书写都市的繁华,而中国新感觉派的文学侧重表现"十里洋场"的时髦生活方式得以窥见。因此,中国新感觉派常常遭受诟病,其文学也被判定为"难以上升为冷静的解剖和理性的批判"①。简言之,这些都显示出日本文学现代性批判的"超前性"与中国文学现代性批判的"滞后性"。

第四,回归东方文化的程度不同。日本明治中期出现的国粹主义思潮对日本文坛的影响巨大且深远。明治中期以后,日本许多作家主动接受国粹主义,促使日本文学出现显著的"东方回归"倾向,这使得日本文学的"重古典性"与"重现代性"并行不悖、共存共生。相较而言,中国清末民初的国粹主义并未得到知识界的普遍接纳与认可,反而受到贬抑与抨击。五四新文化运动以后,启蒙主义文学和革命文学先后占据着中国现代文学的主流,而传统主义文学则显得势单力薄,处于支流的边缘位置。所以,相较于日本文学的"重古典性",中国文学的古典性是受到压抑的,因而呈现出"重现代性"的特征。这种文学的异质性,主要和两个因素有关:一是日本和中国当时所处的历史语境的差异,二是日本和中国的文化基本形态的差异。

日本明治中期的国粹主义重塑了日本知识分子有关东方传统文化的认知,他们批判日本盲目效仿西方文明的自卑心态,试图通过"复活"民族传统文化的方式,重新确立日本文化的主体

---

① 李掖平:《为现代都市绘态画魂——再论"新感觉派"的小说创作》,载《山东师范大学学报(人文社会科学版)》2004年2期,第39-44页。

地位。譬如，幸田露伴活用佛学智慧和道家思想，永井荷风追忆和重温江户文化。他们都以回归东方文化的姿态拒斥或疏离西方的现代性，以保持民族文学的独特个性为创作旨归。并且，这种文学的"东方回归"现象在日本文坛屡见不鲜，足以窥见日本知识分子对传统文化的广泛认同和浓厚的"乡愁"情愫。与此不同，中国文坛对待东方传统文化的态度则显得较为冷淡和疏离。正如杨春时所言，尽管中国的"保守主义的历史早于激进主义、自由主义，它是中国思想界面对现代性和西方文化冲击的最初回应"，但是"辛亥革命、五四运动、大革命和共产革命的依次展开，则标志着激进主义主导了中国现代史。五四新文化运动是激进主义（陈独秀、李大钊、鲁迅为代表）与自由主义（以胡适、周作人为代表）联合导演的反传统运动，保守主义受到致命打击，从此一蹶不振"①。这段评价精准地概括出东方传统文化在中国的命运。中国清末民初的国粹派、东方文化派和学衡派的国粹主义言说，遭到众多同时代知识分子的驳斥与批判。许地山融入佛教元素的小说和散文，在五四新文学当中亦可谓"独树一帜"，许地山的道教文化研究在当时也显得"曲高和寡"。即便是周作人的浮世绘鉴赏，也隐含着批判中国传统儒家文化，希冀从异文化中寻求民族文化新生的期待。这些文学现象表明，中国现代文学对于东方文化的回归是极其有限的、非主流的，相反，对西方现代性的追寻则是主动的、主流的。因此，倘若说日本近现代文学表现出"重古典性"的倾向，那么，中国近现代文学则有着明显的"重现代性"倾向。

这种差异的产生，首先与中日两国所处的历史语境不同有关。日本在明治二十年代以后国力日趋强盛，尤其是中日甲午战

---

① 杨春时：《现代性与中国文学思潮》，北京：生活·读书·新知三联书店，2009年，第467页。

争和日俄战争的胜利，加速了日本资本主义的发展和现代化的进程，使日本跃身成为亚洲第一个帝国主义国家。第一次世界大战以后，日本更是位列世界五大强国之一。为了取得与西方欧美国家平等对话的权利和地位，摆脱一味效仿欧美国家的从属身份，日本知识分子普遍选择以回归东方文化的方式拒斥西方的现代性，意图确立日本文化的主导地位，增强日本文化的对外影响力。日本在经历过全盘照搬西方文明的"自我殖民"之后，逐步改变明治初年福泽谕吉的"脱亚论"方针，企图在东亚重新建构一个以日本为主导的亚洲新秩序。此时，推崇汉字文化、儒家伦理、佛道哲学等东方传统文化的国粹主义言说，便成为日本当局"兴亚论"的理论依据。然而，同时期的中国还没有走出半殖民地半封建社会的历史困境，西方现代文明依旧被广大知识分子视为实现"启蒙"和"救亡"的重要文化参照系。中国知识分子普遍存在渴望拥抱西方现代文明的文化"艳羡"心理，意图通过"照搬"甚至"复制"西方文明的方式，早日摆脱传统文化的历史重负。因此，他们多抱着"不破不立"的态度看待传统文化与西方文明。如此一来，推崇传统文化的国粹主义话语自然也就不可能成为中国近现代文学的主流，反而成为宣扬启蒙现代性的新文学所鞭挞、驳斥和否定的"他者"，日渐湮没在新文学史书写的浪潮之中。

此外，这种异质性的产生，还与中日两国的文化基本形态不同有关。依田熹家在《日中两国的现代化比较研究》中指出，日本文化的基本形态属于"并存型"，而中国文化的基本形态属于"非并存型"[①]。自古以来，日本在宗教、权力机关、戏剧等各个方面，新旧事物皆可相互并存，形成"什么都可以"的并

---

① 依田熹家：《日中两国的现代化比较研究》，卞立强等译，北京：北京大学出版社，1997 年，第 183 页。

存型文化形态。譬如，神道教与佛教、幕府与天皇、雅乐与话剧等不同历史时期的事物都能够同时保存下来，旧事物并不会因为新事物的出现而消亡。相较而言，中国则属于"非什么不可"的非并存型文化形态，对旧有事物的反感与抵抗较为强烈。譬如，中国在佛教方面就曾经出现"三武一宗法难"①的废佛政策，其猛烈程度远高于日本的"废佛毁释"。受中国文化影响较深的朝鲜，也同样存在类似的"非并存型"文化形态。金达寿曾经如此评价朝鲜与日本文化的差异："对朝鲜人来说，旧有的事物与新的东西总是对立的。既然对立，就要否定一方，把它当作过去的东西。但日本人并不否定它，而是听之任之，永远遗留下来。"② 正因如此，日本近现代文学的"重现代性"与"重古典性"才能并行不悖、共生共存，二者同时作为主流价值观引领社会进步。可以说，日本不仅主动吸收和借鉴西方文明，也同样看重东方传统文化对建设现代民族国家所发挥的作用。相反，中国"非并存型"的文化机制深刻地影响着中国知识分子看待旧事物的心态，所以，他们普遍重视新事物（现代性），而否定旧事物（古典性）。

当然，尽管日本批判西方的现代性，主张回归东方传统，但日本的现代性批判本身也并不彻底，留下不少"后遗症"，以致后来演变成好战的帝国主义。譬如，冈仓天心一方面主张亚洲是具有共性的文化共同体，要建构相互尊重的东方和平主义（"东方的理想"），另一方面又强调日本吸收了中国和印度两大古老文明的精华，是亚洲文明的集大成者，宣扬"日本特殊论"和"日本中心论"，认为日本可以成为亚洲国家的领导者，这是日本肩负的"使命"。冈仓天心在试图团结亚洲、消解西方中心的

---

① 北魏武帝、北周武帝、唐武宗和后周世宗对佛教的镇压。
② 金达寿：《寻求古典日本文化的源流讨论》，转引自依田熹家，《日中两国的现代化比较研究》，卞立强等译，北京：北京大学出版社，1997年，第184-185页。

同时，又把另一个中心主义——民族中心主义搬上历史舞台，欲以佛教思想复制西方的殖民主义，其思想的内在逻辑与西方中心主义如出一辙。冈仓天心的思想可谓"日本帝国主义的先锋"，客观上为日本军国主义和"大东亚共荣圈"提供了理论支持。这些问题也是评价日本现代性批判时不可忽视的问题。正是由于近代日本的国家对外政策存在双重原理，即"在采用亚洲原理对抗西方的同时，又以西方帝国主义霸权逻辑对待东亚而实行殖民侵略"①，才使日本陷入战争的深渊。可见，日本的现代性批判本身也具有不彻底性。

第三节
主要价值与今后展望

如前所述，"现代性批判"可以作为中日近现代文学比较研究新的学术生长点。本书从四个维度展开了系统性的综合研究，初步梳理出中日两国文学在"现代性批判"方面所具有的同质性与异质性，并从微观和宏观层面探究了这些异同产生的缘由，较为客观地还原了两国近现代文学"同中有异""异中有同"的复杂文学面貌，拓展了中日比较文学研究的言说边际，并建构了以"现代性批判"为核心的新的理论话语。这些都充分体现出本书的学术价值。

---

① 赵京华：《"近代的超克"与"脱亚入欧"——关于东亚现代性问题的思考》，载《开放时代》2012 年 7 期，第 55 - 72 页。

观照中日近现代文学的现代性批判，有助于我们汲取文学的、同时也是历史的经验教训，克服现代性的发展困境与潜在危机，修正我国当前的现代化建设路径。此外，通过研究可以发现，日本以西方为参照系，重新发现了东方文化的价值。本书重点探讨了日本作家如何以东方文化疗救日本的"现代病"，如何以东方文化（尤其是中国的儒释道哲学）消解西方的工具理性和殖民主义思想。这说明中国的传统文化不仅有助于我国克服当前所面临的现代性危机，帮助当代人实现价值理性与工具理性之间的平衡，亦能为其他国家的现代化发展贡献"中国智慧"。进而言之，探究中日文学在现代性批判方面所具有的共通性与差异性，还有助于我们在"求同存异，和谐共生"的文化氛围中，推进东亚文明的平等对话与交流互鉴，消除不同文明之间的隔阂与误读，淡化或搁置意识形态以及政治体制等方面的分歧与矛盾，构建符合时代精神和亚洲各国利益的"亚洲命运共同体"。这些都显示出本书的多重实践价值。

由于本研究是一种尝试性的探索，受到时间和资料等因素的限制，本书还留下至少三个方面的拓展空间。

一是丰富研究对象，细化研究主题。目前本书采用的是"以历史为经、以案例为纬"的研究范式，每章只选取部分典型的作家或流派展开比较研究，还有一些批判现代性的作家和作品没有被纳入考察的视野。比如，日本的成岛柳北、泉镜花、芥川龙之介、宫泽贤治等，中国的梁漱溟、废名、梁实秋等，他们文学作品中有关现代性批判的言说也同样具有研究价值。此外，本书选取的四个批判现代性的维度还可以继续细化为若干小的研究课题，进行更为全面深入的探讨，从而拓展本研究的深度和广度。例如，第三章"资本主义的质疑与批判"，还可以进一步细分为"拜金主义批判""工具理性批判""都市文化批判"等若干个子课题，纳入更多的文本，展开详细的论述，从而进一步完善本书的框架体系。

二是拓展分析角度，提升理论高度。目前本研究已经归纳出中日近现代文学的现代性批判在四个维度分别呈现出的类同性与异质性，并分析了这些异同产生的缘由。受限于知识积累的不足，目前笔者在辨析其"缘由"时所列举出的要素还较为单一，没有从多个角度进行综合性的理论阐释。譬如，个人主义维度的现代性批判，其异质性主要表现在日本文学的"个人性"与中国文学的"社会性"。笔者仅结合了日本文学的"脱政治性"传统与中国文学的"载道"传统展开论证分析。事实上，除此之外，其根源还与中日接受个人主义的程度差异有关。在日本，当时个人主义已经基本落实至个人的生活层面，已然成为日本全民的近代文化自觉，日本作家的文学创作也偏爱结合个人的生活体验，故而会表现出"个人性"的特质。相较而言，在中国，当时个人主义的接受者还主要是在文人士大夫阶层，这些文化精英的宏大叙事习惯与家国情怀必然投射至其文学创作中，从而呈现出"社会性"的特征。因此，笔者今后将结合依田熹家的《日中两国的现代化比较研究》，马家骏、汤重南的《日中现代化的比较》，王一川的《中国现代性体验的发生》等先行研究成果，展开更为全面的、深入的学理分析，深挖现象背后的本质，提升研究结论的理论深度。

三是变革研究范式，打破思维定式。目前本书的研究范式还局限于两个文本、两个作家或两个流派之间的相互比较，还没有完全突破"两两相比"的传统研究范式。今后还需要打破这种研究视野的局限性和研究范式的单一性，结合"现代性批判"的主题，纳入更多具有类同性的文本，进行更为交叉的、立体的研究。譬如，第四章的"东方文化回归"，笔者分别选取幸田露伴与许地山、永井荷风与周作人等作为研究对象，虽然在一定程度上突破了影响研究的实证主义研究范式，但比较对象依旧局限于两个流派或两个作家之间的比较。因此，笔者今后将结合陈惇等主编的《比较文学》、杨乃乔的《比较文学》、王向远的《比较文学学科新论》等比较文学研究领域的经典理论著作，从译介学、形象学、比较诗学等研究角度，革新研究内容和研究范式，发掘多个文本之间的共性特征。

参考文献

国内作者著作

陈多友. 日本游沪派文学研究 [M]. 上海：上海外语教育出版社, 2012.

陈嘉明. 现代性与后现代性十五讲 [M]. 北京：北京大学出版社, 2006.

戴宇. 志贺重昂国粹主义思想研究 [M]. 长春：吉林教育出版社, 2009.

范伯群. 鸳鸯蝴蝶派作品选 [M]. 修订版. 北京：人民文学出版社, 2011.

高瑞泉. 中国现代精神传统——中国的现代性观念谱系 [M]. 上海：上海古籍出版社, 2005.

何乃英. 东方文学概论 [M]. 修订本. 广州：世界图书出版广东有限公司, 2014.

侯传文. 跨文化视野中的东方文学传统 [M]. 北京：中国社会科学出版社, 2014.

户晓辉. 现代性与民间文学 [M]. 北京：社会科学文献出版社, 2004.

黄高锋. 多维视野中的沈从文研究 [M]. 郑州：河南人民出版社, 2018.

旷新年. 现代文学与现代性 [M]. 上海：上海远东出版社, 1998.

梁启超. 欧游心影录 [M]. 北京：商务印书馆, 2014.

刘凯. 帝国风景的历史性与内在性：国木田独步文学研究 [M]. 成都：四川大学出版社, 2020.

刘立善. 日本白桦派与中国作家 [M]. 沈阳：辽宁大学出版社, 1995.

刘呐鸥. 都市风景线 [M]. 北京：中国文联出版社, 2004.

刘晓芳. 岛崎藤村小说研究 [M]. 北京：北京大学出版社, 2012.

鲁迅. 鲁迅全集：编年版第1卷 [M]. 北京：人民文学出版社, 2013.

栾梅健. 通俗文学之王包天笑 [M]. 上海：上海书店出版社, 1999.

马新亚. 沈从文的文学观 [M]. 郑州：河南文艺出版社, 2019.

孟庆枢. 中日文化文学比较研究 [M]. 长春：吉林出版集团有限责任公司, 2012.

穆时英. 穆时英精品选 [M]. 北京：中国书籍出版社, 2016.

倪祥妍. 日本小说家与郁达夫 [M]. 北京：北京大学出版社, 2013.

齐珮. 日本唯美派文学研究 [M]. 北京：中国社会科学出版社, 2009.

钱晓波. 中日新感觉派文学的比较研究：保尔·穆杭、横光利一、刘呐鸥和穆时英［M］. 上海：上海交通大学出版社，2013.

沈从文. 沈从文全集［M］. 太原：北岳文艺出版社，2009.

苏美妮. 中国现代文学主要悖论性问题研究［M］. 长沙：湖南大学出版社，2015.

宿久高. 中日新感觉派文学研究［M］. 长春：吉林大学出版社，2010.

孙道凤. 日本大正民主主义思想研究［M］. 北京：中国社会科学出版社，2020.

孙艳华. 幻想的空间——泉镜花及其浪漫主义小说［M］. 北京：商务印书馆，2010.

佟君，陈多友. 中日比较文学比较文化研究［M］. 广州：中山大学出版社，2004.

汪民安. 现代性［M］. 南京：南京大学出版社，2020.

汪树东. 中国现代文学中的反现代性研究［M］. 北京：人民出版社，2018.

王俊英. 日本明治中期的国粹主义思想研究［M］. 北京：中国社会科学出版社，2015.

王美红. 第一人称复数"我们"叙事研究［M］. 北京：中国社会科学出版社，2020.

王向远. 二十世纪中国的日本翻译文学史［M］. 北京：北京师范大学出版社，2001.

王向远. 日本文学研究的学术历程［M］. 重庆：重庆出版社，2016.

王向远. 王向远著作集　第5卷　中日现代文学比较论［M］. 银川：宁夏人民出版社，2007.

王向远. 中国题材日本文学史［M］. 上海：上海古籍出版社，2007.

王晓升. 走出现代性的困境：法兰克福学派现代性批判理论研究［M］. 南京：江苏人民出版社，2021.

王中忱. 越界与想象——20世纪中国、日本文学比较研究论集［M］. 北京：中国社会科学出版社，2001.

王琢. 中日比较文学研究资料汇编［M］. 杭州：中国美术学院出版

社, 2002.

韦冬. 比较与争锋: 集体主义与个人主义的理论、问题与实践 [M]. 北京: 中国人民大学出版社, 2015.

魏绍昌. 鸳鸯蝴蝶派研究资料·史料部分 [M]. 上海: 上海文艺出版社, 1984.

温奉桥. 张恨水新论 [M]. 济南: 齐鲁书社, 2009.

武新军. 现代性与古典传统——论中国现代文学中的"古典倾向" [M]. 开封: 河南大学出版社, 2005.

夏晓虹. 觉世与传世——梁启超的文学道路 [M]. 北京: 中华书局, 2006.

许地山. 许地山精品选 [M]. 北京: 中国书籍出版社, 2014.

许地山. 许地山学术论著 [M]. 上海: 上海书店出版社, 2011.

薛雯. 颓废主义文学研究 [M]. 上海: 上海人民出版社, 2012.

严家炎. 新感觉派小说选 [M]. 北京: 人民文学出版社, 2011.

杨春时. 现代性与中国文学思潮 [M]. 北京: 生活·读书·新知三联书店, 2009.

叶渭渠, 唐月梅. 日本文学史（近代卷）[M]. 北京: 经济日报出版社, 1999.

郁达夫. 郁达夫文集 [M]. 广州: 花城出版社, 1984.

张德明. 现代性及其不满——中国现代文学的张力结构 [M]. 银川: 宁夏人民出版社, 2007.

张海萌. 谐趣三昧: 日本江户时代滑稽本研究 [M]. 天津: 南开大学出版社, 2013.

张恨水. 啼笑因缘 [M]. 北京: 人民文学出版社, 2014.

张占国, 魏守忠. 张恨水研究资料 [M]. 北京: 知识产权出版社, 2009.

赵京华. 周氏兄弟与日本 [M]. 北京: 人民文学出版社, 2011.

郑师渠. 晚清国粹派文化思想研究 [M]. 北京: 北京师范大学出版社, 2014.

郑师渠. 在欧化与国粹之间: 学衡派文化思想研究 [M]. 北京: 商务印书馆, 2019.

中华梅氏文化研究会. 梅光迪文存 [M]. 武汉：华中师范大学出版社, 2011.

周宪. 审美现代性批判 [M]. 北京：商务印书馆, 2005.

周作人. 谈虎集 [M]. 止庵, 校订. 石家庄：河北教育出版社, 2001.

国内期刊文献

曹亚明. 从《新中国未来记》来看梁启超对政治小说的选择与接受 [J]. 中国文学研究, 2012 (1)：38 - 41.

陈瑞红, 吕佩爱. 试论颓废的现代性 [J]. 学术研究, 2007 (3)：121 - 124.

陈晓兰. 欧洲日记体小说发展概观 [J]. 兰州大学学报, 2001 (1)：120 - 124.

董炳月. 幼者本位：从伦理到美学——鲁迅思想与文学再认识 [J]. 齐鲁学刊, 2019 (2)：138 - 147.

方潇. 跪还是不跪：人权的一个身体姿态史考察——以中国法律史为主要视野 [J]. 比较法研究, 2010 (4)：128 - 141.

丰杰. "阿Q革命"与"二重思维"——论鲁迅《阿Q正传》的辛亥革命叙事 [J]. 中国文学研究, 2018 (1)：142 - 148.

傅修海. 细说"吴妈"：《阿Q正传》再解读 [J]. 鲁迅研究月刊, 2013 (10)：20 - 24.

高兴兰. 玩具与神：谷崎润一郎笔下女性形象两极化倾向及其美学理念 [J]. 浙江海洋学院学报（人文科学版）, 2012 (1)：42 - 46.

韩蕊. 现代书信体小说创作繁盛成因初探 [J]. 辽宁大学学报（哲学社会科学版）, 2008 (5)：52 - 57.

贺桂梅. 知识分子、革命与自我改造——丁玲"向左转"问题的再思考 [J]. 中国现代文学研究丛刊, 2005 (2)：194 - 210.

胡希东. "新感觉派"的"异端"与"他者"——施蛰存与川端康成的类同性论析 [J]. 贵州社会科学, 2006 (6)：106 - 108.

黄芳. 浅议日本近代文学的"东洋回归"现象 [J]. 四川外语学院学报,

1999 (2): 36-43.

黄洋. 希腊城邦的公共空间与政治文化 [J]. 历史研究, 2001 (5): 100-107.

江腊生.《骆驼祥子》的还原性阐释 [J]. 文学评论, 2010 (4): 121-125.

黎跃进. "同根并蒂": 影响研究的新范式——以夏目漱石与老舍为中心 [J]. 求索, 2014 (12): 128-133.

黎跃进. 简论东海散士及其代表作《佳人奇遇》[J]. 日本研究, 2006 (3): 66-69.

李彩华, 吴占军. 梁启超和章太炎的"亚洲主义"论述——从回应近代日本"亚洲主义"的视角 [J]. 日本研究, 2018 (4): 64-73.

李凤华. 资本主义: 基于经典文本的所指及定义分析 [J]. 湖南师范大学社会科学学报, 2013 (4): 38-44.

李先瑞. 两个知识女性的悲剧——试比较《一个女人》与《伤逝》[J]. 四川外语学院学报, 1998 (2): 6-11.

李卓. 日本的父权家长制与孝的文明 [J]. 日本研究, 1995 (4): 60-61.

林燕燕. 森鸥外的个人主义观——以《舞姬》的恋爱主题为中心 [J]. 作家, 2014 (7): 114-115.

刘金举, 孟庆枢. "立身出世"主义对日本近代文学发端期的影响——以森鸥外《舞姬》为例 [J]. 外国问题研究, 2013 (2): 67-72.

刘婧.《我是猫》与夏目漱石的文明批判 [J]. 重庆科技学院学报(社会科学版), 2010 (4): 95-97.

刘立善. 论森鸥外《舞姬》的恋爱悲剧 [J]. 日本研究, 2002 (4): 70-75.

刘立善. 森鸥外的忏悔录——《舞姬》[J]. 日语知识, 2002 (2): 27-29.

刘立善. 有岛武郎《一个女人》与鲁迅《伤逝》之比较 [J]. 日本研究, 2005 (4): 66-71.

罗选民. 意识形态与文学翻译——论梁启超的翻译实践 [J]. 清华大学学

报（哲学社会科学版），2006（1）：46-52.

马秀鹏. 19世纪欧美文学中的民主意识探析［J］. 社会科学战线，2015（12）：261-264.

孟庆澍. "反成长"、罪的观念与个人主义——重读《骆驼祥子》［J］. 文艺研究，2017（3）：58-67.

米家路，赵凡. 造化的身体：自我形塑与中国现代性——郭沫若《天狗》再解读［J］. 文艺争鸣，2016（3）：94-102.

逄增玉. 为谁而悲，伤逝什么——《伤逝》主题与人物形象的复合性与鲁迅的思想装置［J］. 鲁迅研究月刊，2017（9）：4-15.

钱理群. 试论五四时期"人的觉醒"［J］. 文学评论，1989（3）：5-16.

盛邦和. 中日国粹主义试论［J］. 日本学刊，2003（4）：140-155.

孙德高，陈国恩. 周作人与"江户情趣"——兼与永井荷风比较［J］. 武汉大学学报（人文科学版），2004（4）：487-481.

王慧然. 理性主义与西方现代性危机［J］. 学术交流，2010（6）：21-24.

王琴，罗甜田. 马克思与韦伯资本主义合理性批判的理论路径比较［J］. 四川轻化工大学学报（社会科学版），2020（3）：55-72.

王人博. 宪政的中国语境［J］. 法学研究，2001（2）：133-147.

王升远. 永井荷风《断肠亭日乘》中的"现代日本"批判［J］. 外国文学研究，2021（6）：105-116.

王向远. 中日启蒙主义文学思潮与"政治小说"比较论［J］. 外国文学评论，1995（3）：110-116.

王志松. 成岛柳北与《花月新志》——日本近代文学的汉诗文脉络［J］. 日语学习与研究，2021（4）：1-9.

王志松. 李伯元和《前本经国美谈新戏》［J］. 北京师范大学学报（社会科学版），1998（4）：76-82.

王中忱. 遍体鳞伤的经验与血肉丰满的思想——重读作为马克思主义作家的中野重治［J］. 世界文学，2017（1）：163-174.

王中忱. 中野重治诗选［J］. 世界文学，2017（1）：149-162.

卫华. 20 世纪影视文学中的"火车"意象与现代性想象［J］. 湖南工业大学学报（社会科学版），2017（5）：63-67.

文贵良. 胡适《尝试集》：白话新诗的实地试验［J］. 湖南大学学报（社会科学版），2015（6）：83-90.

吴丹. "现代性"的萌发与反噬——评森鸥外的浪漫主义小说《舞姬》［J］. 新闻爱好者，2021（5）：115-116.

奚皓晖. 论横光利一《机械》［J］. 日语学习与研究，2014（1）：102-111.

夏晓虹. 梁启超与日本明治小说［J］. 北京大学学报（哲学社会科学版），1987（5）：28-37.

杨联芬. "恋爱"之发生与现代文学观念变迁［J］. 中国社会科学，2014（1）：158-180.

杨联芬. 个人主义与性别权力——胡适、鲁迅与五四女性解放叙述的两个维度［J］. 中山大学学报（社会科学版），2009（4）：40-46.

杨希. "颓废"的三副面孔：西方颓废派文学中国百年传播省思［J］. 河南大学学报（社会科学版），2019（6）：99-105.

姚继中. 《乱发》——日本浪漫主义诗歌的顶峰——论与谢野晶子叛逆的青春赞歌［J］. 四川外语学院学报，2003（3）：24-29.

衣俊卿. 异化理论、物化理论、技术理性批判——20 世纪文化批判理论的一种演进思路［J］. 哲学研究，1997（8）：10-16.

张德明. 近代西方书信体小说与主体性话语的建构［J］. 浙江大学学报（人文社会科学版），2002（3）：36-42.

张屏瑾. 重读郁达夫的《过去》和《迷羊》［J］. 中国现代文学研究丛刊，2010（4）：76-83.

张萍. 论郁达夫对谷崎润一郎小说的接受与变异——《迷羊》与《痴人的爱》的对比研究［J］. 文化学刊，2019（10）：90-95.

张启江. 个人主义的魅惑及其利己主义之实质［J］. 平顶山学院学报，2014（1）：25-30.

张顺发. "五四"抒情小说的一个独异文本——论郭沫若书信小说《落叶》

中审美情感的独特性［J］. 甘肃社会科学, 2009（4）: 119-122.

周翔. 武田泰淳的自我认知与日本近代思想批判——以《司马迁——史记的世界》为中心［J］. 外国文学评论, 2017（4）: 149-165.

周晓琳. 中国文学的忏悔意识［J］. 四川师范学院学报（哲学社会科学版）, 2000（3）: 25-30.

周异夫, 张祺飞. 溯源新归朝者文学——永井荷风《阴天》论［J］. 文艺争鸣, 2021（1）: 180-186.

邹振环.《经国美谈》的汉译及其在清末民初的影响［J］. 东方翻译, 2013（5）: 43-51.

国外作者专著

艾恺. 世界范围内的反现代化思潮: 论文化守成主义［M］. 贵阳: 贵州人民出版社, 1991.

北野昭彦. 国木田独歩の文学［M］. 東京: 桜楓社, 1978.

本間久雄. 永井荷風論［M］//日本文学研究資料刊行会. 日本文学研究資料叢書 永井荷風. 東京: 有精堂, 1971.

本雅明. 发达资本主义时代的抒情诗人［M］. 王涌, 译. 上海: 华东师范大学出版社, 2017.

柄谷行人. 日本现代文学的起源［M］. 赵京华, 译. 北京: 生活·读书·新知三联书店, 2003.

长谷川如是闲. 日本现代史: 1868—1928［M］. 王兴, 译. 沈阳: 沈阳出版社, 2020.

長谷川天渓. 現実暴露の悲哀［M］//伊藤整, 等. 日本現代文学全集27. 東京: 講談社, 1980.

大東和重. 郁達夫と大正文学:「自己表現」から「自己実現」の時代へ［M］. 東京: 東京大学出版社, 2012.

島村抱月.「破戒」を評す［M］//伊藤整, 等編. 日本現代文学全集（27）. 東京: 講談社, 1980.

德富蘆花. 思出の記［M］//德富蘆花. 德富蘆花集. 東京: 筑摩書房, 1966.

東山拓志. 日本の近代文学と中国の新文学——比較考察の一側面［M］. 東京：萌動社，2009.

弗洛伊德. 文明及其缺憾［M］. 杨韶刚，译. 北京：中国法制出版社，2018.

福柯. 什么是批判？自我的文化：福柯的两次演讲及问答录［M］. 潘培庆，译. 重庆：重庆大学出版社，2017.

福田恆存. 現代日本思想体系 32 反近代の思想［M］. 東京：筑摩書房，1965.

福田清人. 明治文学全集［M］. 東京：筑摩書房，1987.

高橋広満. 『破戒』私論［M］// 下山孃子. 島崎藤村. 東京：若草書房，1994.

高須芳次郎. 日本近代文学史［M］. 黎跃进，杜武媛，李建华，译. 北京：中央编译出版社，2017.

古田敬一. 中国文学の比較文学的研究［M］. 東京：汲古書院，1986.

谷崎润一郎. 谷崎润一郎全集［M］. 中央公論社，1966.

谷崎潤一郎.「つゆのあとさき」を読む［M］// 永井荷風. 現代日本文学大系 24 永井荷風（二）. 東京：筑摩書房，1977.

亀井俊介. ナショナリズムの文学［M］. 東京：講談社，1988.

国木田独步. 定本国木田独步全集［M］. 東京：学習研究社，1978.

和田謹吾. 島崎藤村［M］. 東京：翰林书房，1993.

横光利一. 感覚活動［M］// 三好行雄，祖父江昭二. 近代文学評論大系（第 6 卷）. 東京：角川書店，1978.

霍克海默，阿道尔诺. 启蒙辩证法——哲学断片［M］. 渠敬东，曹卫东，译. 上海：上海人民出版社，2006.

吉登斯. 现代性的后果［M］. 田禾，译. 南京：译林出版社，2011.

吉田精一. 島崎藤村［M］. 東京：桜楓社，1981.

吉田精一. 近代作家研究叢書 114 永井荷風［M］. 東京：日本図書センター，1992.

境忠一. 近代詩と反近代［M］. 福岡：葦書房，1975.

久野昭. 近代日本と反近代［M］. 東京：以文社，1972.

卡林内斯库. 现代性的五副面孔：现代主义、先锋派、颓废、媚俗艺术、后现代主义［M］. 顾爱彬，李瑞华，译. 北京：商务印书馆，2002.

李均洋，佐藤利行. 中日比较文学研究［M］. 北京：外语教学与研究出版社，2014.

柳田泉. 経国美談とその政治思想［M］//柳田泉. 明治文学研究第8卷（政治小説研究上卷）. 東京：春秋社，1967.

柳田泉. 政治小説の一般［M］//明治文学全集5　明治政治小説集（一）. 東京：筑摩書房，1966.

卢克斯. 个人主义［M］. 阎克文，译. 南京：江苏人民出版社，2001.

芦谷信和. 国木田独歩の文学圏［M］. 東京：双文出版社，2008.

陸羯南. 日本文明進歩の岐路［M］//植手通有. 近代日本思想大系4 陸羯南全集. 東京：筑摩書房，1987.

米倉充. 近代文学とキリスト教（明治・大正篇）［M］. 東京：創元社，1983.

片岡良一. 永井荷風と近代作家の一類型［M］//日本文学研究資料刊行会. 日本文学研究資料叢書　永井荷風. 東京：有精堂，1971.

片上伸. 無解決の文学［M］//伊藤整，等編. 日本現代文学全集27. 東京：講談社，1980.

平野謙. 作品解説［M］//島崎藤村. 現代日本文学全集19島崎藤村集1. 東京：講談社，1980．

千葉亀雄. 新感覚派の誕生［M］//三好行雄，祖父江昭二. 近代文学評論大系（第6卷）. 東京：角川書店，1978.

前田愛，長谷川泉. 日本文学新史［M］. 東京：至文堂，1990.

前田愛. 幻景の街——文学の都市を歩く［M］. 東京：小学館，1986.

前田愛. 近代日本の文学空間［M］. 東京：平凡社，2004.

前田愛. 近代文学の女たち［M］. 東京：岩波書店，2003.

日本文学研究資料刊行会. 日本文学研究資料叢書　白樺派文学：有島武郎・武者小路実篤［M］. 東京：有精堂，1974.

日本文学研究資料刊行会. 日本文学研究資料叢書　大正の文学［M］. 東京：有精堂，1981.

日本文学研究資料刊行会. 日本文学研究資料叢書　永井荷風［M］. 東京：有精堂，1971.

三好行雄，祖父江昭二. 近代文学評論大系（第 6 巻）［M］. 東京：角川書店，1978.

三好行雄. 日本文学の近代と反近代［M］. 東京：東京大学出版社，1973.

三田英彬. 反近代の文学［M］. 東京：おうふう，1999.

三宅雪嶺. 真善美日本人［M］//伊藤整，等編. 日本現代文学全集（2）. 東京：講談社，1980.

三枝康高. 昭和文学史の論点：近代と反近代［M］. 東京：桜楓社，1974.

桑原武夫. 日本の名著　近代の思想［M］. 東京：中央公論社，1982.

色川大吉. 日本の名著［M］. 東京：中央公論社，1970.

山田昭夫. 有島武郎・姿勢と軌跡［M］. 東京：右文書院，1973.

史密斯. 现代性及其不满［M］. 朱陈拓，译. 北京：九州出版社，2021.

水本精一郎. 恋愛詩における発想の構造——島崎藤村『若菜集』論（二）［M］//下山嬢子. 島崎藤村. 東京：若草書房，1994.

松本三之介. 国权与民权的变奏：日本明治精神结构［M］. 李冬君，译. 北京：东方出版社，2005.

泰勒. 现代性的隐忧：需要被挽救的本真理想［M］. 程炼，译. 南京：南京大学出版社，2020.

藤井省三. ロシアの影——夏目漱石と魯迅［M］. 東京：平凡社，1985.

藤井省三. 魯迅　東アジアを生きる文学［M］. 東京：岩波書店，2011.

藤井省三. 魯迅と日本文学　漱石・鴎外から清張・春樹まで［M］. 東京：東京大学出版社，2015.

王德威. 被压抑现代性：晚清小说新论［M］. 宋伟杰，译. 北京：北京大学出版社，2005.

西田勝. 近代日本の戦争と文学［M］. 東京：法政大学出版局，2007.

現代日本文学大系［M］. 東京：筑摩書房，1977.

小栗又一. 龍渓矢野文雄君伝［M］. 東京：春陽堂，1930.

小森陽一. ゆらぎの日本文学 [M]. 東京：日本放送出版協会，1998.

小玉晃一. 比較文学研究　有島武郎 [M]. 東京：朝日出版社，1978.

新保邦寛. 独歩と藤村——明治三十年代文学のコスモロジ [M]. 東京：有精堂，1996.

幸田露伴. 露伴全集 [M]. 東京：岩波書店，1979.

伊東一夫. 島崎藤村研究——近代文学研究方法の諸問題 [M]. 東京：明治書院，1981.

伊藤虎丸，等. 近代文学における中国と日本 [M]. 東京：汲古書院，1986.

伊藤虎丸. 近代の精神と中国現代文学 [M]. 東京：汲古書院，2007.

伊藤虎丸. 魯迅、創造社与日本文学：中日近現代比較文学初探 [M]. 孫猛，等译. 北京：北京大学出版社，1995.

伊藤整，等. 日本現代文学全集 [M]. 東京：講談社，1980.

伊藤整. 新しき小説の心理的方法 [M] //伊藤整. 伊藤整全集（第13卷）. 東京：新潮社，1973.

伊藤整. 伊藤整全集 [M]. 東京：新潮社，1973.

永井荷風. 荷風全集 [M]. 東京：岩波書店，1992.

永井荷風. 江户艺术论 [M]. 侯咏馨，译. 北京：台海出版社，2021.

有島武郎. 有島武郎全集 [M]. 東京：筑摩書房，1981.

中条省平. 反=近代文学史 [M]. 東京：文芸春秋，2003.

中野目徹. 政教社の研究 [M]. 東京：思文閣，1993.

竹内好. 近代的超克 [M]. 李冬木，赵京华，孙歌，译. 北京：生活·读书·新知三联书店，2005.

佐伯順子.「色」と「愛」の比較文化 [M]. 東京：岩波書店，1998.

国外期刊论文

保明陽子.「反近代」小説としての『灰燼』——トルスト受容に徳富蘆花のモダニズム [J]. 駒沢大学大学院国文学会論輯，2003（6）：81-93.

北川透. 抒情における近代と反近代の原点 [J]. 国文学：解釈と鑑賞，

1969（12）：44-55.

北原泰邦.「窮死」の時代——国木田独歩「窮死」をめぐる言説［J］. 信州豊南短期大学紀要, 2016（33）：1-25.

登尾豊.「坊つちやん」の反近代［J］. 国語と国文学, 1997（9）：1-11.

登尾豊. 反近代の作家〈実例〉幸田露伴［J］. 国文学：解釈と教材の研究, 1990（7）：88-94.

丁貴連. 恋愛、手紙、そして書簡体という叙述様式（下）——国木田独歩「おとづれ」と李光洙「幼き友へ」［J］. 宇都宮大学国際学部研究論集, 2002（13）：1-19.

掛野剛史. 新感覚派時代の横光利一——〈生活〉〈人生〉〈主観〉の磁場に抗して［J］. 日本近代文学, 2003（69）：153-167.

海野弘.『吾輩は猫である』ノート［J］. 漱石研究, 2001（14）：38-42.

荒木修. 漱石と魯迅［J］. 日本文学, 1954（4）：17-22.

菅聡子. 非在なるものへの欲望——紅葉的モダニズムの構図［J］. 日本近代文学, 1997（4）：1-11.

林尚男.「白樺派」への批判：「近代思想」を中心に［J］. 日本文学, 1966（10）：768-774.

铃木正夫. 郁达夫与日本文学［J］. 复旦学报（社会科学版）, 1984（6）：111-113.

柳田国男. 乡土研究是什么［J］. 陈岗龙, 译. 中国农业大学学报（社会科学版）, 2008（4）：181-183.

盧守助. 梁啓超訳「佳人之奇遇」およびその周辺［J］. 環日本海研究年報, 2013（20）：14-15.

平岡敏夫. 芥川における〈人工〉と〈自然〉——芥川の反近代［J］. 国文学：解釈と教材の研究, 1981（7）：85-64.

前田愛. 作家に見るナショナリズム・幸田露伴［J］. 国文学解釈と鑑賞, 1971（36）：76-84.

宍道達. 覚書［J］. 岩手大学学芸学部研究年報, 1952：44-49.

三田英彬. 文化原理と反近代の文学：泉鏡花を軸にして［J］. 学海,

1986（3）：11 - 28.

杉野元子. 悔恨と悲哀の手記——魯迅「傷逝」と森鴎外「舞姫」［J］. 比較文学, 1994（3）：31 - 41.

藤井省三, 林敏洁. 鲁迅《伤逝》中的留白匠意——《伤逝》与森鸥外《舞姫》的比较研究［J］. 南京师范大学文学院学报, 2014（4）：1 - 10.

藤沢秀幸. 泉鏡花『朱日記』論—「反近代」に至る個人幻想—［J］. 国語と国文学, 1989（5）：12 - 23.

土田俊和. 新感覚派の系譜学（4）結びつく「感覚」と「肉体」——新感覚派時代の片岡鉄兵［J］. 横光利一研究, 2017（15）：57 - 72.

西脇良三. 漱石における近代と反近代［J］. 山口大学教育学部研究論叢第 1 部, 1977（12）：79 - 87.

相馬庸郎. 三好行雄著「日本文学の近代と反近代」［J］. 日本近代文学, 1973（5）：196 - 200.

熊坂敦子. 反近代・日本の漱石［J］. 国文学：解釈と鑑賞, 1975（2）：25 - 32.

伊藤氏貴. まなざしの反近代——『春琴抄』における視線のゆくえ［J］. 江古田文学, 2007（1）：102 - 110.

伊藤真一郎. 宮沢賢治著『宮沢賢治 近代と反近代』［J］. 日本近代文学, 1992（46）：169 - 171.

越智治雄. 成島柳北における反近代［J］. 国文学：解釈と鑑賞, 1965（5）：32 - 39.

中川智寛. 「機械」試解——反近代の物語として［J］. 解釈, 2005（1/2）：34 - 40.

佐藤嗣男. 紅葉と蘆花：『金色夜叉』と『不如帰』［J］. 文学と教育, 1987（139）：33 - 44.

佐藤泰正. 鴎外における近代と反近代——『妄想』を軸として［J］. 国文学：解釈と鑑賞, 1992（11）：34 - 40.

佐藤泰正. 文学における近代と反近代・その一面——「こころ」評価の推移を軸として［J］. 日本文学研究, 1988：73 - 84.